D1144802

De waterrat van Wanchai

Ian Hamilton

De waterrat van Wanchai

Een Ava Li-thriller

Vertaald door Dieuwke van der Veen

MOURIA

Uitgeverij Mouria en drukkerij Bariet vinden het belangrijk om op milieu-
vriendelijke en verantwoorde wijze met natuurlijke bronnen om te gaan.

Voor La

1

Ava schrok wakker van de telefoon. Ze keek op de wekker. Even over drieën. 'Shit,' zei ze zachtjes. Ze keek op het schermpje: een geblokkeerd nummer. Hongkong? Shenzhen? Shanghai? Misschien zelfs Manila of Jakarta; daar verscholen Chinezen zich vaak achter plaatselijke namen, en dat waren meestal degenen die Chineser dan Chinees waren. Maar waar het telefoontje ook vandaan kwam, Ava wist dat het ergens in Azië moest zijn, en dat de beller niet op de hoogte was van het tijdsverschil of te wanhopig was om zich daar druk over te maken.

'*Wei*, Ava Li,' zei een mannenstem in het Kantonees. Ze herkende de stem niet.

'Met wie spreek ik?' vroeg ze in zijn dialect.

'Met Andrew Tam.'

Het duurde even voordat ze de naam kon thuisbrengen. 'Spreekt u Engels?'

'Ja, dat spreek ik,' zei hij, overschakelend. 'Ik heb in Canada op school gezeten.'

'Dan moet u toch weten hoe laat het hier is.'

'Sorry. Mr. Chow heeft mijn oom uw naam en telefoonnummer gegeven en gezegd dat ik u ieder moment van de dag kon bellen. Hij zei ook dat u Mandarijn en Kantonees spreekt.'

Ava liet zich op haar rug rollen. 'Dat klopt, maar als het om zaken gaat spreek ik liever Engels. Dat geeft van mijn kant minder kans op verwarring en misverstanden.'

'We hebben een klus voor u,' zei Tam plompverloren.

'We?'

'Mijn bedrijf. Mr. Chow heeft tegen mijn oom gezegd dat hij het met u zou bespreken.' Tam zweeg even. 'U bent forensisch accountant, is me verteld.'

'Dat ben ik, ja.'

'Uit wat Mr. Chow aan mijn oom heeft verteld begrijp ik dat u ge-weldig goed bent in het opsporen van personen en geld. Nou, mijn geld is zoek en de persoon die het heeft meegenomen is ervandoor.'

'Meestal geen toevallige combinatie,' zei Ava, die het compliment langs zich heen liet glijden.

'Ms. Li, ik heb echt uw hulp nodig,' zei Tam. Zijn stem sloeg over.

'Ik moet meer weten voordat ik ja zeg. Ik weet niet eens waar het is of om wat voor klus het gaat.'

'Je zou het een bewegend doel kunnen noemen. Onze basis is in Hongkong. We hebben een bedrijf met een Chinese eigenaar gefinan-cierd dat vestigingen in Hongkong en Seattle heeft en productiewerk in Thailand heeft verzorgd voor een detaillist in voedingsmiddelen.'

'Daar heb ik niet veel aan.'

'Sorry, het was niet mijn bedoeling om zo vaag te zijn. Ik kom chao-tischer over dan ik ben, maar op dit moment is de stress...'

'Dat kan ik me voorstellen,' zei Ava.

Hij zuchtte diep. 'Ik heb gisteren met mijn oom over uw bedrijf ge-sproken en daarna een pakket met alle informatie naar een familielid van me in Toronto gestuurd. Lukt het u om dat familielid vandaag nog te ontmoeten?'

'In Toronto?' Ze hoefde voor haar werk maar zelden in eigen land te zijn, laat staan in eigen stad.

'Uiteraard.'

'Wanneer?'

'Vanavond wat eten in Chinatown?'

'Wat mij betreft liever wat eerder. En dan bijvoorbeeld dimsum.'

'Goed. Ik denk dat dimsum oké is.'

'En dan niet in het oude Chinatown in het centrum. Ik ga liever naar Richmond Hill. Daar is een restaurant, Lucky Season, in de Times Square Mall, iets ten westen van Leslie Street, aan Highway 7. Kent u de buurt?'

'Ja, zo'n beetje.'

'Zeg maar dat ze me daar om één uur kunnen ontmoeten.'

'Waaraan bent u te herkennen?'

'Ik herken hem of haar wel. Vraag dat familielid maar om iets roods aan te trekken, overhemd of trui of zo, en de Sing Tao bij zich te heb-ben.'

'Oké.'

'Man of vrouw?'

'Een vrouw, om precies te zijn.'

'Dat komt niet vaak voor.'

Hij aarzelde. Ze voelde dat hij op het punt stond nadere uitleg te geven en wilde dat net voorkomen toen hij zei: 'Mijn oom zegt dat Mr. Chow uw oom is.'

'We zijn geen bloedverwanten,' zei Ava. 'Ik ben traditioneel opgevoed. Mijn moeder heeft ons altijd ingepeperd dat we respect moeten hebben voor ouderen, dus voor mij is het heel vanzelfsprekend om oudere vrienden van de familie Oom en Tante te noemen. Oom is trouwens geen vriend van de familie, maar ik vond het al direct bij onze eerste ontmoeting voor de hand liggend om hem zo te noemen. Zelfs als zakenpartner blijft hij voor mij Oom.'

'Hij wordt door heel veel mensen Oom genoemd.'

Ava begreep waar Tam op aanstuurde en besloot het gesprek af te kappen. 'Hoor eens, ik spreek uw contact later op de dag. Als ik tevreden ben met de informatie die ze bij zich heeft en als ik denk dat het een haalbare zaak is, dan bel ik mijn oom en bevestigen we dat we de klus aannemen. Ben ik niet tevreden, dan hoort u niets meer van me. *Bai, bai,*' zei ze, en ze hing op.

Ze had moeite om weer in slaap te komen, de stem van Tam met die al te bekende wanhopige klank bleef in haar hoofd doordreinen. Ze verdrong hem. Zolang ze zijn probleem niet had overgenomen was het enkel en alleen zíjn probleem.

2

Ava werd om zeven uur wakker, zei haar gebeden, deed tien minuten lang rekoefeningen en ging vervolgens naar de keuken om met heet water uit haar thermosfles een kop oploskoffie te maken. Ze beschouwde zichzelf als Canadese, maar hield nog steeds vast aan de gewoontes die haar moeder haar met de paplepel had ingegoten. Een van die gewoontes was om altijd een stoompan met rijst en een thermosfles met heet water paraat te hebben in de keuken. Haar vrienden staken de draak met haar smaak op het gebied van koffie. Het kon haar niet schelen. Ze had het geduld niet om te wachten tot de koffie klaar was en had een hekel aan verspilling; bovendien waren haar smaakpapillen volledig ingesteld op kant-en-klaar.

Ze leegde een zakje Starbucks VIA Ready Brew in een mok, goot water op en ging naar de voordeur om *The Globe and Mail* te halen. Ze nam hem mee naar binnen en installeerde zich op de bank, zette de tv aan en stemde af op een plaatselijke Chinese zender, wow-tv, die een actualiteitenprogramma in het Kantonees had. Het had twee presentatoren: een ex-komiek uit Hongkong, die zijn houdbaarheidsdatum in de buitengebieden probeerde te verlengen, en een knappe jonge vrouw zonder enige achtergrond in de showbusiness. Ze had een ingetogen stijl en kwam intelligent en chic over, niet bepaald een veelvoorkomende combinatie bij vrouwen op de Chinese televisie. Ava was inmiddels een beetje verliefd op haar

Toen het programma om acht uur werd onderbroken voor het nieuws belde Ava Ooms mobiele nummer. Het was in Hongkong vroeg in de avond. Hij zou wel niet meer op kantoor zijn, misschien had hij een massage gehad en zat hij nu in een van die dure *hotpot*-restaurants in Kowloon, waarschijnlijk die in de buurt van Hotel Peninsula.

Na twee keer nam Oom op.

'Oom,' zei ze.

'Ava, je belt precies op het juiste moment.'

'Andrew Tam heeft me gebeld.'

'Wat vond je van hem?'

'Hij spreekt heel goed Engels en hij was heel beleefd.'

'En hoe ging het verder?'

'Ik spreek vandaag iemand die meer weet over die zoekgeraakte bedragen. Ik heb tegen Tam gezegd dat ik met u zou overleggen zodra ik die informatie heb, en dat we dan besluiten wat we doen.'

Oom aarzelde. 'Het ligt wat mij betreft niet zo simpel. Ik wil graag dat jij beslist of we de klus al dan niet aannemen.'

Ava vroeg zich af of ze ooit eerder zo'n besluit had moeten nemen. Ze kon het zich met geen mogelijkheid herinneren. 'Waarom laat u de beslissing aan mij over?'

'Tam is de neef van een vriend van me, een oude en heel goede vriend. We zijn samen opgegroeid, in de buurt van Wuhan, en hij was een van de mannen met wie ik van China hierheen ben gezwommen.'

Ze had het verhaal over de acht uur durende zwemtocht door de Zuid-Chinese Zee heel wat keren gehoord. De gevaren waaraan Oom en zijn vrienden waren blootgesteld tijdens hun vlucht voor het communistische regime waren in de loop der jaren tot een vage herinnering verbleekt, maar de sterke band die ze hadden gesmeed was nog altijd enorm belangrijk.

'Dus zo persoonlijk ligt het?'

'Ja. Ik wist dat ik het lastig zou vinden om objectief te blijven, dus het leek me het beste dat die neef jou zou vertellen wat er is gebeurd. Dan kun jij de zaak op zijn merites beoordelen en bepalen of het de moeite waard is om hem aan te nemen. En, Ava, neem de opdracht niet aan als dat niet zo is.'

'En ons tarief?' vroeg ze. Dat was normaal gesproken dertig procent van wat de opdracht opleverde en werd fiftyfifty tussen hen verdeeld.

'Voor jou, prima, maar wat mij betreft… Ik kan mijn aandeel niet aannemen. Hij is te close.'

Had hij dat nou maar niet gezegd. Het gaf de zaak nog meer een privékarakter, en ze probeerden privéaangelegenheden en zaken juist van elkaar gescheiden te houden.

'Bel me na afloop,' zei Oom.

Ava hing op en scharrelde wat rond in haar appartement, beantwoordde e-mails, betaalde achterstallige rekeningen en bekeek aanbiedingen van winterarrangementen. Ze overlegde met zichzelf wat ze naar de bespreking zou aantrekken. Ze had er geen behoefte aan om op wie dan ook indruk te maken en koos daarom voor een zwart Giordano-T-shirt en een zwarte Adidas-trainingsbroek. Geen make-up, geen sieraden.

Ze bekeek zichzelf in de spiegel. Ze was één meter zestig, haar gewicht schommelde rond de tweeënvijftig kilo. Ze was slank maar niet mager en had dankzij hardlopen en *bak mei*-training welgevormde benen en billen. Ze had voor een Chinese grote borsten, groot genoeg om zonder voorgevormde bh de aandacht te trekken. In het T-shirt en de trainingsbroek ging haar figuur verloren, ze zag er in die combinatie kleiner en jonger uit. Soms kwam het haar goed uit om er jonger uit te zien. Maar soms moest ze voor een andere uitstraling zorgen, daarom bestond haar garderobe uit een aantal goed zittende zwarte broeken van linnen en katoen, knielange kokerrokken en een collectie Brooks Brothers-overhemdblouses in allerlei kleuren en stijlen die haar borsten accentueerden. In combinatie met make-up en sieraden gaven de broeken en blouses haar een professionele uitstraling: aantrekkelijk, chic en competent.

Om elf uur belde ze naar beneden om haar auto uit de garage te laten voorrijden.

Ava's appartement lag in Yorkville, hartje Toronto. Yorkville ging er prat op dat zich op zijn grondgebied de duurste panden van de stad bevonden, net als de gebouwen rond Central Park in New York, Belgravia in Londen en Victoria Peak in Hongkong. Ze had er meer dan een miljoen dollar voor betaald, contant. Haar moeder, Jennie Li, was destijds erg ingenomen geweest met de keuze van de locatie, en nog trotser op het feit dat haar dochter geen hypotheeklasten had. Bij het appartement hoorde een parkeerplaats, waar ze een Audi A6 had staan. Zonde van het geld, die auto. Alles wat ze nodig had bevond zich op loopafstand, of op zijn hoogst op vijf minuten met de metro. De enige keer dat ze de Audi gebruikte was als ze bij haar moeder in Richmond Hill op bezoek ging.

Om tien over elf belde ze de conciërge om te zeggen dat de auto klaarstond. Ava reed Bloor Street in oostelijke richting door en kwam langs vijfsterrenhotels, talloze restaurants, antiekzaken, galerieën en filialen van chique merken zoals Chanel, Tiffany, Holt Renfrew en Louis

Vuitton, winkels waar ze maar zelden een voet over de drempel zette. Ze wist dat er een rondje eerstegraads kruiperigheid zou volgen zodra de naam van haar moeder viel.

Ze nam de Don Valley Parkway noordwaarts richting Richmond Hill, en voor de verandering liep het verkeer vlot. Ze was een halfuur te vroeg bij Times Square. Dat was net zo opgezet als het gelijknamige winkelcentrum in Hongkong. Het hoofdgebouw, dat met de voorkant naar Highway 7 stond, was twee verdiepingen hoog. Het parkeerterrein aan de achterkant was omgeven door winkels die Chinese kruiden, dvd's en allerlei baksels verkochten, en door restaurants die elke denkbare Aziatische keuken serveerden.

Toronto heeft een enorm grote Chinese bevolkingsgroep van op zijn minst een half miljoen mensen, met de grootste concentratie in Richmond Hill. Richmond Hill ligt zo'n twintig kilometer ten noorden van het stadscentrum en is een uitdijende verzameling uniforme huizen en winkelcentra. Langs de oost- en westkant van Highway 7 zijn de winkelcentra bijna uitsluitend Chinees. In de ooit traditionele Europees-Canadese voorstad Richmond heb je geen Engels meer nodig. Geen dienst of product die niet in het Kantonees te bestellen is.

Dat is niet altijd zo geweest. Ava kon zich nog de tijd herinneren dat je alleen het oude Chinatown in het centrum had, aan Dundas Street, iets ten zuiden van waar ze nu woonde. Haar moeder was destijds min of meer een pionier door zich als een van de eerste Chinezen in Richmond te vestigen. Ze moest Ava en haar zuster Marian nog elke zaterdag naar Toronto rijden voor hun lessen Mandarijn en abacus. Terwijl de meisjes hun lessen volgden deed zij boodschappen: de Chinese groente, vruchten, vis, sauzen, kruiden, en de in tienkilozakken verpakte, geurige Thaise rijst die hun dagelijkse kost vormde.

Dat alles veranderde toen Hongkong zich opmaakte voor het einde van de Britse koloniale overheersing in 1997. De onzekerheid van het bestaan onder communistisch China had niet echt paniek veroorzaakt, maar het leek veel mensen raadzaam om over alternatieven te beschikken, en Canada maakte het degenen die geld hadden makkelijk om er een tweede thuis te realiseren. De binnenstad van Toronto kon de grote toevloed van Chinese immigranten niet verwerken, zodat Richmond Hill de op een na beste thuishaven werd, en de reden waarom het werd gekozen was nogal simpel.

Vancouver, Brits-Columbia – of liever gezegd de voorstad Richmond B.C. – was altijd de meest begeerde plaats geweest voor Chinese emigranten die naar Canada kwamen. De naam Richmond wekte associaties met rijkdom en had daarom een veelbelovende klank. Ava's moeder vormde daarop geen uitzondering; ze had de eerste twee jaar van haar verblijf in Canada in Richmond doorgebracht. Toen Toronto Vancouver begon te verdringen als economisch hart van Canada verhuisden de in het westen wonende Chinese migranten naar Richmond Hill, omdat ze dachten dat het net zoiets als Richmond B.C. – dat wil zeggen: Chinees – was. En Chinezen trekken nu eenmaal naar elkaar toe, zodat je je op den duur in Hongkong waande als je Markham's Pacific Mall binnenliep.

Ava moest twee rondjes maken over het parkeerterrein van Times Square voordat ze een plek vond. Lucky Season zat vol, ze moest tien minuten op een tafeltje wachten. Haar moeder had haar laten kennismaken met het restaurant, dat doordeweeks elk dimsumgerecht voor $ 2,20 aanbood. Een gezelschap van vier personen kon onbeperkt theedrinken, zich een uur lang volproppen en was dan nog geen 30 dollar voor een hele maaltijd kwijt. Dat was heel bijzonder, temeer omdat het eten uitstekend was en de porties een normale omvang hadden.

Haar moeder at er twee of drie keer per week, maar vandaag was het dinsdag, en Ava wist dat ze dan een afspraak had bij haar kruidendokter, gevolgd door de wekelijkse sessie bij haar manicure. Toch keek ze even snel het restaurant rond, want je wist maar nooit.

Ze ging aan een tafeltje tegenover de ingang zitten. Er kwam een continue stroom mensen binnen, geen van allen te rijk of te arm om een portie dimsum van twee dollar aan zijn neus voorbij te laten gaan. Het verbaasde haar altijd weer hoever Chinezen gingen om waar voor hun geld te krijgen. Je kon vier restaurants met vrijwel identieke gerechten naast elkaar zetten en om redenen die het verstand te boven gingen verwierf een van de vier steevast de reputatie van beste restaurant. Het restaurant in kwestie werd dan continu belegerd door lange rijen wachtenden, die voor eindeloos lange wachttijden zorgden, terwijl de andere drie bijna weldadig leeg waren. Haar moeder vormde de belichaming van die mentaliteit.

Jennie Li vormde een constante factor in Ava's leven. Ze had het gaandeweg geaccepteerd, maar haar zuster had er moeite mee, vooral omdat die was getrouwd met een *gweilo*, een blanke met Britse wortels, die niet begreep waarom hun moeder zo'n nauw contact met haar dochters wilde houden. De Chinese familiecultuur was hem totaal vreemd: dat er continu een inbreuk op je privéleven wordt gedaan, dat je levenslang aan elkaar vastzit, dat je als kind verplichtingen hebt tegenover je ouders. Hij kon zich ook geen enkele voorstelling maken van het leven dat destijds voor haar moeder reden was geweest om met hen naar Canada te vertrekken.

Hun moeder was in Shanghai geboren, en hoewel ze in Hongkong was opgegroeid beschouwde ze zichzelf als echte Shanghaise, met andere woorden: wilskrachtig, overtuigd van haar gelijk, luid en duidelijk waar nodig, maar nooit bot, nooit ordinair of opdringerig, zoals de Hongkongers. Ze had hun vader, Marcus Li, ontmoet toen ze bij een bedrijf werkte waarvan hij de eigenaar was. Hij kwam ook uit Shanghai. Ze werd zijn tweede echtgenote 'oude stijl', dat wil zeggen dat hij niet bij de eerste wegging of van haar scheidde. Ava en Marian werden zijn tweede gezin, en hoewel ze werden erkend en goed verzorgd koesterden ze niet de minste hoop meer te erven dan zijn naam en wat hun moeder voor hen opzij kon leggen.

Toen Ava twee en Marian vier was, raakten hun ouders gebrouilleerd en werd Jennies aanwezigheid in Hongkong te lastig. Ava hoorde later dat er een derde vrouw in het spel was, en hoewel haar moeder zich ondergeschikt achtte aan echtgenote nummer één was ze niet van plan tweede viool te spelen onder een nieuwkomer. Hoe dan ook, hoe verder weg, hoe beter voor hem, besloot hun vader. Hij had ze eerst overgeplaatst naar Vancouver, rechtstreeks aan te vliegen vanuit Hongkong voor het geval hij ze wilde opzoeken, maar ver genoeg om hem niet tot last te zijn. Maar haar moeder had een hekel aan Vancouver; ze vond het er te nat en te saai, bovendien deed het haar te veel aan Hongkong denken. Ze verhuisde met de meisjes naar Toronto, en vanuit Hongkong klonken geen bezwaren.

Ze zagen hun vader een of twee keer per jaar, altijd in Toronto. Hij had voor hun moeder een huis gekocht, verstrekte haar een royale toelage en kwam over de brug als er iets bijzonders nodig was. Als hij op bezoek was noemden de meisjes hem pappie. Haar moeder sprak over hem als haar echtgenoot. Ze leidden een paar weken een 'normaal' leven, dan vertrok hij weer en beperkte het contact tussen de twee zich tot een dagelijks telefoongesprek.

Het was een puur zakelijke verhouding, besefte Ava achteraf. Hun vader kreeg wat hij wilde toen hij het wilde, haar moeder had haar twee dochtertjes en een quasi-echtgenoot. Hij zou haar of het gezin nooit verloochenen, dat wist haar moeder, dus ze legde het er welbewust op aan om elke vastigheid biedende dollar die ze kon krijgen uit hem te knijpen. Hij moest hebben geweten waar ze mee bezig was, maar zolang ze zich aan de regels van het spel hield vond hij het best. Dus had ze het huis, om de twee jaar een nieuwe auto en was ze begunstigde van een levensverzekering die (met nog wat extra) haar maandelijkse toelage zou vervangen als er iets met hem zou gebeuren. Hij betaalde het schoolgeld, en ze zorgde ervoor dat de meisjes de duurste en meest prestigieuze scholen konden bezoeken. Daarnaast betaalde hij hun vakanties, hun tandartskosten, hun zomerkamp en hun bijlessen. Voor elk van de twee meisjes kocht hij de eerste auto.

Marcus Li had vier kinderen bij zijn eerste vrouw, twee bij Jennie en nog eens twee bij echtgenote nummer drie. Zijn derde vrouw en haar twee kinderen woonden inmiddels in Australië, en Ava was ervan overtuigd dat hij van hen net zoveel hield en net zo goed voor ze zorgde als voor de andere zes. Een merkwaardige levensstijl, althans in westerse ogen, maar bij Chinezen traditie en algemeen geaccepteerd. Marcus Li werd gerespecteerd om de manier waarop hij zich van zijn verplichtingen kweet. Het was geen levensstijl voor een man zonder vermogen. Marcus had in dat opzicht geluk gehad doordat hij zijn eerste aanzienlijke fortuin had verworven in de textiel, voordat de productie verhuisde naar landen als Indonesië en Thailand. Hij deed een succesvolle overstap naar speelgoed en toonde opnieuw zijn vooruitziende blik door daar uit te stappen voordat Vietnam en China de grote spelers in het veld werden. Het grootste deel van het familiekapitaal zat nu in vastgoed in de New Territories van Shenzhen, en volgens de berichten leverde het een permanente bron van inkomsten op en steeg het voortdurend in waarde.

Na de geboorte van Marian had Jennie niet meer buitenshuis gewerkt. Ze wijdde haar leven aan haar bestaan als tweede echtgenote en aan de opvoeding van haar twee dochters. Vanwege de afwezigheid van haar echtgenoot had haar leven zich toegespitst op de meisjes. Niet dat hun moeder geen andere interesses had. Ze speelde een paar keer per week mahjong en ze ging één keer per week met een Taipanbus naar Casino Rama voor een dagje baccarat. Verder had ze een aardige carrière in shoppen opgebouwd. Alleen het beste was goed genoeg. Ze gruwde van imitatie, als ze een Gucci-tas wilde moest het ook een echte zijn.

Jennie Li was ver in de vijftig, maar dat was haar niet aan te zien en ze wilde het ook niet weten. Haar mooiste momenten beleefde ze wanneer ze werd aangezien voor een oudere zus van haar dochters. En ze gaf geld uit om haar uiterlijk in stand te houden: aan crèmes, lotions, kruidenmiddeltjes, kapper, kleren. Marian had zelf twee kinderen, maar omdat die bij hun gweilovader in Ottawa waren opgegroeid spraken ze maar een enkel woordje Chinees. Ze wisten wel dat gweilo 'grijze geest' betekent in het Kantonees. Het andere woord dat ze kenden was *langlei*, dat 'mooie vrouw' betekent. En die naam gebruikten ze voor hun grootmoeder. Haar anders noemen, 'oma' bijvoorbeeld, was uit den boze.

In veel opzichten was Ava's moeder een verwend en genotzuchtig prinsesje. Maar dat waren zoveel Chinese vrouwen. Daarbij vergeleken waren de 'joodse prinsesjes' die Ava op de universiteit was tegengekomen amateurs. Ze moest daaraan denken toen ze een vrouw in een roodzijden blouse en met een exemplaar van de *Sing Tao* onder haar arm Lucky Season zag binnenkomen en om zich heen kijken.

Ze was lang voor een Chinese en leek nog langer door haar stilettoschoenen van fijn en ongetwijfeld soepel rood leer. Haar zijden blouse had ze gecombineerd met een zwartlinnen broek en een goudkleurige riem met het Chanel-logo op de gesp. Haar wenkbrauwen had ze tot twee dunne streepjes geëpileerd en haar gezicht was bedekt met een laag make-up. Ava zag de juwelen al vanuit de verte. Enorme diamanten oorknoppen; twee ringen, de ene met zo te zien een driekaraatsdiamant, de andere getooid met een bewerkte groene jade, omkranst door robijnen; en een crucifixhangertje bezet met diamanten en smaragd. Het enige wat het beeld van het perfecte Hongkongse prinsesje verstoorde was het haar, dat zedig naar achteren was getrokken en met een simpel zwart elastiekje in haar nek was samengebonden.

Ava stond op en zwaaide in haar richting. De blik van de vrouw bleef op haar rusten en Ava kon niet goed uitmaken wat daarin viel te lezen. Teleurstelling? Herkenning? Misschien had ze geen vrouw verwacht. Misschien had ze niet iemand in een zwart Giordano-T-shirt en een Adidas-trainingsbroek verwacht.

Ze begroetten elkaar in het Kantonees.

'Ik spreek liever Engels,' zei Ava.

'Ik ook,' zei de vrouw. 'Ik ben Alice.'

'Ava.'

'Ik weet het.'

Ze bestudeerden het dimsummenu en streepten ten slotte zes doosjes aan. Toen de kelner hun formulier meenam, zei Ava: 'Ik weet dat deze tent belachelijk goedkoop lijkt, maar het eten is hier heel goed.'

'Ja, ik heb hier al eens gegeten,' zei Alice.

'En, Alice, waar ken je Andrew van?'

'Andrew is mijn broer.'

'Aha.'

'Daarom zit ik hier. Andrew wil niet te veel ophef maken over dit probleem. Hij wil de rest van de familie niet nodeloos ongerust maken.'

'Maar iemand anders is wél op de hoogte: dat familielid van je in Hongkong dat naar mijn oom is gestapt.'

'Dat is de broer van mijn moeder, onze oudste oom, en die is heel discreet. Maar hij weet er niet zoveel van, alleen maar dat Andrew hulp nodig heeft bij het inzamelen van geld voor het aflossen van een schuld.'

'Drie miljoen dollar.'

'Eerlijk gezegd nog iets meer. Alles bij elkaar komt het in de buurt van vijf miljoen.'

'Gaat het soms om zo'n Chinese deal?' vroeg Ava.

Alice keek een beetje beduusd.

'Je kent dat wel,' vervolgde Ava, 'zo'n deal waarbij iemand geld nodig heeft en het niet bij een bank of via andere gebruikelijke bronnen kan krijgen. Dus gaat hij naar zijn familie, en als de familie het bedrag niet kan opbrengen gaat hij naar een vriend van de familie, en die vriend heeft misschien een vriend, of een oom, en uiteindelijk komt het geld terecht bij degene die het nodig heeft, er worden links en rechts handen geschud, er komt geen letter op papier, en elke schakel in de keten, elk familielid, elke vriend, heeft zijn eigen stukje verantwoordelijkheid voor het terugbetalen van het geld.'

'Nee, zo is het helemaal niet gegaan,' zei Alice. Ze haalde een dikke manilla-enveloppe uit de *Sing Tao* tevoorschijn. 'Hier zit alles in. Een brief van mijn broer waarin hij uitlegt hoe de deal in elkaar steekt en wat er allemaal is gebeurd totdat de zaak ontspoorde. Verder nog allerlei ondersteunende documentatie: het oorspronkelijke leencontract, bestellingen, bankgaranties, facturen, e-mails. Mijn broer is heel secuur.'

'Erg prettig, voor de verandering,' zei Ava.

De eerste dimsum werd opgediend: kippenpootjes in *chu hou*-saus en garnalendumplings met bieslook, in halvemaanvorm. Ze begonnen allebei aan de kippenpootjes, en zodra ze vlees en vel van de botjes zogen verflauwde het gesprek. Daarna kwam er *har gow*, een ander soort garnalendumplings, pikante gezouten inktvis, garnalen en vlees in gestoomde tahoe, en radijstaart op tafel. Alice schonk steeds weer Ava's theekopje vol, en elke keer tikte Ava op tafel als stilzwijgend dankjewel.

'Ben jij ook bij het bedrijf betrokken?' vroeg Ava.

'Nee, ik heb er niets mee te maken, maar ik heb een sterke band met mijn broer.'

'Wat voor bedrijf is het?'

'Het is een bedrijf dat zich specialiseert in de financiering van aankooporders en documentair krediet. Je weet hoe dat gaat tegenwoordig. Bedrijven krijgen grote orders en hebben soms het geld niet om de productie te financieren. En ook al hebben ze een garantie van de bank, dan kan de bank nog heel lastig zijn. En ook al helpt de bank, dan is dat nooit voor het hele bedrag. Dus het bedrijf van mijn broer vult het gat. Het schiet het bedrijf geld voor, tegen een enorm hoge rente natuurlijk, maar de bedrijven weten dat van tevoren en verwerken dat in hun winstmarges.'

'Hoe hoog?'

'Minimaal twee procent per maand, drie is gebruikelijk.'

'Niet gek.'

'Ze dichten een gat.'

'Het was geen kritiek.'

'Hoe dan ook, eens in de zoveel tijd hebben ze een probleem. Dat zijn meestal geen grote problemen en ze komen ook niet vaak voor. Ze doen namelijk veel boekenonderzoek en financieren niet iets wat riskant lijkt. Bovendien gaat het meestal om bestellingen en garanties van blue-chipbedrijven.'

'Tot nu toe dan.'

'Ja.'

'En wat voor blue-chipbedrijf was dat dan, of gaat het om een uitzondering?'

'Major Supermarkets.'

Ava stond perplex. 'De grootste detaillist in Noord-Amerika!'

'Ja.'

'En wat is er misgegaan?'

Alice begon aan een antwoord, maar onderbrak zichzelf. 'Ik denk dat je beter eerst de inhoud van de enveloppe kunt doornemen. Als je meer informatie of verdere toelichting wilt kun je het beste mijn broer rechtstreeks bellen. Zijn mobiele nummer en privénummer vind je in de enveloppe. Hij wil niet dat je hem op kantoor mailt of belt. Hij zei ook dat je hem altijd kunt bellen, 's nachts en overdag. Hij heeft de laatste tijd niet veel geslapen.'

'Oké, ik ga de stukken lezen.'

'Het is allemaal erg moeilijk voor hem,' zei ze langzaam. 'Hij gaat er altijd prat op dat hij voorzichtig is en integer te werk gaat. Hij kan maar moeilijk accepteren dat dit hem overkomt.'

'Zoiets kan gebeuren,' zei Ava.

Alice speelde met het kruisje om haar nek en keek naar het simpeler model dat Ava droeg.

'Ben je katholiek?' vroeg Ava.

'Ja.'

'Ik ook. Woon je hier in Toronto?'

'Ja, als enige. De rest van de familie woont in Hongkong.'

'Wat voor werk doe je?'

'We zitten in de textielbranche, mijn man en ik. Hij is ook Chinees, van het vasteland, en we hebben daar en in Maleisië en Indonesië fabrieken.'

'Harde branche. Mijn vader heeft er een tijdje in gezeten,' zei Ava.

'We hebben geboft. Mijn echtgenoot concludeerde jaren geleden al dat de enige manier om te overleven was in de private-labelproductie stappen. Dus dat is nu het enige wat we doen.'

'Ben je bij de dagelijkse gang van zaken betrokken?'

De vrouw staarde ineens een beetje vreemd voor zich uit. Ava vroeg zich af of ze een gevoelige plek had geraakt. 'Ik wil geen bemoeial zijn,' zei ze er snel achteraan.

'*Momentai*, geeft niet,' zei Alice. 'Ik heb twee zoons, dus ik besteed de meeste tijd aan hun opvoeding en het huishouden. Mijn man houdt me in grote lijnen op de hoogte en ik moet nog steeds aanpappen met de echtgenotes van de klanten, maar ik ben er niet echt bij betrokken.'

Ava wilde de prijslijst pakken, maar Alice was haar voor. 'Ik betaal,' zei ze.

'Dank je wel.'

Ava's Adidas-jack hing over de rugleuning van haar stoel. Toen ze zich omdraaide om het te pakken, zag ze Alice' blik weer op zich gericht. 'Heb ik iets verkeerds gezegd of gedaan?'

'Nee, helemaal niet. Maar je komt me zo bekend voor. Waar heb je gestudeerd?'

'Hier aan York University, daarna aan Babson College, bij Boston.'

'Nee, daarvóór bedoel ik. *High school.*'

'Ik zat op Havergal College.'

'Ik ook,' zei Alice.

'Ik kan me jou niet herinneren.'

'Heb je een oudere zus die Marian heet?'

'Ja.'

'Bij haar heb ik in de klas gezeten. We hoorden bij de eerste golf Chinese studenten en klitten behoorlijk bij elkaar. En jij zat zo'n twee, drie klassen lager?'

'Twee,' zei Ava.

'Ik heb je wel eens samen met Marian gezien.'

Ava pijnigde vergeefs haar geheugen, maar Marian had bij een groep van tientallen kwetterende Chinese meisjes gehoord. 'Ze is nu getrouwd, heeft twee dochters en een man die een rijzende ster is bij de Canadese overheid.'

'Is hij Chinees?'

'Nee, Canadees.'

'Zo vergaat het meisjes van Havergal: die weten hoe je een goede partij aan de haak slaat,' zei Alice, en ze keek naar Ava's rechterhand. 'Je bent niet getrouwd?'

'Nee,' zei Ava.

'Werkende vrouw.'

Alice hield de prijslijst omhoog zodat een kelner die kon meenemen naar de kassa. Toen hij weg was vouwde ze haar handen keurig voor zich op tafel, op zijn Havergals, en keek Ava doordringend aan. 'Hoe ben je eigenlijk in dit werk gerold? Ik bedoel, het is best wel apart. Mijn broer heeft me verteld wat voor bedrijf jullie hebben, en toen ik hoorde dat ik een vrouw zou ontmoeten zag ik echt niet een type als jij voor me. En ik ging ervan uit dat die vrouw eerder een soort tussen-

21

persoon was dan iemand die actief bij het bedrijf is betrokken. Want dat ben je toch?'

'Dat ben ik, ja.'

'Nou ja, ik dacht het maar... Het was niet neerbuigend bedoeld. Mijn man heeft vroeger wel bedrijven als dat van jou moeten inschakelen, dus ik weet wel zo'n beetje hoe ze te werk gaan en wat voor soort mensen er werken. Daarom had ik ook niet zo'n jong iemand verwacht.'

'En dan ook nog eens een vrouw,' zei Ava met een lichte glimlach.

'Ja, ook dat. Maar hoe ben je hier nou in gerold?'

De vraag overviel Ava. Ze was meer gewend aan vragen stellen dan aan ondervraagd worden, en even aarzelde ze. 'Zo'n saai verhaal,' zei ze.

'Alsjeblieft,' drong Alice aan.

Ava schonk voor hen beiden thee in, en Alice tikte met haar vinger op de tafel om te bedanken.

'Het is echt saai.'

'Ik weet niet of ik je moet geloven.'

Ava haalde haar schouders op. 'Na mijn studie ging ik voor een groot accountantskantoor in Toronto werken, maar ik ontdekte al snel dat dat niets voor mij was. Ik was eerlijk gezegd een bedroevend slechte medewerker. Ik had er moeite mee om deel van een grote bureaucratie uit te maken, om te moeten doen wat je wordt opgedragen zonder dat je je mag afvragen of het wel effectief of efficiënt is. Als ik erop terugkijk denk ik dat ik behoorlijk arrogant was, een betwetertje, altijd in de startblokken om met mijn bazen in discussie te gaan. Ik heb het er een halfjaar volgehouden en toen mijn biezen gepakt. Ik was blij dat ik weg was, maar volgens mij waren zij net zo blij dat ze van mij af waren. Ik besloot mijn eigen toko te starten, huurde hier een kantoor – twee gebouwen verderop, om precies te zijn – en ben toen de administratie gaan voeren voor vrienden van mijn moeder, kleine bedrijfjes en zo. Een van die bedrijfjes, een kledingimporteur, je zult het niet geloven, maar die kreeg een probleem met een leverancier in Shenzhen. Toen hij zijn geld niet kreeg heb ik hem voorgesteld om het eens te proberen, tegen een percentage van wat ik zou binnenhalen.'

'Waarom dacht je dat het zou lukken?'

'Ik ben altijd een nogal overtuigend type geweest.'

'En ben je daar echt voor naar Shenzhen gegaan?'

'Ja, maar toen ik daar kwam ontdekte ik dat die leverancier meer dan één klant had beduveld en dat er een rij wachtenden voor me was, die ook allemaal achter hem aan zaten. Alleen was hij natuurlijk nergens te vinden. Hij was hem gesmeerd met het beetje geld dat er nog over was. Toen ik daar aan het rondneuzen was ontdekte ik nog een bedrijf dat met hetzelfde bezig was als ik. Het leek me niet erg constructief om met ze te concurreren, dus ik heb ze voorgesteld om de krachten te bundelen. En zo heb ik Oom ontmoet.'

'Ja,' zei Alice, met afgewende blik. 'Andrew had het ook al over Mr. Chow. Hij heeft natuurlijk een zekere reputatie, en wat er nou wel of niet van klopt… Maar hij is dus geen bloedverwant?'

Precies de vraag die haar broer had gesteld. 'Nee, hij is een Chinese oom in de beste betekenis van het woord,' zei Ava.

'Ik begrijp het.'

Ze wil me over hem uithoren, dacht Ava, en ze vervolgde snel: 'Ik had niet vanaf het begin rechtstreeks met hem te maken. Hij had een paar lui voor zich werken met eerlijk gezegd wat ruwe kantjes, het type dat je in die branche kunt verwachten. Ze wilden wel met me samenwerken, hoewel ik achteraf gezien denk dat ze me wilden paaien, of misschien dachten ze me op die manier in bed te krijgen. Hoe dan ook, Oom had een uitgebreid netwerk en we hadden die vent in *no time* te pakken. Maar toen het op vangen aankwam gingen die lui van Oom niet bepaald subtiel te werk. Als ik me er niet mee had bemoeid en wat boekenonderzoek had gedaan, had die vent zich uit het grootste deel van zijn schulden kunnen kletsen.

Toen Oom hoorde wat ik had gedaan vroeg hij of ik voor hem wilde komen werken. Ik zei dat ik niet erg gecharmeerd was van zijn andere werknemers. Hij zei dat hij die geleidelijk aan liet afvloeien en dat we qua stijl goed bij elkaar pasten. Dat is nu tien jaar geleden, en in die tien jaar hebben Oom en ik meestal alleen met elkaar gewerkt.'

'En je hebt duidelijk succes gehad.'

'We hebben niet te klagen.'

De rekening kwam en Alice legde twintig dollar op het dienblad.

'Ava, vond je mijn broer wanhopig klinken?'

'Niet wanhopiger dan de meeste klanten.'

'Nou, ik kan je wel vertellen dat hij behoorlijk wanhopig is. Die vijf miljoen dollar vormen bijna het hele kapitaal dat onze familie in de afgelopen twee generaties heeft verzameld.' Ze pakte over de tafel heen Ava's hand en kneep erin. 'Alsjeblieft, doe wat je kunt om ons te helpen.'

3

Het was bijna vier uur toen Ava voor haar appartement stopte, de conciërge haar autosleutels toewierp en naar boven ging, met de nog ongeopende manilla enveloppe onder haar arm gestoken.

Ze trok een zak zuurtjes open, maakte een kop koffie en ging aan de keukentafel zitten. Haar gedachten dwaalden af. Ze had al heel lang niet meer teruggedacht aan of gepraat over het begin van haar samenwerking met Oom en de opbouw van hun bedrijf. Ze had Alice Tam de waarheid verteld, maar niet meer dan de naakte feiten. Toen ze bedacht hoe naïef ze in het begin was en wat ze nu allemaal aankon was het alsof ze twee verschillende personen voor zich zag.

In de beginperiode had ze genoeg expertise gehad om de financiële aspecten van een zaak te beoordelen. Ze kon dankzij haar nieuwsgierigheid, fantasie en opleiding geld traceren en vinden, op volgens de oplichters onvindbare plaatsen. In het begin was ze vooral daarop gefocust. Geleidelijk aan ging ze zich meer toeleggen op het incasseren van geld. In het begin was ze de vriendelijke openingszet in het gesprek bij het bewerken van een doelwit. Ze wist mensen handig aan de praat te krijgen, vooral mannen. Die zagen in haar dat exotische jonge ding, met dat zachte stemmetje, dat zo beleefd was en dat je niet al te serieus hoefde te nemen. Hadden ze eenmaal ontdekt dat de zaken anders lagen, dan was het meestal te laat.

Pas toen ze zag dat het spierballenvertoon van Oom soms te ver ging en daarmee een zaak verknoeide, ging ze zich meer met de gang van zaken bemoeien. Er is maar een dun lijntje tussen iemand zo intimideren dat hij doet wat jij wilt en zoveel druk uitoefenen dat je doelwit inschat dat hij hoe dan ook de klos is en zich dus maar beter aan zijn geld kan vastklampen. Ava had een talent voor het vinden van het omslagpunt. Oom zei altijd: 'Mensen doen altijd de goede dingen om de verkeerde redenen.' Ava had dat tot haar lijfspreuk gemaakt, en ze wroette bij haar doelwit altijd naar dat diepgewortelde stukje eigenbelang, naar het enige wat ze belangrijker vonden dan vasthouden aan het gestolen geld.

Oom zei ook altijd: 'Als ze het geld eenmaal hebben, zijn ze vergeten waar het vandaan komt en hoe ze eraan zijn gekomen. Voor hun gevoel is het hun geld. Je moet ze eraan herinneren dat het geld een rechtmatige eigenaar heeft, en dat het enige waarover valt te praten de vraag is hóé ze gaan terugbetalen.'

Niet dat ze hun best niet deden om hun geld vast te houden. Toegeschreeuwd worden, vervloekingen en bedreigingen over je heen laten komen, het hoorde er allemaal bij. Regelmatig kwamen er messen, pistolen en vuisten tevoorschijn, en volgens Oom was dat de reden van zijn spierballenvertoon. Moest er intimidatie en geweld aan te pas komen, dan wilde hij de sterkste zijn. Maar het probleem was volgens Ava dat vertoon van geweld averechts werkte. Eén blik op de ploeg van Oom was voor het doelwit voldoende om zich op te maken voor het onvermijdelijke gevecht. Het geweld vertroebelde het proces en had tot gevolg dat het geld vrijwel naar het tweede plan verschoof.

Ava wist Oom zover te krijgen dat hij de mannetjesputters liet schieten en ze alleen inschakelde als het echt nodig was. Hij maakte zich nog wel zorgen om de kans op fysiek geweld van de tegenstander. 'Ik kan wel op mezelf passen,' had Ava gezegd. En dat was ook zo.

Op haar twaalfde was ze begonnen met vechtsport, en ze had al heel snel laten zien dat ze daar goed in was. Ze was snel, lenig en niet bang. Binnen een paar maanden lag ze zo ver voor op de rest van de groep dat de leraar haar naar de tieners bevorderde, en een jaar later werd ze opnieuw bevorderd en mocht ze bij de volwassenen trainen. Op haar vijftiende stond ze op hetzelfde niveau als haar leraar. Hij nam haar apart en vroeg of ze belangstelling had om bak mei te leren. Dat was een oude vechtmethode, vertelde hij, die alleen voor mensen met een groot talent was weggelegd. Hij werd uitsluitend één op één bijgebracht, en volgens de traditie gebeurde dat van vader op zoon, maar tegenwoordig ook van meester op leerling. Er was in Toronto één leraar, grootmeester Tang. Ava moest een aantal keren bij hem komen voordat hij haar als leerling aannam. Ze was zijn tweede pupil, de eerste was een andere tiener, Derek Liang, en hoewel Ava en hij nooit samen les hadden gehad of met elkaar hadden getraind, waren ze in de loop der jaren bevriend geraakt.

Af en toe had Ava Dereks hulp ingeroepen bij haar incassowerk. Ze praatten daar nooit over met andere vrienden. Die wisten geen van allen wat voor werk ze deed en waren inmiddels gewend aan het feit dat ze af en toe een paar dagen of weken de stad uit was voor zaken. Ze betwijfelde of ze zelfs in de gaten hadden dat ze weg was.

Ava vond bak mei de perfecte vechtsport voor vrouwen. De handbewegingen waren snel, licht en kort, de handen werden onder maximale spierspanning uitgestrekt, waar de energie vrijkwam. Je had niet veel fysieke kracht nodig om effectief te zijn. Bak-mei-aanvallen waren bedoeld om schade te veroorzaken, gericht als ze waren op gevoelige lichaamsdelen als oren, ogen, hals, oksels, taille, buik en natuurlijk de liesstreek. Schoppen waren eigenlijk nooit op het bovenlichaam gericht. Bak mei was Ava niet komen aanwaaien. Ze had moeten leren om te gaan met haar gebrek aan fysieke kracht, althans vergeleken met Derek en meester Tang, en gebruik te maken van haar sterke kanten: haar bliksemsnelle reflexen en haar bijna griezelige precisie.

En leren deed ze. 'Ik kan wel op mezelf passen,' had ze tegen Oom gezegd. En in al die jaren dat ze hadden samengewerkt had hij daar nooit aan hoeven te twijfelen.

Het waren winstgevende jaren geweest, waarin Ava genoeg had verdiend om het appartement en de auto te kopen en een indrukwekkende aandelenportefeuille op te bouwen. Maar het mooiste was dat het plezier in hun werk maar voor een deel werd bepaald door de inkomsten. Allereerst was er het uitstippelen van de route naar het geld, en die was geen twee keer hetzelfde. Emotioneel vergde het veel van haar, maar het dwong haar ook om al haar zintuigen intensiever te gebruiken en haar denkprocessen te verscherpen. En dan waren er de opdrachtgevers. Hoewel ze soms over hen klaagde, vooral over de klanten die in hun wanhoop veel te veeleisend waren en zich aan haar vastklampten, had ze ook Ooms visie overgenomen dat het verdoolde zielen waren, op zoek naar verlossing. 'Als we hun geld binnenhalen, redden we in feite hun leven,' zei hij altijd. Ava was daar ook van overtuigd.

Ze reikte naar een zwart Moleskine-notitieboek op de hoek van de tafel, opende het op de eerste bladzij en schreef op de bovenste regel *Andrew Tam*. Ze gebruikte voor elke opdracht een apart notitieboek, een logboek waarin ze nauwgezet alles opschreef wat ze van belang vond. De notitieboekjes van afgesloten zaken lagen in een kluis bij de Toronto-Dominion Bank twee blokken verderop.

De manilla enveloppe zat propvol papieren, en ze kreunde zachtjes bij het vooruitzicht dat ze zich door dat pakket heen moest worstelen. Maar na een snelle diagonale blik door de papieren kon ze weer glimlachen. De documentatie was perfect gesorteerd en bevatte een volledig en chronologisch overzicht van Andrew Tams zaken met een bedrijf genaamd Seafood Partners, te beginnen met een brief van hemzelf waarin hij de gang van zaken van begin tot eind samenvatte. Hij verwees in zijn brief zelfs naar bijgevoegde en netjes genummerde stukken. Ava bewonderde zijn grondigheid maar vroeg zich af wat voor krankzinnige bui hem ertoe had gebracht om met een bedrijf in zeevruchten in zee te gaan.

Van alle figuren met wie ze ooit te maken had gehad waren die lui het ergst. Het leek wel of de diefstal in hun genen zat, en als ze eenmaal je geld hadden, dan was het makkelijker om met je handen je tanden uit te trekken dan je geld terug te krijgen. Een van haar klanten in Vancouver had ooit twee veertig-voetcontainers met Chinese sint-jakobsschelpen gekocht. Toen de partij in Canada arriveerde ontdekte hij dat de kisten – waarop duidelijk SINT-JAKOBSSCHELPEN stond – gevuld waren met makreel die verkeerd was ingevroren en daardoor beschadigd. Ze had bijna twee weken door het noordoosten van China moeten reizen en in het stoffige, smerige Dalian, aan de Gele Zee bij de Koreaanse grens, visverwerkende bedrijven langs gemoeten voordat ze de emballeur te pakken had. Daarna duurde het nog een week voordat ze het geld terug had. Toch zou de klus nog langer hebben geduurd als Oom haar niet in contact had gebracht met een hooggeplaatste generaal. Ze moesten de opbrengst met hem (en waarschijnlijk met zijn staf) delen, maar zonder zijn invloed had ze daar misschien nog een paar weken langer moeten blijven.

Het bedrijf van Tam heette Dynamic Financial Services. Het lag aan Des Voeux Road, vrijwel naast het hoofdkantoor van de Hongkong Shanghai Bank aan Queen's Road in Central, het hart van Hongkongs financiële district. Ongeveer een jaar geleden was Dynamic Financial Services door Seafood Partners benaderd met een grote aankooporder van Major Supermarkets. Het ging om zes miljoen pond Thaise garnalen, gekookt, gepeld en ontaderd, compleet met staart.*

Ava maakte haar eerste aantekening: *Wie heeft Seafood Partners met Dynamic in contact gebracht?*

---

* 1 pond avoirdupois (avdp) = 453,59237 gram, 1 kilo avdp = 2,20 pond.

De hoofdorder had een looptijd van twaalf maanden en de prijs was voor de hele periode vastgelegd.

Aantekening twee: *Garnaal is toch een dagvers product, waarvan de prijs fluctueert? Hoe kon Seafood Partners zich dan voor een jaar aan Major Supermarkets verbinden?*

De garnalen moesten worden verpakt onder het huislabel van Major Supermarkets. Tam had een exemplaar van hun specificaties bijgevoegd. Die leken niet uitzonderlijk hard. Elke zak moest gemiddeld 37 tot 39 garnalen bevatten. Iedere zak moest een netto gewicht van een pond hebben, waarbij onder 'netto' werd verstaan het gewicht nadat de garnalen waren ontdooid. Alle staarten moesten dezelfde rode tint hebben; zwarte staarten waren niet toegestaan. Het residuniveau van tripolyfosfaten en/of zout mocht maximaal 2 procent bedragen. De garnalen mochten maar één keer worden ingevroren. Op het specificatiedocument had Tam de eisen aan nettogewicht en residuniveau van tripolyfosfaten geel gemarkeerd.

Men was ervan uitgegaan dat Major Supermarkets zo'n 500.000 pond garnalen per maand nodig zou hebben. Om die overeengekomen hoeveelheid te kunnen leveren zou Seafood Partners permanent 1,5 miljoen pond garnalen in de boeken moeten hebben: een voorraad gereed product van 500.000 pond, 500.000 pond op transport van Thailand naar de Verenigde Staten, en nog eens 500.000 pond in de verwerking. Seafood Partners kocht de garnalen voor $ 4,10 per pond en verkocht ze aan Major Supermarkets voor $ 4,80 per pond.

Aantekening 3: *Hoe dacht Seafood Partners in godsnaam nog winst te maken, gelet op de kosten van invoer, opslag, vervoer over land, distributie en een betalingsregeling die neerkwam op een financiering van 90 dagen tegen 2 à 3 procent?*

Major Supermarkets had de aankooporder geplaatst bij Seafood Partners. Seafood Partners droeg de rechten uit de order over aan Dynamic Financial Services. Dynamic verschafte documentair krediet aan de Thaise emballeur en verzorgde de invoer in de Verenigde Staten. Major Supermarkets had zes distributeurs, die wekelijks bestellingen voor garnalen opgaven; van die suborders ging een kopie naar Seafood Partners en Dynamic Financial Services. Seafood Partners leverde de bestellingen uit voorraad en Dynamic Financial Services stuurde de rekening rechtstreeks naar Major Supermarkets. De betaalcheques gingen naar Dynamic, die wat hun toekwam verhoogd met rente inhielden en het restant overmaakten naar Seafood Partners.

Aantekening 4: *Waarom had Dynamic de hele voorraad niet zelf in beheer genomen? Waarom liet het Seafood Partners de leveranties verzorgen?*

Na vijf maanden vertroebelden de verhoudingen tussen Major Supermarkets en Seafood Partners. De verkoop van garnalen liep niet volgens verwachting en de inkoper bij Major Supermarkets beraadde zich op de looptijd en omvang van de aangegane verplichtingen. De documentatie bevatte e-mails over en weer tussen partijen, en in veel van die berichten was de inkoper uit op prijsverlaging. Hij beweerde dat de markt oververzadigd was en dat hij dezelfde garnalen bijna overal goedkoper kon krijgen. Hij had hun hulp nodig om te kunnen blijven concurreren.

Eerst weigerde Seafood Partners. Een deal was een deal, hielden ze vol. De inkoper bleef aandringen op prijsverlaging, onder het uiten van niet al te subtiele dreigementen dat hij naar elders zou uitwijken om de gemiddelde prijs van Seafood Partners' producten te verlagen. Uiteindelijk zwichtte Seafood Partners en liet het de prijs zakken naar $ 4,40.

Aantekening 5: *Had Dynamic Financial Services nooit gevraagd of de prijs ook maar iets omlaag kon?*

Al lezend zag Ava de crash aankomen. Op welke manier dat zou gebeuren wist ze niet, maar Tams gele markeringen van netto gewichten en chemische residuniveaus zeiden genoeg.

Er zijn verschillende manieren om aan voedingsproducten meer te verdienen dan de markt kan bieden. Sjoemelen met gewichten is misschien wel de simpelste. Plak een etiket met een gewichtsaanduiding van 500 gram op een zak, stop er 465 gram in, en je verhoogt je winst met 7 procent. Als iemand de zak daadwerkelijk weegt heeft de emballeur een probleem. Maar het gewicht van garnalen is ook makkelijker te manipuleren dan dat van de meeste andere zeevruchten, omdat je ter bescherming van het vlees een laagje ijs om de garnaal moet aanbrengen. Onder normale omstandigheden wordt een ijslaagje van 5 procent aangebracht, zodat een pondszak garnalen een brutogewicht van 525 gram krijgt. Bracht Seafood Partners een ijslaagje van 12 procent aan, dan had de zak nog altijd een bruto gewicht van 525 gram, maar bevatte hij 60 gram ijs en dus maar 465 gram garnaal. Zo'n product zou elke oppervlakkige inspectie doorstaan.

Een andere veelgebruikte truc is het 'oppompen' van het product door er vocht aan toe te voegen. Wie die methode had bedacht wist Ava niet, ze wist wel dat ze wordt toegepast in bijna elke branche die proteïnehoudend voedsel verwerkt, ook bij rundvlees en gevogelte. Met garnalen gaat dat heel simpel: je hoeft ze alleen maar in een chemische oplossing te leggen, bij voorkeur een tripolyfosfaat. Hoe langer de garnaal in de week ligt en hoe sterker de oplossing, hoe meer vocht hij absorbeert en hoe meer gewicht hij krijgt, nepgewicht dus.

De financiële gevolgen van het verhogen van het gewicht reiken verder dan het extra gewicht op zichzelf. Garnalen worden verkocht naar hun formaat: hoe groter de garnaal, hoe duurder. Garnalen waarvan er tussen de 31 en de 40 in een pond gaan, brengen meer op dan kleinere garnalen van tussen de 41 en 50 stuks per pond. Dus als Seafood Partners het gewicht op chemische wijze voldoende kon verhogen om de teller van 41 tot 50 stuks per pond naar 31 tot 40 stuks te laten uitslaan, verdienden ze meer per pond.

Welke van die stunts had Seafood Partners uitgehaald? Allemaal. Ava kon het nauwelijks geloven. Bedrog plegen met één methode was al riskant. Twee stuks hanteren was smeken om moeilijkheden. Maar alle drie? Totale waanzin – of totale wanhoop.

Major Supermarkets had hen betrapt. Eigenlijk had de U.S. Food and Drug Administration, de FDA, hen als eerste betrapt, bij een routinecontrole waarbij de verschillen in gewicht werden geconstateerd. De FDA droeg het probleem over aan het interne kwaliteitsteam van Major Supermarkets, dat zich erin vastbeet en de hele zaak naar buiten bracht. Precies het excuus dat hun inkoper nodig had om van het jaarcontract af te komen. Op de dag na de uitslag van het interne onderzoek kreeg Seafood Partners te horen dat ze van de lijst van leveranciers waren geschrapt. Wat al in de winkel lag moest worden teruggenomen, de hoofdorder werd opgezegd, de voorraden in de Verenigde Staten en de transporten op zee waren vanaf dat moment hun probleem, en geen enkele openstaande rekening zou nog worden betaald.

Seafood Partners bracht Dynamic Financial Services niet op de hoogte van het fiasco. Pas toen Dynamic Major Supermarkets belde over de openstaande rekeningen werd hun verteld wat er aan de hand was. Ondertussen had Seafood Partners de voorraden weggehaald en

Dynamic had geen idee waar ze waren. Meer dan een miljoen pond garnalen was zoek. Voeg daarbij bijna een miljoen dollar aan onbetaalde rekeningen en Dynamic zat voor op zijn minst vijf miljoen dollar in het schip.

Andrew Tam had goed werk geleverd met het bundelen van het materiaal. Er zaten kopieën van het financieringscontract bij, de hoofdorder, documenten betreffende het verstrekte documentair krediet en exemplaren van de suborders van Major Supermarkets. Hij had het keuringsrapport van de FDA en de rapporten van Major Supermarkets' kwaliteitsteam bijgevoegd en op een of andere manier een reeks e-mails weten te bemachtigen van Seafood Partners aan de emballeur, aan wie in niet mis te verstane termen instructies werden verstrekt.

Aantekening 6: *Heeft Tam contact gehad met de emballeur? Is de emballeur op een of andere manier aansprakelijk?*

Ava keek op haar horloge: het was nu vier uur 's ochtends in Hongkong. Ze draaide Tams mobiele nummer. Tot haar verrassing nam hij op. 'Ik hoopte al dat u zou bellen,' zei hij.

'Ik heb net de stukken helemaal doorgenomen. Wat een toestand.'

Het bleef even stil aan de andere kant en Ava vroeg zich af of ze hem had beledigd. Toen zei hij: 'Brand maar los.'

Ze keek op haar aantekeningen. 'Ik zie op het financieringscontract twee handtekeningen namens Seafood Partners. Hoeveel partners heeft het bedrijf?'

'Dat zijn er twee: George Antonelli en Jackson Seto. Antonelli woont in Bangkok. Hij gaat over productie en technische zaken.'

'Zoals te weinig gewicht?'

'Dat denk ik. Seto pendelt zo'n beetje tussen Seattle en Hongkong. Hij schijnt in beide plaatsen een vast adres te hebben. Hij is de man van marketing en financiën.'

'Ik neem aan dat u met beide mannen over dit probleem hebt gesproken?'

'Dat heb ik geprobeerd.'

'En?'

'Ze probeerden het eerst af te schuiven op de inkoper van Major Supermarkets en zeiden dat die een manier zocht om van ze af te komen en elders goedkoper in te kopen. Maar nadat ik de keuringsrapporten van de FDA en Major had gekregen, pakten ze het anders aan.

Ze zeiden dat ik bij de emballeur moest zijn, die had met de specificaties zitten rommelen en was aansprakelijk voor de schade. Van de emballeur kreeg ik de e-mails van Antonelli, waarin die hem opdracht gaf om de specificaties te veranderen. De e-mails waren heel gedetailleerd.'

'En toen?'

Het bleef even stil. 'En toen stopten ze met het beantwoorden van e-mails en voicemailberichten.'

'Waar staat het bedrijf geregistreerd?'

'Hongkong.'

'En de bankrekening?'

'Ook in Hongkong, maar er staat niets op.'

'Is dat de rekening waarnaar u geld hebt overgemaakt?'

'Ja.'

'Altijd naar Hongkong?'

'Ja.'

'Ze kunnen een offshore-rekening hebben.'

'Ik zou het niet weten.'

Ze beet op een zuurtje. 'Vertel eens, Andrew, waar kent u die Seto van? Wie heeft jullie met elkaar in contact gebracht?'

'Een oude schoolvriend van me. Hij heeft Seto in Hongkong ontmoet, via een andere vriend. Seto zei dat hij financiering zocht voor een grote order, en die schoolvriend bracht hem met mij in contact. Volgens mij kende hij Seto helemaal niet zo goed.'

'Ik heb naar de cijfers gekeken, en die winstmarges zijn nogal mager. Vond u dat niet verontrustend?'

'Seto zei dat die gebruikelijk zijn in de branche en vervolgens insinueerde hij – eigenlijk was het meer dan insinueren – dat ze werden beduveld door de emballeur.'

'En toen de verkoopprijs voor Major Supermarkets omlaag ging: nog steeds niet bezorgd?'

'Ja, eerlijk gezegd wel. Maar ik haalde mijn kosten en rente er nog uit, en Seto zei tegen me dat ze wat ze nodig hadden van de emballeur zouden krijgen.'

'Stelde u de facturen op?'

'Ja, dat was niet zo moeilijk. Meestal een stuk of zes rekeningen per week, en met een betaaltermijn van dertig dagen hadden we altijd maar vierentwintig tot dertig rekeningen uitstaan.'

'Waarom hebt u geen eigendomsoverdracht van de partij geëist?'

'Dat heb ik gedaan.'

'Hoe kunt u die dan zijn kwijtgeraakt?'

'Seafood Partners mocht de leveranties verzorgen. We zijn er niet op ingericht om zaken te doen met opslagbedrijven en vervoersbedrijven en zo. Ik bedoel maar, er zit een tijdsverschil van twaalf uur tussen hier en de meeste distributiecentra van Major Supermarkets, en soms wilden ze op heel korte termijn geleverd hebben. Ik heb het personeel niet om de logistiek te verzorgen.'

Ava liep naar het raam. Het was laat in de middag en de winterse schemering zette in. Onder haar kroop het verkeer bumper aan bumper over Avenue Road. Dat zou zo doorgaan tot over zessen.

'Hebt u enig idee waar de voorraden nu zijn?'

'Nee, ik heb met het magazijn gesproken en die gaven me de naam van het transportbedrijf dat de meeste bestellingen kwam afhalen. Ze wilden verder geen informatie geven. Ze zeiden dat Seafood Partners hun klant was, en zolang die geen toestemming gaf mochten zij me geen enkele informatie geven.'

'Staan die namen ook in het dossier dat Alice me heeft gegeven?'

'Niet allemaal.'

'Kunt u die aan me mailen?' vroeg ze.

'Doe ik zodra ik op kantoor ben.'

'Wat hebt u verder nog gedaan om uw geld en uw garnalen binnen te krijgen?'

'Ik heb incassobureaus ingeschakeld.'

'Bureaus?'

'Een in Bangkok, een in Seattle en een in Hongkong.'

'Fatsoenlijke bureaus?'

'Hoe bedoelt u?'

'Ik bedoel dat ze geen machetes gebruiken.'

'Ms. Li, we zijn een respectabele financieringsmaatschappij.'

'Dat is geen antwoord op mijn vraag.'

'Ik heb bureaus ingeschakeld die me door verschillende vrienden zijn aanbevolen. Ze zijn – waren – heel professioneel. Alleen hadden ze geen succes.'

'Dus ging u naar uw oom.'

'Ik moest gewoon met iemand praten, en hij heeft verdomd veel meegemaakt.'

'Zoals China uit zwemmen.'

'Ja, klopt. Samen met uw oom.'

'Zo gaat het verhaal,' zei ze.

'En nu hebben ze ons met elkaar in contact gebracht,' antwoordde hij.

Ze pakte de bundel documenten op die hij had samengesteld en bladerde ze door om te kijken of er privégegevens van Seto en Antonelli in zaten. Toen ze niets kon vinden vroeg ze Tam wat hij daarvan had.

'Ik heb telefoonnummers en een paar adressen.'

'Geen kopieën van paspoorten, identiteitsbewijzen uit Hongkong, rijbewijzen, foto's?'

'Nee.'

'Mail me alles wat u hebt. En stuur me ook de naam en het telefoonnummer van de vent die u met Seto heeft opgezadeld.'

Het bleef weer even stil. Ze zag voor zich hoe hij daar in Hongkong in het donker zat, in een of andere flat. Waarschijnlijk een van die middelhoge flats, een mooie middenklasser van honderdtien vierkante meter, die meer dan een miljoen dollar moest hebben gekost en nog niet eens uitkeek op het water van Victoria Harbour, dat schuilging achter de muur van wolkenkrabbers die de haven omzoomden. Om je dat uitzicht te kunnen permitteren moest je hogerop zitten, op de Peak, en een nettowaarde van heel wat meer dan vijf miljoen hebben. De Peak was de top van de Victoriaberg, het hoogste punt van Hongkong. De berg liep direct vanaf de haven omhoog, door het financiële district en langs een groot aantal vijfsterrenhotels, winkels en restaurants, en met elke meter steeg ook de prijs van de grond.

'Ms. Li,' vroeg hij zachtjes, 'betekent dat dat u de opdracht aanneemt?'

'Ja, we nemen de zaak aan,' zei ze.

'Hoe lang gaat het denkt u duren?'

'Ik heb geen idee, en noem me alsjeblieft Ava.'

'Ava...'

'Echt, ik heb geen idee, en niet alleen hoe lang het gaat duren, ik heb ook geen idee of het me gaat lukken. En dat meen ik, we doen geen loze beloftes. We doen ons uiterste best en soms is dat goed genoeg. Dat heeft mijn oom ook vast wel aan jouw oom uitgelegd.'

'Hij zei dat je bijzonder goed bent in je werk.'

'Dat wil niet zeggen dat ik altijd succes heb.'

'Moeten we het nog over je tarief hebben?' vroeg hij.

'Heeft je oom verteld hoe dat werkt?'

'Hij zei dat je een derde van wat je binnenhaalt houdt.'

'Dat klopt. Het lijkt veel, maar we vragen geen voorschot, betalen al onze eigen kosten, en vangen we niets, dan wordt er geen cent betaald en zijn we ook nog eens het geld dat we hebben uitgegeven kwijt.'

'Ja, dat zei hij ook.'

'Mooi. Andrew, stuur me de informatie die ik je heb gevraagd en zorg dat je bereikbaar bent als ik je nodig heb. En niet zenuwachtig worden als je een tijdje niets hoort. Ik breng geen tussentijds verslag uit.'

Ze hing op en liep terug naar het raam. Het sneeuwde en volgens de langetermijnweerberichten bleef dat voorlopig zo. Een week of twee in Hongkong en Bangkok was helemaal niet zo'n gek idee.

4

Ava sliep goed en stond op met het gevoel dat dit een dag met een missie was. Ze nam wel de tijd voor haar ochtendritueel van gebed, rekoefeningen, koffie, *Globe and Mail* en tv. Pas om negen uur belde ze Oom. Uit de achtergrondgeluiden maakte ze op dat hij in een restaurant zat. Ze vertelde tot in detail wat Tam was overkomen.

'Stom,' zei Oom.

'We hebben wel erger gezien.'

'Hij wordt geacht een professional te zijn.'

'Hij financiert aankooporders. En wie is er nou meer kredietwaardig dan Major Supermarkets?'

'Dat is zo. En wat ga je nou doen?'

'Ik ga eerst maar eens achter de garnalen en/of het geld aan.'

'Denk je dat het lastig wordt?'

'Nee, dat moet me vanochtend wel lukken.'

'En daarna?'

'Daarna moet ik Seto en Antonelli zien te vinden.'

'Wel een aparte combinatie voor zakenpartners: een Chinees en een Italiaan. Die blijven meestal onder elkaar.'

Daar had Ava nog niet over nagedacht, maar ze moest hem gelijk geven.

'Ik moet misschien naar Hongkong en waarschijnlijk ook naar Bangkok.'

'Wanneer?'

'Over een dag of twee.'

'Geef me je reisschema door. Dan zie ik je op Chek Lap Kok Airport.'

'Oom, ik heb in Bangkok misschien wat hulp nodig.'

'Ik bel onze vrienden.'

'Als ik naar Bangkok moet heb ik graag een auto met een chauffeur die Engels spreekt en een beetje uit de voeten kan, en verder de gebruikelijke ditjes en datjes.'

'Dat wordt dan een agent. We hebben daar onze contacten. Het wordt of de politie of het leger, en aangezien we niet aan drugssmokkel doen of raketinstallaties verkopen is de politie de beste keus.'

'Fijn. Zodra ik mijn reisschema heb stuur ik het aan u door.'

Ze had Oom vanaf haar vaste lijn gebeld. Ze hing op, haalde haar mobieltje tevoorschijn, deed het aan de achterkant open en haalde haar plaatselijke simkaart eruit. Uit een la van haar bureau pakte ze een map voor visitekaartjes. Alleen zaten er in de doorzichtige plastic hoesjes geen visitekaartjes maar een stuk of veertig simkaarten, stuk voor stuk keurig gemerkt met stad en land, en achterin zat een aantal prepaidkaarten. Ze vond de simkaart die ze nodig had en schoof hem in haar mobieltje. Toen ze het aanzette verscheen de tekst WELCOME TO AT&T 202-818-6666, een nummer in Washington D.C.

Ze had het dossier van Andrew Tam geopend voor zich liggen. Ze vond het telefoonnummer van het transportbedrijf dat de meeste partijen garnalen vervoerde, en toetste het nummer in.

'Collins Transport,' zei een vrouwenstem.

'U spreekt met Carla Robertson van de Food and Drug Administration,' zei Ava. 'Ik zou graag de directeur van uw bedrijf spreken.'

Het bleef even stil. Als de FDA werd genoemd bleef het altijd even stil. 'Dat is Mr. Collins.'

'Wilt u me met hem doorverbinden?'

Weer een stilte. 'Ik ben bang dat hij in bespreking is.'

'Mevrouw, het interesseert me niet of hij in bespreking is. Ik moet hem nu spreken. Stoort u hem alstublieft bij wat hij aan het doen is en verbindt u me met hem door.'

'Ik zal zien wat ik kan doen.'

'Dank u.'

Het duurde een paar minuten voordat Collins opnam.

'Hallo,' zei hij, 'Bob Collins.'

'Goedemorgen, Mr. Collins. Mijn naam is Carla Robertson en ik ben senior inspecteur bij de FDA hier in Washington.'

'Juist, Ms. Robertson, wat kan ik voor u doen?'

Mr. Collins, ongeveer acht weken geleden heeft uw bedrijf een groot aantal vrachtwagens met garnalen opgehaald bij Evans Cold Storage Warehouse in Landover, Maryland.'

'Dat klopt.'

'Die garnalen, Mr. Collins, zijn door ons gekeurd en bleken niet te voldoen aan diverse FDA-voorschriften. We waren van plan om er beslag op te laten leggen, maar voordat we de papieren in orde hadden is de partij al door uw bedrijf weggehaald.'

'Ms. Robertson, we hadden geen idee dat de FDA hiermee bezig was,' reageerde hij snel. 'We hebben die opdracht gekregen en in behandeling genomen zoals we dat met elke opdracht zouden doen. Het vriesopslagbedrijf zou de partij nooit hebben vrijgegeven als er beslag op had gelegen.'

'Zoals ik al zei, we zijn nogal traag geweest, maar de partijen hadden nooit mogen worden weggehaald. Wie heeft daar toestemming voor gegeven?'

'Een bedrijf genaamd Seafood Partners.'

'Hebt u daar eerder zaken mee gedaan?'

'Nee. We kregen die opdracht via een vrachtbemiddelaar. We hebben ze zelf nooit gesproken.'

'Waar is de vracht naartoe gegaan?'

'Biloxi, Mississippi.'

'Waar in Biloxi?'

'Naar de Garcia Shrimp Company.'

'Ik zou graag het adres, het telefoonnummer en de naam van de contactpersoon van dat bedrijf van u hebben.'

'Dat heb ik zo niet bij de hand. Kan ik het straks aan u mailen?'

'Nee, ik wacht wel.'

Ze hoorde hem iets mompelen en de hoorn neerleggen. De volgende persoon die ze aan de lijn kreeg was de receptioniste, die Ava de gevraagde informatie gaf. Hun contactpersoon bij Garcia Shrimp Company was een zekere Barry Ho. Hoe kwam een Chinees in godsnaam als baas terecht bij een bedrijf in Mississippi met een Mexicaanse naam?

Ze draaide het nummer in Biloxi dat Collins' receptioniste haar had gegeven. Ze werd direct doorgeschakeld naar de voicemail. Ze overwoog even of ze een boodschap zou achterlaten en zei ten slotte dat ze dringend moest worden teruggebeld.

Twintig minuten later ging haar mobieltje.

'Carla Robertson, FDA.'

'U spreekt met Barry Ho.'

'Fijn dat u zo snel terugbelt.'

'De FDA is een instantie die we serieus nemen,' zei hij, met een licht Chinees accent en een stem die zwaar gestrest klonk.

'Dat stellen we op prijs. Het maakt ons werk zoveel makkelijker als we medewerking krijgen.'

'En wat kan ik voor u doen? U had ingesproken dat het dringend was.'

'Doet u zaken met een bedrijf genaamd Seafood Partners?'

Ho aarzelde, en Ava durfde te wedden dat hij zat te dubben of hij haar wel of niet zou voorliegen.

'Ja, klopt. Maar niet vaak.'

'Volgens onze bronnen hebben ze ongeveer acht weken geleden een enorme lading garnalen naar uw bedrijf laten vervoeren.'

'Inderdaad.'

'Waarom hebben ze die naar u gestuurd?'

'Ze wilden dat die herverpakt werden. Dat is ons specialisme: herverpakken.'

'Hoezo herverpakt?'

'Ze hadden wat problemen.'

'Zoals?'

'Ms. Robertson, ik denk niet dat ik hierover zonder hun toestemming mag praten.'

'Mr. Ho, we hebben deze partij geïnspecteerd vlak voordat hij is weggehaald. We stonden op het punt op de hele lading beslag te leggen, maar ze waren ons voor. Dat kon u natuurlijk niet weten en we zullen het u heus niet aanrekenen dat u hebt gedaan alsof alles koek en ei was. Maar ik kan u verzekeren dat het voor u gunstig uitpakt als u me vertelt wat u weet.'

Ho zuchtte. Weigeren zou zijn zaak geen goed doen. 'Nou, het product zat in kleinhandelsverpakkingen voor de verkoop bij Major Supermarkets, en het gewicht was te laag. Een groot deel ervan hebben we herverpakt voor een andere detailhandelsketen en de rest hebben we in een zak van Seafood Partners gestopt.'

'En dit keer met het juiste gewicht?'

'Natuurlijk, en dat was niet makkelijk. Meestal moeten we ongeveer vijf procent extra inpakken ter compensatie van de ijslaag. Maar toen zaten we op tien procent of meer.'

'Wie was die andere detaillist?'

'G.B. Flatt.'

'In hun verpakking?'

'Ja.'

'Hoeveel?'

'Twintig vrachtwagens.'

'Hebt u nog wat over?'

'Nee, nee, we hebben het verstuurd zodra het was herverpakt.'

'Waar is het product voor G.B. Flatt heen gegaan?'

'Naar hun centrale distributiecentrum in Houston.'

'En de rest?'

'Naar een opslagbedrijf in Seattle.'

'Welk bedrijf?'

'Continental. Zij hebben de juiste vriezer.'

'Op naam van?'

'Seafood Partners.'

'Hebt u uw geld gekregen?'

'Hier gaat niets de deur uit voordat er is betaald.'

'Per cheque?'

'Ja.'

'Van Seafood Partners?'

'Ja.'

'Hebt u die cheque toevallig bij de hand?'

'Jazeker.'

'Wilt u hem er even bij pakken?'

Ze hoorde een ladekast open- en dichtgaan, en even later geritsel van papier.

'Ik heb hem hier voor me liggen.'

'Geeft u me alstublieft de details.'

De cheque was van Northwest Bank, een grote financiële instelling die haar hoofdkantoor in Seattle had. Seafood Partners had een rekening bij een filiaal in de buurt van Sea-Tac Airport. Ho gaf haar het adres, telefoonnummer en rekeningnummer.

'Met wie had u te maken bij Seafood Partners?'

'Jackson Seto.'

'Alleen met hem?'

'Verder met niemand.'

'Hebt u ooit zijn compagnon ontmoet, George Antonelli?'

'Nee, en ik heb Seto ook nooit persoonlijk ontmoet. We hebben telefonisch zaken gedaan.'

'Wanneer hebt u voor het laatst iets van hem gehoord?'

'Ik heb hem vier of vijf weken geleden gebeld, toen de laatste garnalen waren herverpakt.'

'Welk nummer heeft u gebeld?'

Hij gaf haar hetzelfde mobiele nummer dat Andrew Tam had genoemd.

'Vertelt u eens, Mr. Ho, hoe heeft Jackson Seto u gevonden?'

Hij lachte. 'Iedereen in de VS die in deze branche zit komt vroeg of laat bij mij terecht. Andermans problemen oplossen, dat is het enige wat ik doe.'

'Wel, ik zou het op prijs stellen als u over dit probleem vanaf nu niet meer met Seto praat. U hebt geen aanleiding om hem te bellen en als hij u toevallig belt, zou ik niet over dit gesprek beginnen.'

'U mag 'm hebben.'

'Bedankt.'

'Maar ik zou wel graag zien dat u straks een aantekening in uw rapport maakt dat ik heb meegewerkt.'

'Komt in orde, Mr. Ho,' zei ze.

Ava ging vervolgens op internet zoeken naar G.B. Flatt. Het was de grootste detailhandelsketen in de voedingsbranche in Texas, met meer dan driehonderd filialen. Ze speurde de afdelingen af tot ze in een lijst onder het kopje *Bederfelijke Waar* de directeur van de afdeling visproducten tegenkwam, ene J.K. Tran. Dat moest een Vietnamees zijn. Man of vrouw? Dat was niet duidelijk.

Ze zat even te dubben of ze haar FDA-personage zou laten bestaan. Ze doet het anders goed, dacht ze bij zichzelf. Carla was lekker op dreef.

J.K. Tran was niet blij met haar telefoontje. Ava had nauwelijks FDA en Seafood Partners genoemd of hij zei: 'We hebben niks fout gedaan.'

Ava vroeg zich af waarom hij direct in de verdediging schoot. Zou hij ook wat vangen? Had Seto hem omgekocht tot het kopen van die garnalen?

'Mr. Tran,' zei ze langzaam, 'we zijn uitsluitend geïnteresseerd in Seafood Partners. We hebben al gesproken met Barry Ho van Garcia Shrimp, en die heeft ons bezworen dat het product nu volledig conform de voorschriften is. Mijn probleem is dat we tegen Mr. Seto hebben gezegd dat de garnalen niet weggehaald mochten worden. Ik wil alleen maar zeker weten dat de partij zich bij u bevindt. Wij hebben verder absoluut, ik herhaal, absoluut geen dubbele agenda wat betreft G.B. Flatt. U mag de partij houden. Ik wil alleen dat u bevestigt van wie u de garnalen hebt gekocht.'

'Van Seafood Partners.'

'Jackson Seto?'

'Ja.'

'Hoeveel hebt u ervoor betaald?'

'Waarom wilt u dat weten?'

Die Tran is niet gek, dacht ze. 'We gaan een boete opleggen. Die is gerelateerd aan de verkoopprijs van de goederen.'

Dat klonk kennelijk aannemelijk, want Tran zei: 'Ik heb vier dollar per pond betaald.'

'Voor hoeveel pond?'

'Iets meer dan negenhonderdduizend.'

'En hoe is dat betaald?'

'Per elektronische overboeking.'

'Is dat gebruikelijk?'

'Het was een unieke deal. De prijs was uitzonderlijk, dus we namen de voorwaarden op de koop toe.'

'Waar is de overboeking naartoe gegaan?'

'Dat weet ik niet.'

'Wie weet het wel?'

'Crediteurenadministratie.'

'En wie moet ik daar spreken?'

'Rosemary Shields.'

'Mr. Tran, zou u iets voor me willen doen? Zet me in de wacht, bel Rosemary en vraag of ze me de betalingsgegevens doorgeeft. Dan zorg ik ervoor dat u, zij en G.B. Flatt verder buiten deze onverkwikkelijke zaak worden gehouden.'

'Moment,' zei hij.

Vijf minuten lang bleef het stil, en Ava begon al te denken dat ze de verbinding hadden verbroken. Ze wilde net ophangen en opnieuw bellen toen Tran weer aan de telefoon kwam.

'De opdracht is twee weken geleden verzonden, naar Dallas First National Bank, 486 Sam Rayburn Drive, Dallas, Texas.'

'Wiens bankrekening?'

'Seafood Partners, wie anders?'

'Hebt u een contactpersoon bij de bank?'

'Nee.'

'Telefoonnummer?'

'Ook niet.'

'In elk geval bedankt voor uw informatie. Ik zoek het verder uit bij de bank.'

Ava hing op en ging weer achter haar computer zitten. Dallas First National bleek een bank met twee vestigingen, en de hoofdvestiging zat in een winkelgalerij aan Sam Rayburn Drive. Voorzitter van de Raad van Bestuur, voorzitter van de raad van commissarissen en CEO was ene Jeff Goldman. *Druk baasje*, dacht ze.

De FDA-cover zou niet per se indruk maken op Goldman. Tijd om Rebecca Cohen uit de kast te halen.

Ze belde het algemene nummer dat op de website stond. Ze moest een lijzig verhaal van bijna een minuut over de zegeningen van plaatselijk bankieren en persoonlijke service aanhoren, en daarna werd ze op voicemail gezet. Ze overwoog opnieuw of ze een boodschap zou achterlaten. Uiteindelijk concludeerde ze dat ze geen keus had en sprak ze in dat het nummer waarop ze wilde worden teruggebeld haar rechtstreekse nummer was.

Goldman belde haar pas halverwege de middag terug. Ava was er inmiddels van overtuigd dat hij haar naam had nagetrokken en helemaal niet zou bellen, dus ze was opgelucht toen ze netnummer 214 op het schermpje zag verschijnen.

'Ministerie van Financiën, Rebecca Cohen,' zei ze.

'Ms. Cohen, u spreekt met Jeff Goldman, Dallas First National Bank. U heeft me vandaag gebeld.'

Hij klonk niet als een echte Texaan, meer als een New Yorker.

'Ja, dat klopt, en fijn dat u terugbelt.'

'Ms. Cohen, van welk departement van het ministerie bent u precies?'

'Van Binnenlandse Belastingen.'

'Dat is nog vrij vaag.'

'Mijn afdeling concentreert zich op het witwassen van geld,' zei ze.

'En waarom belt u mij dan? We zijn een plaatselijke bank, de winkel op de hoek.'

Ze wachtte tot hij zelf een paar mogelijkheden had bedacht en vroeg toen: 'Hebt u een klant genaamd Seafood Partners?'

Ze hoorde hem met zijn vuist op het bureau slaan. 'Shit,' zei hij.

'Hoe lang zijn ze al klant?'

'Shit, shit, shit.'

'Mr. Goldman,' drong ze aan, 'hoe lang zijn ze klant? Niet erg lang, durf ik te wedden.'

'Ongeveer drie weken,' zei hij met een geknepen stem.

'Wie heeft de rekening geopend?'

'Een Chinese vent die Seto heette.'

'Hoeveel heeft hij op de rekening gestort?'

'Duizend dollar.'

'Heeft hij dat persoonlijk gedaan? Is hij naar uw kantoor gekomen?'

'We doen alleen maar op die manier zaken.'

'Dus u hebt hem ontmoet?'

'Nee, een van mijn accountmanagers heeft het afgehandeld. Wat wilt u, het ging om een zakelijke rekening met een storting van duizend dollar. Maar ik heb die vent wel gezien. Lang, graatmager, dun snorretje.'

'En toen kwam er twee weken geleden per elektronische overboeking bijna vier miljoen dollar op de rekening, afkomstig van G.B. Flatt in Houston. Dat heeft u gezien, mag ik aannemen.'

'Zeker weten.'

'Vond u dat niet een beetje vreemd?'

'Nee, waarom zou ik? We zijn wel een kleine bank, maar dit is Texas, dit is Dallas, en transacties van miljoenen dollars zijn niet ongebruikelijk.'

'Toch heeft een van uw medewerkers het onder uw aandacht gebracht.'

'We moesten zeker weten dat het legaal was.'

'En hoe hebt u dat gecheckt?'

'We hebben de bank gebeld die het heeft overgemaakt, en ter extra controle de boekhouding van G.B. Flatt.'

'En?'

'Bij Flatt zeiden ze dat ze een hoop garnalen van hen hadden gekocht. Dus het klopte.'

Tijd om gas terug te nemen, dacht ze, niet te veel en te snel doordrammen. 'Die Seto, wat voor informatie gaf hij over zijn bedrijf?'

'Dat het geregistreerd is in de staat Washington, met een adres in Seattle.'

'En waarom dan een bank in Dallas?'

'Hij zei tegen die medewerkster van ons dat ze erover dachten om naar Texas te verhuizen. Ik vond het heel logisch klinken, in verband met die deal die ze met Flatt hadden gesloten, en ik weet hoe groot de garnalenbusiness in een plaats als Brownsville is.'

'Dus ze hadden geen adres of telefoonnummer in Dallas?'

'Nee, alles in Seattle.'

'Wilt u mij alstublieft die informatie geven?'

'Dat kan even duren.'

'Ik wacht.'

Het waren de telefoonnummers en adresgegevens die ze ook van Andrew Tam en Barry Ho had gekregen.

'Mr. Goldman, dat geld dat van G.B. Flatt afkomstig was, staat dat nog steeds op hun rekening bij u?'

'Voor een deel,' zei hij, op zijn hoede.

'Hoeveel?'

'Ongeveer tienduizend.'

'U maakt een grapje.'

'Nee, was het maar zo, want dit gesprek bevalt me niks.'

'Mr. Goldman, windt u zich vooral niet op,' zei ze. 'Dit soort dingen gebeurt zo vaak. Een bank, een solide, integere bank, opent een rekening voor een klant die volkomen betrouwbaar lijkt, ontvangt stortingen voor bestaande zakelijke transacties en boekt dat geld op verzoek van de klant over op een andere rekening in verband met andere vermeende handelstransacties. Want zo is het toch ongeveer gegaan?'

'Precies.'

'En waar is het geld heen gegaan?'

'Naar de Britse Maagdeneilanden.'

'Als ik het niet dacht.'

'Hoezo?'

'Mr. Goldman, de Maagdeneilanden vormen het grootste belastingparadijs ter wereld. Er zijn meer dan een half miljoen offshorebedrijven statutair gevestigd, dat is zo'n beetje de helft van alle bedrijven op de wereld.'

'Ik run maar een kleine plaatselijke bank.'

'Dat begrijp ik, dat begrijp ik. En, naar welk bedrijf is het geld overgemaakt?'

'S&A Investments.'

'Adres?'

'Ik heb een kopie van de overboeking voor me liggen. Die is zes dagen geleden verzonden naar S&A Investments, P.O. Box 718, Simon House, Road Town, Tortola, Britse Maagdeneilanden.'

'Bank?'

'Barrett's.'

'Rekeningnummer?'

'Rekeningnummer 055-439-4656.'

'Geweldig,' zei ze. 'U heeft me echt geweldig geholpen.'

'We raken niet graag in dit soort zaken verwikkeld,' zei hij.

'Dat weet ik, maar soms zijn mensen als Seto moeilijk te vermijden.'

'Nooit van zijn leven meer. Zodra ik de hoorn heb neergelegd sluit ik zijn rekening.'

'O nee, doet u dat niet,' zei ze snel. 'Laat u die rekening vooral met rust. Ik wil dat u me onmiddellijk belt als Seto weer bij de bank komt of op wat voor manier ook contact met u opneemt.'

'Ms. Cohen, weet u dat we nog een tweede elektronische overboeking hebben gehad?'

Ava was toch nog verrast. 'Nee, dat wist ik niet.'

'Ja, voor ruim een miljoen dollar, van Safeguard, een detailhandelsketen in voedingsmiddelen in Portland, Oregon. We hebben het naar dezelfde rekening op de Maagdeneilanden overgeboekt.'

'Wanneer?'

'Twee dagen geleden.'

Het zag ernaar uit dat Seto zich van de voorraad had ontdaan. Mooi. Geld terughalen was makkelijker dan goederen, bovendien zat ze dan niet met gedoe rondom verkoop als ze het spul in handen kreeg.

'U bent geweldig, Mr. Goldman. Laten we hopen dat ik u niet meer hoef lastig te vallen.'

Het was over tweeën en Ava had alleen nog maar een kom *congee* als ontbijt gehad. In Blood Street was een restaurant dat tot drie uur dimsum serveerde. Ze keek vanuit haar raam naar de straat beneden. Het sneeuwde niet, maar het was koud en winderig; de paar voetgangers die zich buiten hadden gewaagd waren dik ingepakt en haastten zich voort, kin tegen de borst gedrukt. Ze belde het Italiaanse restaurant waar ze de vorige avond had gegeten en bestelde een pizza.

Daarna belde ze haar vaste reisagent. De meesten van haar vrienden boekten online, maar Ava had liever een buffer tussen zichzelf en de luchtvaartmaatschappij voor het geval ze haar reisschema moest omgooien, en dat gebeurde nogal eens. Ze vroeg de agent om een vlucht naar Seattle te boeken en van daaruit een plaats naar Hongkong en vervolgens naar Thailand te reserveren.

Ava belde haar moeder en haar beste vriendin, Mimi, om ze te laten weten dat ze een tijdje de stad uit was. Ze zei dat ze afgemat raakte van de winter en dat ze voor een dag of tien richting Thailand ging voor een beetje zon en ontspanning.

'Reis je via Hongkong?' vroeg haar moeder.

'Ja.'

'Ga je nog bij je vader langs?'

'Nee.'

De teleurstelling in haar moeders stem was hoorbaar. 'Dus je spreekt alleen Oom?'

'Mam, ik ben alleen in Hongkong om over te stappen. Ik spreek er waarschijnlijk helemaal niemand.'

Ava reisde altijd met weinig bagage. Ze had in nog geen halfuur haar Louis Vuitton-koffer met monogram en haar Double Happiness-tas van Shanghai Tang gepakt. In de koffer ging haar zakelijke outfit: zwartlinnen broek, kokerrok, zwartleren pumps van Cole Hahn, twee zwarte bh-setjes en drie Brooks Brothers-overhemdblouses in grijsblauw, roze en wit, een met buttondownkraag, de andere twee met een verlaagde Italiaanse boord, alle drie met manchetsluiting. Ze koos een klein bijouteriedoosje voor haar Cartier Tank Française-horloge, een set manchetknopen van groene jade en een simpel gouden hangertje met kruisje. Daarna doorzocht ze het leren makeuptasje waarin ze haar verzameling klemmetjes, sierspelden, haarspelden, haarbanden en kammetjes bewaarde, haalde daar haar favoriete ivoren knotspeld uit en deed die in het bijouteriedoosje. Ava droeg haar haar meestal opgestoken en accentueerde dat graag. Met die haarspeld ging dat het beste.

Haar toilettas lag altijd startklaar met de nodige artikelen: tandenborstel, tandpasta, haarborstel, deodorant, shampoo, parfum van Annick Goutal, één lipstick, en mascara. De shampoo zat conform de veiligheidsvoorschriften van het vliegveld in een 100 ml-flesje. Vier van dat soort flesjes had ze keurig verpakt in de eveneens voorgeschreven plastic zak. Shampoo zat er maar in één van de flesjes, de andere drie bevatten chloraalhydraat.

De inhoud van de Shanghai Tang-tas was iets gevarieerder: het Moleskine-notitieboek, twee vulpennen, haar laptop, hardloopschoenen en -short, sportbh, sokken, drie Giordano-T-shirts, een Chanel-tasje voor besprekingen en twee rollen ducttape. Ava liep naar de keuken, pakte dertig zakjes Starbucks uit een blik en liet ze in de tas vallen.

Om acht uur belde ze Oom.

'Wei.'

'Ik heb het geld gevonden,' zei ze.

'De garnalen?'

'Nee, de garnalen zijn al verkocht. Ik heb het geld achterhaald.'

'Hoeveel?'

'Ongeveer vijf miljoen.'

'Waar is het?'

'Britse Maagdeneilanden.'

'Dat is geen verrassing,' zei hij. 'Half Hongkong heeft daar een bankrekening.'

'Ik ga morgenochtend naar Seattle om te kijken of ik Jackson Seto kan vinden en hem zover krijg dat hij het geld aan Andrew Tam teruggeeft.'

'Wat verwacht je?'

'Ik verwacht niks. Ik ben morgenochtend rond elf uur in Seattle. Zijn kantooradres en zijn officiële huisadres liggen in het centrum, op een paar straten afstand van elkaar. Wie weet heb ik geluk.'

'En zo niet?'

'Ik zit morgenavond op een Cathay Pacific-vlucht naar Hongkong.'

'Blijf je daar?'

'Een paar dagen misschien. Ik wil Seto's adres in Wanchai nagaan en misschien ontmoet ik Tam nog. Verder wil ik de man spreken die Seto met Dynamic Financial Services in contact heeft gebracht.'

'Laat me weten hoe het verloopt in Seattle. Het maakt niet uit hoe laat je belt. Waar wil je logeren als je naar Hongkong komt?'

'Het Mandarin.'

'Ik zal voor je reserveren, voor het geval dat.'

'Bedankt, Oom.'

'Ik zie je op het vliegveld.'

'Dat hoeft echt niet.'

'Dat weet ik, maar ik wil het graag.'

Meestal sliep ze goed. Haar slaapmechanisme was gebaseerd op bak mei, waarbij ze de basisbewegingen steeds weer in slow motion uitvoerde. Die nacht ging het iets anders. Ze koos de basisvorm van de woedende tijger, maar dit keer had ze een doelwit: een lange, magere Chinees met een dun snorretje en vijf miljoen op een bankrekening op de Maagdeneilanden.

5

Seattle was een flop. Het kantoor was leeg en gesloten. Seto was de maand ervoor uit de flat getrokken.

Vier uur voordat haar vliegtuig zou vertrekken was Ava terug op Sea-Tac Airport. Ze besloot de tijd te doden met een fullbodymassage in de businesslounge van Cathay Pacific. Vlak voordat ze aan boord ging belde ze Oom. Weer drong hij erop aan haar op het vliegveld te ontmoeten en weer zei ze dat dat echt niet hoefde. Ze wist dat hij een enorme hekel had aan het nieuwe Hongkong International Airport in Chek Lap Kok. Hij woonde in Kowloon, op nauwelijks tien minuten rijden van het oude vliegveld, Kai Tak.

Kai Tak was spektakel en drama geweest. Vliegtuigen die hachelijk laverend tussen bergen en wolkenkrabbers Hongkong naderden, over Kowloon Bay vlogen en met hun vleugels bijna de waslijnen raakten op de balkons van de flatgebouwen die tegen het vliegveld stonden aan gedrukt. Daarna de busrit van het tarmac naar de oude aftandse terminal, ingericht op het vliegverkeer in de jaren vijftig; de lange rijen bij de douane voordat je eindelijk opdook in een kleine, overvolle aankomsthal waar honderden, zo niet duizenden mensen langs het gangpad stonden te zwaaien en te schreeuwen naar de binnengekomen passagiers.

Ava was minder nostalgisch over Kai Tak dan Oom. De aankomsthal van Chep Lap Kok was dan wel immens groot en steriel en reduceerde reizigers onder zijn huizenhoge plafond tot krioelende mieren, ze vond dat de bijna kille efficiency het gebrek aan karakter volledig compenseerde.

'Ik zit in het Kit Kat Koffee House,' zei Oom.

De businessclass van het vliegtuig was voor meer dan de helft leeg en de plek naast haar aan het raampje was vrij. Mooi zo; Ava was niet het type voor oppervlakkige praatjes met onbekenden en hoefde nu geen smoesje te bedenken om daar onderuit te komen.

Het vliegtuig zou er dertien uur over doen, om zeven uur 's avonds vanuit Seattle (tien uur 's avonds in Toronto) vertrekken, en doordat het de datumgrens passeerde pas de volgende dag om elf uur 's avonds in Hongkong landen. Ava vond dat vervelend, omdat een jetlag daarmee bijna onvermijdelijk was. De enige manier om die te voorkomen was helemaal niet slapen in het vliegtuig, en dat kon ze onmogelijk. Ze begreep maar niet waarom haar ogen dichtvielen zodra het vliegtuig opsteeg. Ze kreeg het voor elkaar om tijdens een vlucht van een uur naar New York, nota bene overdag, drie kwartier te slapen. Ze had ooit tijdens een vlucht van Toronto naar Hongkong vijftien van de zeventien uur geslapen.

Zo extreem verliep het niet tijdens de vlucht van Seattle naar Hongkong. Het lukte Ava wakker te blijven tot en met het avondeten plus een complete actiefilm met in de hoofdrollen Tony Leung en Andy Lau. Daarna viel ze in slaap totdat de stewardess haar twee uur voor de landing wekte voor het ontbijt.

Bij aankomst constateerde Ava dat het HKIA nog even genadeloos efficiënt was als altijd. Binnen twintig minuten na de landing was ze het vliegtuig uit, had ze haar bagage en was ze de douane door. Ze trof Oom aan achter in de Kit Kat, een simpele vierkante doos met ronde glazen tafeltjes, metalen stoelen, en posters van koffiebonen aan de muur. Hij had een Chinese krant open voor zich liggen en uit zijn mondhoek bungelde een onaangestoken sigaret. Zelfs Hongkong had tegenwoordig plaatsen waar je niet mocht roken.

Hij was klein, niet veel langer dan Ava, en mager. Hij was altijd hetzelfde gekleed: zwarte veterschoenen, zwarte pantalon en een tot boven dichtgeknoopt wit overhemd met lange mouwen. Dat beperkte kleurenscala was deels gemakzucht, deels camouflage. Je zag hem daardoor gemakkelijk over het hoofd; zo'n kleurloze bejaarde die niemand een tweede blik waardig keurde, behalve de kenners dan.

Volgens Ava was Oom ergens tussen de zeventig en de tachtig, maar veel preciezer kon ze zijn leeftijd niet bepalen. Veel mensen die hem voor het eerst ontmoetten schatten hem jonger, maar niet uit beleefdheid. Hij had fijne trekken, een smalle, rechte neus en een scherpe, iets puntige kin. Zijn vel was nog niet gaan zakken en rond zijn ogen en op zijn voorhoofd liepen maar een paar dunne rimpeltjes. Zijn haar was bijna gemillimeterd. Ava zag stukjes grijs, maar het zwart domineerde.

'Oom,' zei ze.

Hij keek op van zijn krant, en toen hij haar zag brak er een glimlach door op zijn gezicht. Ze hield van zijn ogen: gitzwarte pupillen, irissen bruin als donkere chocola, in een zee van oogwit dat immuun leek voor te weinig slaap of te veel alcohol. Ogen van onbestemde leeftijd: levendig, nieuwsgierig, onderzoekend. Ava had al snel gemerkt dat niet zijn woorden maar zijn ogen boekdelen spraken. Ze konden je koesteren, aanbidden en ondervragen; het kon ze koud laten of je dood was of leefde. En ze kon alle nuances in die ogen lezen. Ava had er de talloze stemmingen in gezien, hoewel de boosaardige varianten nooit voor haar bedoeld waren. Ze hoorde bij zijn onofficiële familie, de enige familie die hij ooit had gehad.

Ze boog zich voorover en kuste hem op zijn voorhoofd. 'U had niet hoeven te komen,' zei ze.

'Ik wilde je zo graag ontmoeten,' zei hij. 'Je bent even mooi als altijd.'

'En u ziet er even jong uit als altijd.'

Hij keek om zich heen. 'Ik vind deze plek niks. We gaan naar Central voor noedels. Ik bel Sonny om de auto uit de garage te halen.'

Ze liepen de aankomsthal door. Oom liet zijn hand licht op haar elleboog rusten. Twee Hongkongse politieagenten keken naar hen toen ze de uitgang naderden. De oudste van de twee stootte de jongste aan, en ze knikten allebei in Ooms richting. Ava had het gebaar opgemerkt, keek opzij en zag nog net dat Oom terug knikte.

Sonny stond tegen de voorkant van de auto geleund. Het was een nieuwe, een S-klasse-Mercedes.

'Wat hebt u met de Bentley gedaan?' vroeg Ava.

'Die heb ik verkocht. Volgens Sonny werd het tijd om het nieuwe decennium in te stappen.'

Waar Oom was, daar was Sonny. Ava wist niet anders, en degene die wel anders had meegemaakt moest ze nog tegenkomen. Officieel was hij Ooms chauffeur, en met zijn zwarte pak, witte overhemd en effen zwarte das paste hij perfect bij Ooms zwart-witpalet. Sonny was lang voor een Chinees, bijna twee meter, en fors. Ondanks zijn omvang was hij snel, dodelijk snel, en als het nodig was genadeloos. Hij was een van de weinige mensen tegen wie Ava fysiek opzag. Erg spraakzaam was hij niet. Stelde je hem een vraag dan kreeg je een simpel antwoord, zonder franje. Hij had geen last van opvattingen die hij per se aan iemand kwijt wilde.

Toen ze bij de auto kwamen bood Sonny Ava een zuinig glimlachje en reikte hij naar haar bagage. Terwijl hij die in de kofferbak zette stapten Ava en Oom achterin.

De rit naar het centrum ging vlot. De route liep over de Tsing Ma-brug met zijn zes stroken verkeer op het bovendek en de spoorbaan op het onderdek. De aanblik van de brug benam Ava altijd even de adem. Hij was bijna anderhalve kilometer lang en zweefde tweehonderd meter boven het water. Onder hen glinsterde in de vroege ochtendzon het Ma Wan-kanaal, deel van de Zuid-Chinese Zee, waar de sampans en vissersboten laveerden rond de armada van reusachtige oceaanreuzen, die lagen te wachten tot ze Hongkongs enorme containerhaven werden binnengeloodst.

Ze minderden vaart toen ze het centrum binnenreden en kwamen in het staartje van de ochtendspits terecht. Er rijden niet veel particuliere auto's rond in Hongkong. In een stad waar kantoorruimte en winkelruimte per vierkante centimeter worden verhuurd is een parkeerplaats niet goedkoop, als je er al een vindt. Maar door de hele stad krioelen rode taxi's als lieveheersbeestjes heen en weer. Sonny reed voorzichtig, te voorzichtig naar Ava's smaak. Maar Sonny was een behoedzaam mens, misschien zelfs opzettelijk behoedzaam, alsof hij zijn ware aard in toom hield. Ze had die eigenschap ontdekt tijdens besprekingen met Oom. De enkele keer dat Sonny daarbij aanwezig was, stond hij aan de kant en schoot zijn blik heen en weer terwijl hij het verloop van het gesprek volgde. Het was haar opgevallen dat zijn lichaamstaal zich voegde naar de sfeer van de bijeenkomst. Kreeg Oom zijn zin, dan was Sonny kalm. Maar bij het minste verzet tegen Ooms standpunt werd zijn houding gespannen en zag je zijn blik donkerder worden.

Het financiële en commerciële hart van het stadsgebied Hongkong bestaat uit twee hoofddistricten: Hongkong Island en Kowloon, twee compacte stedelijke complexen, met elkaar verbonden door de Cross-Harbour-tunnel en de Star Ferry. Ava's hotel lag aan de Hongkong-zijde, in het district Central, vlak achter Victoria Harbour, een klein stukje lopen van het financiële district.

Binnen veertig minuten na vertrek van het vliegveld waren ze bij het Mandarin. Oom liep met Ava het hotel binnen en wachtte geduldig in de lobby terwijl ze incheckte. Ze liet haar bagage naar haar kamer brengen.

'Een blok verderop is een noedeltentje,' zei Oom toen ze terug was. 'We gaan lopen.'

Ava had altijd een paar dagen nodig om aan het voetgangersverkeer in Central te wennen. Het gedrang, het geduw, de gretigheid waarmee iedereen op de volgende hoek afstormde, waar men vervolgens massaal stond te wachten om naar het volgende kruispunt te kunnen schuifelen, in een tempo dat volledig werd bepaald door de omringende menigte. Ava en Oom werden omstuwd door een opeengepakte mensenmassa. Central was geen geschikte omgeving voor iemand met claustrofobie.

Het noedeltentje was een gat in de muur van tien tafeltjes met roze plastic stoelen. Het zat vol, maar vanachter de balie verscheen een man met schort, die twee jongemannen van hun eigen tafeltje naar een tafeltje met twee vrije plekken commandeerde. Hij wenkte Oom en Ava naar het vrijgekomen tafeltje en boog toen Oom langsliep.

Ze bestelde har gow en noedelsoep. Oom bestelde voor hen samen *beef lo mein* en een schotel *gai lin*, gestoomde Chinese broccoli, bedolven onder een laag oestersaus.

'Hoe gaat het met je moeder?' vroeg hij terwijl ze op het eten zaten te wachten.

'Even vitaal als altijd.'

'Een mal mens.'

Ava's moeder was een sociaal dier, en voor haar was vrienden maken net zo gemakkelijk als 'zich even verkleden' voor andere mensen. De vriendinnen van Marian en Ava waren niet ongevoelig voor haar belangstelling. Marian vond dat vervelend, Ava totaal niet. Ze zag het als een natuurlijk verlengstuk van haar moeders allesoverheersende betrokkenheid bij hun leven. Het was dus bepaald geen verrassing geweest dat haar moeder tijdens een bezoek aan vrienden in Hongkong Oom had gebeld en gezegd dat ze hem graag wilde ontmoeten, om eens te zien voor wat voor iemand haar dochter werkte. Als Ava in Toronto voor een Noord-Amerikaans bedrijf had gewerkt had ze zich doodgeschaamd, niet om wat haar moeder had gedaan, maar omdat ze daar niet zouden begrijpen waarom ze zoiets deed. Maar Oom had verstand van Chinese moeders, dus de twee maakten kennis en konden het zo goed met elkaar vinden dat Jennie Li af en toe zonder enige schroom de telefoon pakte om Kowloon te bellen. Gewoon het contact onderhouden, noemde ze het.

'U moet de hartelijke groeten hebben,' zei Ava.

Oom liet het leugentje voor wat het was. 'Ga je nog bij je vader langs nu je hier bent?'

'Ik denk het niet.'

De twee mannen hadden elkaar nog nooit ontmoet maar wisten van elkaars bestaan, zoals dat gebruikelijk is bij de rijken en machtigen van Hongkong.

'Misschien maar goed ook. Ik heb begrepen dat de vrouw in Australië voor wat problemen zorgt.'

Ava wist daar niets van en trok een verbaasd gezicht.

'Hij heeft het slim bekeken door te zorgen dat ze niet met elkaar in contact komen. Toch begrijp ik niet waar hij de energie en de tijd vandaan haalt om het ze voortdurend naar de zin te maken.'

Het eten kwam. Ze schonk voor hen beiden thee in. Het restaurant zat vol, het was er een voortdurend komen en gaan van gasten.

Oom at snel en nam nauwelijks de moeite om te kauwen. Dat paste totaal niet bij een man die de rust zelve was, op het extreme af. Ze vroeg zich wel eens af of dit gedrag niet meer bij zijn karakter paste dan het zachtaardige, zelfverzekerde imago dat hij graag aan de buitenwereld toonde.

Hij schoof zijn lege bord opzij en zei: 'Het heeft geen enkele zin om naar dat adres van Jackson Seto in Wanchai te gaan. Ik heb er vandaag iemand heen gestuurd. Seto woont er al zeker een halfjaar niet meer.'

'Hebt u nog een ander adres?'

'Nee.'

'Ook geen telefoonnummer in Hongkong?'

'Nee, maar misschien kan Henry Cheng je beter helpen. Dat is degene die Seto met Andrew Tam in contact heeft gebracht. Je hebt morgenochtend om elf uur een afspraak met hem, op zijn kantoor. Hij weet niet waarover je hem wilt spreken, maar hij wil vast wel meewerken. Een van mijn vrienden heeft hem gebeld en de afspraak geregeld.'

'Waar is dat kantoor?'

Hij gaf haar een papiertje. 'Kowloonkant, Nathan Road.'

'Ik zat er eigenlijk over te denken om Andrew Tam te ontmoeten.'

'Ik zou maar wachten tot je Henry Cheng hebt gesproken,' zei Oom. 'En dan nog lijkt het me niet zo'n geweldig idee. Wat heb je hem te vertellen? Dat je hebt ontdekt waar zijn geld is? Wat schiet hij daarmee op? Je wekt misschien valse hoop.'

'Ik zal erover nadenken.'

'Weet je, Andrews oom, die vriend van me, belde me vroeger om de drie weken. Nu belt hij me twee keer per dag. Hij is erg zenuwachtig vanwege zijn neef. Het kapitaal van de familie is nou ook weer niet zodanig dat ze zonder al te veel problemen dertig miljoen Hongkongdollars kunnen verliezen. Het zou enorme gevolgen hebben. Als hij belt zeg ik altijd dat ik helemaal niets weet. En dat blijf ik zeggen totdat jij me vertelt dat de zaak, op wat voor manier dan ook, afgesloten is.'

'Ik moet Seto vinden.'

'Misschien kan Cheng helpen.'

'En ik moet George Antonelli vinden, die compagnon uit Bangkok.'

'Daar zijn onze vrienden in Bangkok al mee bezig. Als het goed is hebben ze tegen de tijd dat je daar bent alle nodige informatie.'

'Ik denk niet dat Antonelli bij het geld kan. Voor zover ik kan nagaan heeft alleen Seto het beheer over de rekening.'

'Maar Antonelli kan je bij Seto brengen.'

'Precies.'

Ze liepen langzaam terug naar het hotel, Oom met zijn arm door de hare. De Mercedes stond bij de ingang van het hotel geparkeerd. Sonny stond bij het voorportier naar ze te kijken toen ze bij het hotel kwamen. Hij opende het achterportier voor Oom en hielp hem in de auto. Ava nam afscheid, draaide zich om en liep het hotel binnen.

'Bel me na je ontmoeting met Cheng,' zei Oom tegen haar rug.

6

Ava hield van het Mandarin Oriental. Het eerste hotel van de keten was in 1887 gebouwd, aan de Chao Phraya-rivier in Bangkok. Ze had het ontdekt toen ze een tijdje een relatie had met een bankierster en haar naar Bangkok vergezelde voor een vierdaagse conferentie. Ze hadden bij de keuze van de accommodatie niet op een cent gekeken en de Somerset Maugham-suite in de Authors' Wing geboekt. Als de bankierster 's ochtends naar haar bijeenkomst was stak Ava met de privéferry van het hotel de rivier over en liet ze zich verwennen in het wellnesscomplex van het hotel.

Ze had haar middagen verdeeld tussen de lounge van de vleugel, waar ze kennismaakte met het werk van Joseph Conrad en Graham Greene, en het terras van het restaurant aan de Chao Phraya. Van literatuurgeschiedenis wist ze niet veel, maar het feit dat Conrad, Greene, Maugham, Noel Coward en James Michener daar hadden gelogeerd en waarschijnlijk ook gewerkt, fascineerde haar. En de rivier had haar eigen karakteristieke verlokkingen. Ze was breed, bruin en traag stromend, en het was er druk als op een Amerikaanse highway, met zeeschepen, sleepboten en rivieraken die zich van de Golf van Thailand een weg noordwaarts naar de binnenwateren baanden, terwijl watertaxi's en veerboten tussen de grote schepen door van oost naar west laveerden.

's Avonds moest haar vriendin altijd wel naar een of andere bijeenkomst, dus at Ava in haar eentje in het hotel. Het hotelcomplex had naast het hoofdgebouw een Chinees restaurant, het China House. Wat ze daar kreeg voorgezet was misschien wel het beste Chinese eten dat ze ooit had geproefd: abalone die twaalf uur lang zachtjes had staan sudderen, geroerbakte zwarte kip en in sojasaus gestoofde pomfret. Wat haar in het hotel het meeste had getroffen was de kwaliteit van de service. Niet alleen de goede service zelf, die was standaard in elk vijfsterrenhotel in Azië, maar vooral het feit dat het personeel anticipeerde op alles wat ze deed of wilde gaan doen. Ze had in die vier dagen nooit op een liftknop hoeven te drukken. Op haar eerste dag had ze om precies vier uur ijs besteld. De volgende dag stond er om vier uur weer ijs, de dag daarna weer, en de daaropvolgende dag weer. En elke medewerker van het hotel leek haar naam te weten.

Het enige minpunt was de locatie van het hotel, buiten het stadscentrum. Als je naar een adres elders in Bangkok moest, had je te kampen met permanent gestremd verkeer. Voor iemand die snel ergens wilde zijn was het geen geschikt hotel.

In Hongkong was de locatie van het Mandarin geen probleem. Ze nam snel een douche, trok haar zakelijke kleding aan, ging de hoofdingang uit en was binnen tien minuten bij de Star Ferry. Ze moest vijf minuten wachten op de oversteek van Victoria Harbour naar Kowloon voor haar ontmoeting met Henry Cheng.

Het was een voor Hongkong aangename dag: kamertemperatuur, lichtbewolkt, zacht briesje. Ze ging achterin zitten, liet de zon op zich inwerken en keek naar de skyline. Nergens anders ter wereld zag je zoiets: een ondoordringbare muur van wolkenkrabbers die de haven als een middeleeuwse vesting omringden. Twee internationale financiële centra. Het Hopewell Centre. Het gebouw van de Bank of China, ontworpen door I.M. Pei. Meer dan veertig gebouwen van meer dan vierenzestig verdiepingen. New York kwam nauwelijks in de buurt.

De veerboot legde aan in Timshashui, aan de Kowloonkant. Ze dacht erover een taxi te nemen, maar had ruimschoots de tijd en besloot te gaan lopen. Het was vijf voor elf toen ze bij het kantoor van Henry Cheng aan Nathan Road arriveerde.

Kowloon is niet zo opdringerig modern als Hongkong Island. Het gebouw aan Nathan Road was maar vier verdiepingen hoog en had een gevel van afschilferend baksteen. Ze ging met de enige lift die er was naar de bovenste verdieping en zag dat Chengs bedrijf de helft daarvan, zo'n drieduizend vierkante meter, in beslag nam, een voor Hongkongse begrippen groot kantoor. In een kantoortuin waren ongeveer honderd medewerkers aan het werk. Achter in de ruimte zag ze een stuk of wat gesloten kamers en een lege directieruimte, waarvan de deur openstond. De receptioniste noteerde haar naam en zei in het Kantonees dat Mr. Cheng haar verwachtte, en vroeg of ze haar wilde volgen naar de directieruimte.

Ava nam er plaats en wachtte. Een koffiejuffrouw stak haar hoofd om de deur en vroeg of ze iets wilde.

'Groene thee, graag.'

Henry Cheng had een flesje water bij zich toen hij binnenkwam. Hij monsterde Ava in haar linnen broek en de roze Brooks Brothers-overhemdblouse met jaden manchetknopen en zei toen: 'Ik had me iemand anders voorgesteld.'

'Ik weet niet wat ik daarvan moet denken.'

'Doet er niet toe. Laat maar zitten,' zei hij terwijl hij zijn hand uitstak. 'Ik ben Henry Cheng.'

'Ava Li.'

Hij ging een paar stoelen van haar af zitten en trommelde ongeduldig met zijn vingers op tafel. 'Wat kan ik voor u doen?'

Hij was klein en gedrongen. Ava schatte hem halverwege de veertig. Hij had zijn scheiding in het midden en zijn haar viel over zijn oren in een coupe die iemand van twintig jaar jonger, twintig centimeter langer en twintig kilo lichter goed zou staan. *Typische Hongkongse gladjanus*, dacht ze, terwijl ze zijn Gucci-loafers, zijn maatoverhemd met monogram op de manchetten en zijn D&G-riem rond zijn meterbrede taille in zich opnam. 'Ik moet iets weten over Jackson Seto.'

'Ik weet zo goed als niets.'

'U hebt hem met Andrew Tam in contact gebracht.'

'Ik heb Seto de naam van Andrew Tam genoemd en Andrew gebeld om te zeggen dat ik Seto naar hem had verwezen. Maar ik ben nooit bij een bespreking tussen die twee geweest en ik ben ook niet betrokken geweest bij hun zaken.'

'Waar kent u Seto van?'

'Ik heb hem ontmoet via zijn broer, die ken ik goed.'

'En hoe heet die broer?'

'Frank.'

'En hoe hebben u en Seto elkaar ontmoet?'

'Ik zat met Frank ergens te lunchen toen Jackson het restaurant binnenkwam. Hij kwam bij ons zitten en we raakten in gesprek, u weet wel, gewoon, een zakelijke babbel. Ergens tijdens die lunch zei Jackson dat hij financiering zocht voor een aankooporder, en toen noemde ik Dynamic Financial. Misschien heeft Andrew dat niet verteld, maar hij en ik hebben bij elkaar op school gezeten.'

'Dat is alles? Verder niets?'

'Dat is alles.'

'U hebt Seto daarna niet meer gezien?'

'Niet meer gezien, niet meer gesproken.'

'Andrew suggereerde dat u mogelijk aanbrengprovisie heeft gekregen.'

'Nee,' zei Cheng resoluut. 'Ik heb de naam van Dynamic destijds alleen maar genoemd omdat ik dacht dat het nuttig kon zijn voor mijn relatie met Frank Seto als ik Jackson zou helpen.'

'Wat bedoelt u?'

'Frank schaamt zich voor zijn broer. Hij wil niets van hem weten en is vastbesloten om hem buiten zijn netwerk te houden.'

'Wanneer bent u daarachter gekomen?'

'Toen ik een paar maanden na die ontmoeting met Frank ging lunchen.'

'Wat voor iemand is die Frank Seto?'

'Hij is getrouwd met Patty Chan, enig kind van Carter Chan.'

'Ah, de almachtige Mr. Chan. Nog altijd de rijkste man van Hongkong?'

'Misschien wel van heel Azië.'

'Mooie vangst.'

Cheng haalde zijn schouders op. 'Patty is lelijk en dik, maar als Carter doodgaat, is ze wel de rijkste vrouw van Hongkong.'

'En wat doet Frank?'

'Die probeert het haar naar de zin te maken.'

'Nee, ik bedoel wat voor werk.'

'Hij probeert het haar naar de zin te maken,' zei Cheng lachend. 'Maar officieel is hij president-directeur van een vastgoedbedrijf waarvan ze eigenaar zijn, Admiralty Properties. Het kantoor staat aan de Hongkongkant, aan Gloucester Road, en kijkt uit op de haven. Hij komt daar een paar keer per week binnenwandelen.'

'Waar woont hij?'

'De familie, de hele familie Chan, inclusief Carter, woont – waar ook anders? – op de top van de Peak. Het huis wordt zwaar beveiligd. Of liever gezegd: huizen, want het is meer een soort compound.'

'Het wordt me zo langzamerhand duidelijk,' zei Ava. 'Toch wil ik hem graag een keer spreken.'

'Succes.'

'Zou u…'

'Nee, dat zou ik niet,' onderbrak Cheng haar. 'Als u Frank wilt spreken moet u zelf contact met hem opnemen. Ik heb u alles wat ik weet verteld. Ik begrijp best dat Andrew problemen heeft doordat hij zaken met Jackson heeft gedaan. Dat spijt me voor hem, maar ik heb daar helemaal niets mee te maken. Andrew had zelf boekenonderzoek moeten doen.' Cheng stond op. 'Ik heb nu een andere afspraak.'

Ava ging met de lift naar de begane grond maar wachtte met Oom te bellen tot ze weer op Nathan Road was. Ze gaf een korte samenvatting van het gesprek met Cheng en zei toen: 'Kunt u een ontmoeting met Frank Seto voor me regelen?'

'Frank Seto ken ik niet. Carter Chan ken ik wel, maar die zou me nog een schop verkopen als ik lag dood te bloeden op straat. Maar ik kan je wel vertellen wie Carter en waarschijnlijk ook Frank Seto kent.'

'Wie dan?'

'Je vader.'

7

Marcus Li leek niet verbaasd iets van zijn dochter te horen, maar dat was hij nooit. Of ze nu zes dagen, zes weken of zes maanden geleden voor het laatst contact hadden gehad, hij deed altijd alsof ze net samen hadden ontbeten.

'Dag schat, ben je in Hongkong?'

Toen ze zijn kantoor belde had de receptioniste gezegd dat hij in bespreking was en niet mocht worden gestoord.

'Wilt u zeggen dat zijn dochter heeft gebeld?'

'Oh, wacht even, voor u mag ik hem wel storen.' Dat gaf haar, net als dat 'schat', op de een of andere manier een prettig gevoel.

'Ja, ik zit in Hongkong.'

'Wat gek. Ik sprak mam vanochtend nog en die zei daar niets over.'

'Ik heb op het laatste moment mijn plannen omgegooid. Ik ben eigenlijk op weg naar Bangkok, maar ik moest hier eerst nog iets doen.'

'Waar zit je nu?'

'Ik stap net van de Star Ferry, aan de Hongkongkant.'

'Nou, het is bijna lunchtijd. Zin om mee te gaan lunchen?'

'Waarom ook niet?'

'In hotel Shangri-La hebben ze erg goeie dimsum. Pak een taxi, dan zien we elkaar over tien minuten.'

Toen Ava bij het hotel aankwam stond haar vader al naast de gastheer van het restaurant te wachten. Hij was één meter tachtig, tenger, en van de uitdijing op middelbare leeftijd was geen spoor te bekennen. Zijn haar was nog gitzwart en lang in de nek, volgens de laatste snit. *God, wat is-ie knap*, dacht ze. Hij droeg een antraciet pak, een wit overhemd en een roodzijden stropdas, het conservatisme ten voeten uit.

Haar moeder beweerde steevast dat Ava van al zijn kinderen het meest op hem leek, ook al kende ze de vier zoons van de eerste echtgenote alleen van foto's en wist ze van de kinderen van de derde echtgenote niets. Het was niet alleen het feit dat Ava slank en knap was. Ze maakte een verpletterende indruk door de combinatie van schoonheid, het gemak waarmee ze zich bewoog en haar zelfverzekerde uitstraling.

Toen Marcus Li haar zag zwaaide hij naar haar en liep op haar af. Ze ontmoetten elkaar halverwege de lobby. Hij sloeg zijn armen om haar heen en ze omhelsden elkaar stevig. Ze voelde honderden ogen op hen gericht.

'Je ziet er fantastisch uit, schatje,' zei hij.

'Bedankt, paps, jij ziet er ook geweldig uit.'

'Ik doe nog aan hardlopen en let een beetje op met eten.'

'Dat is je aan te zien.'

Het restaurant zat tjokvol, maar er was een tafeltje gereserveerd. Zonder te vragen wat ze wilde vroeg hij om de dimsumkaart. Dat vond haar moeder zo geweldig aan hem, dat hij altijd de regie nam.

'Ik heb vanochtend tegen mam gezegd dat ik van plan ben in mei naar Toronto te komen, als het wat beter weer is. Misschien blijf ik de hele maand. Ik hoop dat jij er dan ook bent,' zei hij.

'Dat is nog ver weg, en met mijn werk…'

'Nou ja, dan weet je het alvast. Ik heb tegen mam gezegd dat we dan met het gezin op vakantie zouden kunnen gaan. Met je zus en haar kinderen en jou op een cruise of naar de Bahama's.'

'Hoe gaat het hier met iedereen?' vroeg Ava, alsof ze hem niet had gehoord.

'Goed, echt goed. Jamie en Michael zijn hier in zaken. Ze zijn nog niet getrouwd, maar Michael woont nu voor het eerst samen met een meisje. David is in Australië bezig te promoveren en zichzelf te ontdekken. Peter is net begonnen bij Barclays Bank.'

Het verbaasde Ava altijd weer hoe ontspannen hij met haar over de kinderen uit zijn eerste huwelijk praatte. Het was even verbazingwekkend als het feit dat haar moeder ook vaak over hen praatte, alsof ze een verlengstuk waren van haar eigen gezin. Ze vroeg zich af of dat andersom ook het geval was. Wisten ze daarginds zelfs wel van hun bestaan af?

'Ja, mam houdt me continu op de hoogte.'

De ober zette een kleine terrine met *hot-and-sour-soup* op tafel. Haar vader schepte haar kom vol.

'En, wat brengt je dit keer naar het oosten?'

'Zaken,' zei ze.

'Werk je nog altijd met Chow samen?'

'Ja, natuurlijk.'

'Ik vind dat nog steeds maar niks.'

'Het is nou eenmaal zo.'

'Wees op je hoede,' zei hij. Dat zei hij altijd als Ooms naam ter sprake kwam.

'Paps, ik ben accountant.'

Heel even keek hij haar strak aan. Ze voelde de zenuwen in haar maag opspelen en bloosde. Ze werd weer eens met haar neus op het feit gedrukt dat je deze man niet voor de gek hield. Hij wist wat ze deed voor de kost, en hoewel ze nooit op de details van haar werk inging zat hij lang genoeg in het zakenleven en kende hij Hongkong en China goed genoeg om te weten wat dat werk soms inhield.

'En wat voor zaak is het?'

'Standaardzaak. Iemand is er met andermans geld vandoor, ik ga erachteraan en zorg dat het bij de rechtmatige eigenaar terugkomt.'

'Je formuleert het wel erg simpel.'

'Dat is het ook.'

'Ken ik een van de hoofdrolspelers?'

'Ik denk het niet, en al was het zo, dan mag ik het niet zeggen.'

'Waarom heb je me dan gebeld?'

De vraag werd vriendelijk gesteld maar was raak. Tegen deze man kon ze niet liegen.

'Ik moet een zekere Frank Seto spreken, de schoonzoon van Carter Chan. Ik weet zeker dat ik word afgescheept als ik hem zelf probeer te spreken te krijgen. Ik hoopte dat u me zou kunnen helpen.'

'Zo goed ken ik Frank niet,' zei hij, 'maar ik kan me niet voorstellen dat hij zich met een of andere louche zaak heeft ingelaten.'

'Het gaat niet om hemzelf. Hij heeft een broer die ik probeer op te sporen, maar het loopt allemaal op niets uit. Ik hoop dat Frank me kan helpen.'

Het eten kwam op tafel: *shu mai*, koolraaptaart, gefrituurde gezouten sint-jakobsschelpen en gestoomde eendenpootjes met champignons.

'Ik weet niet of het iets oplevert als ik Frank bel. Misschien kent hij me niet meer,' zei hij. 'Anderzijds onderhouden Carter en ik al jaren stabiele en ongestoorde betrekkingen, en hij beschouwt me op zijn eigen merkwaardige manier zelfs als een soort vriend. Ik zal hem eens bellen en kijken wat hij voor me kan betekenen. Je wilt Frank toch zelf ontmoeten?'

'Ja, heel graag, paps.'

'Zou je het vervelend vinden als ik meeging?'

Ze keek hem aan.

'Het zou de zaken wel een stuk makkelijker maken,' zei hij.

'Wat zou je tegen hem zeggen? Ik bedoel, over mij?'

'Dat je mijn dochter bent, natuurlijk. Wat dacht je anders?'

'Ik weet het niet. Ik bedoel, mam en Marian en ik leven in een heel andere wereld. Dit is jouw wereld. Ik weet niet wie wat van wie weet.'

'Je bent geen geheim, als je dat soms bedoelt.'

'Ik hoef geen volledige uitleg,' zei ze.

'Maar zodra je die wilt moet je die gewoon vragen,' zei hij. 'Ik weet dat het leven van sommige Chinezen op westerlingen heel gecompliceerd overkomt. Maar dat is het juist niet. Die traditie van ons is gebonden aan regels, en zolang iedereen, inclusief de echtgenotes, zich aan die regels houdt, blijft de familieharmonie intact. Want wat zijn de alternatieven? Scheiding? Stiekeme maîtresse? Rommelig en pijnlijk.'

Ze bleef even doodstil zitten, met een shu mai tussen haar eetstokjes.

'Ik weet dat het ouderwets is, maar zo ben ik nu eenmaal opgevoed, en daar is niks aan te doen,' zei hij.

'Nee, dat zal wel niet,' zei ze.

Ze waren klaar met lunchen en liepen naar de lobby. Hij zette zijn mobieltje aan. 'Het kan even duren,' zei hij. 'Ik moet langs een receptioniste en daarna op zijn minst twee *personal assistants*.' Hij zat recht onder een directe, schelle verlichting en zag er nog steeds tien tot vijftien jaar jonger uit dan hij was. Ava zag heel wat vrouwen van haar leeftijd langslopen die een steelse blik op hem wierpen.

'Marcus Li voor Carter Chan.' Het duurde nog geen minuut. 'Hallo Carter, hier Marcus... Prima ja, dank je. En met jou en je gezin? Ik bel eigenlijk voor een familieaangelegenheid. Ik zou je een persoonlijke gunst willen vragen. Mijn dochter Ava wil graag jouw schoonzoon spreken. Het gaat om een zaak die niet direct met hem of met jou of een van je belangen te maken heeft. Ze is forensisch accountant en de kwestie betreft Franks broer. Veel meer dan dat weet ik niet... Is dat zo? Kun je me het nummer geven waar hij te bereiken is?' Hij haalde een notitieblokje en pen uit zijn binnenzak en noteerde twee telefoonnummers. 'En, Carter, zou jij zelf ook met Frank contact kunnen opnemen en vragen of hij haar wil spreken? Als ze zelf belt, nou ja, je weet hoe... Dank je, Carter.'

'Frank zit ergens in het Verenigd Koninkrijk. Dit is zijn Hongkongse mobiele nummer, en volgens Carter heeft hij zijn mobiel meestal aan. Het andere nummer is van zijn hotel. Carter regelt dat iemand hem belt om te zeggen dat hij zich coöperatief moet opstellen. Je kunt beter wachten tot dat is gebeurd.' Hij keek op zijn horloge. 'Het is daar nu een uur of zes 's ochtends. Ik zou een paar uur wachten.'

Hij liep met haar naar de taxistandplaats. Ze namen afscheid, en hij omhelsde haar zo innig dat ze even van haar stuk was.

'Ik ben blij dat je me hebt gebeld,' zei hij. 'Want ik hou van je en ik ben ontzettend trots op je. Zul je voorzichtig zijn?'

'Bedankt voor het telefoontje. En ik hou ook van jou.'

'En je best doen om erbij te zijn in mei, hè?'

'Doe ik.'

8

Ava belde Oom toen ze terug was in het Mandarin. Ze bracht verslag uit van de ontmoeting met haar vader en over de kans dat ze Frank Seto zou ontmoeten. 'Ik vlieg vanavond naar Bangkok. Ik vertrek om zes uur, met Thai Air. En ik heb besloten je advies te volgen en geen contact op te nemen met Andrew Tam.'

'Heel goed. Ik pik je om halfvier op bij het hotel.'

'Perfect. Tot straks.'

Ze keek op haar horloge. Geen tijd meer om zich om te kleden en nog even te gaan hardlopen. Dan maar op internet naar Frank Seto zoeken. Negentig procent van de hits ging over zijn betrekkingen met de familie Chan, de rest over de handel en wandel van Admiralty Properties. Buiten de familie Chan leek Seto niet te bestaan. Op diverse sites stonden foto's van de bruiloft. Hij was net zo mager als Jackson, de bruid had twee keer zijn omvang. Sommige mannen houden van dikke vrouwen, alle mannen houden van geld. Ze vroeg zich af of Frank Seto de perfecte combinatie had gevonden.

Klokslag halfvier stond de Mercedes voor het hotel. Sonny opende het achterportier en ze gleed de auto in, naast Oom. Er lag een map op zijn schoot. Hij wachtte tot ze op de grote weg waren voordat hij die aan haar gaf.

'Dit kwam vanmiddag binnen. Onze vrienden hebben hard gewerkt. Antonelli is denk ik makkelijk te vinden. Hij is een gewoontedier en logeert in het Water Hotel. Ik weet dat je van het Mandarin houdt, maar dat is mijlenver van het Water Hotel en qua verkeer ongunstig. Ze stelden het Grand Hyatt Erawan voor. Je kunt daarvandaan lopen naar het hotel.'

Ava kende het Hyatt, of liever gezegd, de nachtclub van het hotel, een van de chicste oppikplekken in Bangkok.

Ze opende de map. Aan een vel met gegevens zat een foto van Antonelli gehecht. Hij was klein, dik en kaal en had een zwarte moedervlek op zijn rechterwang. 'Niet echt knap, hè?' zei ze.

Op de foto stond hij naast een beeldschoon Thais meisje. 'Het is Thailand, dus dan hoeft dat niet,' zei Oom.

Ze nam snel de documentatie door. 'Amerikaan. Geboren en getogen in Atlanta en kennelijk nog getrouwd. Heeft drie tienerzoons. Het gezin woont in Georgia. Hij stuurt ze elke maand geld en schijnt ze drie of vier keer per jaar te bezoeken.'

'Hij en Seto zijn al bijna tien jaar businesspartners,' zei Oom.

'En partners in crime.'

'Dat schijnt om de twee jaar voor te komen.'

'En ze komen ermee weg.'

'Tot nu toe wel, maar vergeet niet dat de mensen die ze hebben opgelicht vooral uit India of Indonesië komen. Een aantal ervan heeft geprobeerd zijn geld terug te krijgen, maar vanwege de verschillende rechtssystemen is het vrijwel onmogelijk om dat via de rechter te doen.'

'Hoeveel geld?'

Hij schudde zijn hoofd. 'Ze zijn klein begonnen en hebben zich opgewerkt. Andrew Tam is verreweg de grootste vangst.'

Ze deed de map dicht. De rest zou ze wel in het vliegtuig lezen.

'Je wordt op het vliegveld opgevangen.'

'Ik neem liever een taxi.'

Hij wist dat ze het liefst alleen werkte, behalve als ze op een bepaald gebied hulp nodig had. 'Ik heb het al geregeld.'

'Zegt u dat alstublieft af. Ik moet nog bedenken hoe ik het ga aanpakken, en ik wil me niet onder druk gezet voelen omdat er ergens iemand op me zit te wachten. Geeft u maar een naam en contactgegevens. Dan bel ik als ik er klaar voor ben.'

'Ze hebben wel de logistieke ondersteuning waar je om vroeg.'

'Ik bel ze als het nodig is. Hopelijk is dat niet zo.'

9

Het was tweeënhalf uur vliegen van Hongkong naar Bangkok. Het grootste deel van de tijd sliep Ava. Ze was al zeker zes keer naar Thailand geweest en het was verreweg haar favoriete plek om tot rust te komen. Of ze nu in Bangkok, Phuket, Ko Samui of Chiang Mai verbleef: Thailand was altijd een oase.

Maar ze kwam wel voor het eerst op het nieuwe vliegveld, Suvarnabhumi. Of je nu kwam of ging, het oude vliegveld was altijd het vervelendste onderdeel van de reis. Enorme rijen bij Immigratie, trage bagageafgifte, een halfuur wachten op een taxi, en als het regende kon het gebeuren dat je daar uren stond. Vervolgens zoog de rit naar de stad het laatste beetje energie uit je.

Het was dus even schrikken voor Ava toen ze probleemloos het nieuwe complex doorwandelde. Net als HKIA was Suvarnabhumi opgezet en bemand met de bedoeling om je zo snel mogelijk het land in te laten. Toen ze de aankomsthal binnenkwam liep ze bijna tegen een bord met het opschrift OOM CHOW. Ze knikte naar de man die het vasthield.

'*Sa wat dee ka,*' zei hij. Hij droeg een spijkerbroek en een zwart T-shirt dat zijn gespierde borstkas accentueerde. Hij was zo'n één meter tachtig meter lang en had zijn haar zo kort dat de stoppels op zijn kin bijna even lang waren. Hij zag er moe uit en had wallen onder zijn bloeddoorlopen ogen, waardoor die kleiner leken dan die van de meeste Thai. Toch glimlachte hij even gemoedelijk naar haar. Ava wist dat hij ondanks zijn nonchalante kleding politieman was.

'Ik ben Ava,' zei ze. 'Maar ik had tegen Oom gezegd dat ik een taxi zou nemen.'

'Arthon, en dat bericht heb ik niet doorgekregen.' Hij greep naar haar bagage.

'Nee, dat doe ik zelf wel,' zei ze.

'Wil je meerijden?'

'Ach, waarom ook niet.'

Hij liep met haar tot buiten de terminal. Zijn auto stond geparkeerd in een zone die duidelijk was gemarkeerd met VERBODEN STIL TE STAAN/TE PARKEREN. Onder de voorruit lag een officieel uitziend papier met een logo en de woorden DTAM-RUAT. Dat betekende 'politie', wist ze. Direct achter de auto was een man in uniform bezig een wielklem aan een zilverkleurige Lexus te bevestigen. Hij en Arthon zwaaiden naar elkaar.

Arthon leek te aarzelen welk portier hij zou openen. Ze liep naar de plek naast de chauffeur en gooide haar tas op de achterbank. 'Wat een verschil met het oude vliegveld,' zei ze.

'Het was iets minder leuk toen het net geopend was. Ze hadden nogal wat kinderziektes,' zei hij. Ze bespeurde een lichte Britse intonatie.

'Heb je in Groot-Brittannië gestudeerd?'

'Vier jaar Universiteit van Liverpool.'

Dit is geen doorsneeagent; de oceaan oversteken om te gaan studeren betekent op zijn minst dat hij uit een familie met geld komt, hij zal wel een Chinese Thai zijn, vermoedde ze. Van alle vrienden van Oom met wie ze had samengewerkt was er niet één zonder Chinese wortels.

'Ben je soms Chinees?'

'Ik kom uit Chaozhou.'

'En spreek je nog Chinees?'

'Nee, we zijn geassimileerd. Vierde generatie.'

Arthon reed vanaf het vliegveld bijna direct de grote weg op. Ze reden met hoge snelheid naar Bangkok, maar het verkeer ging langzamer toen ze de stad binnenreden. Het verkeer in de stad was altijd een ramp. Zeven dagen per week een ramp. Vierentwintig uur per dag een ramp. En dat ondanks een uitgebreide infrastructuur van snelwegen, zwevende treinen en metrolijnen.

Arthon zei niets, hij hield zijn blik op de weg gericht. Het enige geluid kwam van een cd van Neil Diamond in de stereoset van de auto. Ze was de eerste die wat zei. 'Wat hebben ze over me verteld?'

'Het enige wat ze zeiden was dat ik je alle hulp moest bieden die je nodig had,' zei Arthon. 'Ik heb het dossier over je man, die Antonelli, gelezen. Wat een zwijn.'

'Zo ziet hij er in elk geval wel uit.'

'Volgens het dossier woont hij in het Water Hotel. Je kunt daar vanaf het Hyatt Erawan heen lopen. Het Hyatt ligt aan Rajdamri Road. Als je de hoofdingang uit gaat ga je rechtsaf en loop je een kilometer, langs CentralWorld naar Petchburi en daar ga je linksaf. Het Water Hotel is maar een paar honderd meter van het kruispunt.'

'Volgens mij ben ik er wel eens geweest,' zei ze. 'Is dat met die grote markt op de hoek?'

'Een stuk of vierduizend kraampjes die elk namaakmerk verkopen dat je maar kunt bedenken. We doen er elke maand een verrassingsoverval. Ze krijgen natuurlijk wel vierentwintig uur van tevoren bericht.'

'Er is toch ook een markt waar je illegale dvd's en allerlei computersoftware kunt kopen?'

'Dat is de Pantip Plaza, verderop in Petchburi.'

'Oké, ik ken die buurt. En heeft Antonelli een vaste dagindeling?'

'Volgens onze bronnen komt hij op werkdagen 's ochtends rond halfacht naar de lounge, neemt hij koffie met een broodje of toast en werkt hij op zijn laptop. Soms heeft hij er een bespreking. Rond halfnegen verschijnt zijn auto met chauffeur. Dan gaat hij naar Mahachai, dat ligt ongeveer zestig kilometer ten noordwesten van Bangkok. Hij heeft daar een werkruimte bij een visverwerkingsbedrijf. Daar blijft hij tot een uur of drie, vier, dan gaat hij terug naar Bangkok om de spits voor te zijn. Tegen vijven is hij terug in het hotel, net op tijd voor het happy hour in Barry Bean's Bar, dat een verdieping lager dan de lobby ligt. Hij drinkt tot zeven uur margarita's en eet vervolgens in het Italiaanse restaurant boven.'

'Dus ik kan ervan op aan dat ik hem in de lobby tegenkom?'

'Zo is het ons verteld. Hij zit er elke ochtend.'

'Je zei dat het een zwijn is. Wat bedoelde je daar precies mee?'

'Dus je hebt het dossier nog niet gelezen?'

'Nog niet.'

Hij keek haar van opzij aan, alsof hij haar belangstelling voor ranzige zaken wilde peilen. 'Een kleine, dikke, lelijke Amerikaan gaat naar Thailand en ontdekt goddomme dat hij met genoeg geld op zak George Clooney kan uithangen. Dat is Antonelli. Hij denkt ook dat hij George Clooney is – een George Clooney met een paar nare trekjes. Het begon met barmeisjes, en soms eindigde zo'n avond nogal beroerd omdat hij ze in elkaar sloeg nadat hij ze had geneukt. Er werd twee keer een aanklacht ingediend, en weer ingetrokken nadat de *ma-masans* voldoende geld toegestopt hadden gekregen. De dikzak stapte een tijdje over op jongens, en dat was nog erger. Hij heeft één jongen bijna doodgeslagen. Het moet hem een ton hebben gekost om die aanklachten geseponeerd te krijgen.'

Het Grand Hyatt kwam in zicht. Arthon deed zijn richtingaanwijzer aan.

'Lees het rapport maar, alles staat erin,' zei hij.

Er liep een hellende oprit van de straat naar de ingang van het Hyatt. Arthon moest achteraan aansluiten. Er vond een strenge controle plaats. Elke auto werd doorzocht en aan de onderkant met spiegels aan lange houders geïnspecteerd.

'We hadden vorige week een paar terreurdreigingen,' zei Arthon. 'Ze blijven meestal in het zuiden, maar het gerucht ging dat ze Bangkok als doelwit hadden gekozen. Vijfsterrenhotels zijn erg populair.'

Toen ze het controlepunt naderden draaide hij zijn raampje naar beneden en riep in het Thai iets naar een man in een zwart pak. Ze kregen een gebaar om door te rijden. Arthon stopte voor het hotel en maakte aanstalten om uit te stappen.

'Nee, dat is niet nodig,' zei Ava. 'Ik check in en duik direct mijn bed in.'

Hij haalde zijn schouders op. 'En morgen?'

'Even kijken hoe het loopt. Ik moet nog uitvogelen hoe ik Antonelli aanpak. Ik denk dat ik morgen om te beginnen eens naar het Water Hotel wandel. Zal ik je bellen als ik je nodig heb?'

'Ik woon meer dan een uur rijden hiervandaan.'

'Ik zal eraan denken.'

Hij gaf haar zijn visitekaartje. 'Mijn kantoornummer staat op de voorkant, mijn mobiele nummer op de achterkant. Je kunt het beste mijn mobiel bellen.'

Ze wierp een snelle blik op het kaartje. Hij was inspecteur. Ava was onder de indruk.

10

Haar kamer had alle Aziatische vijfsterrentoeters-en-bellen: teakhouten vloer, zwartgelakte Chinese wandtafel en kast, chique modieuze stoelen van beige leer met uittrekbare voetensteun, bureau met Engelse leren bureaustoel, en een kingsize bed met een glanzend wit donzen dekbed dat eruitzag alsof ze erin kon verdwijnen. De badkamer was een en al spiegel, glas en marmer, de inloopdouche bood ruimte aan minstens zes personen. Het enige wat ontbrak was de rustige waardigheid van het Mandarin.

Ava nam een douche en klom in T-shirt en slip in bed. Ze haalde het papiertje met Frank Seto's telefoonnummers in Groot-Brittannië uit haar portefeuille en belde zijn mobiele nummer. Het was in Londen laat in de middag.

'Frank Seto,' zei hij bij de tweede toon.

'Ava Li.'

'Ik hoorde dat ik een telefoontje van u kon verwachten.'

'Fijn dat u opnam.'

'Mijn schoonvader en uw vader zijn al jaren bevriend.'

'Dat heb ik gehoord. Ik bel over uw broer.'

'Ik heb drie broers.'

'Jackson.'

'Dat is er één van.'

Ava begreep dat eventuele medewerking van zijn kant niet van harte zou zijn. 'Ik probeer hem op te sporen.'

'Waarom?'

'Een van mijn klanten is een zakenrelatie van Jackson. Er lopen een paar zaken die nog afgehandeld moeten worden, en hij kan hem niet bereiken. Hij heeft mij ingehuurd om hem te helpen.'

'En waarom zou ik volgens u iets te maken kunnen hebben met Jacksons zakelijke aangelegenheden?'

'Daar ben ik niet van uitgegaan.'

'En waarom zou ik volgens u enig idee kunnen hebben waar hij te bereiken is?'

'Het is uw broer.'

'Alleen van naam,' zei hij bits. 'We hebben niets met elkaar gemeen. Hij is al jaren het zwarte schaap van de familie.'

'En toch hebt u hem aan Andrew Tam voorgesteld?'

'Shit, dat was puur toeval. Andrew en ik zaten te lunchen toen Jackson het restaurant binnenkwam. Gelooft u me, het is niet mijn gewoonte om mijn vrienden of associés met Jackson op te zadelen.'

'Hij heeft er een paar belazerd?'

'Hij belazert vroeg of laat iedereen. Hij kan het gewoon niet laten.'

'Wat vervelend voor u,' zei ze. 'Dat lijkt me lastig voor iemand in uw positie.'

Hij reageerde niet, en ze wist dat het een misplaatste opmerking was. 'Ik zou u in elk geval heel dankbaar zijn als u me zou kunnen helpen.'

'Luistert u soms niet? Ik heb geen flauw idee waar hij zit of waar hij te bereiken is.'

'En uw andere broers?'

'Nee, en mijn moeder ook niet, dus uw speurtocht eindigt bij mij.'

'Ik had een adres in Seattle, maar dat pand staat leeg.'

'Het laatste adres dat ik heb was in Boston, niet in Seattle.'

'Hoeveel jaar is dat geleden?'

'Zeker vijf jaar.'

'En ik had een adres in Hongkong, in Wanchai. Ook dat bleek leeg te staan.'

'We zijn allemaal in Wanchai geboren en getogen, maar wij zijn ontsnapt, hij gaat steeds weer terug. Hij is vast dol op rottigheid. Maar ik weet niet beter of hij zit er altijd in een hotel.'

'Altijd hetzelfde hotel?'

'Nee. Hij is een typische twee- of driesterrenfiguur, en u weet hoeveel van dat soort hotels er staan in Wanchai.'

'Heeft u een telefoonnummer?'

'Dit is het nummer dat ik heb,' zei hij, en hij gaf het mobiele nummer dat ze al dagenlang probeerde te bereiken.

'Nou, ik vrees dat ook hier het spoor doodloopt.'

'Daar kan ik niet veel aan doen.'

'Dat is duidelijk. Nou, in elk geval bedankt dat u me te woord heeft willen staan.'

'Vergeet vooral niet dat tegen uw vader te zeggen.'

'Bent u altijd zo bot?'

'Mijn broer brengt het slechtste in me naar boven,' zei hij, en verbrak de verbinding.

Ava richtte haar aandacht op het dossier-Antonelli en begon het tot in detail te lezen. Hij was nu de belangrijkste factor. Ze had gehoopt hem via een omweg te kunnen benaderen, om te voorkomen dat er bij Seto een alarmbel afging dat ze achter hem en het geld aan zaten. Nu zou ze rechtstreeks op hem af moeten.

Het was een behoorlijk gedetailleerd dossier. Gelet op de korte termijn hadden Ooms Thaise vrienden een knap stukje werk verricht door via Antonelli's paspoort zijn gangen na te gaan. Zes jaar geleden was hij voor het eerst officieel waargenomen. Hij was op het oude vliegveld van Bangkok geland, had een toeristenvisum voor een halfjaar gekregen en was doorgereisd naar het zuiden van Thailand, naar de stad Hat Yai, in de provincie Songkhla, dicht bij de grens met Maleisië, en had daar ingecheckt in het Novotel. Het visum werd zes maanden later in Maleisië verlengd. Volgens een aantekening in het dossier was Antonelli daar waarschijnlijk vanuit Hat Yai, dat op een uur rijden lag, naartoe gereden, de grens overgegaan en vervolgens weer Thailand binnengekomen. Dat was volledig legaal. In de daaropvolgende achttien maanden had hij zijn visum nog drie keer verlengd, waarbij hij elke keer naar Atlanta was teruggevlogen. Hij was steeds niet langer dan een week in de Verenigde Staten gebleven.

Het Novotel had zijn paspoort twee jaar lang in bewaring gehouden. Hij scheen zaken te hebben gedaan met een visverwerkingsbedrijf in Hat Yai, maar toen de moslimterroristen in het zuiden van Thailand die stad – met een miljoen inwoners de grootste in de regio – als doelwit kozen en hotels en winkelcentra gingen opblazen, verhuisde Antonelli naar het noorden, naar Bangkok. Hij verbleef de eerste drie maanden in een appartementenhotel aan Petchburi Road en verhuisde toen naar het Water Hotel, drie blokken verderop. Daar woonde hij nog steeds.

Toen hij vijf maanden in Bangkok zat dook zijn naam op in twee officiële documenten. Het eerste was een werkvisum via Seafood Partners. Het tweede was een document waarin hij stond geregistreerd als minderheidsaandeelhouder in het bedrijf; de grootaandeelhouder was, zoals wettelijk vereist, een Thai. De Thai was daarnaast eigenaar van een garnalen- en visverwerkingsbedrijf, Siam Union and Trading. Ava nam aan dat zijn aandelenbezit in Seafood Partners bedrog was, en dat hij uitsluitend als aandeelhouder was geregistreerd om Antonelli en Seto in staat te stellen zaken te doen in Thailand. In de twee jaar daarna verscheepte Seafood Partners talloze containers garnalen naar de Verenigde Staten en raakte het verwikkeld in het ene conflict na het andere over ondergewicht, kwaliteitsverschillen en een te hoog ijsgehalte.

Het bedrijf ging ook importeren en kocht tandbaars en snapper uit India, de Filippijnen en Indonesië, verwerkte de vis en exporteerde die naar de VS. Het probleem was alleen dat het bedrijf maar zes maanden lang volgens de overeengekomen voorwaarden aankocht en keurig betaalde. Daarna stopte het met het betalen van rekeningen en begon het over elk denkbaar kwaliteitsaspect te klagen. Uiteindelijk regende het dagvaardingen tegen het bedrijf. Seafood Partners bestreed elke vordering, in het volste vertrouwen dat de tijd, de kosten en de complicaties die met grensoverschrijdende rechtszaken zijn gemoeid, de exporteurs zouden ontmoedigen. Ze hadden gelijk. Eén voor één verdwenen de rechtszaken.

Wat niet verdween was het Thaise ministerie van Visserij. Hun aandacht werd getrokken door de vele klachten over de kwaliteit van de geëxporteerde garnalen. Na een vluchtig onderzoek vernietigde het de vergunning van het verwerkingsbedrijf, Siam Union and Trading, maar liet Seafood Partners, ook al was dat de officiële exporteur, ongemoeid.

Antonelli vloog daarna naar Atlanta, zo te zien voor zes maanden. Het leek erop dat hij was teruggegaan toen ze beethadden bij Major Supermarkets. Ava vond het onbegrijpelijk dat Major Supermarkets met hen in zee was gegaan. Hadden ze dan geen enkel boekenonderzoek gedaan?

Ze las verder. Antonelli hield een Thaise bankrekening aan met een saldo dat zelden de honderdduizend baht, ongeveer drieduizend dollar, overschreed. Zijn hotelrekeningen werden betaald met een Visacreditcard die was verstrekt door een bank in de VS. Zijn auto en chauffeur waren betaald door Siam Union en, toen dat bedrijf van het toneel was verdwenen, met de Visa-creditcard die voor de hotelrekeningen werd gebruikt.

Seto werd nergens in het dossier genoemd, niet in verband met de oprichting van Seafood Partners en evenmin in verband met de rechtszaken. Ze wilde dat ze de Thaise politie had gevraagd een routinecontrole op hem uit te voeren. Dan had ze op zijn minst geweten hoe vaak hij kwam en ging en waar hij verbleef als hij in Bangkok was.

Een van de dingen die haar opvielen was Antonelli's mobiele nummer, dat een Thais netnummer had. Ze maakte een mentale aantekening om Arthon de volgende dag te vragen of hij op een of andere manier de gesprekken naar en van dat nummer kon achterhalen.

Achter in de map zaten kopieën van de aanklachten tegen Antonelli vanwege mishandeling die bij de politie waren binnengekomen. Geen enkele aanklacht was een lang leven beschoren. Ava bladerde ze door maar las ze niet van begin tot eind. Het was alsof ze sadomaso-chistische porno zat te lezen. Ze vroeg zich af wat de echtgenote in Atlanta zou denken van zijn gewoonte om weerloze vrouwen en jongens in elkaar te slaan. Maar misschien was die wel op de hoogte.

Volgens de wekker was het bijna middernacht. Ava probeerde zichzelf wijs te maken dat ze moe was en gleed onder het dekbed. Een kwartier later stond ze op, trok haar linnen broek en een schone Brooks Brothers-overhemdblouse aan en ging naar Spasso, dat op de verdieping onder de lobby lag. Overdag en vroeg in de avond was Spasso het Italiaanse restaurant van het Hyatt, maar om negen uur 's avonds onderging het een metamorfose tot nachtclub. Tafeltjes werden afgeruimd, het podium werd ingericht voor de band, de bar werd volledig bemand en bij de ingang posteerde zich beveiligingspersoneel. Het was een van de populairste betere nachtclubs in Bangkok, en Ava wist dat hij tot zeker twee uur in de ochtend op volle toeren zou draaien.

Toen ze binnenkwam bleek de tent vol te zitten met de gebruikelijke mix van jonge *farang*-professionals – zowel inwoners als toeristen – en Thaise meisjes tuk op een voordeeltje. Dit was geen plek voor rugzaktoeristen. Het was ook geen plek voor barmeisjes uit Soi Cowboy, Nana Plaza of Patpong, de drie populairste tweederangs nacht-gelegenheden in een stad die vlak onder je neus zaken aanprijst als seksclubs, avondmarkten, ranzige shows en goedkope hotelkamers met uurtarief voor farangs die ervoor terugschrikken de barmeisjes mee naar hun eigen hotel te nemen. De Thaise meisjes bij Spasso waren amateurs, parttimers: leraressen, studentes en dergelijke, die graag wat extra dollars verdienden, en hoopten, alleen maar hoopten, op de jackpot: een farang-vriendje dat hen als hij terug was in Noord-Amerika of Europa elke maand van financiële steun zou voorzien en misschien de blauwogige baby zou schenken die onder die vrouwen statussymbool was geworden.

Er waren niet alleen maar westerse buitenlanders. Ava zag een paar Japanners, een paar Koreanen en een groep zo te zien vermogende, hippe Arabieren. Dat soort buitenlanders was totaal niet aantrekkelijk voor de vrouwen, die zich volledig op de westerlingen oriënteerden. Pas als ze moesten constateren dat de westerse bronnen waren uitgeput waren de Japanners en Koreanen aan de beurt. Ook de Arabieren moesten wachten, maar die hadden er het geduld niet voor. Een van hen had een grote emmer ijs en veertig pepdrankjes in reageerbuisjes besteld. Hij hield in elke hand een drankje en gebaarde naar de meisjes dat ze konden komen halen zoveel als ze wilden. Een enkele belangstellende kwam erop af, maar de Arabier had moeite om de meisjes bij zich te houden.

Ava vond een klein tafeltje achterin, zo ver mogelijk van het podium, waarop een drumstel stond en twee gitaren lagen. Aan de zijkant van het podium was een bord met de woorden MANILA MAGIC geplaatst. Ze kreunde. Filippijnse coverbands waren een typisch Aziatisch cliché. Geen vijfsterrenhotel in Azië waar niet zo'n band speelde. Het was al een oorverdovend lawaai in de club, ze kon zich niet voorstellen wat de band daar nog aan kon toevoegen.

Ze bestelde een glas witte wijn en leunde achterover om met een tevreden gevoel het schouwspel te analyseren, en probeerde te gokken wie er vanavond zou boffen. Ze voelde ogen op zich gericht. Ze negeerde de blikken om verdere aandacht te ontmoedigen.

De band van drie jongens aan de instrumenten en twee zangeressen kwam het podium op en barstte los in een nogal gruwelijke vertolking van *Proud Mary*. Tijdens het nummer doorkruiste een blondine haar gezichtsveld. Uit de verte leek ze een jaar of dertig. Ze droeg een zwarte zijden broek en een groene zijden blouse. De vrouw worstelde zich door de menigte naar Ava, en hoe dichterbij ze kwam hoe meer Ava's belangstelling verflauwde. De vrouw was dichter bij de veertig dan bij de dertig en had zware dijen en een enorm achterwerk.

'Hai, ik ben Deborah,' zei ze. 'Mag ik bij je komen zitten?'

Ava aarzelde maar bedacht dat ze een beetje gezelschap niet erg zou vinden. 'Natuurlijk, maar ik zeg er maar direct bij dat je mijn type niet bent.'

De vrouw keek wat beteuterd. 'Sorry, ik dacht dat je…'

'Ben ik ook, maar je bent mijn type niet. Maar ga zitten.'

'Geen makkelijke plek voor vrouwen als wij,' zei Deborah, die net als zij met een glas witte wijn in haar hand zat.

'Waar kom je vandaan?'

'Washington D.C. En jij?'

'Toronto.'

'Hier voor zaken?'

'Ja, en jij?'

'Ik ook. Waar logeer je?'

'Hier.'

'Ik ook. Dit is mijn eerste reis naar Bangkok, en het is goddorie niet te geloven, die geweldige hotels hier en die geweldige service.'

'Hoe lang blijf je?'

'Nog vijf dagen.'

'Nou, in Spasso moet je niet zijn. Deze vrouwen zijn gefocust op de pik van een farang. Het zijn rasechte ondernemers en ze weten dat daar het geld zit.'

'Waar moet ik dan zijn?'

'Verderop aan de Royal City Avenue, de RCA, heb je een paar bars waar je het misschien naar je zin hebt. De ene heet Nine Bar, Zeta is de nieuwste. De vorige keer dat ik hier was vond ik Zeta erg leuk. De meeste meisjes zijn jong, begin twintig, en sommige zijn nog bezig dingen te ontdekken, nog aan het experimenteren, ze zijn gretig en enthousiast maar missen nog de techniek. Van een vrouw als jij zouden ze wel gecharmeerd zijn.'

'Zijn het barmeisjes?'

'Nee, niet echt. Ze gaan er niet van uit dat ze worden betaald. Ze vinden het wel fijn als je ze twintig of dertig dollar toeschuift. Maar nodig is het niet.'

'Kan ik daar zonder problemen in mijn eentje naartoe? Ik bedoel, thuis moet ik altijd zo omzichtig te werk gaan. Lesbobars zijn niet echt mijn ding.'

'Geen probleem.'

'Is het dichtbij?'

'Tien minuten met de taxi. Maar in Bangkok is alles tien minuten met de taxi, volgens de chauffeurs dan, behalve als het druk is, natuurlijk,' zei Ava, en ze moest even glimlachen.

'Bedankt. Ik moet morgen weer vroeg aan het werk, dus ik stap maar eens op.'

'Ach ja, die meisjes zijn er morgenavond ook nog,' zei Ava.

'Mag ik je voordat ik vertrek een drankje aanbieden?'

Ava schudde haar hoofd. 'Nee, ik ben zo langzamerhand moe genoeg om naar bed te gaan. Bovendien word ik helemaal gek als ik nog zo'n Filippijnse band moet aanhoren die Shania Twain om zeep helpt.'

11

Ava nam een paar melatoninetabletten voordat ze naar bed ging en sliep aan één stuk door, tot zes uur de volgende ochtend. Het was nog te vroeg om Arthon te bellen, dus belde ze haar moeder. Die zou nu wel thuis zijn, want het was nog geen tijd voor diner en mahjong. Ava vertelde Jennie dat ze met haar vader dimsum had gegeten. Zoals altijd reageerde Jennie sterk overdreven. Niets bezorgde Ava's moeder meer plezier dan het contact van haar dochters met hun vader. Ze deed alsof ze het fijn vond voor hen, maar Ava wist dat het net zo goed ging om de bevestiging van haar status als echtgenote nummer twee.

Ava zette water op en maakte een kop VIA-oploskoffie. Ze zette BBC World aan, maar geloofde het na vijf minuten wel en pakte haar hardloopspullen en een elastiekje om haar haar mee vast te binden. Hardlopen in Bangkok bracht haar altijd in een dilemma. Je had de veiligheid, zekerheid en schone lucht van de fitnessruimte van het hotel, tegenover het alternatief van buiten hardlopen en kampen met smog, vochtige verstikkende warmte en het gekrioel van mensen. Maar ze wist dat het Lumpini Park maar een paar kilometer van het Hyatt af lag, en ze vond het heerlijk om daar te lopen. Als ze in het Mandarin logeerde nam ze zelfs af en toe een taxi heen en terug. Het werd Lumpini.

Om halfzeven was de zon al te zien, maar had hij nog niet zijn drukkende hitte. De straten stonden alweer vol met rijen verkeer, maar de smog had de dichtheid van midden op de dag nog niet kunnen bereiken. Ze ging vanaf het hotel linksaf en liep richting park, daarbij honden, hobbels en gaten in het trottoir vermijdend.

In een stad met nauwelijks groenvoorzieningen en weinig openbare recreatiemogelijkheden oefende het park op allerlei sportbeoefenaren een magnetische aantrekkingskracht uit. Er waren duizenden mensen, bijna allemaal Thai. Ava voegde zich bij de massa die een rondje om het park maakte langs een driekilometerbaan die heel attent om de tweehonderd meter met witte verf was gemarkeerd. Het was een katholieke groep, zonder duidelijk dominante sekse of leeftijd. De enigen die eruit sprongen waren de zakenmannen, die hun overhemd en jasje in de hand hielden zodat die niet zweterig zouden worden.

De baan liep langs de buitenkant van het park. In het park zelf was het net zo druk, met allerlei actieve groepjes die de plek zo interessant maakten. Er waren verschillende groepen tai-chibeoefenaren, die zwijgend hun rituelen uitvoerden. Bejaarde mannen en vrouwen die met precieze, langzame bewegingen met hun zwaarden en waaiers zwaaiden. Vogelliefhebbers met hun kooitjes. Mensen die badminton of tennis, of een Thaise vorm van jeu de boules, of *bocce*, speelden. Door al die afleiding had ze haar hoofd niet zo bij het hardlopen zelf. Was ze op de sportschool meestal goed voor vijf kilometer, in het Lumpini deed ze drie complete rondjes voordat ze terugging naar het hotel.

Ze douchte, trok haar zakelijke kleding aan, stopte haar broek en blouses in een waszak, vulde 'vandaag klaar' in en ging met het dossier-Antonelli en haar notitieblok naar de lobby. Ze las opnieuw het dossier, af en toe aan wat ijswater nippend. Hoe kon ze hem het beste benaderen? Hoe kreeg ze hem zover dat hij haar toegang tot Seto verschafte? Ze had Antonelli's mobiele nummer. Het zou haar tijd besparen als Arthon zijn telefoon kon aftappen en binnenkomende en uitgaande gesprekken kon traceren. Ze belde Arthon en vroeg hem daarnaar.

'Dat zal niet makkelijk zijn,' zei hij. Ze hoorde straatgeluiden op de achtergrond. 'Je kunt hier overal een simkaart kopen en er zijn honderdduizenden bedrijfjes die prepaidkaarten verkopen. Het is niet zoals in Groot-Brittannië of Noord-Amerika, waar je maar een handjevol telefoonmaatschappijen hebt. Het kan even duren voordat ik zijn maatschappij heb, en dan moet ik nog kijken of we daar al zijn geïnfiltreerd.'

'Probeer het alsjeblieft,' zei ze.

'Wat zijn je plannen voor vandaag?'

'Ik ga over een paar minuten naar het Water Hotel. Kijken of ik met Antonelli in gesprek kan raken.'

'Met wat voor smoes?'

'Met mijn vrouwelijke charmes.'

Er kwam geen reactie, en heel even dacht ze dat hij haar in stilte uit-lachte. Even later zei hij langzaam: 'Heb je bij de informatie over Antonelli het stukje over zijn favoriete bezigheden in het weekend niet gelezen?'

'Dat weet ik niet meer, maar ik neem aan dat hij op kroegentocht gaat.'

'Hij gaat naar Nana Plaza, om precies te zijn.'

'En in welk opzicht verschilt dat van Soi Cowboy of Patpong?'

'Op de begane grond en de eerste verdieping vind je de gebruikelij-ke barmeidenshit, maar de tweede verdieping is een ander verhaal. Ik kon in de auto mijn verhaal over hem niet afmaken. Antonelli is van vrouwen en jongens gepromoveerd naar *katoeys*, ladyboys. Op de tweede verdieping is het een en al katoey. Sinds hij is overgestapt schijnt hij wat minder gewelddadig te zijn. Misschien heeft hij gevon-den wat hij zocht.'

'Oh.'

'Ik zei al, het is een zwijn.'

De wandeling naar het hotel duurde langer dan Ava had gedacht. Ze moest een paar kruispunten oversteken en de verkeerslichten waren zo ingesteld dat ze om de vijf minuten versprongen. Dus daar stond je dan, want oversteken bij rood licht had onvermijdelijk de dood tot gevolg, in Bangkok stopt het verkeer voor niemand.

Uiteindelijk liep ze even over achten het Water Hotel binnen. Het moest een vijfsterrenaccommodatie zijn, maar ze zag in de lobby al dat het die kwalificatie niet verdiende. Het meubilair was nogal sleets en het uniform van het personeel vertoonde rafelrandjes.

Ze herkende Antonelli onmiddellijk. Rechts van de lobby was een lounge waar koffie en thee werd geserveerd. Hij zat op een bank, zijn laptop open op schoot, een kop en schotel en een bordje met toast op het tafeltje naast hem. Hij droeg een *barong*, het ruimvallende Filip-pijnse overhemd dat zo vriendelijk is voor dikke mannen.

Hij was zo goed als kaal, op een paar haarlokken na, die van oor tot oor over zijn schedel waren verspreid. Hij was nog dikker dan op de foto. Zijn hals verdween onder zijn wangzakken en de barong zat zo strak om zijn buik dat ze zijn witte T-shirt zag schemeren tussen op springen staande knopen. Als hij achteroverleunde raakten zijn voeten nauwelijks de grond. Maar Ava zag dat zijn mollige vingers vliegensvlug over het toetsenbord bewogen.

Het was druk in de lounge, wat haar een goed excuus bood om bijna pal tegenover hem te gaan zitten. Ze bestelde koffie en wachtte op een gelegenheid om zijn aandacht te trekken. Maar Antonelli was volledig gefocust op zijn computer en keek alleen op om op zijn horloge te kijken. Toen haar koffie arriveerde nam ze een slokje en zei: 'Mijn god, is die koffie hier altijd zo slecht?'

Hij keek heel even naar haar, maar zei geen woord. Even later klapte hij zijn laptop dicht, liet die in een aktetas op wielen glijden, stond op en schommelde de lounge uit. Ze zag hem door de enorme glazen toegangsdeuren naar buiten gaan. Op de stoeprand stond een oudere Thaise man. De man nam de aktetas aan en legde hem achter in een zwarte Toyota suv. Met enige moeite klauterde Antonelli op de achterbank. Even later reed de auto weg.

Nou, dat was geen succes, dacht Ava.

Ze belde Arthon en vertelde wat er was gebeurd. Ze kon hem bijna horen glimlachen. 'Ik waag vanavond in de bar nog een poging,' zei ze. 'In de tussentijd ga ik winkelen, proberen een dutje te doen en wachten tot jij me belt met de informatie die ik nodig heb over zijn mobiele telefoonverkeer.'

'Ik zei al dat dat niet makkelijk is.'

'En dan nog iets,' zei ze. 'We hebben naar Antonelli gevraagd, maar we proberen ook een man genaamd Jackson Seto op te sporen. Antonelli is onze belangrijkste bron, maar het zou handig zijn om te weten wat je kunt nagaan over Seto en zijn komen en gaan, zowel van en naar Thailand als in het land zelf en de omgeving. Ik ben er steeds van uitgegaan dat hij nog in de VS is, en daarom hebben we niet direct naar hem geïnformeerd. Misschien een fout van mijn kant.'

'Jackson is een Engelse naam. Heeft hij een Chinese naam, een officiële naam? Want als dat zo is zal zijn paspoort waarschijnlijk op die naam staan.'

'Ik weet het niet.'

'We zullen onder "Jackson" gaan zoeken en kijken wat er bovenkomt. Waar ben je te bereiken?'

'Op dit nummer of bij het Hyatt.'

Het was nog te vroeg om in Pantip Plaza te gaan winkelen, want het winkelcentrum voor elektronica lag bijna recht tegenover het Water

Hotel, dus liep Ava terug naar het Hyatt. Ze werd overal begroet met een *wai*: een wai bij de ingang, een wai in de lobby, een wai bij de lift. De wai is bij de Thai de meest basale respectvolle groet: men houdt de handpalmen in bidhouding tegen elkaar en buigt tegelijkertijd. Hoe dichter de handen bij het gezicht en hoe dieper de buiging, hoe meer respect men toont. Als zakelijk geklede vrouw scheen Ava heel wat achting los te maken. Van iedereen behalve George Antonelli, dacht ze.

Eenmaal op haar kamer kleedde ze zich uit op haar bh en slip na en hing ze haar kleren op. Daarna sliep ze een paar uur. Toen ze wakker werd zag ze geen reden om zich al te netjes aan te kleden en trok ze haar trainingsbroek en een T-shirt aan. Dit keer was er geen enkele wai toen ze het hotel verliet.

In Pantip bestelde ze voor veertig dollar alle vijf seizoenen van *The Wire* – vijftien dvd's – en daarna kocht ze voor een van haar vrienden drie film-editingsoftwareprogramma's. De software kostte drie dollar per programma, de vriend bespaarde er een paar duizend dollar mee. In de tijd dat ze moest wachten tot de dvd's waren gebrand, ging ze naar de overkant van de straat voor een kop *tom yam kung*-soep.

Tom yam kung stond als goede tweede op de ranglijst, na de Chinese hot-and-sour-soup, die met stip haar favoriet was. Net als een goede hot-and-sour-zeevruchtensoep wordt hij gemaakt op basis van kippenbouillon en bevat hij een royale hoeveelheid garnalen. Daar worden korianderblaadjes, strochampignons, sint-jakobsschelpen, vissaus, limoensap, stukjes citroengras en kaffirlimoenblaadjes aan toegevoegd met als resultaat een smakelijke, heldere soep, aan de oppervlakte bespikkeld met karmozijnrode vetoogjes van het allerlaatste ingrediënt: rode chilipepers. De soep had een puur, fris aroma, als zuivere zuurstof met een vleugje citroen.

Na de lunch ging ze terug naar Pantip om haar dvd's op te halen. Toen ze aan het afrekenen was belde Arthon. Hij had geen geluk gehad met Antonelli's telefoon, maar ze hadden wat informatie over Seto kunnen verzamelen.

'Kan ik het bij het Hyatt afgeven?' vroeg hij.

'Over een kwartier.'

'Reken maar op een uur.'

'Zie ik je in de lobby.'

12

Ava moest bijna twee uur op Arthon wachten. Ze dronk een aantal glazen vruchtensap en las alle kranten in de lobby: de twee Engelstalige kranten, de *Nation* en de *Bangkok Post*, een Chinese krant, de *International Herald Tribune*, en de Aziatische editie van de *Wall Street Journal*. Het nieuws was steeds hetzelfde: de economie lag in puin. Voor Ava stond dat meestal gelijk met goede zaken. Tijden van wanhoop vroegen om wanhopige maatregelen.

Arthon kwam door de hoofdingang binnen, hij had zijn auto met draaiende motor voor de deur staan. Hij was zonder enige twijfel een man van aanzien. Hij was beter gekleed dan de vorige avond, in strakke blauwe broek en een nauwsluitend rood Lacoste-poloshirt, zonnebril op zijn hoofd geplant. Als ze hem niet had gekend, had ze hem voor een vertegenwoordiger aangezien.

Arthon bood geen excuses aan omdat hij te laat was, iedereen in Bangkok weet dat een tijdstip afspreken met zulk verkeer hoogstens een ruwe schatting is. 'Ik kan niet blijven,' zei hij gehaast, en overhandigde haar twee velletjes papier.

'Is dat alles?'

'Seto's gangen. Samen met zijn hotelverblijf is dat alles wat we aan officiële gegevens hebben. Sinds een jaar of zes komt hij hier drie of vier keer per jaar, hij gaat dan eerst naar Hat Yai en vervolgens naar Bangkok. Als hij in het zuiden is logeert hij met Antonelli in het Novotel, en als Antonelli naar het noorden gaat zit Seto in het Water Hotel.'

'Seafood Partners?'

'Als hij partner was, dan was hij dat op de achtergrond.'

'Wanneer was hij hier voor het laatst?'

'Vijf maanden geleden.'

Toen hij met die fraude van Major Supermarkets bezig was, dacht ze.

'Ik heb nog iets voor je,' zei hij, en gaf haar iets wat op een pasfoto leek. 'Ik wist niet of je die al had.'

Ze bekeek haar doelwit. Dik zwart haar met strepen grijs, zonder scheiding strak naar achteren gekamd. Lang, mager gezicht met dunne lippen, die onder een naar rechts afwijkende snor nog dunner leken. Ogen die bijna verdwenen onder overhangende oogleden. Hij staarde uitdagend recht in de camera.

'Ik moet ervandoor,' zei Arthon. 'Het is betaaldag en ik moet nog een paar incasso's doen. Wat zijn je plannen voor vanavond?'

'Happy hour bij Barry Bean's. Misschien krijg ik Antonelli zover dat hij na een paar borrels wél met me wil praten.'

'Bel me maar als je me nodig hebt. Tegen zevenen moet ik wel ongeveer klaar zijn.'

Tegen zessen ging Ava naar de bar, in de veronderstelling dat het happy hour nu in volle gang zou zijn. Barry Bean's zat stampvol, maar geen spoor van Antonelli. Ze liet zijn naam vallen bij de serveerster en kreeg te horen dat *'Khun George'* happy hour vrijwel nooit miste en nog wel zou langskomen. Ze maakte een babbeltje met een Duitse badkuipenfabrikant die overwoog om zijn bedrijf naar Thailand te verplaatsen, maar zonder medeneming van vrouw en kinderen. Helaas was zijn vrouw niet achterlijk.

Om zeven uur stelde het personeel zich gezamenlijk op, luidde een bel en riep 'happy hour is voorbij, happy hour is voorbij'. Nog altijd geen teken van Antonelli.

Ava belde Arthon.

'Oh shit, ik was vergeten dat het vandaag vrijdag is,' zei hij.

'Wat bedoel je?' kreunde ze.

'Op vrijdag gaat hij altijd naar een Italiaans restaurant vlak bij Soi Cowboy. De eigenaren zijn echte Italianen en het is een van de meest trendy plekken in de stad. Na het eten duikt hij op bij Nana Plaza voor zijn wekelijkse stoeipartijtje met een katoey.'

'Neemt hij die mee naar het hotel?'

'Nee. Elke gast die meegaat naar een hotelkamer wordt door de bewaking gecontroleerd, en zijn identiteitsbewijs wordt vastgehouden tot hij weer vertrekt. Antonelli wil natuurlijk niet dat het personeel weet dat hij op ladyboys valt. Hij gaat naar een hotel dat tegen Nana aan ligt en kamers per uur verhuurt.

Dat is misschien nog beter, dacht ze. 'Arthon, het zou handig zijn als we een bewijs hebben van die hobby van hem.'

'Wat bedoel je?'

'Foto's,' zei ze.

Hij antwoordde onmiddellijk. 'Het is te proberen, maar dan moet ik iemand, of misschien zelfs meer mensen, betalen.'

'Over hoeveel hebben we het dan?'

'Op zijn minst vijfduizend, misschien zelfs tienduizend baht.'

Twee- tot driehonderd dollar, rekende Ava uit. 'Dat klinkt redelijk, maar alleen als we de foto's ook echt krijgen.'

'Ik zal zien wat ik kan regelen.'

'Bel je me?'

'Of het me is gelukt of niet?'

'In beide gevallen wil ik het weten.'

Ava klapte haar mobieltje dicht en ging naar boven, naar het Italiaanse restaurant van het Water Hotel waar Antonelli regelmatig kwam. Het lag er verlaten bij. De gastvrouw was blij dat ze wat aanspraak had en was heel toeschietelijk over Antonelli, of 'Khun George', een verbale uiting van respect, het equivalent van het Engelse 'Mister'. Het bleek dat Khun George veel at, veeleisend was en veel te lage fooien gaf. Het kostte Ava weinig moeite hem erg onsympathiek te vinden.

Na het eten liep ze terug naar het Hyatt. Het was nu nog lastiger laveren op straat dan eerder op de dag. Als bij toverslag waren er avondmarkten en eettentjes op de trottoirs verschenen, die op volle toeren draaiden. Ze huiverde toen ze zag hoe het met de hygiëne was gesteld. Geen stromend water; borden en bestek die steeds weer in dezelfde bak werden afgewassen. Ava had één keer iets op straat gegeten en twee dagen nodig gehad om van een voedselvergiftiging te herstellen.

Ze overwoog om naar Spasso te gaan en daarna naar Zeta. Maar het kwam erop neer dat ze op haar hotelkamer naar Home Box Office lag te kijken. Rond elf uur viel ze in slaap.

Hoewel ze het gevoel had dat ze al een tijd had geslapen was het pas halftwaalf toen de telefoon ging.

'Bingo,' zei Arthon. 'En met een die nog niet alle operaties heeft gehad: zowel tieten als een pik. Onze man viel de kamer binnen toen ze net leuk aan het spelen waren, allebei spiernaakt, en Antonelli kijkt

recht in de camera. Zonder kleren aan is het trouwens wel een oerle-
lijke farang. Hij heeft bijna grotere tieten dan zij.'

'Wanneer kan ik de foto's krijgen?'

'Breng ze morgen als eerste bij je langs.'

13

De volgende ochtend om acht uur belde Arthon om te zeggen dat hij onderweg was. Ava was al een paar uur op en was weer gaan hardlopen in het Lumpini Park. Het was er op zaterdagochtend nog drukker dan op vrijdag, en ze besloot tot een derde rondje om nog meer te kunnen opnemen van wat er allemaal te zien en te horen was. Ze wist niet dat er zoveel varianten van tai chi bestonden.

Terug in het hotel nam ze een douche, kleedde zich om en ging naar beneden om in afwachting van Arthon in de lobby te bivakkeren. Ze las in de *Bangkok Post* onder de rubriek '*Lifestyle*' een artikel over een katoey-rockband. Uit de foto was niet op te maken dat het niet de zoveelste band van prachtmeiden was.

Afgezien van zijn nare gewelddadige trekjes had Ava geen probleem met Antonelli's seksuele voorkeur. Bovendien kende ze Thailand goed genoeg om te weten dat ook de Thai zelf daar totaal geen moeite mee hadden. Katoeys hoorden bij het leven van alledag en vormden een algemeen geaccepteerde derde sekse. Ava had openbare gebouwen gezien met drie verschillende toiletruimtes: voor mannen, vrouwen en katoeys.

Rond de katoeys had zich een kleine huisindustrie ontwikkeld, en mede dankzij hen behoorden de plastische chirurgen in Thailand tot de beste ter wereld. Ze hadden geluk gehad dat ze Antonelli hadden betrapt met een katoey die nog niet alle operaties achter de rug had. Was dat wel zo geweest dan had niemand geloofd dat ze transseksueel was. Maar misschien was het geen kwestie van geluk hebben maar had Antonelli ze gewoon graag half-half, bedacht Ava.

Arthon was op tijd en liep nog in zijn kleren van de vorige avond. Hij zag er moe uit, Ava vermoedde dat hij niet had geslapen. Hij plofte op de bank naast haar neer en kreunde.

'Zware nachtdienst gehad?'

'Was het maar zo. Het is eind van de maand en dan moet ik incasseren. Ik ben verantwoordelijk voor de goktenten, en sommige gaan pas om middernacht open.'

'Hoeveel tijd besteed je aan echt politiewerk vergeleken met al die bijbanen?'

'Ongeveer fiftyfifty, hoewel het aan het eind van de maand gewoon een gekkenhuis is.'

'En ik maar denken dat gokken in Thailand verboden was.'

'Dat is het ook,' zei hij, en hij overhandigde haar een grote bruine enveloppe.

Vijf foto's. Ava vertrok even haar gezicht toen ze ernaar keek. Zonder kleren was Antonelli nog afzichtelijker dan ze zich had voorgesteld, en hoewel ze al het een en ander over zijn partner wist schrok ze toch even.

'Geweldig,' zei ze.

'Wil je dat ik erbij ben als je ze hem laat zien? Hij zal er niet erg blij mee zijn.'

'Het zal wel lukken. Wat je wel voor me kunt doen is zijn kamernummer in het Water Hotel zien te achterhalen. Dan schuif ik een foto onder zijn deur door en regel ik een afspraak in een openbare gelegenheid, waar hij niet tegen me tekeer kan gaan.'

'Hij zit op kamer 3235.'

'Dank je.'

'Ik ga naar huis om wat te slapen. Bel maar als je me nodig hebt.'

'Hier, dit krijg je nog van me,' zei ze, en ze gaf hem een rolletje bahtbiljetten.

'Laat maar zitten. Ik heb mijn baas gesproken en die zei dat-ie me zou vermoorden als ik ook maar iets van Oom zou aannemen.'

Ze haalde haar schouders op. 'Geef het dan aan een tempel of zo.'

'Dat kan ik echt niet doen,' zei hij. Hij stond op en rekte zich vermoeid uit. Ze zag dat een paar vrouwelijke medewerkers hem nauwkeurig bekeken. Hij zag hen ook en glimlachte en gaf ze een wai. Dat leidde tot een compleet rondje wais, en een van de vrouwen, die eruitzag als een meisje van zestien, koerste langzaam zijn kant uit. Er werden een paar woorden in het Thai gewisseld, ze lachte, nam zijn kaartje aan en liep met hem naar de hoofdingang. Ava kon alleen maar bewondering hebben voor de assertieve houding van de vrouwen.

Ze ging terug naar haar kamer en kleedde zich om. In de linnen broek en de roze Brooks Brothers-overhemdblouse zou ze precies de juiste indruk maken. Ze was van plan geweest om naar het hotel te lopen, maar toen ze buiten kwam scheen de zon fel en was de lucht helder. Ze wilde daar niet bezweet aankomen en nam een taxi, ook al wist ze dat de rit langer duurde dan de wandeling.

Ze nam de lift naar de eenendertigste verdieping. De gang was leeg, op een karretje van een kamermeisje na. Ava bleef even met haar oor tegen de deur gedrukt voor Antonelli's kamer staan. Ze hoorde vage geluiden die zo te horen uit een tv-toestel kwamen. Ze had één foto in de enveloppe laten zitten en daarop geschreven: *Ik zie u beneden in de lobby. Ik ben Chinese en draag een roze blouse.*

Ava schoof de enveloppe onder de deur door, belde aan en rende via de dichtstbijzijnde trap naar de eenendertigste verdieping, waar ze op de liftknop drukte, hopend dat ze vóór hem in de lobby zou arriveren, en nog sterker hopend dat hij niet bij haar in de cabine kwam te staan. Binnen een minuut was ze beneden.

Ze liep een zo goed als verlaten lobby in en koos een stoel in het midden van de lounge. Tegenover haar stond een bank, tussen bank en stoel stond een brede salontafel. Ze bestelde een espresso en wachtte. Een paar minuten later gingen de liftdeuren open en kwam Antonelli de lobby binnenstormen. Hij droeg een Georgia-Tech-tanktop, een flodderig short en blauwe Crocs. Zijn benen waren bleek en verrassend glad. Hij had zijn haar niet geborsteld en de paar lokken die hij nog had stonden recht overeind. Ze las een mengeling van woede, gejaagdheid en wanhoop op zijn gezicht.

Ava zwaaide naar Antonelli en glimlachte. Hij liep op haar af, met de enveloppe stevig in zijn hand geklemd.

'Jij vuile teef! Jij Chinese teef! Chinees klotewijf!' schreeuwde hij al op tien meter afstand.

'Gaat u zitten,' zei ze, naar de bank wijzend.

Moeizaam lopend kwam hij op haar af, met vertrokken gezicht, en één seconde dacht ze dat hij haar iets zou aandoen. Ze verschoof haar voeten en bereidde zich voor op een tegenzet. Toen hij vlak bij haar was, bleef hij staan. 'Klotewijf,' zei hij woedend.

Zelfs op die afstand rook ze zijn adem, die naar bier en god weet wat allemaal meer stonk. Zijn ontblote gebit zat vol vlekken en was bedekt met een gele aanslag. Waarschijnlijk had hij niet even de tijd genomen om zijn tanden te poetsen.

Hij zwaaide met de enveloppe. 'Jij Chinees klotewijf.'

'U vervalt in herhaling, en daar bereikt u niets mee. Ik stel voor dat u gaat zitten,' zei ze.

'Dat was jij die hier zat, gisteren. Ik herken je heus wel, klotewijf. Ik zag wel dat er een steekje los was bij je.'

'Vast wel.'

Hij begon weer met de enveloppe te zwaaien. 'Waar slaat dit op? Waar slaat dit verdomme op? Ik ken jou helemaal niet. Je hebt verdomme geen enkele reden om dit te doen.'

De serveerster, te bang om dichterbij te komen, drentelde op de achtergrond met Ava's koffie. 'Komt u het maar brengen, hoor,' zei Ava, en ze draaide zich om naar Antonelli. 'Wilt u iets gebruiken?' vroeg ze. 'Ik trakteer.'

'Rot op.'

'Straks. Eerst moeten we praten.'

'En wat wou je hiermee gaan doen?'

'U bent George Antonelli, klopt dat? En u hebt een zakenpartner genaamd Jackson Seto, en u hebt beiden geld gestolen van een cliënt van me. Daarom zit ik hier.'

'Ik heb verdomme geen flauw idee waar je het over hebt.'

'Jawel, dat hebt u wel, maar dat doet er niet toe. Ik ben niet erg geïnteresseerd in u of in uw hobby's. Wat ik wil weten is waar ik Jackson Seto kan vinden. En ik wil dat u me daarbij helpt.'

'Ik heb goddomme nog steeds geen idee waar je het over hebt.'

Ze pakte het dossier dat ze van Arthon had gekregen uit haar tas en legde het op tafel. 'Ik weet alles over u. Ik weet hoe lang u hier bent, met wie u heeft samengewerkt, hoeveel oplichterstrucs u samen met Seto hebt uitgehaald. Ik weet ook van het bestaan van vrouw en kinderen in Atlanta. Hun adres en telefoonnummer staan ook in het dossier.'

Antonelli ging zitten en reikte naar de map. Hij deed hem open en begon te lezen. Ze wachtte, keek naar zijn gezicht in afwachting van een reactie. Zijn kaak verstrakte en hij likte speeksel op uit een mondhoek.

'Waar ben je in godsnaam mee bezig?' zei hij eindelijk.

'Heel simpel: ik moet Seto lokaliseren. U weet waar hij is, of op zijn minst hoe ik hem kan bereiken. U mag kiezen. Óf u vertelt me wat ik wil weten, óf ik laat die foto – en die andere vier – honderd keer afdrukken en stuur ze naar uw vrouw, uw kinderen, de buren in Atlanta, uw ouders, uw broers of zussen, uw schoonfamilie, en verder iedereen met wie u ooit zaken heeft gedaan of nog doet. Ik weet uit ervaring dat Amerikanen, vooral die in het Zuiden, en baptisten al helemaal, een tikkeltje minder ruimdenkend zijn in dit soort zaken dan de Thai.'

Hij deed zijn ogen dicht. *Een goed teken*, dacht ze. Hij zag het ergste scenario voor zich. Hij berekende zijn kansen. 'Hoe weet ik nou –'

'Dat weet u niet,' onderbrak ze hem. 'Maar het is mijn gewoonte om me aan mijn woord te houden. Help me om Seto te vinden en de foto's worden verbrand.'

'Verdomme.'

'Het spijt me dat het zo moest, heus. Als ik hem op een andere manier had kunnen vinden was dit niet nodig geweest,' zei ze.

'Wat gaat u doen als u hem hebt gevonden?'

'Het geld terughalen.'

'En stel dat ik u zijn adres geef en u krijgt uw geld niet? Wat gebeurt er dan met de foto's?'

'Zorgt u nou maar dat ik hem kan vinden. Doe dat en ik beloof u dat u uit de problemen bent.'

Hij kauwde nadenkend op een vingernagel. 'Hebt u een pen?'

Ze haalde haar notitieboek en Mont Blanc-pen tevoorschijn. 'Ga uw gang.'

'Ik geef u zijn e-mailadres. Hij checkt het maar zelden en reageert ook niet direct. Ik zal hem mailen dat ik hem wil spreken, dan belt hij me. Maar u kunt het proberen. Je weet nooit.'

'Goed.'

'Op dit moment heeft hij geen Noord-Amerikaans of Aziatisch telefoonnummer dat in gebruik is. U zult 592-223-7878 moeten bellen.'

'Wat voor landnummer is dat?'

'Guyana.'

'Hij zit in Guyana?'

'Kennelijk.'

'Waarom Guyana?'

'We kochten daar vroeger ombervis en zeeforel. Die stuurden we verpakt in trays naar Atlanta en verkochten ze voor de markt voor zwarten en latino's. Het was een tijdlang een goeie business. Jackson heeft daar een huis en een soort echtgenote, en hij kent de juiste mensen, genoeg om zich daar veilig te voelen. Zodra de grond hem te heet onder de voeten wordt taait hij steevast af naar Guyana.'

'U weet zeker dat ik hem daar vind?'

'Gisteren zat hij er nog.'

'Waarom voelt hij zich daar zo veilig?'

Antonelli glimlachte. 'Guyana is een kloteplek vol met lui die er een kloteplek van hebben gemaakt of die goed gedijen op kloteplekken. Zelfs voor iemand als ik is het iets te veel kloteplek, en ik heb er heel wat gezien in mijn leven. En Jackson heeft zich daar omringd met het smerigste stelletje schoften dat hij kon vinden. Zolang hij ze betaalt doen ze wat hij wil.'

'En de politie?'

'De meesten van die lui die hij betaalt zíjn politie.'

'Hebt u zijn adres?'

'Malvern Gardens. Het huisnummer heb ik niet, maar er staan in dat buurtje maar een stuk of tien huizen. Naar Georgetownse begrippen is het verdomd groot, en hij is er de enige Chinees.'

'Georgetown is de belangrijkste stad?'

'Yep. Klotestad.'

'Ik zie het voor me,' zei ze.

'Dacht u maar. Wacht maar tot u er eenmaal bent. Het is in werkelijkheid nog veel erger dan u zich kunt voorstellen.'

'Als ik daar aankom en Seto blijkt te weten dat ik kom...'

'Dat vertel ik hem niet.'

'Ik meen het. Als hij ook maar de minste aanwijzing heeft...'

'Moet u luisteren, ik wil niet dat die foto's in verkeerde handen terechtkomen. Dat weet u. Daar bent u goddomme voor honderd procent van overtuigd, ja? Dus ik reken erop dat u zich aan uw woord houdt. Dat is alles. En of ik denk dat u Seto in de val kunt lokken en hem zover krijgt dat-ie dokt? Nee, dat denk ik niet. Ik denk dat u geen schijn van kans hebt, van zijn leven niet. En met die wetenschap in mijn achterhoofd zou ik u verlinken? Ik hou mijn mond. Doe vooral wat u zo nodig moet doen. Maar geef mij niet de schuld als het niet lukt.'

'Geef me uw mobieltje eens.'

'Waarom?'

'Doe nou maar.'

Hij gooide haar het apparaat toe. Ze ving het en klapte het open. 'Ik ga nu het nummer in Guyana bellen dat u me heeft gegeven,' zei ze. 'Ik schakel de luidspreker in.' Ze keek op haar horloge. 'Het is daar nog niet te laat. Hopelijk neemt hij op. Zo niet, wat dan? Voicemail?'

'Ja.'

'Zegt u in elk geval tegen hem dat u een lang weekend weggaat en tot midden volgende week niet te bereiken bent. Is dat aannemelijk? Zou u dat onder normale omstandigheden ook doen?'

'Heb ik gedaan.'

Ze toetste de cijfers in, schakelde de luidspreker in en legde het toestel tussen hen in op tafel. De telefoon ging vier keer over voordat een gedempte stem reageerde: 'Wat moet je verdomme, George?'

'Jack, ik wou alleen maar even zeggen dat ik richting Phuket ga om wat te relaxen. Ik neem mijn laptop niet mee, dus tot volgende week hoor je niks van me.'

'Je doet maar. Veel plezier.' De verbinding viel weg.

Het verbaasde haar dat Seto nog een vleugje Chinees accent had. Zijn broer sprak accentloos Engels, ze had dat bij hem ook verwacht.

'Oké, tevreden zo?' zei Antonelli.

'Nog één ding,' zei ze langzaam. 'Geld. Kunt u bij het geld?'

'Nee. Alleen Jackson.'

'Heeft hij u geld gestuurd?'

'Hij stuurt me elke maand geld, maar dat is net genoeg voor mijn overhead, mijn onkosten.'

'U deelt niet in de winst?'

'De verdeelsleutel is zeventig-dertig, en raad eens wie die zeventig krijgt. Normaal gesproken wachten we tot het einde van het jaar, zo rond de kerst, voordat we ons daarop storten. Tegen die tijd weten we ongeveer wat we echt hebben. In onze business zitten nogal wat ups en downs, moet u weten.'

'Dat schijnt zo.'

'En u zou verdomme wel eens één enorme down kunnen zijn.'

Ze stond op en zei: 'Laten we het hopen.' Ze stopte het notitieboek en de enveloppe weer in haar tas. 'Bedankt voor uw hulp.'

'En ik hoop die rotstem van u nooit meer te horen,' zei hij.

'Dat is geheel wederzijds.'

14

Antonelli's beschrijving van Guyana verbleekte op het moment dat Ava op internet een vlucht naar Georgetown ging zoeken. De nationale luchtvaartmaatschappij lag het meest voor de hand, dacht ze. Elk land heeft er een. Behalve Guyana; zijn nationale maatschappij ging in 2001 failliet. Daarna was er nog even een ander, quasi-nationaal, bedrijf geweest, maar ook dat was op de fles gegaan.

De belangrijkste maatschappij die op Guyana vloog was Caribbean Airlines, en alle vluchten met die bestemming vertrokken van Port of Spain, Trinidad. De beste manier om naar Port of Spain te komen was via New York of Miami. Ze wist dat Thai Air een directe vlucht van Bangkok naar New York had. Die vertrok om middernacht en kwam laat in de middag in New York aan. Om zeven uur 's avonds ging er een vlucht naar Port of Spain. Ze zou moeten overnachten in Port of Spain en een ochtendvlucht naar Guyana moeten nemen.

Ze checkte de beschikbare stoelen in de businessclass. De bezettingsgraad van alle vluchten was nul. Ze mailde haar reisagent om de vluchten te regelen en de beste hotels te boeken die ze kon vinden.

Bij het Hyatt moest ze om twaalf uur 's middags uitchecken. Ze belde naar beneden en kreeg voor elkaar dat ze voor de helft van het officiële dagtarief later mocht uitchecken.

Ava had toen ze aan het surfen was twee telefoonoproepen gemist, een van Arthon, de andere van Oom. Ze belde Arthon terug. Hij was blij, maar enigszins verbaasd te horen dat het zo goed was gegaan. Ze vroeg hem een set foto's te bewaren voor het geval ze die alsnog nodig had. Dat was hij toch al van plan, zei hij, en ze vroeg zich af wat dat betekende voor Antonelli.

Toen ze Oom belde vroeg hij hoe het was gegaan bij Antonelli. Het was zijn manier om haar duidelijk te maken dat hij betrokken bleef bij de zaak, sterker nog, dat het in feite zijn zaak was.

Ze beschreef de ontmoeting tot in detail.

'Waar ligt dat Guyana?' vroeg hij.

'Hoezo, hebt u daar geen vrienden?'

'Dat weet ik pas als ik weet waar het ligt.'

'In Zuid-Amerika. Aan de noordoostkust, omringd door Suriname, Brazilië en Venezuela, op een steenworp afstand van Trinidad. En dat weet ik ook alleen maar omdat ik het heb opgezocht.'

'Dat is bemoedigend,' zei hij, doelend op het feit dat ze Seto had getraceerd. Aardrijkskunde was aan hem niet besteed.

'Wilt u Tams oom al iets vertellen?'

'Nee, pas als je het geld hebt,' zei Oom. 'Ava, daar waar je zit, bij het Hyatt, dat is vlak naast Erawan Shrine.'

'Dat klopt.'

'Ga daarheen, wil je? Steek wat wierook aan, laat wat bloemen achter, doe een offergave en bid voor ons allemaal.'

'Ik wist niet dat u boeddhist was.'

'Dat ben ik ook niet, net zomin als het altaar. Dat is eigenlijk hindoeïstisch, en gewijd aan de Thaise versie van Brahma – ik kan zijn Thaise naam maar niet onthouden – en diens olifant, van wie ik de naam wel kan onthouden, maar alleen vanwege het hotel, Erawan.'

'Goed, zal ik doen.'

'Mooi. Het is een gelukbrengend heiligdom. Ik ben er twee keer geweest, en beide keren was het resultaat beter dan ik had durven hopen.'

Het heiligdom stond op de hoek van Ratchadamri Road, een van de drukste straathoeken in een van de drukste steden ter wereld. Het nam een behoorlijk oppervlak in beslag, ongeveer twintig vierkante meter, en was omheind, zodat Ava zich in de drukte door het toegangshek naar binnen moest persen. Zelfs om één uur 's middags, met de zon op zijn hoogst, puilde het heiligdom bijna uit van vereerders, die in concentrische cirkels rond de beelden van de zesarmige Brahma en zijn olifant stonden.

Ava kocht een bloemenkrans, een sinaasappel en drie wierookstokjes. Ze legde de bloemen en de sinaasappel aan de voeten van Brahma, waar al honderden offerandes lagen. Ze stak de wierook aan, hield die tussen haar handen in wai-positie en begon, zachtjes van voor naar achter wiegend, te bidden; ze bewoog haar lippen, sprak zacht de woorden uit.

Er waren vooral Thai aan het bidden. De toeristen stonden in de buitencirkels en namen foto's van de vereerders en van de Thaise dansgroep die er elke dag optrad en danste om Brahma te behagen, zodat hij op zijn beurt de smekelingen goedgezind zou zijn.

Ava bad meer dan vijf minuten lang en droeg haar gebed op aan elk van haar familieleden en haar beste vrienden. Ze bad om gezondheid en geluk en bleef de woorden herhalen, als een mantra. Toen ze klaar was kwam er een vredig gevoel over haar. Ze legde een honderdbaht-biljet in de collecteschaal van de dansers en ging terug naar het hotel.

Vanwege de zaterdag waren er een paar bruiloften in het hotel. Ze kwam nauwelijks de lobby door zonder voortdurend iemand in uniform of toga tegen het lijf te lopen. Kennelijk hadden alleen mensen met familie bij de politie of het leger genoeg geld om in het Hyatt te trouwen. Het basisloon was mager, maar de extraatjes en het smeergeld compenseerden dat ruimschoots. Oom zei altijd dat hij nog nooit een gepensioneerde politieagent was tegengekomen die geen miljonair was. Ze nam aan dat het ook gold voor het militaire apparaat.

Als ze in een gezelliger bui was geweest had ze Arthon kunnen ondervragen over de werking van het systeem. Hij had nogal luchtig gedaan over het innen van bijdragen van casino's die zogenaamd niet bestonden. Ze had gehoord dat elke bedelaar franchisenemer van de politie was, doordat hij een stukje straat kreeg toegewezen waarop hij zijn dramatiek kon etaleren, en de helft van zijn opbrengst als smeergeld aan de politie moest afdragen. Er was in de hele stad geen bar te vinden die geen bijdrage aan het pensioenfonds van de politie betaalde. Elke gestolen auto werd uiteindelijk verkocht of vanwege de onderdelen uit elkaar gehaald door een speciale politie-eenheid. Het geld spiraalde volgens een vast en volledig gecontroleerd patroon omhoog.

Toch hield ze van Thailand. Georganiseerde corruptie was nog altijd beter dan bandeloze corruptie. Dat was precies de reden waarom Oom liever geen zaken deed in landen als de Filippijnen en India, en in delen van China.

Terug op haar kamer zette Ava haar laptop aan en begon ze te surfen naar Guyana. Het was nieuw gebied: een plek op aarde die buiten het bereik van Ooms uitgebreide netwerk lag. Ze ontdekte al gauw dat George Antonelli niet eens zo sterk had overdreven, als hij dat al had gedaan. Het land – officieel de 'Coöperatieve Republiek Guyana' geheten – had ongeveer 800.000 inwoners, van wie het merendeel samenklitte op een 60 kilometer lange kuststrook, met een inkomen van nog geen $ 1200,- per hoofd van de bevolking. Daarmee bezette het de 155ste plaats op de wereldranglijst, en Ava zou niet veel landen weten die nog lager scoorden.

Het land had één vliegveld, waarop maar een handjevol maatschappijen vloog. Het had geen passagiersspoorlijnen. Het beschikte wél over een wegennet van meer dan 8000 kilometer, waarvan niet meer dan 600 kilometer was bestraat, met een wegdek dat zo te zien voor gelijke delen uit asfalt en gaten bestond. Een op diesel werkende krachtcentrale voorzag in 60 procent van de energiebehoefte, uitval was aan de orde van de dag. Ze noteerde dat ze een zaklamp moest kopen. De kwaliteit van het water was dubieus. Ze noteerde dat ze waterzuiveringstabletten moest kopen.

De bevolking bestond grotendeels uit Indiërs, afstammelingen van contractkoelies. Maar er was ook een grote zwarte bevolkingsgroep, afstammelingen van slaven. Tussen beide bevolkingsgroepen bestond een lange geschiedenis van vijandschap. De rest van de bevolking bestond uit afstammelingen van de oorspronkelijke Carib-indianen, nog een uiterst kleine bevolkingsgroep die als Europees werd beschouwd, en een kleine groep Chinezen. Het land had een opvallend hoog misdaadcijfer, maar ging er ook prat op dat het een van de hoogste houten bouwwerken ter wereld had, een Anglicaanse kathedraal.

Al met al klonk het niet echt als een vakantiebestemming.

Ava belde de receptie en zei dat ze een zaklamp en waterzuiveringstabletten wilde kopen. Volgens de receptionist kon ze alles wat ze nodig had bij CentralWorld krijgen.

Het winkelcentrum ligt aan Ratchadamri Road, schuin tegenover de Erawan Shrine, op vijf minuten lopen van het hotel. CentralWorld telt acht etages en is met ruim een half miljoen vierkante meter winkelruimte het op twee na grootste winkelcentrum ter wereld. Ava vond wat ze zocht, maar pas na een speurtocht van een halfuur.

Toen ze klaar was met de boodschappen settelde ze zich in het winkelcentrum voor haar eerste volledige Thaise maaltijd sinds ze in Thailand was. Ze had net besteld toen haar mobieltje ging. De beller gebruikte nummerblokkering. Maar weinig mensen hadden haar nummer, maar dat waren ook degenen die het moesten hebben, dus ze nam op.

'Ava, met Andrew Tam.' Hij klonk nerveus. 'Mijn oom heeft jouw oom niet te pakken kunnen krijgen. Hij maakt zich ongerust over de gang van zaken.'

'Andrew, zeg alsjeblieft tegen jouw oom dat ik echt niet elke dag aan mijn oom rapporteer als ik aan een zaak werk. Ik heb al eerder gezegd dat ik je bel zodra ik iets te melden heb.'

'De sfeer raakt hier behoorlijk gespannen. Ik sta onder enorme druk van mijn familie. Bovendien heb ik volgende week een gesprek bij de bank, en die gaan me een paar heel vervelende vragen stellen. En ik ben niet erg goed in liegen.'

'Dus het gaat om jou, niet om je oom.'

'Ik maak me zorgen.'

'Andrew, ik heb het geld weten te vinden. Ik weet waar het is. Nu moet ik het nog binnenhalen. Dat lijkt makkelijker dan het waarschijnlijk is, daarom heb ik je niet gebeld. Zolang ik het niet daadwerkelijk in handen heb, heb ík niets en heb jíj niets.'

'Je hebt het gevonden!' zei hij, alle reserves negerend en zich vastklampend aan het goede nieuws.

'Klopt.'

'Fantastisch.'

'Dat is het pas als ik het heb.'

'Maar dit is toch een geweldig begin? Ik bedoel...'

'Andrew, stop,' zei ze. 'Hoor eens, je mag de bank en je oom vertellen wat je wilt. Als je tijd kunt winnen, doe dat dan. Ik heb het geld ontdekt en ik ga erachteraan. Dat stelt helemaal niets voor zolang ik het niet heb. Is dat duidelijk? Ik beloof je helemaal niks en ik geef je geen enkel tijdschema.'

'Nou ja, ik kan alleen maar zeggen dat we in je geloven.'

Ze zuchtte. 'Je bedoelt dat je geen andere keus hebt. Dat is iets anders. Je kent me niet, je kent me totaal niet. Ik hou er niet van om iemand blind vertrouwen aan te praten. Daarom heb je nog niets van me gehoord. En daarom, Andrew, hoor je pas weer van me als ik je kan vertellen dat ik óf het geld heb óf dat het me niet gelukt is. En als ik zeg dat je niets van me hoort betekent dat ook dat jij mij onder geen enkele omstandigheid moet bellen. Zijn we het daarover eens?'

'Ja.'

'Dan heb ik nog één ding van jou nodig. Ik had het via Oom willen spelen maar nu we elkaar toch aan de lijn hebben wil ik je bankgegevens hebben. Gesteld dat ik bij het geld kan, dan is de beste manier om het over te maken een elektronische overboeking. Dus mail me alle gegevens van je bank. Ik heb de naam en het adres van de bank nodig, de naam en het adres van de bankrekening, het IBAN-nummer en de SWIFT-code van de bank.'

'Ik mail ze vandaag nog.'

'Morgen is ook prima.'

'Vind je het erg als ik vraag waar het geld nu eigenlijk is?'

'Ik bel je zodra ik harde informatie heb. Probeer in de tussentijd kalm te blijven.' Ze klapte haar mobiel dicht.

Er waren momenten waarop Ava een hekel had aan haar eigen manier van optreden. Tam was best een aardige vent, die gewoon zat te springen om ieder beetje geruststellend nieuws. Maar ze had door schade en schande geleerd dat klanten die wanhopig waren – en dat waren haar klanten bijna altijd – hoorden wat ze graag wilden horen. Een sprankje hoop werd al snel een beklonken zaak. En slaagde ze een keer niet, dan was zij van de ene minuut op de andere de boosdoener, de hartenbreker, de leugenaar.

Terug in het hotel pakte Ava haar bagage en trof ze de nodige voorbereidingen om naar het vliegveld te gaan. Haar reisagent had de vluchten al geboekt en per e-mail bevestigd. Ze had in Port of Spain het Hilton geboekt en in Georgetown het Phoenix, en ervoor gezorgd dat er bij aankomst steeds een limo klaarstond.

Ava moest glimlachen toen ze het commentaar van de reisagent op het Phoenix las: *Het heeft drie sterren, maar alle andere hotels hebben er maar een of twee. Wat is dit voor een oord?* Ze glimlachte niet toen ze verder las: *In elke reisgids wordt geadviseerd om uiterst voorzichtig te zijn in Georgetown. Alleen over straat gaan wordt ten sterkste afgeraden, ook overdag.*

15

Om zeven uur 's avonds, precies volgens schema, landde Ava in Port of Spain. Het was al donker. Trinidad ligt in het zuidelijkste puntje van de Cariben, en daar valt tweeënvijftig weken per jaar 's avonds om zes uur de zon als een blok achter de bergen in het westen. Vanuit de lucht en volledig verlicht leek de stad groter dan ze zich had voorgesteld. Ze ging ervan uit dat het er vanaf haar zitplaats een heel stuk mooier uitzag dan op de grond.

Ze kwam probleemloos langs immigratie, douane en bagageafgifte, en stapte naar buiten in een atmosfeer die vochtig was als in Thailand, maar met onbekende luchtjes. Rottende bladeren. Dode vogels. Hondenpoep. Uitlaatgassen. Ze kon ze niet thuisbrengen, maar ging bijna over haar nek. Toen ze de aankomsthal uit liep zag ze een grote zwarte man op de stoeprand staan, bij een Lincoln Continental. Hij hield een bord voor zich met haar naam erop. Ze gebaarde naar hem; hij opende het achterportier en ze stapte in.

'Wat een stank,' zei ze.

'Vooral dode planten,' zei hij.

Ze had geen behoefte aan details. 'Hoe ver is het naar het hotel?'

'Een halfuur ongeveer.'

Ze had voor de verandering niet lang geslapen in het vliegtuig. Op weg naar New York had ze acht uur slaap kunnen pakken, verder niet. Ze was wat slaperig, maar dat was prima, ze wilde de volgende dag helder zijn.

'Bent u hier met vakantie of voor zaken?' vroeg hij.

'Zaken.'

'Blijft u lang?'

'Eén nachtje maar. Morgen ga ik naar Guyana. Daar moet ik voor zaken zijn.'

'Guyana. Wat Een Maffe Plek,' zei hij.

'U bent er geweest?'

'Niet nodig. We horen de verhalen, en verhalen zijn er altijd. Niks werkt. Niemand is te vertrouwen. Niet 's avonds de straat op gaan met een horloge van tien dollar om je pols. Ze komen wel eens hier, de Guyanezen. Komen ze aanzetten met koffers vol garnalen en leuren daarmee van hotel naar hotel en van restaurant naar restaurant. Alsof de chef-kok van het Hilton garnalen koopt van een kerel die ze uit een koffer verkoopt.'

'Er moet toch iemand zijn die ze koopt, anders kwamen ze toch niet iedere keer terug?'

Hij keek haar via zijn achteruitkijkspiegel aan om te zien of ze de gek met hem stak. Ze lachte niet.

'Het enige goeie aan Guyana is dat we er in de rest van de Cariben goed bij afsteken. Maakt niet uit wat voor stunts de politici hier uithalen of hoeveel drugsdealers hier zitten of hoe erg de misdaad hier is; in Guyana is het altijd nog erger.'

Ze wist dat Port of Spain aan de Caribische Zee lag, maar toen ze vanaf de snelweg de stad naderden kon ze daar geen glimp van ontdekken. Ze draaide haar raampje naar beneden en luisterde. Niets. 'Waar is de zee?'

De chauffeur wees naar links, naar wat zo te zien pakhuizen en leegstaande fabrieken waren. 'Daarginds, achter die gebouwen.'

Rechts van haar flikkerden zwakke lichtjes boven een grote bakstenen muur, die op zijn minst twee kilometer lang de snelweg flankeerde. 'Dat is de Wall of Shame,' zei de chauffeur, die zag dat ze er geïnteresseerd naar keek.

'Is het een geluidswal?'

'Meer een gezichtswal. Achter die muur ligt Beetham Estate, onze grootste krottenwijk. Daar heb je krotten, mensen die een stukje land bezitten of op een berg afval wonen. Geen buurt om even binnen te lopen. De regering heeft de muur gebouwd vlak voordat hier de Top van de Amerika's werd gehouden, zodat de buitenlandse hotemetoten op weg naar de stad niet naar Beetham hoefden te kijken. Het was goedkoper en sneller om die muur te bouwen dan om iets aan de krottenwijk te doen. Stop hem weg en doe alsof hij niet bestaat. Begrijp me goed, er zijn maar weinig taxichauffeurs die klagen. Als je vroeger pech kreeg met je auto waren die schoften uit Beetham binnen een paar minuten bij je. Met die muur doen ze er wat langer over.'

Kantoortorens, hotels en kleine winkelcentra doken in het donker op toen ze de stad binnenreden. De meeste gebouwen stonden rechts van de snelweg, met de achterkant naar de zee. *Wat is dit voor plek?* dacht Ava. In Hongkong dreef zelfs het kleinste stukje uitzicht op het water de vastgoedprijs omhoog. Hier leek het erop dat men had besloten zich van de Caribische Zee te distantiëren.

De chauffeur verliet de snelweg, sloeg rechtsaf en nam een sluiproute heuvelopwaarts door smalle straatjes geflankeerd met winkels en huizen op niet meer dan een stoepbreedte afstand. Het was een hobbelige rit. Veel straatjes waren met kinderhoofdjes geplaveid, en soms moest de chauffeur bijna stoppen om langs diepe V-vormige geulen in het wegdek te kunnen laveren.

Boven aan de heuvel bood de weg uitzicht op een uitgestrekte vlakte, en reed de chauffeur om een park heen. Het was halvemaan en niet alle straatlantaarns werkten, maar terwijl ze daar zo reden raakte Ava onder de indruk van de omvang en variatie in architectuur van de gebouwen die ze passeerden.

'Dit is het Savannah, het Queen's Park Savannah,' zei hij, doelend op het park. 'Speelde ik vroeger elke zondag cricket, maar ik kom er nu alleen nog met carnaval.'

'En die gebouwen?' vroeg Ava.

'Dat is de All Saints Church, en daarginds is de Amerikaanse ambassade.'

'Nee, ik bedoel die daar,' zei Ava, en ze wees naar een rij herenhuizen die zo in een victoriaanse wijk in Londen terechtkonden.

'The Magnificent Seven noemen we die. Ze zijn meer dan honderd jaar geleden gebouwd door Europese zakenlui die elkaar wilden overtroeven. Dat huis daar is de ambtswoning van de president, en voor de rest zou ik het echt niet weten.'

Ze reden verder het park rond naar het Hilton, dat aan het Savannah grensde en dicht bij de Royal Botanical Gardens lag. De typische bouw van het aan een helling liggende hotel was terug te vinden in het interieur. De lobby aan de voorkant lag op de begane grond, Ava's kamer lag twee verdiepingen lager aan de achterkant en keek toch nog uit op de verlichting rondom het Savannah. Afgezien van de excentrieke architectuur stond Ava toen ze haar kamer binnenstapte weer in de klassieke Hilton-hotelkamer: schoon, degelijk, middenklasse.

Ze bestelde bij roomservice een Carib-bier en een clubsandwich en belde Hongkong. Het was daar even over tienen in de ochtend en Oom zat als gewoonlijk aan zijn ontbijt. 'Ik zit in Trinidad. Morgen vertrek ik naar Guyana.'

'Daar hebben we niemand,' zei hij.

'Dacht ik al.'

'We hebben iemand in Venezuela, dichterbij niet.'

'Ik handel het zelf wel af.'

'Ava, als je denkt dat je hulp nodig hebt bel ik Venezuela.'

'Ik heb geen hulp nodig,' zei ze. 'Ik logeer in Georgetown in het Phoenix Hotel. Ik weet niet of ik daar mobiel kan bellen, dus belt u het hotel als u me niet kunt bereiken. Ik weet niet hoe lang het gaat duren, dus niet ongerust worden als u een paar dagen niets hoort.'

'Je weet zeker dat hij daar zit?'

'Absoluut zeker.'

'Ik kwam die vriend van me gisteravond tegen. We kregen allebei een massage en ik kon hem niet uit de weg gaan. Hij zei dat je Tam hebt gesproken.'

'Hij overviel me.'

'Nou ja, er zit niets anders op dan door te gaan met dit project.'

'Oom, hoeveel zaken heb ik niet afgemaakt?'

'Nou ja, een paar, maar die waren meestal al ter ziele voordat we de daders hadden.'

In één zaak had haar klant aan meer dan één bedrijf een opdracht gegund. Ze had twee keer met haar doelwit in bespreking gezeten, en net toen ze hem zover had gepaaid dat hij wilde terugbetalen waren de concurrenten ziedend van woede komen binnenstormen. Eén stel had ze de deur uit weten te krijgen door ze een deel van de provisie te beloven, de anderen had ze met iets gewelddadiger middelen moeten uitschakelen.

'Hebben ze nog iemand anders op de klus gezet?'

'Nee, nee, we zijn de enigen. Daar ben ik tegenwoordig erg op gespitst.'

'Oké, dan ga ik maar naar bed. Het is morgen vroeg dag.'

Ava nam een douche en waste de lucht van het vliegtuig uit haar haar. Ze trok een schone slip en een schoon T-shirt aan en ging op bed zitten om naar het plaatselijke nieuws te kijken. Het belangrijkste nieuwsitem was het feit dat Trinidad een belangrijke schakel in de Zuid-Amerikaanse drugsketen naar de VS bleek te vormen; iets wat met een mengeling van schrik en trots werd gepresenteerd. De zwarte oppositieleider verscheen op het scherm om vier ministers van het huidige kabinet, alle vier Indiërs, aan te klagen wegens corruptie. Elk van de vier was al zijn leven lang politicus en had als zodanig nooit meer dan dertigduizend dollar per jaar verdiend, maar wel een privévermogen van ruim tien miljoen dollar netto weten op te bouwen. Een van de ministers werd, staande voor wat kennelijk een plaatselijke school was, geïnterviewd. Hij keek recht in de camera en beweerde dat hij een meevallertje had gehad op de aandelenbeurs. *Ongelooflijk, al die politici met een meevallertje op de beurs,* dacht Ava.

Ze zette de tv uit en kroop in bed, en onwillekeurig zwierven haar gedachten steeds weer naar Guyana. Ze had geen idee wat haar daar te wachten stond, niet wat het land betrof en niet wat Seto betrof. Ze wist van haar tochten naar de binnenlanden van India, China en de Filippijnen dat ze het misschien zonder het gebruikelijke dagelijkse comfort zou moeten stellen. Maar de kans lopen van schoon water en voedsel verstoken te zijn was nog iets anders, en uit wat ze over Guyana had gelezen leek die kans niet denkbeeldig. Ze hoopte maar dat ze het verkeerd had gezien.

Dan was er Seto. Die bestond nu alleen nog maar uit een pasfoto, een flard van een stem en een adres in een regio die ze niet kende en een land waar ze geen connecties had. Ze kon bij wijze van spreken morgen aankomen en tot de ontdekking komen dat hij was verdwenen. Of misschien had Antonelli becijferd dat hij voor tweeënhalf miljoen dollar wel wat, nee, heel wat, vernedering wilde ondergaan. Of misschien kon ze, als ze daar was, op geen enkele manier in contact komen met Seto.

Maar was zoiets ooit eerder gebeurd? Niet vaak. Eigenlijk nooit. Er was altijd wel een oplossing te vinden. Het ging erom dat je de risico's afwoog tegen de hoeveelheid geld. Die twee waren niet altijd met elkaar in evenwicht, maar Ava vond zichzelf pragmatisch genoeg om te weten wanneer die balans ontbrak, en om op basis daarvan de juiste beslissing te nemen. Maar toch, vijf miljoen dollar… Zevenhonderdvijftigduizend dollar provisie was ontzettend veel geld en een ontzettend hoge beloning.

16

Om zes uur werd Ava gebeld door de wekservice. Ze poetste haar tanden, borstelde haar haar en trok haar Adidas-trainingsbroek, een schone bh en een T-shirt aan. Ze trok de *Trinidad Tribune* onder haar deur vandaan en legde hem op een tafeltje bij het raam. Er was een waterkoker op de kamer; die zette ze aan, en terwijl ze wachtte tot het water kookte begon ze aan de krant.

Het nieuwsitem van de vorige avond werd herkauwd, met foto's van de aangeklaagde ministers. Ze leken eerder de helft van een te zwaar geworden cricketteam. Ava sloeg het verhaal over en begon aan een artikel over de bezorgdheid van de regering over de toenemende misdaad, en hun zoektocht naar een nieuw hoofd van politie. Een van de kandidaten was een Canadees uit Calgary. Ava vond dat een slecht idee. Hoe kon een Canadees de sociale dynamiek en de financiële wetmatigheden van een plaats als Trinidad in de vingers krijgen?

Ze schonk heet water in een mok en maakte een kop oploskoffie. Ze was net halverwege haar tweede kop toen er via de hoteltelefoon werd gebeld dat de auto was gearriveerd. Ze nam de lift naar de lobby en werd begroet door een andere chauffeur, zo te zien een Indiër. Terwijl hij vanaf het hotel de rondweg om het Savannah opreed vroeg ze hem wat hij vond van de beschuldiging van corruptie tegen de ministers.

'De zwarten,' zei hij, alsof dat alles verklaarde.

Ze vroeg hem hoe het zat met de drugshandel.

'Wat maakt het uit? Zolang de drugs maar niet hier blijven. Het kan goed voor de economie zijn.'

Ava verplaatste haar aandacht naar de voorbijtrekkende stad. Bij daglicht maakten de Magnificent Seven bijna een verloederde indruk, de felle ochtendzon bracht genadeloos de vale verf, de schilferende baksteen en de loszittende dakpannen aan het licht. Ook het Savannah had iets van zijn allure verloren. Het viel haar op dat er niet zozeer sprake was van een gazon als wel van kale stukken grond met plukjes harig vingergras en onkruid. Ava moest denken aan wat Oom eens had gezegd over oudere vrouwen die zich zonder make-up aan het ochtendlicht blootstellen, maar verdrong die associatie.

Ze reden rustig over de belangrijkste snelweg. De fabrieken en pakhuizen deden minder deprimerend aan, maar Beetham Estate zag er nog armetieriger uit dan de vorige dag. Bij het kruispunt naar het vliegveld stopte de chauffeur voor rood licht. Terwijl ze stonden te wachten sprong er een broodmagere vrouw naar voren, naakt, besmeurd met modder en vuil, het haar vol klitten, haar borsten plat tegen haar bovenlichaam. Ze begon met haar vuisten op de motorkap te trommelen. Ze drukte haar gezicht tegen Ava's raampje en schreeuwde obscene taal. Ava deinsde achteruit.

'Rustig maar,' zei de chauffeur. 'Die staat hier elke dag. Gewoon geschift.'

'Ze heeft hulp nodig,' zei Ava geschrokken.

'Geen geld, geen hulp,' zei hij. 'Dit is Trinidad. Je moet 's avonds eens de stad in gaan, dan zie je nog veel meer van dat soort mensen. Misschien niet zo gek als zij, maar gek genoeg.'

'Shit,' zei ze.

'En, waar ga je naartoe?' vroeg hij terwijl de auto wegreed van het kruispunt en de krijsende vrouw achter zich liet.

'Guyana.'

'Waarom?'

'Voor zaken.'

'De enige zaken die ik ken in Guyana zijn kwade zaken.'

'Niet mijn zaken.'

'Als je maar geen Kool-Aid drinkt,' zei hij lachend.

'Wat?'

'Kool-Aid, niet drinken. Je kent Jim Jones toch nog wel?'

'Vaag.'

'Een Amerikaanse dominee. Die nam zijn hele gemeente mee naar Guyana en zette daar een commune op. Dat liep niet goed af.'

'Hoezo?'

'Er waren wat problemen. De hele menigte dronk Kool-Aid die aangelengd was met een scheut gif. Ze gingen allemaal dood. Het waren er negenhonderd, geloof ik, misschien nog wel meer. Hier circuleert een mop dat als de mensen moesten kiezen tussen Kool-Aid en wonen in Guyana, Kool-Aid zou winnen.'

17

Ava liep Cheddi Jagan Airport uit en stapte een vieze walm binnen, hoewel het pas ochtend was. Ze keek uit naar een bord met haar naam. Ze zag de persoon die het vasthield eerder dan het bord zelf: een man alleen, met blond haar, die boven een zee van zwarte en bruine hoofden uittorende.

Ze zwaaide naar hem en hij baande zich een weg tussen de wachtenden door. Hij droeg een rood poloshirt met op de voorkant het woord PHOENIX, een bruin cargoshort, en witte sokken die hij tot zijn knieën had opgetrokken. Hij liep nogal schutterig, met zijn benen kaarsrecht en een net zo stram bovenlijf; hij had een brede borstkas en een dikke nek en zijn bicepsen barstten bijna uit zijn mouwen. *Gewichtheffer*, dacht ze, *steroïden.*

'Welkom in Guyana,' zei hij, en reikte naar haar bagage. Hij vertoonde een brede, wat onnozele glimlach en straalde met zijn helblauwe ogen een en al vriendelijkheid uit.

Hij loodste haar de menigte door, met zijn ellebogen uitgestoken om het pad voor haar vrij te houden. Hij gooide de bagage op de achterbank van een zwarte jeep met op alle vier deuren een gouden feniks. Ava veronderstelde dat ze voorin moest zitten.

De motor draaide stationair en de airconditioning stond in de hoogste stand. Ze begon te rillen en moest niezen. De overgang van vochtige warmte naar koelkasten die zich voordeden als winkels had haar de zwaarste verkoudheden van haar leven bezorgd. Toen ze vroeg of hij de airco wat lager wilde zetten keek hij haar aan alsof ze niet goed bij haar hoofd was, maar hij deed wat ze vroeg.

'Ik ben Jeff,' zei hij.

'Hoi, Jeff. Hoe ver is het naar het hotel?'

'Ongeveer vijfenveertig kilometer,' zei hij.

'Halfuurtje?'

'Je bent hier voor het eerst, hè?' zei hij. Ze bespeurde een New Englands accent.

'Ja.'

'Dacht ik al. We doen er een uur over, misschien nog wel langer.'

'Is het dan zo druk?'

Hij lachte. 'Zoiets, ja.'

Na nauwelijks een kilometer stuitten ze op een rij auto's die zigzaggend van rijstrook naar rijstrook hobbelde. Jeff sloot aan bij de polonaise. 'Ze proberen de gaten in de weg te vermijden,' zei hij. 'Je hebt tussen hier en Georgetown wel stukken die niet vol gaten en kuilen zitten, maar dat zijn er maar een paar. Dus we gaan zo hard als de langzaamste auto voor ons. Het is niet anders. Sorry.'

'Maar goed dat je een jeep hebt.'

'Er zijn een paar gaten waar zelfs een jeep niet uit komt, vooral in de stad.'

Sommige gaten doorsneden beide rijstroken, met alle vertraging van dien, omdat de verkeersdeelnemers uit beide richtingen onderling moesten uitmaken wie voorrang had. Ava probeerde niet wagenziek te worden door zich op het landschap te concentreren. Dat bestond voornamelijk uit vlak, onbebouwd land, hier en daar bestippeld met wat op rijstveldjes leek. In de verte zag ze het vertrouwde beeld van een suikerrietplantage. Suiker en rijst, de belangrijkste landbouwproducten van een van de armste landen ter wereld.

Om de paar kilometer werd het eentonige landschap onderbroken door een dorpje of, vaker nog, een gehuchtje van tien tot twaalf krotwoningen. Ze lagen bijna tegen de weg aan. Geen enkel bouwsel had ook maar één baksteen. De meeste hadden een soort houten skelet en muren die bestonden uit een mengelmoes van planken van verschillende houtsoorten, teerpapier en golfplaten. De ramen waren bedekt met repen stof.

Sommige bewoners stonden geleund tegen hun huis de slalom van auto's gade te slaan. Anderen zaten buiten op een kruk, met naast zich een geit aan een paal, die tegen hen aan schuurde, en om zich heen kinderen en kippen die vrij rondrenden. Ava schoot een paar keer naar voren toen ze een kind te dicht bij de weg zag komen, maar Jeff vertrok geen spier en minderde evenmin zijn trage tempo van twintig kilometer per uur.

De streek deed Ava denken aan sommige landelijke gebieden op de

Filippijnen, waar niemand werkte en de mensen de dag doorbrachten met toekijken hoe het leven aan hen voorbijtrok. Ze vroeg zich af hoeveel van deze bewoners ooit verder dan tien kilometer van hun woonplaats waren geweest.

Na een uur werd het wegdek iets beter, en Ava nam aan dat ze in de buurt van Georgetown waren. Jeff had tijdens de intensieve rit geen woord gezegd en Ava had hem niet uit zijn concentratie willen halen. Nu zei ze: 'Ik wil niet nieuwsgierig zijn, maar ik meende iets van een New Englands accent bij je te bespeuren.'

Hij hield zijn ogen op de weg gericht. 'Knap van je.'

'Ik heb twee jaar in Massachusetts op school gezeten, vandaar.'

'Ik kom uit Gloucester.'

'Hoe komt iemand uit Gloucester hier nou terecht?'

Nu keek hij haar wel aan, en na enige aarzeling zei hij: 'Ik ben, of was, visser. Ik ben met een garnalenkotter uit Florida hierheen gekomen. We kochten onze vangst op zee van Guyanese boten en betaalden contant. Alleen had onze schipper er niet bij verteld dat die boten werden gefinancierd door plaatselijke gangsters, en die waren niet zo gecharmeerd van onze kleinschalige zwarte markt en van het feit dat wij van hen stalen. We waren net bezig met een deal toen er uit het niets twee speedboten opdoken die ons uitschakelden.'

'Hoe dan?'

Hij keek haar weer heel even aan. 'Ze schoten de kapitein en de twee andere mannen op de Guyanese boot dood en gooiden de lijken in zee. Ze pikten onze boot, gingen er als de donder mee vandoor en lieten ons in een reddingsboot ronddobberen.'

'Shit.'

'Zeg dat wel. Vraag niet hoe, maar op de een of andere manier hebben we Georgetown bereikt. De schipper ging naar de politie en daar deden ze of het de normaalste zaak van de wereld was. Volgens hen hadden we gewoon verdomd veel geluk gehad dat we de kust hadden gehaald, en daar moesten we het maar bij laten. De schipper vloog met de rest van de bemanning terug naar Miami, maar ik besloot een tijdje te blijven. Dat is nu vijf jaar geleden. Het is geen Miami, maar ik heb vast werk, het bier is goedkoop en de vrouwen zijn makkelijk.'

'Drie prachtredenen om te blijven, toch?'

Jeff haalde zijn schouders op. 'Ik wil niet lullig overkomen, maar zo werkt het hier nou eenmaal.'

'Ik voel me niet persoonlijk beledigd,' zei Ava. Het viel haar op dat ze geleidelijk aan door dichter bebouwd gebied reden.

'Georgetown,' zei Jeff.

Er kwamen steeds meer en steeds grotere gaten in het wegdek, dus hij moest zijn aandacht weer bij de weg houden. Toen ze zo de stad in navigeerden verbaasde het Ava dat bijna elk gebouw van hout was. Heel wat huizen waren krakkemikkige bouwsels van een of twee verdiepingen, soms waren er twee of drie zo te zien samengevoegd; sommige huizen stonden op palen. Het meeste hout was grijs, verbleekt en verweerd, ongeveer zoals de huizen die ze op Cape Cod had gezien. Alleen hadden de huizen op Cape Cod ramen van glas in plaats van luiken of lappen. Bovendien had New England ook levendige kleuren, maar die waren in Georgetown niet te ontdekken, behalve op een muur waarop met rode verf GOD ZORGT VOOR ONS ALLES KOMT GOED was geschilderd.

De winkelpuien waren iets kleurrijker. Borden waarop met de hand de meest uiteenlopende goederen en diensten werden aangeprezen, sierden de houten gevels. Ramen en deuren waren met dikke ijzeren horren beveiligd, en binnen leek het wel of de klant van toonbank en kassa was gescheiden door een ijzeren traliewerk van toonbank tot plafond. Door de ene sleuf in de hor overhandigde de klant het geld, via de andere sleuf nam hij de gekochte spullen in ontvangst.

'Als ze dat niet deden werden ze om de andere dag overvallen,' zei Jeff terwijl hij naar een rijtje winkels wees.

Ze naderden het centrum van de stad. Grote witte gebouwen kwamen in zicht, en ze reden voorbij een pand waarin verschillende gerechtelijke instanties waren gehuisvest. Vanuit de verte maakte het een elegante indruk, maar toen ze dichterbij kwamen zag Ava dat de verf van de muren bladderde en dat kapotte luiken er in een rare hoek bij hingen. Tussen stoep en gebouw lag een stukje droge, gebarsten aarde met in het midden een standbeeld dat een zittende koningin Victoria voorstelde. Haar handen waren afgehouwen en haar torso zat vol graffiti. Ava keek de andere kant op. Het feit dat men openbare gebouwen, nota bene symbolen van een natie, zo liet verloederen, had iets vreselijk deprimerends. Het zei zowel iets over het volk dat ze vertegenwoordigden als over het systeem zelf.

Even later zag Ava een houten torenspits boven het profiel van de stad uit rijzen.

'St. George's Anglican,' zei Jeff. 'Hij is vanaf de nok gemeten veertig meter hoog en daarmee de hoogste houten kathedraal ter wereld.'

'En wat is dat?' vroeg ze, toen ze aan de andere kant een klokkentoren ontwaarde.

'Stabroek Market, de bizarre bazaar. Je kan het zo gek niet bedenken of het is er te koop. Echt alles, van ananas en schoenen tot meubels, sieraden en een compleet varken.'

'En die klokkentoren, wat voor materiaal is dat?'

'Golfplaat. Het hele gebouw is van ijzer, deels van golfplaat, deels van gietijzer. Wat verwacht je anders met een ingenieur als architect en een metaalbedrijf als bouwer?'

'Interessant,' zei Ava.

'Och, het nieuwtje is er snel af.'

Ze hadden inmiddels het eind van High Street bereikt. Jeff sloeg rechts af en direct links af. 'Het hotel ligt recht voor je,' zei hij.

Het Phoenix Hotel werd aan beide kanten omgeven door de open hemel. Het was een grote witte houten doos van vijf verdiepingen hoog die vier keer zo breed als hoog was. Langs de voorkant van het complex liep een stippellijn van palmbomen, die doorliep langs de buitenkant van een ronde oprit. In het midden van de oprit stond een fontein waarin zes dolfijnen een melkachtige vloeistof uitspuwden.

Jeff reed de oprit op en stopte voor het hotel. De toegangsdeuren stonden open en Ava keek recht in een spelonkachtige lobby met achterin weer een stel openstaande deuren, die een indrukwekkend uitzicht op de Atlantische Oceaan boden.

Ze stapte uit en bleef even voor het hotel staan. Aan haar linkerhand zag ze een bruine, modderige rivier die zich traag in de richting van de oceaan bewoog.

'De monding van de Demerara,' zei Jeff.

'De Demerara van de rum?'

'Helemaal. De distilleerderij is stroomopwaarts.'

Ze keek nog eens naar de kleur van de rivier en dacht bij zichzelf dat ze die rum beter kon laten staan. Vlak bij de rivier, in de richting van de stad, wapperden een paar bekende vlaggen. 'En daarginds?'

'Buitenlandse ambassades.'

De Amerikaanse ambassade stond het dichtst bij het hotel, een deur verder stond die van Canada.

Jeff bracht haar bagage naar de lobby. Vanaf de oceaan stroomde een briesje het hotel binnen en boven haar hoofd draaiden enorme ventilatoren. Ava had het nog steeds warm en stelde zich voor hoe plakkerig heet het zou worden als het briesje ging liggen.

Links van haar was een café, en een receptiebalie van negen meter, waarachter één medewerker stond. Rechts van haar was een ruime lounge vol rotan meubels, met gekreukelde en verbleekte kussens. Verderop was een bar met bamboe stoelen en tafels in een betere, zo niet onberispelijke conditie.

Toen ze de lobby doorliepen naar de receptie schoot een grote kakkerlak vlak voor haar langs over de hardhouten vloer. Ze maakte een sprongetje van schrik. 'Zag je dat?'

'Nee, niks gezien.'

'Een kakkerlak!'

'Kakkerlakken hebben we hier niet.'

'Bijna tien centimeter, goudkleurig lijf, zwarte vlekken en een zwarte kop?'

'Gossie, dat klinkt als een kakkerlak,' zei hij, terwijl hij haar bagage bij de balie zette.

Ze gaf hem een twintigdollarbiljet. Hij stond er aarzelend naar te kijken. 'Dit is veel meer dan het gebruikelijke tarief.'

'Hou het alsjeblieft. Ik vind dat je goed hebt gereden.'

'Dank je.'

'Hoor eens, Jeff, kan ik jou en je jeep ook inschakelen voor andere ritjes dan naar het vliegveld?'

'Waar dacht je aan?'

'Een adres dat denk ik niet ver hiervandaan ligt. Ik moet misschien een keer naar Malvern Gardens. Wel eens van gehoord?'

'Ja, dat ken ik wel.'

'En misschien moet je daar dan een tijdje op me wachten.'

Hij haalde zijn schouders op. 'Lijkt me geen probleem. Het standaardtarief is tien dollar per uur.'

'Voor jou met jeep?'

'Ja, maar je moet wel de benzine betalen, en je moet weten dat de benzine hier duur is.'

'Waar hebben we het dan over?'

'Vijf dollar per gallon.'

'Geen probleem.'

'Heb je enig idee wanneer je me nodig hebt? Ik heb vandaag nog een ritje naar het vliegveld en ik moet er zo langzamerhand vandoor.'

'Het heeft geen haast. Zal ik de portier informeren zodra ik meer weet? Check even bij hem als je terugkomt.'

'Dat gaat lukken.'

Ava liep naar de balie en gaf haar naam op. Voor bijna tweehonderd dollar per nacht – bijna net zoveel als het Grand Hyatt in Bangkok – had ze uitzicht op de oceaan, een eenpersoonsbed en een tv, maar geen kabelverbinding. Het businesscentrum op de begane grond had internetverbinding, de kamer niet. Voor een langeafstandsgesprek moest ze de receptie bellen, zodat die de centrale in werking kon stellen. Er was geen minibar of koelkast op de kamer en als ze ijs wilde moest ze de bar bellen. Ze kreeg 's ochtends wel toast en koffie. Toen ze vroeg of ze mobiel kon bellen werd haar verteld dat ze haar mobieltje kon gebruiken als ze Bluetooth had.

Ava ging met de lift naar de derde verdieping en was niet erg ingenomen met het driesterrenconcept van het hotel. In Azië zou op elke mogelijke plek elke mogelijke service waar ze de receptie om vroeg worden geleverd. Toen ze de deur van de kamer opende tuimelde de kwalificatie van het Phoenix naar één ster.

De kamer had twee eenpersoonsbedden, bedekt met een roze chenille sprei; de vloer was wit betegeld. Het leek wel een ziekenhuis. Dressoir en nachtkastje waren door uitgedrukte peuken getatoeëerd, het bedlampje was net als de kap van de enige algemene verlichting enigszins gerafeld.

Ze ging de badkamer binnen. Geen badjas, geen slippers. Twee dunne baddoeken, één washandje. Eén stukje zeep, in papier gewikkeld, shampoo ontbrak. Ze inspecteerde de douche. Geen schimmel. Ze trok de wc door. Die werkte.

Weer terug in de kamer stond ze even berustend te kijken naar het enige in de kamer wat haar beviel: een rotan stoel bij het raam. Ze ging erin zitten en keek uit over de Atlantische Oceaan. Schuimende koppen op de golven, het water beukte tegen een dijk die links doorliep tot aan de Demerara en rechts tot zover het oog reikte.

Het had erger gekund, dacht ze. Het was hier in elk geval schoon, bovendien kwam ze niet voor het hotel. Ergens daarbuiten zat Jackson Seto te wachten tot hij werd gevonden.

18

Sinds haar ontmoeting met Antonelli had Ava zich voortdurend afgevraagd hoe ze Seto het beste kon benaderen. Ze had er eerst over gedacht om hem op te bellen en zich voor te doen als inkoper van zeevruchten, om op die manier een gesprek te arrangeren. Aan dat idee kleefden een paar nadelen. Allereerst wist ze niet genoeg van de branche om een serieuze ondervraging heelhuids te doorstaan. Ten tweede: waarom zou iemand op de bonnefooi naar Guyana gaan om zeevruchten in te slaan?

Nee, het eerste contact moest toevallig tot stand komen. Bij Antonelli had dat niet gewerkt, maar die viel dan ook op ladyboys. Er waren maar weinig heteroseksuele mannen die de verleiding konden weerstaan om Ava wat beter op te nemen, dus ze moest een manier zien te vinden om in de buurt van Seto te komen en van daaruit verder te werken.

Ze ging naar beneden en zocht de lobby af naar een conciërge of portier, maar die hadden kennelijk geen dienst. Ze informeerde bij de baliemedewerkster waar ze waren. 'Met lunchpauze, rond enen zijn ze terug.'

'Ik moet een paar dingen kopen. Is hier ergens een winkelcentrum?'

'Dan is Stabroek Market het beste. Dat is hier de straat door en dan rechtsaf. Kan niet missen, gewoon de grote klokkentoren volgen.'

'Ja, die heb ik gezien.'

'Zo zou ik niet gaan als ik u was,' zei de vrouw.

Ava was in T-shirt, trainingsbroek en hardloopschoenen. 'Waarom niet?'

'Ik bedoel de sieraden. Die kunt u beter hier laten.'

Ava had haar gouden kruisje, haar Cartier-horloge en een groene jaden armband om. 'Op klaarlichte dag!' zei ze.

'Maakt niet uit. Dat horloge, is dat echt?'

'Ja.'

'Dacht ik al. Het werkt als een magneet. U krijgt van alle kanten ongewenste aandacht, en als ze voor het horloge gaan, pakken ze in één moeite door het hangertje en de armband.'

Ava deed ze af en stopte ze in een zak met ritssluiting. 'Zo beter?'

'Weest u maar voorzichtig.'

Voor de ingang hing een drukkende hitte, en Ava dacht erover om de jeep van het hotel te nemen, maar ze kon de klokkentoren zien en schatte dat Stabroek Market hoogstens tien minuten lopen was. De eerste honderd meter ging het prima, maar toen verdween de oceaanbries. Het zonlicht viel loodrecht naar beneden, het asfalt weerkaatste de hitte en het leek wel of de warmte door haar schoenzolen drong. Ze begon te zweten, kreeg brandende ogen, de zweetdruppels liepen van het puntje van haar neus, haar slip absorbeerde aan transpiratie wat het maar kon en voerde de rest langs haar benen af. Het was warmer dan Bangkok en vochtiger dan een Hongkongse zomer. En dan was er de stank. Ze hield haar adem in toen ze langs het rottend afval en de hondenpoep liep waarmee de stoep bezaaid lag.

Ava was nog zo'n tien meter van haar bestemming toen ze een kakofonie van geluiden hoorde, een symfonie van kijvende stemmen en blèrende claxons. Pas toen ze Water Street in liep had ze het volle zicht op Stabroek Market. Het gebouw besloeg een oppervlak van zestig- tot tachtigduizend vierkante meter en was, zoals aangekondigd, volledig, met dak en al, omhuld door rood ijzer. Het had meer weg van een ijzergieterij dan van een markthal.

De herrie kwam van buiten het gebouw, waar de verkopers vanaf tafels en kraampjes, die met zeildoek tegen de zon waren overdekt, hun spullen aan de man brachten. Het zag er zwart van de mensen, de kraampjes stonden tegen elkaar aan gedrukt, iedereen liep kriskras door elkaar om de fietsen en bussen te ontwijken die rond het gebouw reden. Ava moest zich al dringend een weg banen langs bergen ananas, weegbree, bananen, kokosnoot, okra, zoete aardappels, kousenband en spinazie, lendenen van varkens en geiten, en klokkende kippen in kooien. Ze verkochten buiten ook kleding, maar niet de merkimitaties die je op de meeste Aziatische markten aantrof. Dit leken eerder tweedehandskleren die door een westerse liefdadigheidsinstelling waren ingezameld en per pond aan een sjacheraar verkocht.

Er bestond kennelijk een markt voor oude truien van de Toronto Maple Leafs.

Ava ging de markt binnen op zoek naar eten en airconditioning. Hier en daar hingen blokjes koele lucht, en ze bleef wat rondhangen terwijl ze bedacht wat ze zou gaan eten. Ze maakte een rondje langs de stalletjes en probeerde een keus te maken uit curry's van kip, eend, lam en geit, uit rijst en bonen of roti. Ze wilde net een curry proberen toen ze een vegetarisch kraampje zag. Ze bestelde drie linzenpasteitjes met pikante saus en spoelde die weg met *mauby*, een plaatselijke frisdrank gemaakt uit boomschors.

Nadat ze had gegeten zwierf Ava verder de markt over. Het aanbod vormde op zijn zachtst uitgedrukt een bonte verzameling. Het meeste wat buiten aan soorten fruit, vlees en groente was te krijgen, was ook binnen te koop, en hier waren nog meer tweedehands kleren, schoenen, meubels, borden, huishoudelijke artikelen, vis, garnalen en een verrassende hoeveelheid goud. Ze had ergens gelezen dat Guyana lagen gouderts in zijn bodem had. En hier lag het, gedolven, geraffineerd en vervolgens gesmeed tot de grofste sieraden die ze ooit had gezien. Superbling, forse dikke halskettingen en armbanden, omgevormd tot sterrenbeelden en commerciële logo's van merken als Nike, Calvin Klein en Chanel. Maar grof of niet, de sieraden zagen er wel uit alsof ze twintigkaraats, soms zelfs tweeëntwintigkaraats waren.

Helemaal achterin vond Ava wat ze zocht. Het was er donker, de kraampjes stonden er nog dichter op elkaar en er was geen plafondverlichting. Ze moest zich een weg banen door een menigte plaatselijke kopers, en de hele weg lang voelde ze ogen op zich gericht. De receptioniste had gelijk gehad.

Ze liep een van de stalletjes in en werd begroet door een Indiase in sari, met vetkwabben die over haar tailleband rolden. De vrouw leek verbaasd haar te zien en draaide zich af alsof ze verwachtte dat Ava weer zou weggaan. Toen Ava bleef staan liet de vrouw uiteindelijk met één opgetrokken wenkbrauw merken dat ze haar aanwezigheid had opgemerkt.

'Ik wil daar één van,' zei Ava, en ze wees naar een verzameling messen in een afgesloten vitrine.

'Welke?'

'Dat weet ik nog niet. Wilt u de kast voor me openmaken?'

De vrouw hees zich overeind en pakte een sleutel uit een la. Ze keek achterdochtig om zich heen terwijl ze de vitrine opende. Toen wenkte ze Ava.

Er lag een verrassend goede verzameling van vrijwel allemaal automatische messen. Ze herkende de merken Heckler & Koch, Blackwater, Schrade, Buck, Smith & Wesson. Ava nam de tijd om ze te inspecteren en vroeg de vrouw haar een Schrade aan te reiken. Het lemmet was iets te kort. 'Ik heb liever een stiletto.'

De vrouw tilde het met vilt beklede blad op, en daaronder kwam een rij Italiaanse stiletto's tevoorschijn. 'Alles van zes inch tot vijftien inch.'

'Elf inch is denk ik prima.'

De vrouw overhandigde haar het mes. Het was licht en lag prettig in haar hand. Ze raakte de knop aan en in een microseconde schoot het fraai vervaardigde lemmet naar buiten. 'Hoeveel?'

'Honderdvijftig Amerikaans.'

'Honderd.'

'Honderdvijfentwintig.'

'Honderd.'

'Honderdtwintig, laatste bod.'

'Deal.'

Toen ze Stabroek uit kwam was het warmer dan ooit. Tegen de stoeprand stond een taxi met de raampjes open. Ze stapte in en vroeg de chauffeur om de airco aan te zetten en haar naar het Phoenix te brengen.

'Ik heb geen airco,' zei hij.

'Toch maar rijden.'

'Het is te dichtbij. U kunt beter lopen.'

Ze stak hem tien dollar toe. 'Rijden.'

De portier van het hotel was weer in functie. Hij stond geleund tegen de muur de lege lobby in te staren. Ze had geen andere gasten zien komen of gaan en begon zich af te vragen of ze misschien de enige was. Hij knikte ter begroeting. Ze knikte terug en liep naar hem toe.

'Is Jeff al terug van het vliegveld?'

'Nee, maar die zal zo wel komen.'

'Als hij terug is, wilt u hem dan vragen om naar mijn kamer te bellen? Zegt u maar dat ik vanmiddag graag zijn jeep wil gebruiken.'

Terug op de kamer kleedde ze zich uit. Aan de deur van de kledingkast was een passpiegel bevestigd, en ze ving een glimp op van haar spiegelbeeld. Ze was trots op haar lichaam en werkte er hard aan om het in vorm te houden, maar niet overdreven hard. Voor haar geen gewichtheffen, ze was gesteld op haar lenigheid. En ze was nog meer gesteld op haar proporties, die vrijwel volmaakt waren. Ze had een aversie tegen vrouwen met dikke enkels of een te lang bovenlijf – niets voor haar.

Ava's behaaglijke gevoel verdween toen ze onder de douche stapte. Het water dat uit de douchekop sproeide had de kleur van melkchocola. Ze wachtte tot het helder werd. Dat werd het niet. Ze snoof aan het water en rook een chemisch luchtje. Ze wachtte nog een minuut en toen het nog niet van kleur was veranderd stapte ze de badkamer uit en belde ze de receptie. 'Het water in de douche is bruin,' zei ze.

'Ja, wat bedoelt u?'

'Heeft u wel gehoord wat ik zei?'

'Het water is altijd bruin. We halen het uit de Demerara en we hebben ons eigen zuiveringssysteem. Het water is absoluut veilig, maar aan de kleur kunnen we niets veranderen.'

Ava hing op en stapte weer onder de douche. Ze sloot haar ogen, kneep haar mond stijf dicht en probeerde niet door haar neus te ademen. Zo snel als ze kon zeepte ze zich in en spoelde ze zich af. Met Jackson in contact komen werd steeds urgenter.

Na het douchen trok ze een schoon T-shirt en een schone trainingsbroek aan en ging ze in de rotan stoel op Jeff zitten wachten. Ze doodde de tijd met het lezen van de *Guyana Times*, die voor haar deur lag toen ze terugkwam van de markt. Het hoofdartikel ging over een aantal eigenaren van clubs die hun beklag deden over politie-invallen. Het waren weliswaar illegale clubs, maar de eigenaren vonden dat de politie veel te hardhandig was opgetreden en daarmee toeristen had weggejaagd. Het verhaal kreeg een extra bizar tintje door een opmerking van de minister van Cultuur en Toerisme, die vond dat de eigenaren ergens wel een punt hadden. De volgende pagina was één groot politieregister: de misdrijven die in de afgelopen vierentwintig uur waren gepleegd. Arrestaties vanwege drugshandel, diefstal, roofoverval en fysiek geweld waren kennelijk aan de orde van de dag.

Er werd geklopt. Ava deed open en zag Jeff staan. Hij had zich verkleed en was nu in jeans en tanktop. Op zijn rechterschouder had hij een tatoeage van een bliksemflits.

'Ik heb je gebeld maar er werd niet opgenomen,' zei hij.

'Dan stond ik zeker onder de douche.'

'Wil je ergens naartoe?'

'Ja. Ik had het al met je over Malvern Gardens en jij wist waar het was.'

'Klopt.'

'Daar wil ik graag naartoe.'

'Het is een wooncomplex.'

'Weet ik.'

'Heb je een adres?'

'Nee, dat moeten we nog zien te achterhalen. De man die daar woont heet Jackson Seto.'

'Wacht even,' zei hij, en hij wrong zich langs haar heen de kamer in. Hij deed de onderste la van het dressoir open en haalde er een telefoonboek uit. 'Hij woont op nummer acht.'

In de lift op weg naar beneden zei Ava: 'Voordat we vertrekken wil ik een paar dingen helder hebben. Om te beginnen zal ik waarschijnlijk een tijdje bij je in de auto moeten zitten, en ik heb geen idee hoe lang. Ik ben op zoek naar die Seto en het enige wat ik weet is dat hij op Malvern Gardens nummer acht woont. Als hij tevoorschijn komt gaan we achter hem aan, en dan moeten we afwachten wat er verder gebeurt. Is dat wat jou betreft oké?'

'En als je hem niet ziet?'

'Dan gaan we morgen terug en doen we alles over.'

'Is dit wel legaal? Ik bedoel, ben je politieagent of zo?'

'Het is volstrekt legaal en ik ben geen agent.'

'Mag ik vragen waarom je dit doet?'

'Nee.'

Hij moest naar beneden kijken om haar aan te staren. 'Nou, volgens mij kom jij op niemand als een bedreiging over.'

De jeep stond met stationair draaiende motor bij de ingang van het hotel. Jeff reed High Street in en sloeg linksaf. De weg zat vol gaten, een gat was zo groot dat het de hele voorkant van de jeep kon opslokken. 'Repareren ze die dingen nooit?' vroeg Ava.

'Nee.'

'Doen ze wel eens een poging?'

'Nooit iets van gemerkt.'

Aan het eind van de straat zagen ze recht voor zich een golfplaatconstructie van vijf of zes verdiepingen hoog. Ava zag dat langs de bovenkant rijen prikkeldraad waren aangebracht. Het gebouw had geen ramen, alleen een deur die was gebarricadeerd met een halve cirkel betonnen zuilen. Links van de deur stond een rij vrouwen met hun rug tegen de muur aan gedrukt.

'Wat is dat?' vroeg ze.

'Camp Street Prison.'

'Het moet binnen een oven zijn.'

'Dat zal niemand een zorg zijn.'

'En die vrouwen?'

'Die staan te wachten tot het bezoekuur is.'

Ze reden het centrum uit en geleidelijk aan maakte de diversiteit aan winkels plaats voor rijen gepleisterde en natuurstenen huizen, en zelfs huizen van baksteen. De meeste huizen waren beveiligd door hoge betonnen muren waarop langs de bovenkant rollen prikkeldraad boosaardig glinsterden. 'Ik heb nog nooit zoveel prikkeldraad bij elkaar gezien,' zei ze.

'Het alternatief van de kostenbewuste middenklasse, die geen lijfwacht of bewakingsdienst kan betalen. Wel eens mee in aanraking geweest?'

'Nee, natuurlijk niet.'

'Je wordt aan flarden gereten.'

Ze hadden de stad achter zich gelaten en reden al door het buitengebied toen rechts van de weg een klein woonwijkje opdook. Van een afstand zag ze alleen een bakstenen muur en daken met rode dakpannen; *een compound*, dacht ze direct. Maar toen ze dichterbij kwamen zag ze dat de weg naar Malvern Gardens niet was afgesloten. Jeff stopte de jeep tussen twee stenen pilaren aan het begin van de doodlopende toegangsweg. Aan beide kanten van de weg stonden vijf huizen, aan het eind ervan twee. De enorme huizen van natuursteen en baksteen, een verdieping hoog, deden Ava denken aan de chique woonwijken in de voorsteden van Toronto. Elk huis stond op een halve hectare grond en was omringd door een stenen muur van tweeënhalve meter hoog, getooid met grote glasscherven en prikkeldraad. De enige manier om het terrein op te komen was langs zware ijzeren hekken voorzien van scherpe punten met nog meer prikkeldraad erdoorheen gevlochten.

'Dit is Millionaire's Row,' zei Jeff.

De huisnummers liepen met vier per huis op. Seto's huis was het tweede aan de linkerkant. Het had een getralied hek. Toen ze er langs-reden zag Ava een oude Mercedes en een Landrover op de oprit staan. Er was dus iemand thuis.

Ze wees naar de plek waar ze de hoofdweg hadden verlaten. 'Als we achter een van die zuilen gaan staan kunnen we iedereen zien die van of naar het huis komt,' zei ze. 'En als ze links afslaan richting stad hebben we ook een goed zicht.'

Jeff keerde en parkeerde de jeep achter een zuil. Vanuit die hoek konden ze het huis van Seto en het eind van de oprit zien.

'En nu?' vroeg hij.

'Wachten.'

'Vind je het erg als ik even ga pitten?'

'Ga je gang.'

Jeff stapte uit, klom op de achterbank en ging liggen.

'Ik slaap licht, dus ik ben ook zo weer wakker als we moeten rij-den.'

Ze had haar horloge nog steeds in het ritszakje van haar broek. Ze haalde het eruit en deed het om. Het was halfvier.

Jeff sliep tot even over vijven, en schrok toen wakker.

'Nog niets.'

'Ik moet pissen.'

'Je doet maar.'

Hij klauterde uit de jeep en ging erachter staan, met zijn rug er-naartoe.

'Hoe laat wordt het hier donker?' vroeg ze toen hij weer instapte.

'Zes uur.'

Om halfzes zwaaide bij Seto het hek open. Ava haalde diep adem. De Mercedes reed achteruit de weg op en kwam vervolgens stapvoets hun kant uit. Achter het stuur zat een jonge Indiase, zwaar opge-maakt, met om beide polsen een massa sieraden en om haar hals op zijn minst drie gouden kettingen.

'Teleurstellend,' zei Ava.

Het hek bleef openstaan. *Er komt nog iemand naar buiten,* dacht ze. Na een paar minuten kwam een gespierde Aziatische man in jeans en zwart T-shirt de weg op kuieren. Hij keek snel om zich heen en ge-baarde toen naar het huis. *Dat lijkt me een Vietnamees,* dacht ze.

'Stap eens uit,' zei ze tegen Jeff. 'Ga maar weer achter de auto staan en doe net alsof je staat te piesen.'

Hij deed het zonder iets te vragen.

Vanaf de oprit verscheen de Landrover. Hij stopte en de Vietnamees stapte in. Toen ze de hoek om gingen keken beide passagiers Jeff strak aan. Ava zat in elkaar gedoken op haar stoel, maar kon ze goed zien. Jackson Seto zat achter het stuur.

Jeff wachtte tot de Landrover een eind de weg op was voordat hij weer instapte.

'Wat nu? Wil je ze volgen?'

'Ik weet het niet. Waar denk je dat ze heen gaan?'

'Tien tegen een dat ze richting stad gaan.'

'Het is ongeveer etenstijd. Is er hier een horecabuurt?'

'Bijna alle fatsoenlijke tenten zitten bij elkaar in één blok.'

'Zit er een Chinees bij?'

'Een paar.'

'Laten we een kwartiertje wachten en dan naar de stad gaan. Dan rijden we die buurt door om te zien of hun auto's er staan.'

'En zo niet?'

'Dat is dan mijn probleem voor morgen.'

De zon ging onder toen ze terugreden naar Georgetown. Jeff kwam een paar keer in een gat in de weg terecht en Ava zat er gewoon op te wachten dat ze een lekke band kregen.

Georgetown bood nu een totaal andere aanblik. Dat kwam doordat maar een deel van de stad was verlicht, terwijl de rest bijna volledig in duisternis was gehuld, en het duurde even voordat Ava zich dat realiseerde. 'Is er een stroomstoring?'

'Zo zou je het kunnen noemen, behalve dat het elke avond gebeurt. Ze kunnen maar de halve stad van energie voorzien. Dus ze wisselen tussen oost en west. Vanavond krijgt oost stroom en moet west zich maar met kaarsen behelpen. De meeste bedrijven hebben een eigen noodaggregaat.'

'Wat een plek.'

'Yep.'

'En die buurt waar we heen gaan, heeft die vanavond stroom?'

'Ja, we boffen,' zei hij. Hij draaide zich opzij naar haar. 'Sorry dat ik het vraag, maar ik ben al de hele middag behoorlijk nieuwsgierig. Waar zijn we eigenlijk mee bezig, met achter die vent aan te zitten?'

'Gewoon, zaken.'

'Wat voor zaken?'

Ava staarde voor zich uit. 'Dat kan ik je beter niet vertellen.'

'Beter voor wie?'

'Voor mij.'

Jeff haalde zijn schouders op. 'We komen nu in de buurt van de restaurants. Ik ga rondjes rijden.'

Binnen vijf minuten hadden ze beide auto's gevonden; ze stonden geparkeerd voor een restaurant genaamd China World. 'Die Chinezen zijn zó voorspelbaar,' zei ze. 'Zet ze in Parijs neer in een straat met alleen maar Franse driesterrenrestaurants en ze gaan nog op zoek naar een Chinees, ook al is het in een gat in de muur.'

'Ga je naar binnen?'

'Nee, we wachten tot ze naar buiten komen.'

Ze wachtten een uur. De vrouw kwam als eerste naar buiten. Ze was fors, ongeveer één meter zeventig, en droeg een spijkerbroek waarin haar gespierde dijen en haar stevige hoge achterste duidelijk uitkwamen. Een tanktop accentueerde haar grote ronde borsten, een bh had ze volgens Ava niet nodig. Ze blies een kus naar de ingang van het restaurant, stapte in haar auto en reed weg. 'Wat een lijf,' zei Jeff.

Daarna kwam de Vietnamees, met een paar passen achter zich Seto. Seto's lijfwacht, vermoedde Ava, of een soort schandknaap annex lijfwacht. Hij was klein, maar ze wist dat dat niets zei. Dat type kon taai, gemeen en op het domme af roekeloos zijn. Aan dat soort complicaties had ze geen behoefte.

Seto was een dunne, iele schaduw van een man. Hij was ruim één meter tachtig, maar liep gebogen en leek daardoor kleiner dan hij was. Hij droeg een hoge-taillebroek, opgehouden door een riem die in het laatste gaatje dichtzat. Ava vond hem bijna uitgemergeld, onder zijn witte overhemd ontwaarde ze zijn holle ribbenkast. Maar hij had levendige trekken, zijn donkere ogen schoten heen en weer als bij een rat, en hij trok stevig aan zijn sigaret.

Ze klommen in de Landrover en reden weg.

'We volgen ze een tijdje,' zei Ava.

Hun jeep was nog maar net op gang toen de Landrover nog geen twee blokken verder op een parkeerplek stopte. Boven de ingang van een gebouw hing een neonreclame met de tekst ECKIE's ONE AND ON-LY CLUB. Seto stapte alleen uit, liep langs de uitsmijter en verdween door de deur.

'Ken je die tent?' vroeg ze Jeff.

'Iedereen kent Eckie's. Het is de beste club van Georgetown, een van de weinige tenten die het niet hoeft te hebben van goedkoop bier en sletjes. Ze importeren een paar goede dj's, bovendien is het de plek waar de dure meisjes komen, zowel beroeps als amateur. Ze richten zich op toeristen en autochtonen met geld.'

'Wie is de eigenaar?'

'Geen idee.'

'Wie is Eckie?'

'Weet ik niet. De paar keer dat ik er ben geweest ben ik nog nooit een Eckie tegengekomen.'

Ze bleef rustig zitten en woog de alternatieven tegen elkaar af, terwijl ze de Vietnamese lijfwacht, die stond te roken, in het oog hield. De paar mogelijkheden om contact te leggen met Seto vertoonden een zwakke plek. Een confrontatie aan de bar was geen goede optie. Niemand kende haar, en als er gedoe kwam nam iedereen het natuurlijk voor de plaatsgenoot op, nog afgezien van de lijfwacht die kon binnenvallen. Probeerde ze buiten met hem aan de praat te raken, dan kwam er gegarandeerd Vietnamese bemoeienis, en zolang ze niet wist met wie en op wat voor manier Seto connecties had was het nog te vroeg om dat soort reacties uit te lokken. Antonelli had gezegd dat Seto stevige banden had met de politie in Georgetown, en ze moest erachter zien te komen hoe hoog op de apenrots die banden reikten. Aan de andere kant: niets doen was ook geen optie.

'Kun je een plaatselijke simkaart regelen?'

'Ja hoor. Is morgenochtend vroeg genoeg?'

'Prima.'

'Je gaat niet naar Eckie's?'

'Nee, daar valt vanavond niets voor me te doen.'

'En nu?'

'Ik ga terug naar het hotel.'

Toen ze bij het Phoenix kwamen klom Ava de jeep uit en draaide ze zich om naar Jeff. 'Bel me zodra je de simkaart hebt. Ik ga ervan uit dat je morgen beschikbaar bent als ik je nodig heb.'

'De dag is nog helemaal blanco.'

Ze reikte hem door het raampje zeventig dollar aan.

'Bedankt.'

'Jeff, je mag hier met niemand over praten. Geen woord. De naam Jackson Seto zegt je helemaal niets.'

'Dat had je niet hoeven te zeggen.'

'Je kunt nooit duidelijk genoeg zijn,' zei ze, en ze gooide nog een twintigdollarbiljet op de passagiersstoel.

19

Ava werd vroeg wakker en was tegen zes uur beneden. Het café was nog niet open, dus liep ze door naar het businesscentrum. Ook dat was nog dicht. Ze liep naar de balie. 'Kunt u het businesscentrum voor me openen?' vroeg ze.

'Dat gaat pas om zeven uur open.' De balie werd bemand door een jongeman in een sweatvest dat hem twee maten te groot was.

'Hebt u een sleutel?'

'Ja hoor.'

Ze legde een tiendollarbiljet op de balie. 'Wilt u het alstublieft nu openen?'

Ze had veertig mails in haar hoofdaccount. Ze werkte ze van beneden naar boven af. Tam had zijn bankgegevens gestuurd en haar iets te enthousiast succes gewenst. Haar moeder liet weten dat ze een geweldig avondje mahjong had gehad. Oom hoopte dat alles in orde was. Haar beste vriendin Mimi stond op het punt haar vriendje van de afgelopen weken de bons te geven.

Ze logde in op Yahoo en opende onder haar moeders privéadres een e-mailaccount onder de naam Eatfish12. Daarna stuurde ze een e-mail aan Jackson Seto. Ze schreef dat ze voor een handelsmaatschappij in Toronto werkte die geïnteresseerd was in het importeren van goedkope vis, en ze had gehoord dat die in Guyana te krijgen was. Ze was op dit moment voor inkoopwerkzaamheden in Trinidad, maar als hij een mogelijkheid zag kon ze op korte termijn naar Georgetown komen. Ze schreef er nog bij dat ze naar hem was verwezen door een vriend van een vriend die George Antonelli kende. Ze schatte de kans dat hij zou antwoorden niet al te hoog in. Maar het was een poging waard.

Op haar gemak liep ze terug naar de verlaten lobby. Het café was nog dicht. De baliemedewerker stak tien vingers op, dus liet Ava zich in een van de stoelen ploffen en zette ze haar mobieltje aan. Oom had gebeld. Ze drukte op Terugbellen.

'Ik wou alleen even weten of het goed met je gaat,' zei hij. Ze begreep dat hij niet alleen was, hij noemde in gezelschap nooit haar naam.

'Ik heb hem gevonden. Ik bedoel, ik heb hem gezien. Ik moet alleen nog bedenken hoe ik met hem in contact kom.'

'Lastig?'

'Weet ik nog niet. Ik weet nog te weinig van hemzelf en van zijn gewoontes. Hij heeft een Vietnamese lijfwacht, en daar ben ik niet blij mee. Zijn huis is een soort fort in het klein. En als hij hier inderdaad zoveel connecties heeft als Antonelli beweert, dan hoef ik er niet op te rekenen dat die autoriteiten – welke dat dan ook zijn – met hun armen over elkaar gaan staan toekijken.'

'Wil je dat ik assistentie stuur?'

'Nee, ik wil eerst wat meer informatie verzamelen.'

'Bel me dan wel elke dag, anders maak ik me ongerust.'

Toen Ava had opgehangen zag ze dat ze gezelschap had gekregen van een dikke man van middelbare leeftijd. Zijn enorme buik viel extra op door het strakke T-shirt dat hij in zijn jeans had gepropt. Op het shirt stond met grote letters GUYANA SUCKS. Op zijn beide armen liepen in de lengte tatoeages: op de ene stond RED DEVILS, op de andere MANCHESTER U. Hij liep naar het café en rammelde aan de tralies van het hekwerk. Een jonge Indiase stak haar hoofd naar buiten, zag hem en deed open. Ava volgde hem.

Het café was maar klein, maar ze zocht een tafeltje zo ver mogelijk van hem af. Dat had niet veel zin. 'Wat kom jij hier in godsnaam doen?' riep hij vanaf zijn plaats.

Ze kon niet zo snel een Brits accent plaatsen, maar zelfs zonder de tattoos had ze geweten dat hij uit het noorden van Engeland kwam en arbeidersklasse was. 'Ik ben hier voor zaken,' zei ze, en ze wilde dat ze een boek of krant had om zich achter te verschuilen.

Tot haar verbazing stond hij op en liep hij op haar tafeltje af. 'Ik ben Tom Benson.'

'Ava Li.'

'En wat kom jij in dit kloteland doen?'

'Oh, wat financiële dingen. Bliksembezoek.'

'Fuck, ik wou dat ik dat kon zeggen.' Hij sprak 'fuck' meer uit als 'foek'.

'Is dat zo.'

'Ik zit hier verdomme al zes maanden en daar komen er zeker nog zes bij.'

'En dat is voor?'

'Elektriciteit. Die moet ik repareren, als dat al zou kunnen.'

'Naar gisteravond te oordelen heb je niet veel succes.'

De serveerster kwam naar hun tafeltje. 'Koffie en toast,' zei hij, 'en zorg dat je voor de koffie flessenwater gebruikt.' Hij keek Ava aan. 'Geen eieren of vlees bestellen. Heeft me al twee keer voedselvergiftiging opgeleverd. Altijd zeggen dat ze flessenwater moeten gebruiken, anders nemen ze die troep uit de rivier. Hebben ze één keer bij me uitgeprobeerd, toen ben ik die verdomde keuken in gestapt en heb ze op heterdaad betrapt. Nu wip ik nog af en toe de keuken binnen, dat houdt ze scherp.'

'Ik neem hetzelfde als hij,' zei Ava tegen de serveerster.

'Ik werk voor Rolls-Royce. Die deden vroeger in dieselgeneratoren, zeg maar eeuwen geleden. Dit stadje heeft de laatste generatoren die nog werken. Die dingen hadden al jaren geleden vervangen moeten worden, maar het interesseert niemand ook maar ene mallemoer, en ook al was dat wel zo, dan hebben ze het geld er natuurlijk niet voor. Dus stapt de regering van Guyana naar de regering van de UK en zegt: "We hebben een probleem. Kunt u ervoor zorgen dat er iemand komt om te repareren?" Vervolgens stappen die lui uit de UK naar Rolls-Royce en zeggen: "Sturen jullie maar iemand. Wij betalen." Nou, hier zit ik dus.'

'Al zes maanden?'

'Klopt. In week twee ontdek ik een van de grootste problemen en ik zeg tegen het energiebedrijf – zo'n club kan je toch niet serieus nemen – dat ze een paar onderdelen moeten bestellen. Dat is maatwerk, snap je. Ze zeggen dat ze die bij een bedrijf in de VS hebben besteld, een of andere dure instrumentmakerij. Ik zit nog steeds op die klote-onderdelen te wachten.'

'Maar wat doe je dan? Ik bedoel, hoe besteed je je tijd?'

'Om halfnegen sturen ze een auto met chauffeur. Dan ga ik naar kantoor, doe een paar langeafstandsbelletjes met thuis, zit wat op internet te kloten en om een uur of elf sjouw ik het kantoor van de baas binnen en vraag ik of de onderdelen al binnen zijn. Hij zegt nee en ik laat me weer door de chauffeur naar het hotel brengen. Meestal zit ik de hele middag bij het zwembad bier te drinken, daarna ga ik richting stad om een hapje te eten. Die buik had ik nog niet toen ik hier kwam. Ik had thuis ook een vriendin, maar die heeft me gedumpt.'

'Maar waarom blijf je dan?'

'Voornamelijk om het geld. Ik leef hier bijna voor niks. Het enige wat ik hoef te betalen is mijn bier. En om de vrouwen natuurlijk,' vervolgde hij, en hij keek haar aan om haar reactie te peilen. Toen ze geen sjoege gaf, ging hij door: 'Ik bedoel maar, als het om vrouwen gaat is het hier natuurlijk een paradijs. Thuis moet je gewoon smeken om een wip. Hier laat ik een paar dollars zien en voilà, ik heb ze voor het uitzoeken, en elke avond, als ik zou willen.'

'Klinkt heel leuk.'

'Niet altijd. Het kan link zijn.'

'Hoezo?'

'Het is een keiharde wereld hier, zelfs voor mijn persoontje. Je kan niet voorzichtig genoeg zijn. Ik ben twee keer overvallen voordat ik op het idee kwam om mijn horloge, portefeuille, kamersleutel en noem maar op in het hotel te laten, behalve het geld dat ik voor een avondje uit nodig had. Moet jij ook doen als je de deur uit gaat. Ze zitten verdomme al achter je aan voor een plastic Timex, laat staan een Cartier,' en hij wees naar haar horloge.

'Bedankt.'

'Oké.'

Het ontbijt verscheen. Hij liet de serveerster niet gaan voordat hij aan de koffie had gesnuffeld en had geproefd.

Ava nam een slok koffie. Het was oploskoffie, Nescafé, dacht ze. Ze vroeg zich af of ze een kopje VIA zouden maken als ze haar eigen merk meenam.

'Tom, ken jij een club die Eckie's heet?'

'Tuurlijk, mijn favoriet. Klassemeiden. Importbier.'

'Wie is de eigenaar?'

'Ik zou het niet weten.'

'Heb je daar wel eens een Chinese man zien rondhangen?'

'Ja, een paar.'

'Degene die ik bedoel is lang en mager, echt mager. Hij heeft grijze strepen door zijn haar, een snor die een beetje uit balans is, en een puntig, mager gezicht, net een rat.'

'Oh fuck, die idioot, bedoel je die. Drinkt als een tierelier en behandelt de vrouwen als stront. Loopt als een gek met geld te zwaaien, daar raken die meiden helemaal opgewonden van, maar ik heb hem nog nooit met een vrouw de deur uit zien gaan of in een van die achterkamertjes bij Eckie's zien verdwijnen.'

'Ik dacht dat het gevaarlijk was om zoveel geld bij je te hebben.'

'Voor jou, voor mij, voor elke andere klotetoerist. Maar hij is van hier, die knul. Ik heb daar politie zien binnenkomen, en die namen iedereen behoorlijk te grazen, behalve hem. Connecties, zeker weten.'

'Is de politie corrupt?'

Benson begon te lachen en sproeide stukjes natte toast om zich heen. 'Jezus, wat dacht je anders?'

'Daarom vroeg ik het ook.'

'Moet je luisteren, het leger, de politie, de lui van de bewaking, het is allemaal één pot nat. Je houdt ze gewoon niet uit elkaar.'

'Dus die Chinees koopt ze om?'

'Dat in elk geval, maar dat doet iedereen hier die geld heeft. Je krijgt geen geld, en houden doe je het al helemaal niet als je de lui die het hier voor het zeggen hebben niet tevreden houdt.'

'En wie zijn dat dan, de lui die het hier voor het zeggen hebben?'

'Ik weet het niet en het interesseert me ook geen reet. Zolang ze mij met rust laten mag die politie en het leger en de rest wat mij betreft aanrotzooien.'

'Klinkt verstandig.'

Ze liepen samen naar de lift. Ze voelde dat hij haar wilde versieren en keek er dan ook niet van op toen hij vroeg: 'Heb je zin om vanavond mee uit te gaan? Je weet wel, een rondje langs de clubs.'

'Tom, ik ben echt je type niet,' zei Ava vriendelijk. 'Heus, geloof me.'

20

Om tien uur liet Ava haar notitieboek en haar Canadese paspoort in haar Chanel-tas glijden en ging naar beneden. In haar zwarte, knielange rok, zwarte pumps en witte Brooks Brothers-overhemdblouse was ze op-en-top de klassieke, serieuze zakenvrouw, met wie niet viel te spotten.

Ze liep vanuit het hotel direct Young Street in, sloeg rechts af en liep tweeënhalf blok verder naar een wit houten pand ter grootte van een klein flatgebouw, waaraan de Canadese vlag wapperde. Ze nam aan dat de ambassade op de begane grond was gevestigd en de ambtswoningen op de bovenverdiepingen. Bij de dubbele toegangsdeuren had ze bewaking verwacht, maar daar stond niemand. In de kleine hal, die airconditioned was, zat een jonge zwarte vrouw achter een balie met een kunststof scherm, dat op spreekhoogte was geperforeerd.

Ava liep naar haar toe, terwijl de vrouw haar nauwlettend bekeek alsof ze een dievegge was.

'Hallo, mijn naam is Ava Li. Ik ben Canadese en ik ben hier voor zaken. Ik ben een beetje in de problemen geraakt en zou graag de ambassadeur spreken,' zei ze terwijl ze haar paspoort liet zien.

'Een ambassadeur is er niet. We hebben hier een High Commissioner, en die is alleen te spreken na afspraak.'

'Het is dringend. Kan iemand anders me dan misschien helpen, als hij niet beschikbaar is?'

'Ik weet niet…' begon de vrouw, maar ze werd onderbroken doordat er een man verscheen die Ava niet erg op een diplomaat vond lijken.

Vanachter het scherm staarde hij haar aan, met zijn arm geleund op de schouder van de vrouw. Ava glimlachte en hield haar paspoort omhoog. 'Ik heb wat problemen en ik hoop dat u me kunt helpen.'

Onder aan het scherm was een opening. Hij wees ernaar. 'Wilt u uw paspoort hierdoor schuiven, alstublieft?' Dat deed ze. Hij pakte het aan en bestudeerde haar foto en al haar visa en douanestempels, daarna vouwde hij het helemaal open om de kaft te controleren.

'Wat is het probleem?' vroeg hij.

'Moet ik hier blijven staan?'

Hij moest even nadenken. 'Nee, misschien ook niet.' Hij reikte omlaag en drukte op een knop. Met een zoemtoon zwaaide de deur naar het kantoor open.

Ze liep naar binnen en stak haar hand uit. 'Ik ben Ava Li.'

'Marc Lafontaine.'

Het was een hulk van een man, een en al spierbundel. 'U bent niet de High Commissioner, of wel?'

'Ik zit bij de RMCP.'

'Oh.'

'Ik ben verantwoordelijk voor de beveiliging.'

'Misschien bent u wel precies degene die ik wil spreken.'

'Mij hoeft nooit iemand te spreken.'

'Daar zou ik niet zo zeker van zijn.'

'Waarover wilt u me spreken?'

'Hier? Hebt u geen eigen kantoor?'

'Beetje drammerig, hè?'

'Zeg maar liever wanhopig.'

Daarmee had ze zijn aandacht. 'Loopt u maar mee,' zei hij. 'Normaal gesproken laten we hier geen mensen binnen, maar u ziet er niet bedreigend uit.'

In zijn bescheiden kantoortje stonden een metalen bureau, een houten draaistoel en twee metalen vierladekasten. Aan een kapstok in de hoek hing zijn uniform in een plastic zak van de stomerij. Op een van de mouwen zag ze drie strepen. Op de ladekasten stonden twee lijstjes met foto's van drie jonge meisjes. 'Zijn dat uw dochters, brigadier?'

'Ja, en zeg maar Marc.'

'Zijn ze ook hier?'

'Ze zijn bij hun moeder, in Ottawa.'

'Ah juist.' Ze keek naar de foto's en vervolgens naar hem. Hij had kastanjekleurig, gemillimeterd haar, dunne wenkbrauwen en een karakteristieke puntkin. Alle drie de meisjes hadden de kin geërfd. 'Ze lijken op je,' merkte ze op.

'Het gebeurt niet vaak dat er hier Canadezen op goed geluk komen binnenwandelen. Laat maar eens horen waarom je wanhopig bent. Want dat woord gebruikte je toch?'

'Dat was misschien een tikkeltje overdreven. Ik kan nu nog niet zeggen of het inderdaad zo is.'

'En ik mag raden waar het over gaat?'

Ze had al diverse keren met Mounties te maken gehad. Hun verbeelding liet enigszins te wensen over, maar ze waren goudeerlijk en waardeerden die eigenschap in anderen ook. Ze was niet van plan tegen hem te liegen, maar wilde wel peilen hoeveel informatie ze aan hem kwijt kon. 'Ik stel me zo voor dat je als bewakingsdienst te maken hebt met de plaatselijke politie en dergelijke.'

Hij knikte.

'Ik moet namelijk weten hoe het systeem hier in elkaar zit.'

'Je wilt me toch hopelijk wel vertellen waarom?'

'Ik vertegenwoordig een Canadees bedrijf dat voor een aanzienlijk bedrag is opgelicht door iemand die op dit moment in Guyana verblijft,' zei ze behoedzaam. 'Ik ben hier om iets of alles van dat bedrag terug te halen.'

Er was geen enkele emotie van zijn gezicht af te lezen; zo'n verhaal had hij natuurlijk al vaker gehoord. 'Voor dat soort dingen heb je advocaten. Ik kan je er een paar aanbevelen.'

'Dit gaat verder dan advocaten,' zei ze. 'Bovendien is het bedrog in de Verenigde Staten gepleegd, staat het geld waarschijnlijk op een off-shore-rekening en zit de boosdoener hier. Je kunt je voorstellen hoe ingewikkeld het is om een rechtszaak aan te spannen als er vier jurisdicties bij betrokken zijn.'

'Dat kan ik, ja. Maar je hebt me nog steeds niet verteld wat je doet. Ben je advocaat?'

'Ik ben accountant, forensisch accountant.'

'Dus je hebt het geld opgespoord.'

'Klopt.'

'En je weet wie het heeft verduisterd en waar die persoon zit?'

'Hij heet Jackson Seto. Hij heeft een huis in Malvern Gardens, aan de rand van Georgetown, en daar zit hij nu.'

'Ik ken Malvern Gardens. Van hem heb ik nooit gehoord.'

'Waarom zou je?'

Hij haalde zijn schouders op. 'Je zou nog staan te kijken.'

'Hoe dan ook, ik moet Seto in de houdgreep krijgen.'

'Wat houdt je tegen?'

'Ik heb uit diverse bronnen vernomen dat hij connecties heeft met degenen die hier de baas zijn, en dat hij waarschijnlijk een zekere bescherming geniet.'

'Als hij in Malvern Gardens woont zou het me niet verbazen als hij connecties heeft.'

'Met wie?'

'Hoe bedoel je?'

'Hoe werkt het systeem hier? Het kan toch niet zo zijn dat je op het vliegveld aankomt, een paar agenten omkoopt en alles is kits. Er zal toch zeker een ingeburgerd systeem zijn?'

'Behoorlijk ingeburgerd.'

Ze wachtte. 'Is het nu mijn beurt om te raden?' vroeg ze eindelijk.

Hij keek bezorgd.

'Weet je, een gesprek verloopt bij mij stukken beter als het vertrouwelijk wordt gevoerd. En dat werkt natuurlijk naar twee kanten,' zei ze.

'Wil jij beginnen?'

'Meen je dat echt?'

'Ja, dat meen ik.'

Bij iemand anders had ze misschien nadrukkelijker om geheimhouding gevraagd, maar ze wist uit ervaring dat hij dan beledigd zou zijn. Het ligt nogal gevoelig, de eer van een Mountie.

'Zoals ik al zei,' begon ze, 'ben ik hier om geld dat van een cliënt is gestolen terug te halen. Wil me dat lukken, dan moet ik Seto ontmoeten en hem ervan zien te overtuigen dat het in het belang van alle partijen is om het geld terug te geven.'

'En hoe wou je dat precies gaan doen?'

'Nou, ik wil eerst met argumenten komen, en als dat niet werkt...' Tijd om de vertrouwelijkheid wat op te schroeven. 'Dan zou ik op elke mogelijke manier druk op hem uitoefenen, en dat kan ook wat fysieke interactie betekenen.'

'Fysieke interactie?'

'Ik ben niet zo zachtaardig als ik eruitzie.'

'En hoever mag die fysieke interactie dan wel gaan?'

'Aan een dode, kreupele of verminkte Seto, of een Seto die anderszins niet functioneert, heb ik niets.'

'Meen je dat nou?'

'Absoluut.'

Hij schudde zijn hoofd, en ze bespeurde een zweem van een glimlach. 'Ben ík even blij dat ik vanochtend naar m'n werk ben gegaan.'

'Ik kan er niet echt om lachen.'

'Neem me niet kwalijk,' zei hij, nog hoofdschuddend, 'maar ik zit hier tegenover een mooie jonge vrouw die volgens mij hoogstens vijfenvijftig kilo weegt, die zegt dat ze accountant is en die me vervolgens vertelt dat ze die Seto verrot gaat slaan.'

'Maar zo is het wel,' zei ze. 'Mijn probleem – en het is geen denkbeeldig probleem – is dat ik met zijn vriendjes te maken krijg als ik verder moet gaan dan redeneren, en mijn ervaring in ontwikkelingslanden is dat ik dan geen schijn van kans maak. Ze sturen me direct het land uit, zo niet erger.'

'Hier zou het waarschijnlijk "erger" zijn.'

'Dus moet ik weten wie die vrienden zijn.'

'Waarom?'

'Dan kan ik vriendjes met ze worden, of in ieder geval hun connecties met Seto ontrafelen.'

'En hoeveel geld moet die vent precies terugbetalen?'

'Ongeveer vijf miljoen.'

'Wauw.'

'Dus met wie moet ik nou aan de praat zien te komen?'

Hij duwde zichzelf overeind, liep naar de deur en deed hem dicht. 'Dit is vertrouwelijk, dat hadden we toch afgesproken, hè?'

'Als dat niet zo was had ik je dit allemaal niet verteld.'

Hij ging zitten, leunde achterover en keek naar het plafond. 'Het heet de Guyana Defence League. In de jaren zestig waren de communisten hier actief en was Cheddi Jagan een tijdje premier. In die tijd was Guyana na Cuba het tweede communistische regime van Noord- en Zuid-Amerika, tot grote woede van de VS. Die financierden Jagans voormalige politieke maat, Forbes Burnham, en pushten hem om het tegen zijn oud-collega op te nemen. Die twee hadden samen gevochten tegen de koloniale overheersing, waarbij het Verenigd Koninkrijk werd gedwongen zijn macht af te staan. Er kwamen stakingen, rellen, boycotacties en een hoop willekeurig geweld tegen Jagan en zijn mensen. Het feit dat Jagan Indiër en Burnham zwart was, maakte het nog erger.

Hoe dan ook, Jagan kwam in de gevangenis terecht en Burnham werd met steun van de Amerikanen premier. In die tijd had Guyana maar een kleine politiemacht. De Amerikanen wilden er zeker van zijn dat de communisten niet terugkwamen, dus ze investeerden zwaar in het opbouwen van een leger en het oprichten van clandestiene speciale gevechtseenheden. Omdat het zo'n klein land is kwamen ze op het idee om al die eenheden samen te voegen onder de naam Guyana Defence League.

De communisten kwamen en gingen. Burnham kwam en ging als premier. Zelfs Jagan, die inmiddels sociaaldemocraat was, kreeg de kans om weer politiek leider te worden. Al die tijd was de Guyana Defence League blijven bestaan, en ze had inmiddels tactieken ontwikkeld die tot vandaag de dag nog worden gebruikt. Het komt erop neer dat de baas van die speciale eenheden hier de topman is. Het leger rapporteert aan hem, de politie rapporteert aan hem. Hij schuift agenten als pionnen heen en weer tussen de diverse diensten. Dus heb je met de politie te maken, dan heb je eigenlijk niet met de politie te maken. Alles gaat naar boven.'

'Inclusief het geld?'

'Vooral het geld.'

'Ik kom net uit Thailand, maar het lijkt wel alsof ik er nog zit.'

'Hier gebeurt het natuurlijk op een andere schaal,' zei Lafontaine. 'Dit is een klein, arm land. Zoveel smeergeld valt er niet rond te pompen, bovendien eten de politici allemaal uit dezelfde trog.'

'En wie is de baas van de Defence League?'

'Commissaris Thomas voor de politie en generaal Choudray voor het leger. De een is zwart, de ander Indiër, volgens een vast patroon: van elk ras één. Het gekke is alleen dat ze rapporteren aan een blanke: de beruchte Captain Robbins.'

'Een blanke, wat vreemd.'

'Ja, gek hè? Toen ik hier nog maar net was heb ik hem ontmoet bij een officiële bijeenkomst van de High Commission. Hij heeft twee dochters die in Canada op school zitten, Havergal College, en het is zijn favoriete land wat betreft investeringen. Ik zag in hem altijd die dikke, joviale zakenman, totdat de High Commissioner me apart nam en zei dat ik voorzichtig moest zijn, héél voorzichtig.

Hij heeft al twintig jaar lang dezelfde baan. Geen man bij leger of politie die zijn baan niet aan hem te danken heeft, en in een land met dertig procent werkloosheid is dat niet niks. Hij weet ook waar de lijken in de kast liggen, en heeft er waarschijnlijk zelf ook een aantal op zijn geweten. Geen politicus of hij kent hem als zijn broekzak, en ik kan me niet voorstellen dat er ook maar iemand is die hem durft te trotseren. Er heeft wel eens iemand een poging gewaagd. Vorig jaar hadden we een Indiase minister voor Mijnzaken die vond dat er maar eens een eind moest komen aan de bijdragen aan de Defence League. Er werd bij hem ingebroken en hij werd samen met zijn vrouw en schoonmoeder doodgeschoten. De daders hebben ze nooit gevonden.

Dus, mevrouw Li, als Seto bescherming geniet, dan is die direct of indirect afkomstig van Captain Robbins.'

'En hoe kom ik in contact met Captain Robbins?' vroeg ze.

Weer glimlachte Lafontaine. 'Je meent het echt, hè? Ik bedoel, je zegt het niet voor de grap. Ik zit de hele tijd naar je te kijken met in mijn achterhoofd de gedachte dat je een practical joke met me uithaalt.'

'Heb je zijn telefoonnummer?'

Hij sloeg zijn bureauagenda open. 'Noteer dit nummer maar, hoewel je daar volgens mij niet veel aan hebt. Hij neemt geen telefoon aan en belt alleen terug als hij jou wil spreken, niet andersom.'

'Bedankt voor alles,' zei ze, nadat ze het nummer in haar notitieboek had opgeschreven.

'We zijn er om u van dienst te zijn.'

'Dat is ook altijd mijn ervaring geweest met de Mounties. Jullie zijn echte professionals.'

Hij knikte bevestigend. 'Waar logeer je?'

'Het Phoenix Hotel.'

'Buren dus.'

'Ongeveer.'

'Zeg, wat vind je ervan om een keer ergens te gaan eten? Dan kun je me op de hoogte houden van je vorderingen.'

Ze keek naar de foto's van zijn kinderen.

'Ik ben gescheiden.'

Twee avances op één dag, dacht Ava, *en als ik me niet vergis is Jeff kandidaat nummer drie.* Om onbegrijpelijke redenen vonden gweilo's haar aantrekkelijk. In Hongkong kon ze op de hoek van de straat met een bord gaan staan waarop in koeienletters VRAAG ME ALSJEBLIEFT MEE UIT ETEN stond, en dan was twee reacties al veel.

'Ik zou best wel een keer met je willen gaan eten, maar volgens ons openheidsbeleid moet ik je wel vertellen dat ik lesbisch ben.'

'Ik zei "eten", en meer dan dat bedoelde ik niet,' zei hij, maar de blos die naar zijn wangen steeg sprak andere taal.

'Zal ik anders contact met je houden? Mag ik je mobiele nummer?'

Hij gaf haar zijn visitekaartje. Zijn functie luidde: *Assistant Trade Commissioner.*

'Ik laat je weten hoe het bij Captain Robbins verloopt.'

21

Jeff stond bij de ingang van het Phoenix, in lange broek en poloshirt. Hij leek blij haar te zien, en ze wist dat ze tegen hem ook een keer nee zou moeten zeggen.

'Ik heb je simkaart,' zei hij.

'Wat krijg je van me?' vroeg ze terwijl ze de kaart van hem aannam.

'Twintig.'

Ze gaf hem dertig.

'Heb je me vandaag nog nodig? Ik heb rond één uur een ritje naar het vliegveld. Daarna ben ik beschikbaar.'

'Weet ik nog niet. Bel me maar als je terug bent.'

De kamer was een stuk warmer dan toen ze wegging. Het kamermeisje had de airco uitgezet. Ze schakelde hem weer in en zette hem voor alle zekerheid op de hoogste stand.

Ze kleedde zich uit, en hoewel het maar drie minuten lopen was naar de High Commission voelden haar kleren vochtig aan. Ze trok haar hardloopkleren aan. Het was eigenlijk te warm om te lopen, maar ze wilde nadenken, en hardlopen maakte haar hoofd leeg. Voordat ze het hotel uit ging checkte ze in het businesscentrum haar e-mails. Geen bericht van Seto. Het verbaasde haar niets.

In de documentatie op haar kamer had ze gelezen dat er een voetpad langs de dijk liep. Het was van gras, en op gras was het licht lopen. Ze dacht dat het met de zeebries erbij ondanks de warmte wel eens kon meevallen.

De zeewering van Georgetown werd in de negentiende eeuw aangelegd door de Nederlanders, de eerste kolonisten, voordat die door de Engelsen werden verdreven. Georgetown, eigenlijk bijna de hele noordelijke kustlijn, ligt onder zeeniveau. De Nederlanders, experts in het buiten de deur houden van de zee, bouwden een indrukwekkend stenen bolwerk van twee meter breed en een meter hoog.

Ava begon richting Atlantische Oceaan te joggen. Het was bijna eb, en tussen dijk en oceaan lag een uitgestrekte strook zandstrand. Rechts van haar liep Seawall Road, met een aaneenschakeling van ambassades en consulaten. Op de weg was nauwelijks verkeer en het pad was zo goed als verlaten. Ava kon twee tot drie kilometer voor zich uit kijken. Op het strand was een vrouw bezig stokken naar een hond te gooien, en verderop zag ze twee figuren op de dijk zitten.

Ze had ongeveer een kilometer gelopen toen de zittende figuren duidelijker waren te onderscheiden. Het waren twee Indiërs, die zo'n twintig meter van elkaar af zaten. Toen ze dichterbij kwam merkte ze dat ze hun belangstelling had. Ze dacht erover om rechtsomkeert te maken, maar zei tegen zichzelf dat ze niet zo gek moest doen. Het was midden op de dag en ze bevonden zich op uitgestrekt en open terrein.

Toen ze vijf meter van de eerste man af was zag ze hem verstrakken, en haar zintuigen gingen op scherp staan. Ze ging sneller lopen om de man te passeren. Toen ze hem net voorbij was sprong de tweede man van de dijk op het pad. Ze zat klem tussen de twee.

Een van de mannen was nog geen twee meter en moest op zijn minst honderd kilo wegen. Hij droeg een rafelig short en een T-shirt met de opdruk DRINK COORS. De ander was iets langer en niet veel slanker; hij droeg een smerige spijkerbroek en een hemd dat zijn borstkas en oksels vrijliet. Ava zag dat hij maar één oog had. Het keek haar strak aan en straalde weinig goeds uit.

Ze bleef staan en draaide zich met haar gezicht naar de dijk, zodat ze beide mannen goed in het oog kon houden.

'Je mag kiezen: makkelijk of moeilijk,' zei de man links van haar. Ze zag dat hij een mes in zijn hand had.

Ava zag geen reden om te antwoorden, het zou voor het resultaat niet uitmaken. De andere man leek niet gewapend, dus besloot ze eerst de man met het mes aan te pakken.

Centimeter voor centimeter schuifelden de twee dichterbij, ze probeerden op gelijke afstand van haar te blijven. Ava ging langzaam naar links om dichter bij de man met het mes te komen. Hij zwaaide ermee in de lucht tot hij een halve meter van haar af stond. Met zijn linkerhand deed hij een greep omlaag om haar bij haar haar te pakken, rechts boven hem zweefde het mes, klaar om toe te slaan.

Ze deed een halve stap achteruit. Toen hij de afstand wilde overbruggen deed ze een stap naar voren. Haar rechterarm schoot met de kracht van een zuiger naar hem uit. Met de uitgestoken knokkel van haar wijsvinger stootte ze tegen de brug van zijn neus. Ze wist niet wat haar het eerste opviel: het knarsen van kraakbeen of het bloed dat uit zijn neus spoot. Hij zakte op de grond, liet het mes vallen en hield zijn beide handen als een kom om zijn neus. Ze raapte het wapen op en gooide het over de dijk.

De andere man was doodstil blijven staan terwijl ze zijn maat uit-schakelde. Nu schuifelde hij met gebalde vuisten op haar af. Hij be-woog zich niet erg soepel, het leek wel of zijn benen door zijn heupen werden aangedreven.

Ze wist dat ze zijn vuistslagen kon ontwijken, maar ze was niet van plan het zover te laten komen. Toen hij binnen gevechtsafstand was schoot haar rechterarm opnieuw uit. Dit keer gebruikte ze de muis van haar hand om hem midden op zijn voorhoofd te slaan. Hij wan-kelde achteruit; ze sprong op hem af en dreef haar linkervuist tegen zijn adamsappel. Hij zakte in elkaar, zijn ogen draaiden weg, hij hield zijn handen om zijn nek en snakte naar adem. Ze wist dat er mensen aan zo'n klap waren bezweken.

Het hele incident had niet meer dan dertig seconden geduurd. Ze keek om zich heen. Niemand te zien, geen auto te bekennen op de weg. Ze draaide zich om en begon terug te joggen naar het hotel, langs de vrouw die nog steeds stokken naar haar hond gooide.

22

'En, hoe was het hardlopen?' vroeg de portier, toen ze terug was bij het Phoenix.

'Best,' antwoordde ze.

Ze had twee flessen water gekocht om mee naar haar kamer te nemen. Ze kende het merk niet en zag dat het water in Georgetown gebotteld was. Ze deed in elke fles een waterzuiveringspil. Toen de pillen hun werk hadden gedaan ging ze in de rotan stoel zitten en keek uit over de oceaan. Ze was er klaar voor om Captain Robbins te bellen. Ze verwachtte niet dat hij zou opnemen, maar wel dat hij op haar telefoontje zou reageren. Dat was het moment waarop ze de uitdaging aan moest om zijn belangstelling te wekken en hem zover te krijgen dat hij haar wilde ontmoeten of op zijn minst iemand die hij vertrouwde op haar af te sturen.

Ze toetste het nummer in en wachtte. Net toen ze dacht dat hij zou overschakelen op voicemail zei een krachtige, beschaafde vrouwenstem: 'Kantoor Robbins.'

'Ik zou graag Captain Robbins spreken.'

Er volgde een lange stilte en Ava begon zich af te vragen of Lafontaine haar wel het juiste nummer had gegeven.

'Ik ben bang dat Captain Robbins niet te spreken is.'

'Wilt u vragen of hij me terugbelt? Mijn naam is Ava Li en ik ben verbonden aan Havergal College. Zal ik Havergal even spellen?'

'Nee, ik ken Havergal,' zei de vrouw. 'Kan ík u misschien ergens mee helpen of moet ik een boodschap doorgeven aan Captain Robbins?'

'Nee, ik wil hem graag persoonlijk spreken.'

'Hij heeft het nummer van de school. Hij kan u daar terugbellen.'

'Nee, ik woon op dit moment een congres bij en ik bel mobiel. Ik geef u mijn nummer,' zei Ava, en ze gaf haar mobiele nummer uit Toronto.

'Gaat het om een van zijn dochters?'

'Dat mag ik niet zeggen. Vraagt u hem alstublieft om zodra hij kan, mij terug te bellen.'

'Ik zal de boodschap doorgeven.'

Ava belde vervolgens naar beneden voor de wasserijservice. Volgens de receptie kon de schone was nog die avond op haar kamer worden bezorgd. Ze zette de tas op de gang om te laten ophalen en stapte onder de douche. Het water leek minder dik en minder bruin, ze bleef er langer onder dan anders.

Toen ze de badkamer uit stapte hoorde ze nog net haar mobiele telefoon overgaan. Er was een boodschap ingesproken. *Nu al*, dacht ze. Het was de receptioniste van Captain Robbins met het verzoek om terug te bellen.

Ze droogde haar haar, kleedde zich aan en nam ondertussen het verhaal dat ze wilde houden nog eens door, bepaalde wat ze wel of juist niet moest zeggen. Dat was altijd lastig als je te maken had met iemand die je niet kende, en van wie je, zoals in dit geval, niet meer wist dan dat hij misschien wel de machtigste man van Guyana was.

'Kantoor.'

'U spreekt met Ava Li.'

'Momentje, Ms. Li.'

Ze had Robbins bijna direct aan de lijn. 'Robbins hier. Wat kan ik voor u doen?' Zijn accent kwam haar bekend voor, maar het leek niet op wat ze tot nu toe in Guyana had gehoord.

'Mijn naam is Ava Li en ik ben bang dat ik u onder enigszins valse voorwendselen heb gebeld. Maar ik moet u echt spreken en ik heb begrepen dat u een moeilijk te bereiken persoon bent.'

Het bleef stil aan de andere kant.

'Ik heb trouwens wel op Havergal gezeten en ben voor zaken in Georgetown, niet in Toronto, maar daar woon ik wel. Ik bied u mijn excuses aan voor deze manier van benaderen.' Ze wachtte op de bezettoon als teken dat de verbinding was verbroken.

'Ms. Li, wie heeft u dit nummer gegeven?'

'De Canadese High Commission. Daar ben ik naartoe gegaan voor hulp en daar zeiden ze dat u degene was die ik moest spreken.'

'Dat is hoogst ongebruikelijk. Wat voor probleem kunt u nou hebben waar de Commission u niet bij kan helpen?'

Hij praatte bekakt, en zijn stem was nog krachtiger dan die van zijn secretaresse. Hij sprak langzaam, gelijkmatig, beheerst en vol zelfvertrouwen.

'Het is een zakelijk probleem waar een aanzienlijk geldbedrag mee gemoeid is,' antwoordde ze. Het toverwoord was uitgesproken.

'En u denkt dat ik u kan helpen?'

'Als iemand me kan helpen, dan bent u dat wel, heb ik begrepen.'

'Kennelijk heeft iemand een te hoge dunk van me. Maar het zou wel erg lomp zijn om een Canadese bezoeker die door de High Commission naar me is verwezen niet van dienst te willen zijn, een bezoeker die toevallig ook nog op Havergal heeft gezeten. Waar logeert u in Georgetown?'

'In het Phoenix.'

'Dit is duidelijk geen gesprek dat per telefoon moet worden gevoerd. Bent u vanavond in uw hotel?'

'Zeker.'

'Ik stuur er iemand heen met wie u kunt spreken. Zijn naam is Patrick West. Ik weet niet precies wanneer hij beschikbaar is, dus probeert u als het even kan de hele avond vrij te houden. Ik geef hem uw mobiele nummer en ik weet dat hij het nummer van het Phoenix heeft, dus mocht er iets tussenkomen dan kan hij contact met u opnemen.'

'Heel hartelijk dank.'

'Bedenk wel dat ik u niets kan beloven, maar Patrick is een beste kerel en erg vindingrijk. Hij heeft mijn vertrouwen, dus geeft u alstublieft volledige opening van zaken.'

Slimme meid, dacht ze, toen de verbinding werd verbroken.

Ze moest de middag zien door te komen, dus ze besloot om die met zoveel mogelijk dingen te vullen. Ze nam een taxi naar Stabroek en liep daar een uur met haar ziel onder de arm rond. In een wijk vlak bij de markt ontdekte ze een boekwinkel. Het grootste deel van het aanbod was tweedehands, maar ze vond een exemplaar van *Tai Pan*, James Clavells historische roman over Hongkong in vroeger tijden.

Ze had trek, maar zag ertegen op om nog een keer de plaatselijke keuken uit te proberen. De boekverkoper raadde haar de Kentucky Fried Chicken direct om de hoek aan. Ze kon zich niet heugen wanneer ze voor het laatst gebraden kip, op wat voor manier ook bereid, had gegeten. Maar met gebraden kip kon je niet al te gekke dingen doen, dus besloot ze om daar te gaan eten.

Jeff zat in de lobby toen ze terugkwam in het hotel. Hij zwaaide naar haar. Nog even en hij zou lastig worden.

'Hebben we vandaag dienst?' vroeg hij.

'Ik heb hier wat dingen te regelen, maar je kunt wel iets voor me doen.'

'Wat dan?'

'Teruggaan naar Malvern Gardens en Jackson Seto in de gaten houden. Je zult dit keer ergens anders moeten parkeren, anders worden ze achterdochtig. Rij maar voorbij de ingang, dan keren en de auto parkeren in de richting van Georgetown. Blijf maar op zo'n honderd meter afstand van het huis. Dan zien ze je niet als ze weggaan.'

'En als ze weggaan moet ik erachteraan?'

'Alleen als je zeker weet dat het oké is. Blijf wel afstand houden. Zoveel plaatsen waar hij naartoe kan, zijn er trouwens niet.'

'Moet ik je bellen als er iets gebeurt?'

'Natuurlijk. Bel het Guyanese nummer maar dat ik je heb gegeven.'

Ze checkte nogmaals haar e-mails voordat ze naar boven ging. Nog steeds niets van Seto.

Haar reservemobieltje was opgeladen. Ze schoof de Guyanese simkaart erin en zette het aan. Ze legde het samen met haar vaste mobieltje op het tafeltje naast de rotan stoel. Ze moest nog een paar uur zien door te komen. Hopelijk kon James Clavell een handje helpen.

23

Het was al donker toen Ava wakker werd van een rinkelende telefoon. Het boek van Clavell lag op bladzij dertig open op haar schoot. Ze keek naar haar beide mobieltjes voordat ze doorhad dat het de telefoon van het hotel was.

'Ja?'

'Ava, je spreekt met Marc Lafontaine. Ik ben net klaar met mijn werk en ik vroeg me nog steeds af of je zin hebt om met me te gaan eten.'

Ze was nog een beetje slaapdronken en de naam zei haar even niets. Maar even later rinkelde de alarmbel. Ze begon bijna te kreunen. De ene Ava wilde ophangen, de andere Ava wist dat ze hem nog wel eens nodig kon hebben voordat dit project was afgerond. 'Ik kan niet weg uit het hotel,' zei ze. 'Ik heb hier vanavond een bespreking en ik weet nog niet precies hoe laat.'

'We kunnen in het hotel eten. Zo slecht is het er niet.'

'Dat is goed, maar als mijn afspraak arriveert terwijl we nog aan het eten zijn moet ik weg.'

'Dat begrijp ik. Zie ik je over een kwartiertje in de lobby?'

'Oké.'

Ze poetste haar tanden met flessenwater en plensde water over haar gezicht. Haar linnen broek was nog presentabel en ze had nog een witte katoenen blouse bij zich die ze nog niet had gedragen. Ze dacht erover om make-up op te doen voor het gesprek met Patrick West, maar zag daar uiteindelijk van af. Hoe onschuldiger ze eruitzag, hoe beter.

Opzij van de lobby was een lounge met een bar. Marc Lafontaine zat aan een tafeltje met een Carib-beer en een schaaltje pinda's voor zich. 'Fijn dat je kon komen,' zei hij. 'We krijgen hier niet veel Canadezen op bezoek en het wordt eerlijk gezegd een tamelijk eenzame bedoening. Ik ben blij met je gezelschap.'

Ze wist dat hij het meende en ze voelde een licht schuldgevoel op-komen omdat ze had overwogen om hem af te poeieren.

Hij keek naar de twee mobiele telefoons die ze op tafel legde. 'Druk baasje, hè?'

'Ik doe mijn best. Het is me gelukt om met Captain Robbins in contact te komen en vanavond ontmoet ik hier vroeg of laat een van zijn mensen.'

'Dat meen je niet! Heb je echt Robbins zelf aan de lijn gekregen?'

'Klopt.'

'Ongelooflijk.'

Ze glimlachte. 'Dat was het makkelijke stuk.'

'Wil je iets drinken?'

'Witte wijn graag.'

'Ik haal het even aan de bar. Er is hier geen bediening.'

Hij kwam terug met haar wijn en nog een biertje voor zichzelf. 'Ze hebben op de tweede verdieping een restaurant. Het is de fijne keuken op zijn Georgetowns. Ik heb er drie of vier keer gegeten en ben niet ziek geworden. Het punt is alleen dat ze meestal maar een kwart van wat er op de kaart staat in huis hebben. Ik vraag dus liever wat ze hebben dan dat ik een tijd op mijn bestelling zit te wachten en dan nul op het rekest krijg.'

'Klinkt goed. Ik moet wel even tegen de receptie zeggen waar ik ben voordat we naar boven gaan, voor het geval de man van de Captain naar me vraagt.'

Het restaurant was verder leeg. Bij de ingang stond een bord met de tekst: SVP WACHTEN TOT U EEN PLAATS KRIJGT AANGEWEZEN. Ava vroeg zich af wie zoiets ooit nodig had gevonden.

Ze werden naar een plaats bij het raam gebracht. De lichtjes van de met elektriciteit toebedeelde helft van Georgetown fonkelden in het donker. 'Het ziet er bijna aantrekkelijk uit,' zei hij.

Ze vertelde hem over haar ontmoeting van die ochtend met Tom Benson, en over de dagelijkse tocht van de Engelsman naar het elektriciteitsbedrijf. Lafontaine moest erom lachen en zei dat Bensons instelling de enige manier was om Guyana aan te kunnen en toch niet gek te worden. Als je dacht dat er iets zou veranderen was je niet goed snik.

Ze praatte over Azië en over het feit dat Noord-Amerikanen daar vaak met allerlei vooroordelen over de hardheid van het bestaan heen reisden, en dan terechtkwamen in Hongkong, of Singapore, of Bang-kok, of Shanghai. In die steden was de levensstijl veel verfijnder en luxueuzer dan in welke stad in Noord-Amerika ook.

De kelner verscheen met het menu. 'Vertelt u maar wat u heeft,' zei Lafontaine.

Ze hadden de keus uit gegrilde snapper, gestoofde kip, karbonade en rosbief. Ava koos voor de enige vis die ze hadden, Lafontaine bestelde kip.

Ze vroeg naar zijn kinderen in Ottawa. Lafontaine begon over ze te vertellen, maar onderbrak zichzelf abrupt. 'Er is iets wat ik beslist tegen je moet zeggen,' zei hij. 'Ik hoop dat je me niet al te bot vindt.'

'Waar gaat het over?'

'Meende je het toen je me vanochtend vertelde dat je lesbisch bent? Dat was toch niet om me op afstand te houden?'

'Marc, ik had niet serieuzer kunnen zijn.'

'Oké, ik geloof je,' zei hij. 'Het punt is namelijk dat homoseksualiteit in Guyana verboden is. Je kunt er zelfs levenslang voor krijgen. Ik heb nog nooit gehoord dat er daadwerkelijk iemand is vervolgd, maar het is wel wettelijk vastgelegd. Ze kijken echt bedenkelijk bij uitingen van genegenheid tussen mensen van hetzelfde geslacht.' Hij zweeg, duidelijk niet op zijn gemak. 'Ik wil me niet met je privézaken bemoeien of zo, maar je moet hier voorzichtig zijn, terughoudend.'

'Ik was ook niet van plan om naar gaybars te gaan,' zei ze.

'Mooi, want die heb je hier niet.'

'Bedankt, en wat mij betreft genoeg daarover.'

Ava bracht het gesprek weer op zijn dochters. Alle drie tieners, die langzaam maar zeker van hem verwijderd raakten. Ze hoorde zijn klaagzang aan en besefte dat hij totaal geen verstand van meisjes had. Ze wilde hem net een paar tips geven toen haar Guyanese telefoon ging.

'Hoi, Jeff.'

'Hij is anderhalf uur geleden van huis vertrokken om te gaan eten – drie keer raden waar – en daarna is hij aan het zuipen en feesten geslagen – drie keer raden waar.'

'Net als gisteravond.'

'Gewoontedier.'

'Mooi. Stop maar. Het heeft geen zin meer om daar vanavond nog langer rond te hangen.'

'Wat ben je verder van plan?' vroeg hij, en zijn stem werd een beetje schor.

'Ik zit te eten met een vriend van de Canadese High Commission, en daarna heb ik een afspraak met een Guyanese overheidsfunctionaris. We zien elkaar morgen, dan kunnen we afrekenen.'

Vanuit haar ooghoek zag ze de gastheer van het restaurant heen en weer drentelen. Zodra ze het gesprek had beëindigd liep hij naar hun tafeltje. 'Er zitten beneden een paar mensen op u te wachten,' zei hij.

'Belt u maar naar beneden en zeg maar dat ik eraan kom, en brengt u alstublieft de rekening.'

'Ik betaal,' zei Lafontaine.

'Geen sprake van,' zei ze. 'Je hebt vandaag al genoeg voor me gedaan.'

Terwijl ze op de rekening zaten te wachten vroeg Lafontaine: 'Mensen? Ik dacht dat je maar één persoon zou ontmoeten.'

'Ik ook.'

'Vind je het goed dat ik meeloop naar beneden?'

'Prima.'

In de lounge zaten drie mensen: twee lange zwarte mannen die zo uit de sportschool leken te komen voor een fotoshoot van *Esquire*, en een heel bleke, forse man met een sluwe glimlach en een fonkeling in zijn donkerblauwe ogen.

'Jezus, dat is Robbins,' zei Lafontaine.

De drie stonden op toen Ava en Lafontaine dichterbij kwamen, en ze schrok van de imposante gestalte van Robbins. Zijn mannen waren al bijna twee meter lang, maar Robbins was nog een kaalgeschoren hoofd groter. Zijn buik bulkte onder een overhemd van zwart satijn dat over een zwarte jeans hing, zijn gezicht was rond en vlezig. De onheilspellende indruk werd versterkt door zijn omvang. En dan was er zijn huid, met de kleur van papier. In een land waar iedereen een huidskleur ergens tussen zwart en licht getint had, was hij een spook.

Zijn blik trof de hare en liet niet los.

'Ah, brigadier Lafontaine,' zei Robbins, met zijn blik nog op Ava gericht. 'Dus u was degene die Ms. Li mijn telefoonnummer heeft gegeven?'

'Captain.'

'Wat zal ik ervan zeggen dat u deze jonge vrouw op me hebt losgelaten?'

'Ik begrijp niet wat u bedoelt.'

'Waarom zou u ook? Kijkt u eens goed naar haar, afgezwaaid op Havergal, klein en tenger, welgemanierd, typisch een Chinees popje. En dan... Maar ik ben erg onbeleefd. Dit is Patrick en dit is Robert,' zei hij, met een gebaar naar zijn mannen. 'Ik vond dat u kennis met ze moest maken,' zei hij tegen Ava, 'en eerlijk gezegd wilden zij ook graag kennismaken met u.'

'Ik was eigenlijk van plan, Mr. Lafontaine, om Patrick naar Ms. Li te sturen, maar na wat er vandaag is gebeurd kon ik de verleiding niet weerstaan om haar zelf te ontmoeten. Robert, leg eens uit, wil je?'

'Ik werd vandaag gebeld door de politie nadat ze bij de dijk twee mannen hadden opgepikt,' zei Robert.

Robbins onderbrak hem. 'Het schijnt dat een jonge Chinese vrouw daar aan het joggen was toen ze die mannen tegenkwam. De twee zijn bij ons bekend, het zijn niet bepaald voorbeeldige burgers. Een paar aanklachten wegens diefstalletjes, een paar ernstiger verdenkingen van verkrachting, overigens nooit bewezen... Toch kwamen ze met een interessant verhaal. Ze beweren dat ze op de zeedijk gewoon een beetje zaten te niksen toen deze jonge vrouw voorbijkwam. Ze hebben toegegeven dat ze enigszins verlekkerd naar haar hebben gekeken, en misschien hebben ze ook wel een paar ongepaste opmerkingen ge- maakt, maar dat rechtvaardigt uiteraard niet de aanval waar dat toe leidde. Van een van hen werd de neus verbrijzeld. Bij de ander werd de luchtpijp in elkaar gedrukt, en hij mag blij zijn dat hij nog leeft. Het gaat hier niet om kleine mannetjes, Mr. Lafontaine. Ik durf te wedden dat u en ik het een hele uitdaging zouden vinden om die twee in één keer voor onze rekening te nemen. U jogt toch, Ms. Li?'

'Af en toe.'

'De mishandelden, of zo u wilt de misdadigers, zeiden dat de vrouw in kwestie uit dit hotel kwam. En voor zover we kunnen nagaan is Ms. Li de enige Chinese vrouw die hier verblijft.' Robbins keek haar strak aan, met een niet eens zo onvriendelijke uitdrukking. 'Dus vertelt u eens, hoe verklaart u de schade die u deze mannen hebt berokkend?'

'Ik heb me ingehouden.'

Robbins barstte in lachen uit, Patrick en Robert volgden. Marc Lafontaine trok een gezicht alsof hij bij de verkeerde huwelijksrecep- tie was binnengelopen.

'Marc, ik heb wat zaken te bespreken met Captain Robbins, daar kun je beter niet bij zijn,' zei Ava zacht.

'Ms. Li heeft volkomen gelijk. We hebben inderdaad zaken te bespreken, Mr. Lafontaine,' zei Robbins terwijl hij de tranen uit zijn ogen veegde. 'Geen plek voor u.'

Lafontaine wilde iets zeggen maar Ava was hem voor. 'Ik bel je wel als ik je nodig heb.'

Ze stonden hem nog even na te kijken, de drie mannen grinnikten nog na. 'Hoe kon ik na dit verhaal Patrick nog in zijn eentje op u afsturen? Stel dat hij u had beledigd?'

'Steekt u alstublieft niet de gek met mij of met de situatie waarin ik me bevond. Ze wilden me verkrachten. Ik heb met ze afgerekend, meer niet.'

'Mijn excuses,' zei Robbins. 'Gaat u zitten.' Robbins ging ook zitten, zijn twee mannen stelden zich aan weerszijden van zijn stoel op. 'Ik heb zoals u weet twee dochters en kan me de situatie waarin u zich vanmiddag bevond maar al te goed voorstellen. Het idee dat iemand die dat bij mijn meisjes zou proberen dezelfde behandeling zou krijgen bevalt me wel. Alleen zie ik mijn dochters nog niet zo gauw dit soort schade aanrichten. U bent een verbazingwekkende jonge vrouw, Ms. Li. Daarom wilde ik u persoonlijk ontmoeten. Ik dacht dat u de bouw van een mannetjesputter zou hebben, maar als ik u zo zie zitten schat ik u zelfs in drijfnatte kleren op nog geen honderd pond.'

'Ik stel het op prijs dat u bent gekomen,' zei Ava.

'Ik zit aan een biertje. Wat kan ik voor u bestellen?'

'Niets, dank u. Ik ben verzadigd.'

'U spreekt als iemand die van Havergal komt.'

'Dat kom ik ook.'

'Ik geloof u. En wat zijn dat voor zaken waar u bij betrokken bent? Het lijkt me niet typisch iets voor een oud-leerling van Havergal.'

'Ik ben forensisch accountant. Ik zoek geld dat verduisterd is en probeer het bij de rechtmatige eigenaar terug te brengen.'

'En hier in Guyana ligt geld dat verduisterd is?'

'Nee, het geld is op de Maagdeneilanden, maar de dief is hier.'

'Naam?'

'Jackson Seto.'

Robbins vertoonde geen enkel teken van herkenning, en ze voelde een golf van optimisme in zich opwellen. Als de naam hem niets zei zat Seto vast niet zo hoog in de voedselketen.

'Jongens, kunnen jullie me even bijpraten?' vroeg Robbins.

Patrick leunde naar voren en fluisterde iets in Robbins' oor.

De Captain keek haar aan en zei: 'Wilt u ons een minuutje excuseren, Ms. Li? We hebben even een onderonsje.'

Ze liep naar de lobby en ging daar nadrukkelijk met haar rug naar hen toe zitten. Voor haar gevoel nog geen minuut later werd ze zachtjes op haar schouder getikt. Patrick stond op haar neer te kijken. 'De Captain wil u nu spreken.'

Ze waren nu met zijn tweeën, de mannen waren naar de lobby verhuisd.

'Seto is een vriend van een vriend,' zei Robbins.

'Ik wil een betere vriend zijn.'

De Captain plaatste zijn vingertoppen tegen elkaar en bracht ze naar zijn neus. 'Van wie?'

'Dat is aan u.'

'Vertelt u eens, wat bent u met die Seto van plan?'

'Ik moet hem ervan zien te overtuigen dat hij het geld moet teruggeven.'

'Met behulp van logica?'

'Ja.'

'En als dat niet lukt?'

Ze haalde haar schouders op.

'En wat wordt er van ons verwacht?'

'Dat u zich erbuiten houdt. Dat u iedereen erbuiten houdt.'

'Dat klinkt nogal simpel.'

'Ik sluit niet uit dat ik op enig moment wat actieve ondersteuning zou kunnen gebruiken.'

Zijn ogen glinsterden en ze vroeg zich af waarom hij zo geamuseerd keek.

'Er is een substantieel verschil tussen de andere kant op kijken en actief betrokken raken bij wat u voor ogen staat,' zei Robbins.

'Alles heeft zijn prijs.'

'U bent een huurling, Ms. Li.'

'Ik ben accountant.'

'Precies.'

'Ik weet natuurlijk pas wat voor soort hulp ik nodig heb als ik daadwerkelijk in contact sta met Seto en hem onder vier ogen heb gesproken.'

'Maar geeft u me in elk geval enig idee.'

'Ik zou graag alle informatie die u over hem hebt ontvangen. U hebt vast wel ergens een dossier.'

'Dat is niet zo moeilijk.'

'En hij heeft een Vietnamese lijfwacht. Die zou ik graag achtenveertig tot tweeënzeventig uur uit de roulatie willen hebben.'

'Gaat u verder.'

'Seto schijnt elke avond naar Eckie's te gaan. Daar wil ik met hem aan de praat raken. Als hij niet voldoende meewerkt heb ik een plek nodig om hem mee naartoe te nemen. Ik kan hem moeilijk mee naar het hotel nemen. Zijn huis zou de ideale plek zijn, maar ik weet niet of dat haalbaar is, dus ik moet een noodscenario achter de hand hebben.'

'U beseft toch wel dat het steeds duurder wordt?'

'Als ik hem echt voortdurend moet verplaatsen heb ik wat fysieke hulp nodig, dus dan zou u iemand beschikbaar moeten stellen.'

'Anders nog iets?'

'Voorlopig niet.'

'Dat is heel wat keren "als".'

'Ik hou graag rekening met het ergste.'

'U weet wel dat hij een paar vrienden van hem betaalt om zijn belangen te behartigen?'

'Ik betaal ze meer.'

'Dat is maar eenmalig. Hij betaalt elk jaar. En dan nog al die mitsen en maren. Waar komen die terecht in het rekensommetje?'

'Gaat u er maar van uit dat ik alle hulp nodig heb die ik heb genoemd, en noemt u me dan een bedrag waarin alle kosten zijn meegenomen en waar alle betrokken partijen beter van worden.'

Hij zette het bierflesje aan zijn mond en nam een beschaafde slok. 'Ik ben niet goed in getallen,' zei hij.

Ava was niet van plan om als eerste een bod op tafel te leggen. Het was Ooms basisbeginsel bij onderhandelingen: laat de tegenpartij de eerste zet doen. Niet dat ze het advies nodig had. Haar moeder hanteerde het al haar leven lang, bij elke transactie, hoe klein ook. Zelfs in de Chanel-boetiek in Toronto beschouwde ze het prijskaartje louter als openingsbod in het onderhandelingsproces. Ava had zich die wijze les eigen gemaakt. Ze draaide haar handpalmen omhoog, alsof ze geen idee had waar ze moest beginnen, ving zijn blik en liet hem zo weten dat ze op hem wachtte.

Hij slaakte een diepe, geïrriteerde zucht. Ze kon hem bijna horen rekenen. Hoeveel geld zou ze hier binnenhalen? Hoeveel had Seto hier nodig gehad? Een fortuin kon het niet zijn; hij zat tenslotte in Guyana, niet op de Kaaimaneilanden. Welk percentage zou deze man claimen?

'Met tweehonderdduizend hebt u alle nodige ondersteuning,' zei hij.

Ze had een hoger bedrag verwacht. 'Dat is te veel, Captain. Met dat bedrag zullen mijn cliënten nooit akkoord gaan.'

'Dus?'

Ze mocht hem niet beledigen. Ze hadden wel eerder voor hulp betaald, soms wel tot tien procent van het binnen te halen bedrag. Maar daarbij waren ze uitgegaan van een geslaagde actie. Dit was een betaling zonder garanties. De enige garantie die ze had was dat ze zonder de Captain waarschijnlijk geen enkele kans op succes had.

'Honderdduizend, in Amerikaanse dollars uiteraard,' zei ze.

'Cash?'

'We betalen bij voorkeur via internet.'

'Vooraf betaald.'

Oom had een hekel aan vooruitbetalen. De helft vooraf, de helft bij de afrekening, meer concessies had hij nooit willen doen. Maar wat de Captain vroeg was geen verzoek maar een voorwaarde. Ze voelde intuïtief aan dat een poging tot onderhandelen het tot nu toe soepel lopende proces zou verstoren. Oom zou ermee moeten leven.

'Ja, vooraf betaald.'

Op het gezicht van de Captain verscheen een glimlach. 'Oké, ik ga met mijn vrienden praten. Kunnen ze zich in de regeling vinden dan laat ik het u weten en krijgt u gegevens over de wijze van betaling.' Hij knikte in de richting van Robert en Patrick. 'U heeft de jongens ontmoet. Als het zover is leen ik een van hen aan u uit als, uhm, tussenpersoon. Heeft u een voorkeur?'

'Wie is de senior?'

'Patrick.'

'Dan neem ik hem.'

'Gesteld dat we zaken doen.'

'Gesteld dat.'

24

Ava belde het nummer dat Lafontaine haar had gegeven en kreeg zijn voicemail. Ze liet een boodschap achter met excuses voor de manier waarop hun etentje was geëindigd. Verder niets. Als de zaken volgens plan liepen hoefde ze hem niet nog eens te spreken.

Oom nam direct op toen ze belde. 'Ava, wanneer ben je klaar met dit project?'

Ava was even van haar stuk. Niets voor Oom om een project te overhaasten. 'Ik weet het niet precies. Twee dagen, misschien drie. Ik ben vandaag aardig opgeschoten... Is er iets gebeurd?'

'We hebben een enorme klant binnengehaald. Heb je wel eens van Tommy Ordonez gehoord?'

'Die Filippijnse biljonair?'

'Die bedoel ik. Hij is etnisch Chinees, eigenlijk is zijn achternaam Chew, maar die heeft hij veranderd om met de Filippino's te assimileren. Hij heeft hier in Hongkong een broer, David Chew, en een broer in Vancouver, Philip Chew. Tommy is de oudste, dus al het geld van de familie loopt langs en via hem. Hij heeft me vandaag via een vriend gebeld.'

'Tommy Ordonez werd belazerd bij een deal en wil dat wij achter zijn geld aan gaan?'

'Ben je mal, Tommy wordt nooit belazerd. Die broer in Vancouver is een beetje dom geweest. Iemand die duidelijk niet weet dat hij Tommy's broer is, heeft de familie bij een grootscheepse grondzwendel ruim vijftig miljoen afhandig gemaakt. Als het in de Filippijnen of China of waar dan ook in Azië was zou Tommy zijn eigen boontjes doppen. Maar Canada is een andere wereld. Dus een vriend verwees hem naar mij. We hebben het contract binnen. Het tarief moest wel wat omlaag, maar ook weer niet zoveel.'

'Ik heb op zijn minst nog drie dagen nodig, en ik kan niks beloven.'

'Als Tam niet de neef van mijn vriend was… Drie dagen, denk je?'

'Minimaal.'

'Hoe ver zijn we?'

'Ik heb hem gevonden. Ik heb denk ik de bazen hier kunnen omkopen. Nu moet ik Seto nog te pakken krijgen en Tam zijn geld terugbezorgen.'

'Wat was je kwijt aan de bazen?'

'Honderdduizend, vooruit te betalen, alles via internet.'

'Je weet toch…'

'Ik weet het,' zei Ava, harder dan ze wilde. 'Op een andere manier lukt het niet, en zonder hen ben ik nergens. Het is hier net zo'n Chinees gat in de provincie, waar één vent de baas is over iedereen en alles, en waar niks gebeurt zonder zijn toestemming. In dit geval geeft de grote baas pas groen licht als het geld vooraf wordt betaald.'

'Is hij zo machtig? En is het zo'n drammer?'

'Ja en ja.'

'Oké, Ava, duidelijk. Naar welk adres moet ik het sturen?'

'Dat weet ik morgen pas.'

'Zodra je het weet…'

'Oom, u weet niet hoe snel ik hier weg wil om Tommy Ordonez de gelukkigste man van de Filippijnen te maken.'

'Sorry.'

Ze was niet gewend excuses te krijgen van Oom. Als hij zich vergiste – en dat gebeurde maar zelden – corrigeerde hij zichzelf met de mededeling dat de situatie was veranderd, zonder te erkennen dat er een fout was gemaakt. En zij accepteerde die verandering natuurlijk als een gegeven en ging er nooit verder op in. Het was voldoende dat ze het allebei wisten: zij hoefde niet respectloos te zijn door er iets over te zeggen en hij hoefde geen nadere uitleg te geven. Ze vermoedde dat hij zich schuldig voelde omdat hij Tommy Ordonez op haar dak schoof terwijl de klus voor Tam nog in volle gang was.

'Laat me de zaak hier afmaken,' zei ze, 'en daarna zorgen we dat de Chews weer één grote gelukkige familie worden.'

Ava kroop in bed met de roman van James Clavell. Ze sliep verbazingwekkend goed en werd pas om acht uur wakker. Ze sloeg het ontbijt en Tom Benson over en kon zonder incidenten een eind hardlopen. Toen ze terugkwam in het hotel zat Patrick in de lobby te slapen, met zijn hoofd tegen de rugleuning van een stoel en zijn mond halfopen.

Ze tikte op zijn arm. Hij snurkte even en onmiddellijk waren zijn ogen open en alert.

'Ik heb hardgelopen,' zei ze.

'Ja, dat zeiden ze. Hier, dit moest ik aan u geven van de Captain. Dit hebben we gisteravond over Seto kunnen verzamelen.' Hij gaf haar een enveloppe. 'Hij komt hier al jarenlang om de zoveel tijd, vooral voor viszaken, maar de laatste tijd komt hij alleen maar wat rondhangen. Hij heeft nooit problemen veroorzaakt.'

'Omdat iemand heeft besloten hem met rust te laten of omdat hij zo'n heilig boontje is?'

'Wie zal het zeggen, maar als ze hem met rust hebben gelaten dan is dat omdat hij nooit zijn boekje te buiten is gegaan.'

'Wie is die vrouw?'

'Anna Choudray. Ze zijn een jaar of zes bij elkaar. Toen ze elkaar ontmoetten was zij een barmeisje. Ze zijn niet getrouwd, maar hij is vast erg dol op haar, want ze is de officiële eigenaar van het huis in Malvern Gardens. De Vietnamees is Joey Ng. Hij reist met een Amerikaans paspoort, net als Seto. Hij is hier niet nieuw, hij is hier al een paar keer met Seto geweest.'

'Ik heb gehoord dat Seto hier komt als hem ergens anders de grond te heet onder de voeten wordt.'

'Zou kunnen. Maar zoals ik zei, hier zorgt hij niet voor problemen.'

Ze wiste het zweet van haar voorhoofd. 'Ik moet me nog douchen en verkleden. Dat duurt ongeveer een halfuur. Blijf je mee ontbijten?'

'Natuurlijk.'

'Betekent dit dat de Captain onze regeling heeft geaccepteerd?'

'Anders zat ik hier niet.'

'En jij bent mijn... tussenpersoon?'

'Dat woord gebruikte hij niet, maar hij zal wel zoiets bedoeld hebben, neem ik aan.'

'En de bankgegevens?'

'In de enveloppe.'

De douche kon wel wachten. Ava ging direct naar het businesscentrum, opende de enveloppe en mailde Robbins' bankgegevens naar Oom en de Hongkongse boekhouder die hun elektronische overboekingen verzorgde. Het was daar nu midden op de avond, dus tot de volgende ochtend gebeurde er niets. Rekening houdend met vierentwintig uur transfertijd had Robbins pas over twee hele dagen de overboeking binnen. Twee dagen hier rondhangen trok haar niet erg aan, daarom vroeg ze de boekhouder om de overboeking te scannen en aan haar te mailen. De overboeking zou worden verzorgd door de Kowloon Light and Power Bank, eigendom van een paar vrienden van Oom, naar het filiaal op de Caymaneilanden van een officiële Canadese bank. Kowloon Light and Power had een zodanig aanzien dat de Canadese bank beslist niet moeilijk zou doen over het bedrag. Misschien zou Robbins genoegen nemen met een kopie van de overboeking en haar het groene licht geven voordat hij daadwerkelijk over het geld beschikte.

Het kostte haar bijna een uur om de zaak te regelen. Dat leek Patrick, die weer in slaap was gevallen, niet te storen. Een licht duwtje was genoeg om hem wakker te krijgen. 'Wil je koffie?' vroeg ze.

'Graag, maar niet hier. De koffie is hier niet te drinken.'

Ze klommen in een Toyota pick-up die op de Niet Parkeren-strook van het hotel stond. Hij zigzagde door het inmiddels vertrouwde centrum.

'Ik heb de bank al instructies gestuurd. De overboeking wordt in de komende twaalf uur geregeld. Zodra die verstuurd is zorg ik dat je een kopie krijgt,' zei ze.

'Ik hoef dit allemaal niet te weten, dus je kunt hier beter niet meer over praten. Stop de gegevens maar in een dichtgeplakte enveloppe. De Captain houdt dat soort informatie liever tussen hem en lui als jij. Mijn instructies zijn een stuk simpeler.'

'Zoals?'

'Ng onschadelijk maken. En doen wat ik kan om jou te helpen met Seto.' Hij keek haar doordringend aan. 'Volgens de Captain incasseer je vorderingen. Hij zegt dat je wel een heel apart type moet zijn om in je eentje hierheen te komen en honderdduizend dollar over te maken alsof het niks is.'

'Daar verdien ik mijn brood mee,' zei ze. 'Maar Ng uitschakelen, wordt dat nog lastig, denk je?'

'Voor ons geen probleem. Hoe zit dat bij jou met Seto?'

Ze mocht Patrick nu al. Hij was direct zonder bot of agressief te zijn, zelfverzekerd en assertief.

'Die zal ik bij Eckie's wel tegenkomen en dan proberen te overtuigen dat het in zijn eigen belang is om mee te werken.'

'En wat zeg je dan? "Alstublieft, geeft u me die bom geld terug die u hebt gejat?"'

'Zoiets, ja,' lachte ze.

'En werkt dat wel eens?'

'Je zou nog staan te kijken. Zodra ze weten dat ik ze heb gevonden en zodra ze weten dat ik het geld heb achterhaald hebben de meesten wel door dat ze bij mij de grootste kans hebben om het geld terug te geven met behoud van – hoe zal ik het zeggen – hun fysieke welzijn. Je moet bedenken dat ik als Chinese te maken heb met Chinezen: in Hongkong of New York, in Toronto of Vancouver, en al onze klanten zijn Chinees. Ze gaan er altijd van uit dat ik door de Triad, de Chinese maffia, ben gestuurd en dat er vier kerels met machetes naast hun bed komen staan als ze met mij geen deal treffen.'

'De Captain denkt ook dat je van de Triad bent.'

'Ik heb geen kerels met machetes in het hotel zitten,' zei ze glimlachend. 'En ik heb geen tatoeages. Iedereen weet dat Triads tatoeages hebben.'

'Denk je dat Seto net zo coöperatief is als je Chinezen in Hongkong?'

'Eigenlijk niet, nee. Hij denkt dat hij hier bescherming geniet. Dus ik denk dat ik al bij plan B zit.'

'Geen koetjes en kalfjes dus?'

'Nee.'

'Wat ga je dan doen?'

'Vertel jij eerst maar eens hoe je Ng gaat aanpakken.'

'Op grond van onze nationale veiligheidswetgeving mogen we iedereen die wordt verdacht van antiregeringsactiviteiten arresteren en een week lang zonder aanklacht en zonder advocaat vasthouden. Ze mogen zelfs geen telefoongesprek voeren. Die wet gebruiken we om Ng buitenspel te zetten zo lang jij het nodig vindt. En nu mag jij mij wat over Seto vertellen.'

'Hij schijnt elke avond naar Eckie's te gaan. Daar gaan we de confrontatie aan. Het is een klein en graatmager stuk vreten, dus volgens mij is het een fluitje van een cent om hem de handboeien om te doen en de deur uit te werken. We nemen hem mee naar zijn huis. Als die vrouw ook in de club is gaat ze mee. Is ze er niet, dan nemen we haar thuis onder handen.'

Pas toen hij voor Donald's Doughnut Shop stopte zei hij weer iets. Ze keek om zich heen; de buurt was nog erger verloederd dan het centrum van Georgetown.

'Ik woon daarginds,' zei hij, en hij wees naar een kleine rode bunga-low aan het eind van de straat. 'Dat is mijn moeders huis.'

Ze stapten uit en gingen het restaurant binnen. Ze namen zo ver mogelijk van de ingang een tafeltje. De koffie was geen instant, maar ze klaagde niet. Haar donut droop van het vet. Zwijgend at ze hem op.

'Seto is mede-eigenaar van Eckie's,' zei Patrick tussen twee happen door. 'Zo hebben onze mensen hem leren kennen. Eckie's is niet hele-maal legaal. Daar bedoel ik mee dat clubs in het algemeen eigenlijk niet legaal zijn, dus als je zo'n tent wilt runnen moet je het met de juis-te personen op een akkoordje zien te gooien.'

'Staan er uitsmijters voor de deur of heb je de kans dat een van zijn partners zich ermee gaat bemoeien?'

'Als ze weten dat wij er iets mee te maken hebben houden ze zich er wel buiten. Horen, zien en zwijgen.'

'Dan maar hopen dat hij naar Eckie's gaat.'

'Stel dat wij er niet bij betrokken waren, hoe zou je dan – ik bedoel, wat doe je in andere zaken als ze niet meewerken?'

'Je hebt altijd meer mogelijkheden,' zei ze. 'Het belangrijkste is dat je van tevoren bedenkt welke methode het beste werkt. Als ik denk dat de directe benadering kans van slagen heeft, dan ben ik direct. Als ik denk dat er verzet komt ga ik discreter, minder openlijk, te werk. Als ik alleen moest werken in een zaak als die van Seto, zou ik zoiets als chloraalhydraat gebruiken om mijn positie te versterken.'

Hij trok een wenkbrauw op. 'Jezus, dat woord heb ik al een tijd niet gehoord.'

'Ik weet het, het is een beetje ouderwets. Maar het werkt. Iemand die bijkomt met zijn handen en voeten vastgebonden, een blinddoek voor zijn ogen en een doek voor zijn mond wil maar wat graag mee-werken. Het brengt onvermoede eigenschappen naar boven en brengt mijn fantasie op gang. Met jou erbij is dat niet nodig, maar ik tape wel zijn ogen en mond dicht totdat we bij zijn huis zijn.'

'Geen probleem.'

'Waar kom je eigenlijk vandaan?' vroeg ze plotseling. 'Je hebt het-zelfde accent als de Captain. Ik kan het niet plaatsen, maar ik weet dat het niet van hier is.'

'Barbados, we zijn allebei Barbadanen. Je zult het misschien niet geloven, maar mijn grootmoeder was zijn kindermeisje. Hij is meer dan dertig jaar geleden hierheen verhuisd en heeft hier roem en fortuin vergaard. Ik zat als jongen behoorlijk in de nesten, dus belde Oma de Captain en vroeg of hij mij onder zijn hoede wilde nemen. En zo ben ik met mijn moeder en zuster hiernaartoe gekomen. Het is geen Barbados, maar we maken het prima.'

'De Captain is een indrukwekkend mens,' zei ze.

'De Captain runt dit ellendige landje,' zei hij. 'Hij houdt de wilde beesten in toom.'

Ze onderdrukte een opmerking over de gaten in de weg, het bruine water en de defecte stroomvoorziening. 'Is dát even fijn,' zei ze.

'Wat ga je vandaag doen?' vroeg hij.

'Ik moet nog een paar boodschappen doen. Veel meer valt er niet te doen voordat ik het groene licht krijg van de Captain.'

'Ik weet het.' Patrick gaapte. 'Het is laat geworden gisteren. Ik ga denk ik maar eens naar de sportschool om een beetje op gang te komen. Zin om mee te gaan?'

'Nee, ik heb vanmorgen al gelopen. Het is goed zo.'

'Bobby en ik hadden het er gisteravond nog over, hoe je die twee klojo's te pakken hebt genomen. Het zijn allebei geen watjes, dus we hadden geen idee hoe je 'm dat geflikt hebt. Toen kwam ik op het idee dat je het misschien op de sportschool kan laten zien.'

'Ik doe aan bak mei, en dat leer je niet op een sportschool.'

'Nooit van gehoord.'

'Dat is een Chinese gevechtssport.'

'Zoals karate en kung fu?'

'Zoals kung fu maar dan zonder kung fu. Over bak mei worden geen films gemaakt.'

'Wat is het dan wel?'

'Het is heel oud en heel Chinees, eigenlijk taoïstisch. In de westerse wereld is het nooit aangeslagen omdat het niet mooi is om te zien en omdat je er geen sport van kunt maken. Het is puur functioneel en bedoeld om schade aan te richten. En als het in het extreme wordt toegepast kan het dodelijk zijn. Die twee waren eigenlijk een makkie.'

'Wordt er ook bij geschopt?'

'Alleen beneden de gordel.'

'Leuk. En waar heb je dat geleerd?'

'Ik deed al aan vechtsport en ik was er goed in, zo goed dat een van de leraren me apart nam en vroeg of ik wel eens van bak mei had gehoord. Dat had ik niet. Hij legde me uit dat het een geheime bewe-

gingskunst was, heel vroeger zelfs een verboden kunst, en dat het alleen één op één werd geleerd, van vader op zoon en van meester op
leerling. Hij vroeg of ik het wilde leren. Toen ik zei dat ik dat wel wilde,
stuurde hij me naar grootmeester Tang. En leren doe ik nog steeds.'

'Laat eens wat bewegingen zien.'

'Het is niet iets om te demonstreren.'

'Geen gespring en gehuppel?'

'Ben bang van niet.'

Patrick dacht dat Ava hem voor de gek hield, en dat ze zou opsprin-
gen en in vechthouding gaan staan. Toen dat niet gebeurde zei hij:
'Flauw hoor.'

'Zal best.'

'Wat kan ik verder voor je doen?' vroeg hij.

'Ik denk dat ik maar terugga naar het hotel.'

'Je bent echt flauw.'

'Zeker weten.'

Een uur later zat Ava in haar rotan stoel met James Clavell op
schoot. De tijd ging veel te langzaam. Ze bleef twee uur lang lezen en
was toen zo rusteloos dat ze niet kon blijven zitten. Ze ging naar het
businesscentrum, logde in en dacht na over Tommy Ordonez. Een
van haar principes was om niet aan de volgende zaak te denken voordat de lopende zaak was afgesloten. Ze had het twee keer gedaan en
het had haar beide keren ongeluk gebracht. Ze aarzelde en dacht toen:
wat maakt het uit. Ze was op zijn minst even nieuwsgierig als bijgelovig.

Ze googelde naar Tommy Ordonez. Hij leek de helft van de Filippijnen te bezitten. Het was een verleidelijke klus, qua omvang, qua
betrokkenen. Maar waarom was Ordonez eigenlijk naar Oom gestapt? Vanuit welk standpunt ze het ook bekeek, ze kon geen enkele
zinnige reden bedenken. Ze vroeg zich af wat voor deal Oom met
hem, of liever gezegd, met hen, had getroffen. Hoe ouder ze werd, hoe
minder flexibel, had ze gemerkt. Als hun tarief dertig procent was, wat
maakte het dan uit of ze tien miljoen of honderd miljoen binnenhaal-
den? De klant was een groot bedrag kwijt, en als zij echt de laatste stro-
halm was, stelde dertig procent niets voor. Ze hield van Oom en had
enorm veel respect voor hem, maar ze vond dat hij zich soms te mee-
gaand opstelde tegenover mensen boven zich in de hiërarchie. Daar
moest ze het eens met hem over hebben. Maar niet nu.

Voor misschien wel de tiende keer sinds ze Seto's rekeningnummer bij Barrett's had gekregen ging ze naar de website van de bank. Ze klikte Inloggen aan en typte het rekeningnummer van S&A in. Het wachtwoord werd gevraagd. Zoals altijd deed ze zelfs geen poging om het te raden. Ze was altijd op haar hoede bij websites van banken. Die waren extreem gevoelig, en ze was bang dat het intypen van een verkeerd wachtwoord een reactie zou veroorzaken, en geen enkele reactie zou in haar voordeel zijn. Ze wilde alleen maar checken of de rekening nog actief was, en dat was het geval.

Ze nam aan dat de overboeking diezelfde avond zou worden verstuurd en dat de Captain de volgende ochtend de bevestiging kon hebben. Met een beetje geluk stond het geld nog dezelfde dag op zijn rekening. Zo niet, dan moest ze hem met een beetje mooipraterij de toestemming ontlokken om morgenavond met Patrick en wie ze er verder ook bij wilden hebben, op Seto af te gaan.

Het liep allemaal prima bij dit project. Het geld was bijna lachwekkend simpel te vinden geweest, en toen ze Seto eenmaal had gevonden was hij een makkelijke prooi geweest. De enige hobbel vormden de Captain en zijn bemanning. Maar als alles volgens plan verliep had Tam binnen vierentwintig uur het grootste deel van zijn geld terug en zat zij de ochtend daarna op het vliegtuig naar Toronto.

25

De overboeking was de vorige avond verzonden, Ava had twee exemplaren van de bevestiging uitgeprint. Ze belde naar het kantoor van de Captain en werd direct met Robbins doorverbonden.

'Ava, heb je goed nieuws voor me?'

'De overboeking is gisteravond verstuurd. Ik heb de bevestiging hier, zal ik die even komen brengen?'

'Is Patrick daar?'

'Dat weet ik niet. Ik ben nog niet beneden geweest.'

'Hij zou er wel moeten zijn. Geef maar aan hem en vraag of hij die brengt.'

'Ik kan het zelf ook wel doen.'

'Nee, beste meid, geef hem nou maar aan Patrick.'

'Het geld staat vandaag waarschijnlijk op de rekening.'

'Dat zou mooi zijn.'

'Als dat niet het geval is, hoop ik dat u de bevestiging accepteert als bewijs en dat we vanavond Seto mogen aanpakken.'

'Dat is een mogelijkheid,' zei hij. 'Ik hou er niet van om zaken nodeloos te vertragen. Laat me die opdracht maar zien, dan vertel ik Patrick wel wat er moet gebeuren.'

'Dank u.'

Patrick zat in de lobby de krant te lezen. Hij glimlachte toen hij haar zag en hield de krant omhoog. Er stond een foto in van de man wiens neus ze had platgeslagen. 'Hij beweert dat hij langs de dijk liep toen hij heel gemeen werd aangevallen door een vrouw met een cricketbat. De krant waarschuwt de lezers om goed op te letten totdat de politie de dader heeft.'

'Wat stom van hem om op die manier de aandacht te trekken.'

'Hij heeft een leven van niks. Nu staat hij de hele ochtend in de schijnwerpers. Dat soort dingen gebeurt hier voortdurend. Er overkomt ze iets afschuwelijks en in plaats van hun mond te houden, vinden de slachtoffers het nodig om het over de hele wereld, nou ja, over heel Georgetown, rond te bazuinen.'

'Kijk eens,' zei ze, en ze gaf hem een enveloppe van het hotel. 'Zou je dit naar de Captain willen brengen? Hij zit erop te wachten.'

Dankzij de bereidwillige serveerster zat Ava in het café aan haar tweede kop Starbucks-instant, toen Patrick terugkwam. Ze concludeerde dat het kantoor van de Captain in de buurt moest zijn.

Hij ging met een tevreden uitdrukking op zijn gezicht zitten. 'De groeten van de Captain. We kunnen vanavond aan de slag.'

Ze begon te stralen. Nog één dag en ze zat achter een portie fatsoenlijke dimsum.

'En Seto's vrienden? Wat hebben die te horen gekregen?'

'De Captain heeft al even gebabbeld met de belangrijkste figuur. Hij zal hem uit beleefdheid nog even bellen om te laten weten dat het vanavond zover is. Dan weet de rest het binnen de kortste keren.'

'Is het niet te vroeg?'

'Dan ken je de Captain nog niet,' zei Patrick. 'Alles gebeurt zoals hij het wil en wanneer hij het wil, altijd. Je hebt zijn toezegging, en als bewijs daarvan zit ik hier. Niemand die er ook maar aan zou denken om Seto te waarschuwen. Ze zouden niet durven. Wee degene op wie de Captain woedend is.'

'En wat gaan we precies doen?'

'Mijn mensen houden een oogje op Seto. We krijgen een seintje als hij vertrekt uit Malvern Gardens.'

'En als hij van zijn dagelijkse routine afwijkt?'

'Dan bedenken we wel iets.'

Ava was nogal uit haar doen door zijn nonchalante houding. Ze was gewend om alleen te werken en alles tot in detail voor te bereiden, op het obsessieve af. Nu moest ze met een ploeg samenwerken waar ze niet de baas over was, en accepteren dat haar plannen niet alleen afhankelijk waren van de grillen van Seto.

Patrick merkte dat ze er moeite mee had. 'Ava, dit is Guyana. Aan het eind van de dag heb je Seto, op wat voor manier ook, omdat de Captain zegt dat het moet gebeuren. Gebeurt dat bij Eckie's, mooi. Gebeurt dat ergens anders, wat dan nog?'

'Wat kan ik vanmiddag het beste gaan doen?'

'Wat je maar wilt. Zwemmen, hardlopen, een paar autochtonen in elkaar slaan. Ik pik je hier om zes uur op en dan gaan we richting stad, zetten de auto in de buurt van het restaurant en wachten op Seto.'

Ava besloot nog maar een rondje te gaan hardlopen. Toen ze terug was in het hotel nam ze een douche en daarna ging ze naar beneden. Ze nam in het restaurant toast met jam en doodde wat tijd achter de computer, maar toen ze terugging naar haar kamer was het pas vier uur. Ze zette voor het eerst sinds ze daar was de tv aan en bekeek oude afleveringen van *M*A*S*H* en de *Bob Newhart Show*.

Zes uur en nog steeds geen bericht van Patrick. Ze checkte en dubbelcheckte de sporttas met allerlei spullen die ze bij Seto nodig zou hebben. Ze legde ook alvast haar bagage klaar voor de thuisreis.

Om halfzeven dacht ze erover om Patrick te bellen maar zag daarvan af, bang om te gretig en amateuristisch over te komen.

Het was bijna zeven uur toen de zoemtoon van haar mobiel overging.

'Ja?'

'Hij is op weg richting centrum. Ik pik je over vijf minuten op. Zorg dat je buiten staat.'

Patrick stond al bij de ingang toen ze zich eindelijk met tas en al naar beneden had geploeterd. Hij keek naar de tas maar zei niets.

'Ng is bij hem, en die vrouw ook,' zei hij toen ze wegreden.

'Mooi dat de vrouw erbij is,' zei ze.

Ze parkeerden een paar huizen voorbij het restaurant en lieten zich onderuitzakken in de Toyota. Ze hoefden niet lang te wachten. De Landrover kwam pruttelend de straat in rijden; Ng zette hem recht voor het restaurant en sprong eruit. Seto deed er langer over, ging bij het achterportier staan en stak zijn hand uit naar de vrouw toen ze uitstapte.

'Dat die lui daar elke avond gaan eten,' zei Patrick.

'Typisch Hongkong. De mensen wonen daar in ongelooflijk kleine flatjes en het is de gewoonste zaak van de wereld om de deur uit te gaan. Dat ze ook nog dol zijn op eten geeft ze een prima excuus. Volgens mij zijn er nergens ter wereld zoveel restaurants per hoofd van de bevolking als in Hongkong. En als ze een restaurant vinden dat hun bevalt, blijven ze er komen.'

'Misschien moet ik er ook eens gaan eten,' zei hij.

'Ik verwacht dat ze twee menu's hebben. Een voor Chinezen en een voor eh… niet-Chinezen.'

'Laat dan maar zitten.' Patrick keek om zich heen. 'Als je wilt kunnen we nu uitstappen, ze kunnen ons daarbinnen niet zien. Een eindje verderop is een roti-tent die helemaal niet slecht is. Vanachter het raam hebben we goed zicht op het restaurant.'

Net toen ze wilden uitstappen stopte naast hen een zwarte Nissan personenauto. Het getinte raampje aan de passagierskant werd langzaam omlaag gedraaid en een zwarte man met grijs haar stak voorzichtig zijn hoofd naar buiten.

'In de buurt van Eckie's parkeren,' zei Patrick tegen hem. 'Ze zitten nog ongeveer een uur in het restaurant. Wacht tot Seto de club binnengaat voordat je Ng aanpakt. Ze hebben een vrouw bij zich. Die nemen wij voor onze rekening als ze de club binnengaat. Gaat ze daar niet naar binnen dan moeten jullie haar pakken. Hou haar gescheiden van Ng. We hebben haar straks nodig.'

De man knikte en draaide het raampje weer omhoog.

'Het is een goed team, met ervaring,' zei hij, toen de Nissan wegreed om zijn post bij Eckie's in te nemen. 'De Captain heeft je kwaliteit geleverd.'

Dat mag ik hopen voor dat bedrag, dacht ze.

Het roti-tentje had drie tafels, alle drie vrij. Ze gingen bij het raam zitten, zodat ze de ingang van China World in de gaten konden houden. Patrick bestelde kipcurry met roti. Ava nam gebakken rijst en gemberbier.

'Vertel eens,' vroeg Ava, 'hoe komt een man als Captain Robbins op zo'n machtige positie terecht in een land als Guyana?'

'Je bedoelt: hoe komt een blanke man in een land waar vijfennegentig procent van de bevolking zwart of Indiaas is op zo'n machtige positie?'

'Ja, dat bedoel ik.'

Patrick beet op zijn onderlip. Hij kon de vraag beantwoorden als hij wilde, hij moest alleen beslissen óf hij dat wilde.

'De Captain was in Barbados politieagent. Hij kwam hier in het kader van een Caribisch uitwisselingsprogramma. Dat is een van de dingen die veel mensen maar niet begrijpen van Guyana. Geografisch gezien ligt het in Zuid-Amerika, we hebben Brazilië en Venezuela als buren, maar cultureel en sociaal en linguïstisch horen we bij de Cariben. Er zitten bijvoorbeeld altijd Guyanezen in het West-Indische cricketteam.

De Britten waren toen al vertrokken, de zwarten en Indiërs streden met elkaar om de macht en verplaatsten hun haat tegen de Britten naar elkaar, en de Amerikanen staken hun neus en hun geld in de politiek. Het was een zootje. De Amerikanen gingen op zoek naar een neutraal en betrouwbaar iemand, die objectieve informatie naar hen kon doorsluizen en als onpartijdig bemiddelaar tussen zwarten en Indiërs kon optreden. Veel kandidaten waren er niet. Volgens de Captain was hij zo ongeveer de enige. Zo is het begonnen.'

'Maar om het zo lang te kunnen volhouden zal hij toch…'

'Dat heeft hij zelf voor elkaar gekregen. Hij had de steun van de Amerikanen niet nodig. Je moet goed begrijpen dat hij vrijwel de enige figuur is die de steun van alle groepen heeft, omdat hij neutraal is en omdat huidskleur bij hem geen rol speelt. Ze vertrouwen hem.'

'En zijn bang voor hem?'

Hij negeerde de vraag. 'Die politici – zwart en bruin – horen zichzelf maar al te graag praten. De Captain is altijd de zwijgzaamste figuur in het gezelschap. Hij zegt altijd: "Luisteren, Patrick, alleen maar luisteren. Je zult verbaasd zijn hoeveel je daarvan opsteekt." Dan heb je de generaals in ons zogenaamde leger, de inspecteur-generaal van politie, allemaal mannen met titels en uniformen en medailles. Je hebt gezien hoe de Captain zich kleedt: in spijkerbroek en doodgewone overhemden. Dat is de Captain ten voeten uit. Hij hoeft niet opgeprikt rond te lopen, hij hoeft op niemand indruk te maken, hij heeft geen fraaie titel nodig. Maar komt hij een zaal binnen vol generaals met medailles op hun borst gespeld, dan springen zij in de houding. En ze blijven in de houding staan tot hij gaat zitten. Ik weet het, ik ben bevooroordeeld. Ik beschouw hem als familie. Maar ik ben volwassen genoeg om een groot man te herkennen.'

'Ze hebben me verteld dat hij de geheimen van iedereen kent, dat hij alle lijken in de kast kent en dat de politici hem veel verschuldigd zijn,' zei Ava.

'Had je minder verwacht? Het enige wat de politici doen is mooi weer spelen. De Captain heeft ze aan de lijn. Ik vraag hem niet hoe hij dat doet, niemand in Guyana vraagt hem dat. We zijn alleen maar blij dat hij er is en dat hij ze onder de duim houdt. Als dat betekent dat hij af en toe zijn tanden moet laten zien: des te beter voor ons.'

'Het was geen kritiek, ik was gewoon nieuwsgierig.'

Het eten verscheen. Ze peuzelde af en toe wat rijst. Patrick at zijn kip en sopte de roti in de curry. Toen het op was bestelde hij nog een portie. 'En nog iets over de Captain,' zei hij tussen twee happen door, 'hij is echt intelligent. Geen boekenwijsheid of zo, al heeft hij die ook, maar intelligent met mensen. Hij kan iemand binnen tien minuten beoordelen.'

'Wat zei hij over mij?'

'Dat je niet bent wat je lijkt, maar dat de meeste mensen dat pas doorhebben als het te laat is.'

Ze verhuisde haar aandacht van haar bord naar Patrick. Zijn blik was gefixeerd op de hoofdingang van China World. Ze had geen vragen meer.

26

Ze waren in het donker aangekomen: dat stukje stad moest het die avond zonder stroom stellen. Toch waren de meeste winkels en restaurants verlicht. Ava kon zich heel goed indenken hoe het zou zijn om op een maanloze avond door de zijstraten te lopen. Geen wonder dat de misdaadcijfers de pan uit rezen.

De naam CHINA WORLD flikkerde in het raam van het restaurant. De Chinese karakters onder de Engelse naam betekenden 'hemels voedsel'. Ze had nog nooit een Chinees restaurant gezien waarvan de Chinese en Engelse naam hetzelfde betekenden. Voordat ze die gedachte ergens kon opslaan zag ze Seto's silhouet in de deuropening. Hij stond te praten met een kleine Chinees met een schort voor.

'Volgens mij staat hij op het punt te vertrekken,' zei ze.

Patrick pakte zijn mobieltje en belde een nummer. 'Wakker worden, jongens.' En tegen Ava: 'Zie je dat ventje met die schort voor? Een van onze belangrijkste drugshandelaren, verzorgt het grootste deel van de invoer. Ook een vriend van een vriend. Het was tot nu toe niet bij me opgekomen dat hij ook met Seto en Ng te maken kon hebben. Dat moet ik nog eens vragen als we dit achter de rug hebben.'

Het trio verliet het restaurant en klom weer in de Landrover. Ava hield haar adem in.

Ze volgden de auto terwijl hij twee blokken langsdenderde en bij Eckie's parkeerde. Seto en de vrouw stapten uit. Ava zag dat Seto iets tegen Ng zei, die nog in de Landrover zat. De zwarte Nissan stond vier plaatsen verderop.

Patrick pakte weer zijn mobiel. 'Geef ze tien minuten in de club en pak dan Ng.' Hij opende het handschoenenkastje. Ava zag een semi-automatisch pistool in een schouderholster en een paar sets handboeien. 'Ik neem aan dat we twee sets nodig hebben,' zei hij terwijl hij de holster ombond.

'Ik wil hun ogen en zijn mond dicht tapen voordat we ze in de auto hebben,' zei ze.

'Alleen zíjn mond?'

'Iemand moet de toegangscode voor het hek geven, en ik weet zeker dat het huis zelf ook beveiligd is.'

Hij knikte. 'De club heeft ook een achteruitgang die op een steegje uitkomt. Daar zet ik straks de auto neer. We hoeven niet meer aandacht te trekken dan strikt nodig is.'

Ze zaten daar, hun blik gefixeerd op de Nissan. Na exact tien minuten gingen de portieren open en kwamen er twee enorm lange mannen tevoorschijn. Een van de twee was de man met het grijze haar. Ze droegen een zwarte spijkerbroek en een zwart T-shirt. Ava keek even opzij naar Patrick; hij was net zo gekleed. Twee dagen eerder waren Robert en hij ook in het zwart geweest. *Het zijn agenten*, dacht ze.

Ze keek toe hoe de man met het grijze haar aan de bestuurderskant van de Landrover op het raampje tikte. Het werd omlaag gedraaid. De agent liet even een badge zien en gebaarde naar Ng dat hij moest uitstappen.

Ng verroerde zich niet. Ze zag de nekspieren van de agent spannen terwijl hij een stap achteruit deed. Hij schreeuwde: 'Krijg de klere, Aziatisch stuk stront,' en trapte met zijn laars tegen het portier.

Ng stak zijn hoofd naar buiten en zei iets. De agent trok zijn pistool en richtte op hem. Het portier zwaaide open en Ng sprong de auto uit. Ze zag hem weer iets zeggen, en wat dat was kon ze zich wel voorstellen. Ongetwijfeld kwam er het woord 'vriend' in voor.

De mannen van de Captain waren per stuk zeker honderd pond zwaarder dan Ng, en hij sloeg met een harde klap tegen de muur toen een van de twee hem bij zijn kraag greep en daarheen sleepte. In de knipperende reclameverlichting van Eckie's kon ze zien dat Ng bloed op zijn voorhoofd en onder zijn neus had. Ze probeerde sympathie voor hem op te brengen, maar dat lukte niet erg.

De agent trok Ng's armen achter zijn rug, deed hem handboeien om en trok hem achteruit, zodat hij op de stoep viel. De agent greep hem bij zijn haar en trok hem overeind. Ng stond met zijn gezicht naar de Toyota, en er was een en al verwarring en angst van af te lezen.

'Ben je zover?' vroeg Patrick.

'Rijden maar.'

Hij nam via een zijstraat een sluiproute naar het steegje. Op een deur die kennelijk een nooduitgang was had iemand met slordige letters ECKIE's gekalkt. 'Onze uitgang,' zei Patrick.

Ze stapten uit en liepen terug naar de hoofdingang. Ava voelde een stoot adrenaline door zich heen gaan.

De club was schamel verlicht, maar ze kon een ronde dansvloer met daaromheen verhoogde zitjes onderscheiden. Verder zag ze een bar, twee stel gordijnen en een uitgang. Het schaarse beetje licht was op de dansvloer gericht. De verhoogde zitjes waren in halfduister gehuld, als ze al verlicht waren.

'Ik zie geen hand voor ogen,' zei Ava.

'Daar zitten ze,' zei Patrick, en hij liep naar het zitje het dichtst bij de bar. Ze liep heel dicht achter hem, in een bijna onbewuste poging om onzichtbaar te blijven. Seto had hen niet opgemerkt. Hij was druk bezig Anna Choudray te kussen; zat met zijn hand in haar blouse en streelde haar rechterborst, waarvan de tepel half zichtbaar was. Patrick bleef even staan en Ava vroeg zich af of hij van het erotische tafereeltje stond te genieten.

'Seto!' riep Patrick terwijl hij een badge omhoogscheld. 'Je moet meekomen, en die vrouw ook.'

'Wat zullen we goddomme nou krijgen!'

Het was geen vraag maar een bevel, en Ava wist direct dat haar honderdduizend dollar goed besteed was.

'Opstaan,' zei Patrick.

'Want anders?'

Ze kon Seto nu goed zien. Hij droeg een zwart pak met een kraakhelder wit overhemd. Hij kon nauwelijks meer dan vijfenzestig kilo wegen. Zijn ogen schoten van links naar rechts, alsof hij probeerde uit te vissen of het om een grap ging. 'Weet je niet wie ik ben?'

'Ik weet precies wie je bent,' zei Patrick. 'En nou opstaan, en die vrouw ook, of ik kom je even helpen.'

'Krijg de klere.'

Patrick haalde uit en stompte Anna tegen de zijkant van haar hoofd, raakte haar oor. Ze kwam met een harde bons tegen de achterwand van het zitje terecht.

'Verdomme!' schreeuwde Seto. 'Weet je niet wie ik ben? Praat goddomme met generaal Swandas. Ik werk voor hem. Bel hem op. Bel hem!!'

'Dit gaat heel wat rangen hoger dan de generaal,' zei Patrick. 'En nou voor de laatste keer, d'r uit met die magere reet van je en neem die vrouw mee.'

Seto keek naar het pistool dat Patrick voor het gezicht van zijn vriendin hield. 'Je gaat toch niet…'

'Je krijgt vijf seconden.'

Seto gleed opzij en trok Anna mee.

'Draai je om.'

Seto trok de vrouw van het zitje. Ze hield haar hand tegen haar oor, de tranen stroomden over haar wangen. Patrick deed eerst Seto de handboeien om. Toen hij ze bij Anna wilde omdoen moest hij haar hand van haar oor trekken. 'Sorry dat dit moet gebeuren, maar als dat schofterige vriendje van je wat meer had meegewerkt was dit niet nodig geweest.'

'Dit is een vergissing,' hield Seto vol. 'Bel de generaal.'

'Hier, bel maar,' zei Patrick, en hij reikte Seto zijn mobiel aan. 'Als hij opneemt en zegt dat hij je wil helpen, schiet ik jou en de vrouw ter plekke neer.'

Seto's gezicht was een en al ontreddering. Weg was het zelfvertrouwen, er sprak angst uit zijn ogen, die pijlsnel de club afzochten op zoek naar hulp – die niet kwam. 'Wat wil je?' vroeg hij.

'Alles op zijn tijd,' zei Patrick. 'Eerst moeten we je de tent uit krijgen.' Hij nam ze mee naar de nooduitgang. Het ontging Ava niet dat iedereen in de club de andere kant opkeek, alsof ze lucht waren.

Ze had haar sporttas bij zich. 'Zet ze maar tegen de muur,' zei ze tegen Patrick, toen ze buiten stonden. Ze haalde een rol ducttape tevoorschijn en plakte dat over hun ogen. 'Draai hem nu maar om,' zei ze. Ze trok een klein stukje tape los en plakte dat over zijn mond. 'Oké, we gaan.'

Ava en Patrick hielpen de twee op de achterbank.

Anna drukte zich tegen het raampje alsof ze zo ver mogelijk van Seto af wilde zitten. Ze zat zo hard te snikken dat ze nauwelijks op adem kon komen.

Ava draaide zich om, pakte de vrouw bij haar knie en kneep erin tot ze haar aandacht had. 'Luister goed. Als we bij het huis komen geef je ons de toegangscode en wat we verder nog nodig hebben om binnen te komen. Ik vertel je dat nu alvast, zodat je tijd hebt om erover na te denken en er klaar voor bent als ik het vraag. Ik vraag niet graag iets twee keer.'

Anna gaf geen antwoord.

Ava kneep nog harder. 'Ik wil dat je "ja" zegt.'

'J-ja.'

De rit naar het huis duurde voor Ava's gevoel een eeuwigheid, en ze stelde zich voor hoe lang die wel niet voor Seto en de vrouw moest zijn. Patrick en zij zeiden allebei geen woord. Ze wisten hoe intimiderend stilte kan werken.

Toen ze bij het hek kwamen vroeg Ava: 'Anna, is er iemand in huis?'

'Nee.'

'Mooi. Geef me dan nu maar de code.'

'Achtentachtig, achtentachtig, acht.'

'Typisch Chinees,' zei Ava.

'Hoezo?' vroeg Patrick.

'Bijgeloof. Het cijfer acht wordt in het Chinees uitgesproken als "ba", en dat klinkt net zoals het woord voor rijkdom. En twee achten achter elkaar lijken op het karakter voor "dubbele vreugde". Een acht in je adres, op je kentekenplaat of in je telefoonnummer brengt geluk, en hoe meer achten hoe beter. Behalve voor Seto natuurlijk, in dit geval,' zei Ava terwijl ze de cijfers intikte.

Het hek zwaaide open. Patrick parkeerde de Toyota naast de Mercedes. 'De code van het huis?' vroeg Ava.

'Dezelfde als voor het hek,' zei Anna.

Ze liepen naar de voordeur. Ava hield de vrouw bij haar elleboog vast en Patrick had Seto stevig bij zijn colbert. Het pad naar de voordeur was hobbelig, zodat het geblinddoekte stel struikelde; Ava hield Anna stevig vast, Patrick sleurde Seto weer overeind.

Het huis was in ten minste één opzicht opvallend: bij binnenkomst zag Ava recht voor zich een trap die van de voordeur direct naar de eerste verdieping liep. Zoiets was voor elke willekeurige Chinees ondenkbaar. Je had maar weinig kennis van feng shui nodig om te weten dat zo'n indeling de eigenaren de grootste ellende zou bezorgen. Waarschijnlijk had Seto, of eerder nog de vrouw, het huis in deze staat gekocht.

Links van de ongeluk brengende trap lag een eetkamer, ingericht met zes stoelen en een lege tafel. Geen dressoir, geen planten, geen schilderijen. De kamer maakte de indruk nooit gebruikt te worden. De rechthoekige ruimte rechts van de trap had een oppervlak van ongeveer veertig vierkante meter, en het enige wat er stond was een goedkope leren bank, twee zitzakken en een groot tv-toestel met lcd-scherm.

Ava liep naar de keuken achter in het huis, Anna voor zich uit duwend. In de keuken stond een glazen tafel met drie servetten en een schaal met fruit; het aanrecht was groot genoeg voor twee gootstenen met aan weerszijden een werkblad. Op het ene blad lag een snijplank en een messenset, op het andere stonden een uitgebreid kruidenrek en potten meel, suiker en muesli.

'Breng Seto maar hierheen,' riep ze naar Patrick.

Seto schuifelde de keuken binnen. Ondanks de airconditioning stonden er zweetdruppels op zijn voorhoofd. 'Trek zijn jasje uit,' zei ze.

Patrick maakte de handboeien los, trok Seto's colbert uit, deed de handboeien weer om en gaf als toegift nog een flinke ruk aan zijn armen.

Ava zette Seto op een stoel, tilde zijn samengebonden handen over de rugleuning heen en trok ze daar weer omlaag. Ze ging op haar knieen zitten en greep hem bij zijn enkels. Die trok ze van elkaar tot ze tegen de stoelpoten aan drukten en bond ze daaraan vast.

'Geef het jasje eens aan,' vroeg ze Patrick. Ze doorzocht snel de zakken en haalde een portefeuille tevoorschijn.

'En waar staat de computer?'

'Boven,' zei de vrouw.

'Kom mee,' zei Ava tegen haar. 'Patrick, jij blijft bij Seto.'

De eerste verdieping had vier kamers. Twee kamers waren in gebruik als slaapkamer, één was leeg, de vierde was een geïmproviseerd kantoortje. Ava nam Anna mee naar de ouderslaapkamer, die was ingericht met een kingsize mahoniehouten ledikant met vier hoekzuilen en bijpassende massief houten ladekasten. Een van de muren vormde een kamerbrede spiegelwand.

Het bed was bezaaid met sierkussens. Ava schoof ze op de grond en commandeerde Anna om op het bed te gaan liggen. Ze bond vervolgens haar enkels aan elkaar vast en tapete haar mond dicht. 'Hier blijven. Niet bewegen,' zei ze.

Ava liep het kantoortje binnen en ging aan Seto's bureau zitten. Het had aan elke kant twee laden en er stond een laptop op. Ze zette de computer aan, en terwijl die opstartte keek ze de laden door. Die waren zo goed als leeg, op één na, daarin lagen een vliegticket en een paar geannuleerde instapkaarten. Seto was vanuit Port of Spain via Miami naar Georgetown gekomen. Er lagen ook een paar paspoorten in. Het ene was Amerikaans, op naam van Jackson Seto, het andere Chinees, op naam van Seto Sun Kai.

Ze opende zijn portefeuille. Die bevatte vier creditcards, alle vier op naam van Jackson Seto, en een door de staat Washington uitgegeven rijbewijs op dezelfde naam en met het adres dat ze in Seattle had bezocht. Verder nog een identiteitsbewijs uit Hongkong op naam van Seto Sun Kai.

De computer knipperde wakker en vroeg om een wachtwoord. Dat kon wel wachten, ze wilde eerst de rest van de kamer bekijken. Het enige wat haar interesseerde waren zes kartonnen archiefdozen die tegen de muur waren gezet.

Toen ze de eerste doos opende zag ze dat Seto een keurig en georganiseerd type was. Alles was alfabetisch opgeborgen, de bankpapieren zaten chronologisch in een map van Barrett's Bank. Ze nam de map mee naar het bureau en nam snel de documenten chronologisch door, vanaf het oudste stuk, een kopie van het handtekeningenformulier bij opening van de rekening, tot het meest recente, een online bankafschrift. Ze had haar notitieboek in haar sporttas: het rekeningnummer op het afschrift bleek hetzelfde als het nummer dat ze had genoteerd.

De rekening stond op naam van S&A Investments. Er was maar één handtekening van een tekeningsbevoegd persoon: die van Seto. Ze ging de data na. De rekening bestond al meer dan tien jaar, maar was tot drie jaar geleden nauwelijks gebruikt. Vanaf dat moment waren er stortingen binnengekomen. De overboekingen van Tam vormden verreweg de grootste bedragen, maar Seto had er ook stortingen van andere afzenders op gehamsterd, grotendeels bedragen van tussen de tien- en twintigduizend dollar. Een paar van de grootste overboekingen hadden het afgelopen jaar plaatsgevonden; ze veronderstelde dat het geld betrof dat Seafood Partners van de Indiase en Indonesische vissers afhandig had gemaakt.

De twee overboekingen van Tam brachten het saldo op ruim zeven miljoen Amerikaanse dollars. Van dat soort verrassingen genoot Ava.

Ze ging naar beneden om de jongens gezelschap te houden. Patrick zat rustig op het aanrecht en liet zijn benen bungelen op de muziek in zijn hoofd. 'En, heb je gevonden wat je zocht?' vroeg hij.

Ze legde Seto's paspoorten, zijn Hongkongse identiteitsbewijs en de map van Barrett's op de keukentafel. 'Het ging niet slecht.' Ze kwam vlak bij Patrick staan en zei: 'Ik ga in het Kantonees met hem praten.'

Seto hing in zijn stoel, met zijn kin bijna op zijn borst. Ze scheurde de tape van zijn mond. Hij schreeuwde het uit van de pijn.

'Seto Sun Kai, waarom dacht je dat we niet achter je aan zouden komen? En waarom dacht je dat we je niet zouden vinden?'

Hij schudde zijn hoofd alsof hij in de war was en likte langs zijn onderlip. Ze vroeg zich af of het tot hem was doorgedrongen dat ze zijn Chinese naam had gebruikt.

'Waarom zou jij of wie dan ook achter me aan komen? Ik heb niks gedaan.' Zijn stem was schor, zijn mond droog van de spanning.

Ava pakte een glas uit de kast en vulde het uit de kraan. Het water was lichter van kleur dan in het hotel. *Zal de buurt zijn*, dacht ze.

'Hier, drinken,' zei ze, en ze hield het glas tegen zijn lippen.

Hij aarzelde.

'Het is verdomme je eigen water,' snauwde ze.

Hij nam een voorzichtig slokje. 'Waar is Ng?' vroeg hij.

'Die is weg en komt niet meer terug.'

'Ik geloof je niet.'

'Geloof me nou maar: je hebt hier geen enkele vriend meer. Niemand komt je helpen. Dit gesprek vindt plaats onder vier ogen, en hoe het loopt en hoe het afloopt is helemaal aan jou.'

'Wie heeft je gestuurd?'

'Ik werk voor vrienden van Andrew Tam. Je kent Andrew Tam toch nog wel?'

'Waar kom je vandaan?'

'Hongkong.'

Hij zweeg. Ze wist dat hij zich nu volledig bewust was van zijn situatie. Ze wist dat hij zat te broeden op mogelijkheden om zich eruit te werken. Ze wist ook dat hij, als hij alle opties had nagegaan, er één zou overhouden: de optie die zij hem wilde laten kiezen. Maar ze wist ook dat het hem er niet van zou weerhouden om de alternatieven uit te proberen.

'We hebben zaken gedaan, Andrew en ik, meer niet. Er waren wat problemen met klanten en ik moest erin stappen en redden wat er te redden viel, in het belang van iedereen.'

'Dus je wilt me wijsmaken dat je in het belang van Andrew handelde.'

'We zaten met een voorraad die gewoon shit was. Ik heb hem laten bewerken en opnieuw verpakken, meer niet. Dat was de enige moge-lijkheid om hem nog te verkopen.'

'En dat heb je met Andrew besproken?'

'Daar was geen tijd meer voor. Bovendien was hij de man van het geld. Wat wist hij nou van de branche?'

'Niet genoeg, volgens mij. En die partij, heb je die in zijn geheel ver-kocht?'

'Klopt.'

'En hebben ze je daarvoor betaald?'

Hij wachtte even. Ze kon hem bijna koortsachtig horen uitrekenen hoever hij kon gaan met liegen, zonder al te veel risico te lopen. 'Het grootste deel.'

'Hoeveel?'

Hij liet zijn hoofd achterovervallen alsof ze een mes tegen zijn keel hield. 'Ongeveer drie miljoen.' Hij kneep de woorden eruit.

'Wanneer was je van plan het terug te geven aan Andrew Tam?'

'Zodra alles geregeld was. Ik heb er nog geen tijd voor gehad, het is nog maar net binnen.'

'Maar je was wel van plan om het terug te geven?'

'Uiteraard, uiteraard.'

'Seto Sun Kai,' zei Ava rustig, 'je bent een dief en een leugenaar.'

Ze pakte haar tas en haalde het stilettomes eruit, liet het uitklappen en drukte het tegen zijn dij. De punt prikte door zijn broek en zijn huid. Een speldenprikje, meer niet. Toch maakte hij een schrikbewe-ging. Hij kronkelde met zijn been. 'Niet doen,' riep hij.

Ze liet het mes langs zijn been omhoog glijden, tot aan zijn ge-slachtsdelen. Hij verstrakte en probeerde achteruit te schuiven.

Het mes vervolgde zijn weg via Seto's borst naar zijn gezicht. In het zachte vlees boven zijn ene oog liet Ava de punt rusten. Het zweet druppelde van zijn voorhoofd over zijn neus en zijn wangen. Ze wilde iets over het mes zeggen maar besefte dat dat niet nodig was. Zonder extra drama begreep Seto genoeg.

'Seto Sun Kai,' zei ze rustig, 'ik zal je vertellen wat ik weet, en daarna vertel ik je wat ik nog wil weten. Ik weet waarom je een probleem had met die garnalen. Ik weet wat jij en Antonelli ermee hebben uitge-spookt. Ik weet hoe die garnalen zijn vervoerd, wie ze opnieuw heeft verpakt en aan wie ze zijn verkocht. Ik weet hoeveel je ervoor hebt gekregen. Ik weet naar welk dorpsbankje in Texas het geld is gestuurd. Ik weet dat het dorpsbankje het geld heeft overgemaakt naar een rekening op de Britse Maagdeneilanden. Ik heb een afschrift van die overboekingen, dus ik weet naar welke bank ze zijn gegaan en op welke rekening ze zijn gestort. Ik weet dat jij de enige bent met tekenbevoegdheid voor die rekening. Twee dingen weet ik nog niet. Raad eens welke dat zijn.'

Hij schudde zijn hoofd, en het zweet druppelde op haar hand en op het mes.

'Ik ken het wachtwoord van je computer boven niet, en ik ken het wachtwoord van je rekening op de Maagdeneilanden niet.'

Seto's gezicht vertrok, maar hij zei niets.

Ze wachtte. Een minuut, misschien nog langer.

'Seto Sun Kai, ik wacht.'

'Zo gemakkelijk is het niet,' zei hij.

Ze voelde de eerste golf van irritatie opkomen. 'Ik wil jou of de vrouw boven echt niet iets aandoen,' zei ze terwijl ze de druk op het mes verhoogde.

'Het wachtwoord van de computer is "waterrat",' zei hij haastig.

'Je dierenriemteken?'

'Ja.'

'En van de bankrekening?'

'Achtentachtig, zesenzestig, achtentachtig, zesenzestig.'

'Dank je.'

'Je hebt er niks aan,' zei hij.

Opnieuw brak het zweet hem uit, en hij begon weer met geknepen stem te praten. Dit liep niet volgens plan. 'Waarom niet?'

'Ik kan online maar een beperkt bedrag overboeken.'

'Je kunt toch via internet bij de rekening?'

'Ja.'

'Je kunt toch betalingen doen met de rekening?'

'Ja, maar ik zeg al, dat kan maar beperkt.'

'Hoe bedoel je?'

'Ik mag maar vijfentwintigduizend dollar per dag opnemen.'

Ze zag dat zijn linkervoet begon te trillen. Hij was bang, en het drong tot haar door dat hij misschien wel de waarheid sprak.

'Dat hebben we zo geregeld. Tot vorig jaar stond er ook nooit veel op de rekening, dus het is nooit een probleem geweest.'

Ava pakte de map van Barrett's van de keukentafel. Ze bladerde hem door, haalde de maandelijkse rekeningoverzichten met bijlagen eruit en begon die nauwlettender te lezen dan ze boven had gedaan. Patrick keek toe, duidelijk verbaasd over wat zich had afgespeeld.

Na tien minuten zei ze: 'Ik zie hier dat er anderhalf jaar geleden 335.000 dollar is overgeboekt, tien maanden geleden nog eens 200.000, en nog maar drie maanden geleden 400.000.'

'En hoeveel keer is er 25.000 of minder opgenomen?' vroeg hij.

'Heel wat vaker, inderdaad.'

'Alles onder de 25.000 heb ik online gedaan. Ik heb geld naar de rekeningen van George in Atlanta en Bangkok overgeboekt en naar mijn rekening in Seattle. Die andere drie bedragen heb ik zelf opgenomen.'

'Hoe bedoel je?'

'Ik ben naar de Maagdeneilanden gegaan. Daar ben ik naar de bank gegaan en heb ik een schriftelijk verzoek ingediend, met mijn Amerikaanse paspoort en nog één ander identiteitsbewijs met foto, meestal gebruik ik daarvoor mijn rijbewijs. Daar hebben ze een kasopname-formulier opgesteld. Dat heb ik ondertekend. Ze hebben een kopie van mijn paspoort en rijbewijs gemaakt en de kopieën gedateerd, die heb ik ook ondertekend. Daarna hebben ze me de cheque gegeven.'

'Wie doet zoiets tegenwoordig nog?' vroeg ze.

'De rekening is geopend voordat internetbankieren in gebruik raakte,' zei hij. 'En Barrett's is een conservatieve bank. Ze zijn als de dood voor witwassen; het kostte me heel wat moeite om die rekening alleen al te openen.'

'En als je dood neervalt?'

'George is gemachtigde, dat is bij de bank vastgelegd. Dan moet hij komen opdraven en dezelfde shit ondergaan als ik.'

'Kun je die opnamelimiet niet veranderen?'

'Alleen als ik persoonlijk bij de bank kom.'

Seto vertelde de waarheid. Dat wist ze, hij had geen reden om te liegen. Maar dat veranderde niets aan haar woede. Woede omdat ze van te veel aannames was uitgegaan, omdat ze dacht dat de zaak in kannen en kruiken was, omdat ze het lef had gehad naar Tommy Ordonez te surfen. Ze had ongeluk over zichzelf uitgeroepen. Ze had met een van haar eigen principes gebroken en daar moest ze nu voor boeten. De enige fout die ze niet had gemaakt was Andrew Tam vertellen dat zijn geld onderweg was.

'Patrick, hou jij hem in de gaten,' zei ze abrupt. 'Ik moet even naar boven.'

Hij keek haar vragend aan, maar ze was al bijna de keuken uit. Ze ging naar boven en ging op weg naar Seto's kantoortje even bij Anna kijken. Die lag zachtjes huilend in foetushouding op bed. Ava sloot de slaapkamerdeur zodat ze dat niet hoefde te horen.

De computer was nog aan. Ava typte 'waterrat' in en het scherm verscheen. Ze probeerde internet, maar kreeg de mededeling dat dat momenteel niet beschikbaar was. Ze bleef wachten. Pas bij de vierde poging was ze online.

Ze ging naar de homepage van Barrett's en klikte op Rekeningen. Ze typte het rekeningnummer in en daarna het wachtwoord. De bankrekening van S&A verscheen. Ze checkte het saldo: $ 7.237.188,22. Ze kon kiezen uit een rijtje mogelijkheden, een daarvan was Overschrijven. Ze klikte op Gegevens ontvanger. Ze wilde Andrew Tams bankgegevens invoeren toen ze zich realiseerde dat ze haar notitieboek beneden had laten liggen, dus typte ze haar eigen gegevens in. Onder Over te maken bedrag vulde ze $ 50.000,- in. Vervolgens klikte ze op Versturen. Onmiddellijk vervaagde het beeld.

Ava leek kalm en geconcentreerd toen ze weer de keuken binnenkwam.

'Wat is er met jou aan de hand?' vroeg Patrick.

'Ik heb een probleem.'

'Dacht ik al.'

'Ik moet er even over nadenken.'

'Als je erover wilt praten: ik kan heel goed luisteren.'

Ze wilde net zijn voorstel afwimpelen toen ze besefte dat ze hulp nodig had, wat ze ook zou besluiten, en dat ze hem maar beter direct in vertrouwen kon nemen. 'Laten we naar de zitkamer gaan,' zei ze.

Ze gingen naast elkaar op de leren bank zitten, die naar sigarettenrook stonk, en ze legde Patrick haar probleem uit. Het enige wat ze hem niet vertelde – en ook nooit zou vertellen – was om wat voor bedrag het ging.

'Zo te horen zul je hem moeten meenemen naar de Maagdeneilanden, wil je je geld terugkrijgen,' zei hij. 'Of een paar maanden lang elke dag vijfentwintigduizend dollar overmaken, maar je moet er niet aan denken wat daar allemaal mee kan misgaan.'

'Het moet snel gebeuren, anders loop ik de kans dat het mislukt. Is er nog een andere mogelijkheid?'

'Wat denk je zelf?'

'Ik denk dat ik in de problemen zit,' zei ze.

'Hoezo?'

'Zoals ik al zei: hoe sneller je bent, hoe groter de kans van slagen. In mijn branche sla je toe als lui als Seto kwetsbaar en bang zijn, en als je ze in je macht hebt. Hoe langer de zaak loopt, hoe meer ze gaan denken dat ze zich er wel uit kunnen ritselen. Maar hoe krijg ik hem naar de Maagdeneilanden zonder dat ik met de politie of douane daar te maken krijg? Hij hoeft alleen maar zijn mond open te doen en moord en brand te schreeuwen. En reken maar dat hij op dat idee komt, als ik hem daar al krijg. Hij zal zichzelf aanpraten dat hij hier wel uit wegkomt. En hij denkt natuurlijk dat hij straks, als hij me kwijt is, genoeg geld heeft om zich ergens schuil te houden waar we hem niet kunnen vinden. We vinden ze uiteindelijk altijd, alleen is het geld dan meestal verdwenen.'

'En stel dat je hem daar krijgt, hoe regel je dat dan met de bank?'

'Daar maak ik me pas druk over als ik hem op de Maagdeneilanden heb.'

'Je moet met de Captain praten,' zei Patrick.

'Wat kan de Captain nou doen?'

'Ik ga hem bellen,' zei hij. 'Niet weggaan.'

Ze bleef in de keuken zitten wachten tot Patrick terugkwam. Seto zat met zijn hoofd te draaien alsof hij een stijve nek had. Ze kreeg zin om die akelige kop van hem een dreun te geven.

De voordeur ging open en Patrick kwam weer binnen. 'Ik ga met de Captain praten. Ben zo terug.'

27

Pas over tienen was Patrick terug. Ava gruwde bij de gedachte dat die twee mannen buiten haar om haar zaak hadden besproken. Hoe langer hij wegbleef, hoe geïrriteerder ze raakte, en toen de deur eindelijk openging was ze ronduit boos. Patrick had de twee mannen bij zich die Ng bij Eckie's hadden meegenomen.

'Jij en ik gaan samen naar de Captain,' zei Patrick. 'De jongens nemen het over tot we terug zijn.' Hij zag de uitdrukking op haar gezicht en zei: 'Ik heb je geprobeerd te bellen, maar je mobieltje stond uit.'

Ze besefte dat hij gelijk had wat die mobiel betrof en beet hem een venijnige opmerking toe. Ze pakte de map van Barrett's en propte die in haar tas. Ze was niet van plan iets achter te laten waar ze in konden neuzen.

'Wat zei hij?' vroeg ze toen ze in de Toyota stapten.

'Wie?'

'Godsamme Patrick, dat weet je best.'

'Hij zei dat hij je wilde spreken, meer niet. Ik heb het probleem uitgelegd en toen zei hij dat hij je wilde spreken. Dat is alles.'

'Dus dit is misschien voor niets geweest?'

'Dat durf ik niet te zeggen, maar de Captain besteedt zijn tijd meestal niet aan flutdingen.'

Er flikkerde een sprankje hoop. 'Waar gaan we naartoe?'

'De donuttent, hier vlakbij.'

Op het zwakke geflakker van een enkele kaars en de lichtbundel van een zaklamp na was de buurt in duisternis gehuld. De donuttent was verlicht alsof hij aan Times Square lag. Het raam werd verduisterd door de omvangrijke figuur van de Captain, die achter een bord donuts zat.

'Ik wacht hier,' zei Patrick terwijl hij de pick-up parkeerde.

De Captain zwaaide kort naar haar toen ze binnenkwam. 'Ik heb koffie voor je besteld,' zei hij, en hij wees naar een kopje. 'Patrick zei dat je van koffie houdt.'

In het felle licht was hij nog bleker dan ze zich herinnerde. En in de kleine ruimte van het restaurant leek hij nog groter, een reus van een man, en weer was ze even van haar stuk door het verontrustende helblauw van zijn ogen. Als ze hem daar voor het eerst had ontmoet had hij een nog overweldigender indruk gemaakt.

Ze riep zichzelf tot de orde en ging zitten. 'We moeten elkaar niet meer op deze manier ontmoeten.'

Zijn ogen twinkelden, misschien geamuseerd, in elk geval nieuwsgierig en beslist meelevend. 'We hebben een probleempje, hoor ik.'

Dat 'we' viel haar op. Dit ging op zijn minst geld kosten. 'Dat hebben we inderdaad.'

'Vervelend.'

'Voor niemand zo vervelend als voor mij.'

'Seto was of nogal slim of nogal stom. Welke van de twee kon Patrick niet precies uitmaken, hij zei dat je Chinees met hem sprak.'

'Seto moest goed begrijpen dat ik vanuit Hongkong ben gestuurd.'

'En wat dat, al of niet impliciet, met zich meebrengt.'

'Impliciet.'

'En dat werkt.'

'Meestal wel.'

'Dus u hebt wat u wilde hebben op een kleine complicatie na.'

'Als u het een kleine complicatie wilt noemen.'

De Captain nam een hap van een donut met chocola. 'Ik eet er elke dag een paar en daarna spoed ik me naar huis voor mijn cholesteroltabletten.'

'Hebt u enig idee hoe ik deze complicatie zou kunnen oplossen?'

'Ik denk het wel, ja. Maar zoals ik al tegen Patrick zei, wat heeft het voor zin om je zo uit te sloven en zoveel geld uit te geven om Seto daar te krijgen als de bank niet meewerkt?'

'Ik neem de bank wel voor mijn rekening.'

'Dat klinkt nogal zelfverzekerd.'

'Als u Seto en mij daar krijgt, vind ik wel een manier om de bank te laten meewerken.'

'U vindt wel een manier of u weet een manier? Het verschil maakt wel degelijk wat uit. Ik bedoel maar, u vraagt van ons een behoorlijke investering – zowel financieel als persoonlijk – om u naar de Britse

Maagdeneilanden te krijgen. Stel dat het misgaat? Hoe denkt u dat te compenseren?'

'Hoeveel wilt u?' vroeg ze.

'Nee, nee, nee,' zei hij, en hij leek nogal beledigd. 'U pakt het volkomen verkeerd aan in deze zaak. Het gaat niet alleen om geld. Het gaat om de inzet van vrienden en contacten die ik niet in verlegenheid wil brengen als het misgaat. Vrienden en contacten die ik niet graag blootstel aan vragen van hun superieuren. Vrienden en contacten die ik ook over vijf jaar nog graag heb.'

'Dus het gaat niet om geld?'

'Ik zei dat het niet alleen om geld gaat.'

'Wat wilt u dan van me?'

'Een plan. Ik wil dat je me een plan voorlegt om het geld bij de bank los te krijgen. Als ik denk dat zo'n plan werkt kunnen we met de rest aan de slag.'

Het was geen onredelijk verzoek, vond ze. Het was zelfs een uiterst verstandig verzoek. Hij had meer geld kunnen vragen, hij had een manier kunnen bedenken om haar en Seto naar de Maagdeneilanden of ergens in die contreien te vervoeren om vervolgens zijn handen van haar af te trekken en zijn geld te incasseren. Het enige probleem was dat hij bezig was partner te worden, en de kosten van deze zaak waren inmiddels de pan uit gerezen. Het was maar goed dat Seto die twee miljoen extra op zijn rekening had.

'Morgen heb ik wel iets,' zei ze, hoewel ze nog geen flauw idee had.

'Mooi. Geef Patrick maar een seintje als je aan een babbeltje toe bent, dan maak ik tijd voor je.' Hij gebaarde om zich heen. 'We komen hier heel regelmatig, we zijn eigenaar. Er hangt een bewakingscamera aan het plafond en er zijn links en rechts een paar microfoons geïnstalleerd. Ik neem graag mijn politieke vrienden hier mee naartoe. Ze vinden me wel erg gewoontjes,' zei hij minzaam.

Ava wist niet of ze hem moest geloven. Als het inderdaad zo was, en als hij dacht met die ontboezemingen haar vertrouwen te winnen, dan had hij het mis. In haar ogen was de Captain gevaarlijker dan ooit.

'Ik zou graag teruggaan naar het hotel; ik kan wel een tijdje zonder de afleiding van dat huis. Kunt u uw mannen daar vannacht laten?'

'Daar kun je op rekenen.'

28

Ava kocht een fles witte wijn in de bar van het hotel en nam hem in een ijsemmer mee naar haar kamer. De airconditioning was weer eens uitgeschakeld. Al vloekend zette ze hem weer aan. Ze schonk zichzelf een glas in en installeerde zich in de rotan stoel. Tijd om na te denken, zei ze tegen zichzelf.

Ze deed er een uur over om een scenario te ontwikkelen dat zou kunnen werken. Ze belde Patrick. 'Waar zit je nu?'

'In het huis van Seto.'

'Zou je me willen ophalen?'

Ava zei geen woord toen ze in de pick-up zaten. Ze zag dat Patrick zat te popelen om haar van alles te vragen. Maar zolang ze geen steviger grip had op het plan viel er niets te zeggen, en als het zover was zou ze het eerst met de Captain bespreken.

Seto zat in de keuken, nog steeds in de boeien en vastgebonden aan de stoel. Ze dacht dat hij sliep, tot hij zijn hoofd optilde toen hij voetstappen op de tegelvloer hoorde. Ze raakte zijn arm aan en zei in het Kantonees: 'Ik heb je e-mailwachtwoord nodig.'

'Waterrat.'

Wat een fantasie heeft die man, dacht ze. Ze had de map van Barrett's bij zich. Ze opende hem en bekeek de meest recente correspondentie. Die was van verschillende personen en mailadressen afkomstig.

'Wie is je contactpersoon bij Barrett's?'

'Jeremy Bates.'

'Is dat de manager?'

'Ja. Ze hebben maar weinig personeel. Jeremy neemt de meeste klanten voor zijn rekening.'

Ze ging de trap op naar Seto's kantoortje. Op de grond voor de ouderslaapkamer zat een van de agenten. 'Alles oké?' vroeg ze.

'Ze begon een tijdje geleden te jammeren, die vrouw. Ik moest even ingrijpen.'

Hoe dat was gebeurd vroeg Ava maar niet.

De computer was nog online. Ze opende Seto's e-mailaccount en zocht in zijn lijst met contactpersonen. Daar stond een Jeremy Bates bij. Ze vergeleek het adres met de gegevens in de map van Barrett's. Hetzelfde adres. Ze klikte op Verzonden items en typte 'Bates' in het zoekscherm. Er waren bijna twintig verzonden en ontvangen mails. Ze bestudeerde Seto's stijl. Zijn toon was formeler dan ze had verwacht. En openhartiger; Seto was niet terughoudend bij het bespreken van zijn financiële aangelegenheden.

Ze begon een conceptbericht aan Jeremy Bates op te stellen.

Hallo, Mr. Bates,

Ik kom op 26 of 27 februari naar Road Town. Ik wil een elektronische overboeking ter hoogte van $ 7.000.000 naar Hongkong maken. Ik zou het op prijs stellen als u tegen die tijd de nodige papieren in orde hebt.

Ik neem Ms. Ava Li mee. Zij is de accountant van de firma in Hongkong met wie we zaken doen. Ms. Li is erbij om de elektronische overboeking van genoemd bedrag te bevestigen. U hebt mijn toestemming om haar alle informatie betreffende de rekening van S&A te verstrekken.

Zodra we de bevestiging van de reis binnen hebben neem ik contact met u op om datum en tijdstip van de bespreking bij u op kantoor vast te stellen.

Met vriendelijke groeten,
Jackson Seto

Ze klikte op Opslaan.

In Hongkong was het nu lunchtijd. Ze belde Oom. 'Ik zit nog steeds in Guyana en ben bezig met de afronding van het project,' zei ze haastig. 'Het gaat twee, misschien drie of vier dagen langer duren. Het loopt allemaal wel, maar het duurt langer dan ik had verwacht.'

'En wat is precies de oorzaak?'

'Ik moet naar de Maagdeneilanden.'

Ze kon bijna voelen dat hij de telefoon steviger vastkneep. 'Dat is niet volgens plan,' zei hij.

'Het plan moest worden veranderd. Het resultaat blijft hetzelfde.'

'Ga je alleen?'

'Nee,' zei ze. 'Seto gaat mee, en ik laat Derek overkomen voor wat assistentie.'

'Is het zo ingewikkeld?'

'Ik heb gewoon wat extra deskundige ondersteuning nodig,' zei ze. Het feit dat Derek Liang in beeld kwam zou Oom alleen nog maar zenuwachtiger maken. Derek had bij vijf andere zaken met haar samengewerkt, en alle vijf waren op zijn minst problematisch geweest.

Even later zei hij rustig: 'Als je denkt dat het nodig is.'

In het prille begin van hun samenwerking had Ava een bespreking bijgewoond tussen Oom en een zakenman uit Macau die hen wilde inhuren. Hoewel hij hun hulp nodig had was de zakenman erg terughoudend met informatie en had hij maar een minimum aan gegevens verstrekt. Oom werd ongeduldig van al die vaagheid en begon steeds gerichtere vragen te stellen. Uiteindelijk stak de man zijn handen in de lucht en zei: 'Gelooft u me, u hebt genoeg informatie. Echt, vertrouwt u me nou maar, u hebt alles wat u nodig hebt.'

Oom had de opdracht geweigerd. In de draagvleugelboot terug naar Hongkong zei hij tegen Ava: 'Zodra iemand "geloof me" of "vertrouw me" tegen je zegt, maar niet kan uitleggen waarom, maak dan dat je wegkomt. Ik beschouw het als de gevaarlijkste woorden die iemand kan gebruiken, een toevlucht voor de zwakken.'

In al die jaren waren die woorden niet over haar lippen gekomen. Op het moment dat ze hem zou moeten vragen om haar te vertrouwen zou het gedaan zijn met hun samenwerking. En ze hoopte dat het andersom ook zo was. Zelfs als Oom de nodige reserves had zou hij dat nooit laten merken. Hij vertrouwde haar volledig, en zelfs als de zaken volledig de mist ingingen – wat soms gebeurde – dan kwam hij nooit achteraf met kritiek.

'Ja, ik denk dat het nodig is.'

'Is er nog iets?'

'Herinnert u zich nog die keer dat ik Fong Accounting als cover gebruikte?'

'Ja.'

'Ik moet dat nog een keer doen.'

'Heb je het visitekaartje nog?'

'Ja, dat heb ik nog.'

'Voor wat voor situatie?'

'Als ik op de Maagdeneilanden ben ga ik op bezoek bij de bank van Seto, Barrett's, en dan ga ik als accountant. Het kan zijn dat Barrett's Fong belt om mijn identiteit te controleren. Het lijkt me stug dat ze dat zullen doen, maar we kunnen maar beter op safe spelen.'

'Welke naam staat er op het kaartje?'

'Ava Li.'

'Oké, ik zal met Mr. Fong contact opnemen om dat te regelen. En als die lui bellen, wat moeten ze bij Fong dan zeggen?'

'Dat ik in de Cariben reis, voor zaken, uiteraard. En ze mogen bij Fong ook spontaan mijn mobiele nummer geven als degene die belt contact met me wil opnemen.'

'Dat is alles?'

'Nee. We moeten nog meer geld sturen naar onze vrienden in Guyana.'

Hij reageerde niet onmiddellijk. Ze kon zich maar al te goed indenken wat voor vragen er in zijn hoofd rondspookten. Ze waren al meer dan honderdduizend dollar kwijt, en nu wilde ze dat hij nog meer stuurde. Derek laten opdraven kostte op zijn minst tienduizend dollar. Wat voor enorm verlies stond hun te wachten als ze bij Seto niets vingen?

Voordat hij kon reageren zei ze: 'Oom, ik heb meer geld gevonden dan Tam heeft te vorderen, heel wat meer. We krijgen onze volledige provisie plus nog eens een bonus.'

'Hoeveel moeten we sturen?'

'Dat weet ik niet, ik ben nog aan het onderhandelen,' zei ze. 'Ik weet alleen dat we Tams geld voorlopig niet terugkrijgen als we deze investering niet doen.'

'Wanneer weet je het wel?'

'Morgen. Uiterlijk morgen.'

'Ik wacht op je telefoontje,' zei hij.

'Oom, het spijt me heel erg. Ik weet dat u heel graag van start gaat met Tommy Ordonez.'

'Hij zal moeten wachten. Zorg goed voor jezelf. Wees voorzichtig.'

Vervolgens belde Ava Derek Liangs mobiele nummer. Pas bij de derde poging kreeg ze hem aan de lijn. Ze kon hem nauwelijks boven de dreunende muziek op de achtergrond uit horen. Hij was een karaokejunk en beeldde zich graag in dat hij Jackie Cheung, Hongkongs grootste Kantonese popster, was. Ze riep dat hij naar buiten moest gaan.

Ze kende Derek Liang nu zes jaar. Ze waren door hun bak-meileraar aan elkaar voorgesteld, die vond dat zijn enige twee leerlingen elkaar moesten kennen. Derek grapte vaak dat hun leraar visioenen had van Derek en Ava als parend koppel, bezig om de ultieme vechtrobot te produceren. Afgezien van haar seksuele belangstelling was Derek wel de laatste figuur die ze als partner zou kiezen. Hij was enig zoon van een vermogende Shanghaise handelaar, en naar Canada gestuurd voor een universitaire opleiding. Hij was in het tweede jaar gestopt met zijn studie en had zich volledig gewijd aan vechtsport, aan zijn wensen aangepaste sportwagens, karaoke en vrouwen.

Maar Derek was slim en hij was een kanjer. Een echte kanjer. Bijna twee meter lang, slank, gebeeldhouwde trekken, kon zijn woordje doen in het Engels en drie Chinese talen en kleedde zich smaakvol en klassiek, als hij er zin in had. Ava en hij hadden zich al diverse keren als stel voorgedaan. Als ze hand in hand over straat liepen werden ze van alle kanten aangegaapt. Dat zou nu ook weer gebeuren.

'Ik wil dat je naar de Britse Maagdeneilanden gaat,' zei ze.

'Wanneer?'

'Morgen, als het lukt.'

'Zie ik je daar?'

'Ja, maar ik weet niet precies wanneer ik aankom. Misschien een paar dagen later.'

'Ik vermaak me wel in de tussentijd.'

'We moeten een suite hebben, een grote, de grootste die je kunt krijgen. Er reist iemand met ons mee. Kun je achter zo'n suite aangaan?'

'Tuurlijk.'

'Mail me even als je het geregeld hebt.'

Ava betaalde Derek tweeduizend dollar per dag plus onkosten. De eerste keer dat ze hadden samengewerkt had hij het geld geweigerd. Hij zei dat hij het niet nodig had, en dat was ook zo. Ava was tegen hem uitgevaren in het Kantonees, dat met zijn harde medeklinkers en schelle klank aardig in de buurt komt van de ultieme taal voor een scheldpartij. Hij nam het geld aan, en daarna hoorde ze hem er niet meer over. Ze deed dat puur om zakelijke redenen. Als hij voor niets werkte stond zij bij hem in het krijt; als zij hem betaalde stond hij bij haar in het krijt.

Ze opende haar conceptbericht aan Jeremy Bates en las het nog eens door. Het klonk nog niet authentiek genoeg, dus ze deed een nieuwe poging.

Beste Mr. Bates,

Ik kom een dezer dagen op de Maagdeneilanden aan. Ik heb Ms. Ava Li bij me, die ik door middel van dit bericht aan u voorstel. Ze is accountant bij een kantoor in Hongkong waarmee we voornemens zijn zaken te doen. Ik wil een elektronische overboeking ter hoogte van $ 7.000.000 naar het accountantskantoor doen. Ms. Li zal me vergezellen om de transactie te bevestigen, en ik zou het op prijs stellen als de bank haar als mijn associé beschouwt. Ze heeft onbeperkt toegang tot al mijn bankgegevens, en middels dit bericht machtig ik de bank om haar alle informatie te verschaffen die ze vanaf nu nodig mocht hebben. Zodra het reisschema definitief is neem ik contact met u op om een tijdstip af te spreken voor een bezoek aan uw kantoor.

Met vriendelijke groeten,
Jackson Seto

Dat is beter, dacht ze, en ze klikte op Versturen

Het was bijna middernacht. Ava was niet moe, dus ging ze naar beneden, op zoek naar Patrick. Hij zat op de bank tv te kijken.

'Zou je de Captain voor me willen bellen?' vroeg ze.

'Nu?' vroeg hij, op zijn horloge kijkend, een Panerai die in het echt ongeveer vijfduizend dollar zou kosten.

'Ja, zeg maar dat ik klaar ben voor een babbeltje. Ik wil niet tot de ochtend wachten.'

'Ik weet niet of dat zo'n goed idee is.'

'Geef me zijn nummer maar, dan bel ik hem zelf wel.'

Patrick kwam kreunend overeind van de bank. 'Wacht hier maar.'

Hij ging naar buiten om de Captain te bellen. Ze vroeg zich af wat hij buiten haar om met de Captain moest bespreken. Hij was binnen een minuut terug en reikte haar de telefoon aan. 'Hij wil jou spreken.'

Ze nam hem aan. 'Hallo?'

'Ga ergens heen waar we ongestoord kunnen praten,' zei de Captain.

Ava ging de trap op naar Seto's kantoor en deed de deur achter zich dicht. 'Ik ben alleen,' zei ze.

'Ik had niet zo snel bericht verwacht.'

'Het is in Hongkong midden op de ochtend. Als we meer geld moeten overmaken zou dat in de komende paar uur kunnen gebeuren. Waarom zouden we een hele dag laten schieten?'

'Dus je hebt een plan uitgedokterd?'

'Ik weet wanneer ik bij iemand in het krijt sta.'

'Slimme meid.'

Ze nam aan dat hij het sarcastisch bedoelde. 'Het moet lukken, zonder al te veel gedoe.'

'En mag ik misschien weten hoe?'

'Ik moet Seto onder de duim houden, ik moet hem zolang goed zien te houden,' begon ze, en ze ontvouwde haar plan. 'Als dat werkt – en ik zie niet in waarom het niet zou werken – komt het erop aan dat ik de manager van de bank zover krijg dat hij het geld vrijmaakt. En ik denk dat ik de basis voor een succesvol verloop al heb gelegd.' Toen ze alles tot in detail had uiteengezet voegde ze eraan toe: 'U moet goed begrijpen dat ik niets zal doen wat uw contacten met instanties op de Maagdeneilanden of met Barrett's in gevaar brengt. Alleen mijn naam en mijn reputatie staan op het spel.'

'Het klinkt redelijk, maar het vraagt enorm veel vertrouwen.'

'Ja, dat weet ik, maar ik heb het goed doordacht. Het is absoluut haalbaar.'

'Ms. Li, ik ben geneigd u te geloven,' zei hij rustig. 'Misschien omdat het al zo laat is en mijn brein niet meer optimaal functioneert.'

Misschien omdat je op het punt staat op zijn minst nog honderdduizend dollar binnen te halen. Misschien omdat al dat gezeur of ik wel een realistisch plan had alleen maar bedoeld was om je onderhandelingspositie te versterken. 'Dank u, Captain, ik stel uw steun bijzonder op prijs,' zei ze.

Hij negeerde de onoprechte opmerking. 'Dus nu moeten we het over de details hebben.'

'Hoe stelt u zich voor ons daarheen te krijgen?'

Ze had verwacht dat hij de vraag zou ontwijken, maar dat deed hij niet. 'Per privévliegtuig. Eigenlijk een regeringsvliegtuig. Geen luxe toestand maar een turboprop; veel meer kan die landingsbaan op Beef Island niet aan. Het is ongeveer tweeënhalf uur hiervandaan. De beste tijd om te landen is 's avonds. Dan is het rustiger, en hoe minder mensen u zien hoe beter. Douane en Immigratie moeten op de hoogte worden gesteld van uw komst. Daar zorgen wij natuurlijk voor. U wordt doorgezwaaid.'

'Klinkt goed.'

'Maar het betekent niet dat alles zomaar kan, dat begrijpt u hopelijk wel.'

'U bedoelt?'

'Nou, we kunnen Seto niet als een mummie inzwachtelen. In de handboeien slaan kan ook niet. Onze vrienden daar verwachten discretie. Kunt u met die beperkingen Seto onder controle houden? Een Seto die stennis maakt kunnen we niet gebruiken.'

'Seto slaapt tegen de tijd dat we landen,' zei ze. 'Een vriend van ons wacht ons op het vliegveld op. Hij heet Derek Liang. Ik zou graag zien dat u de instanties van de Maagdeneilanden informeert over zijn komst en zorgt dat hij toestemming krijgt om me bij het vliegtuig op te wachten.'

De Captain lachte, een lachje dat overging in gehoest. 'Ik moet toch eens stoppen met die sigaren.'

'Bravo.'

'Nee, bravo voor jou, Ava Li. Je bent echt een slimme meid. Betekent de aanwezigheid van die Mr. Liang dat je onze fysieke ondersteuning daarginds niet meer nodig hebt?'

'Pas zodra ik Seto in het vliegtuig heb.'

'Mag ik vragen hoe je van plan bent hem in slaap te krijgen?'

'Ik heb een paar dagen geleden met Patrick koffiegedronken in de donuttent. Checkt u de beelden maar.'

'Heb ik gedaan,' zei hij.

'Dan weet u het.'

'Ik weet het.'

'Waarom vraagt u het dan?'

'Ik wist niet of ik het moest geloven.'

'Dat moet u wel.'

'Kennelijk. Goed, nu we je veilig hebben laten landen en je een uiterst passieve Seto zonder enige moeite langs Immigratie hebt gekregen, rest ons nog de bescheiden aangelegenheid van het geld. Je begrijpt dat zo'n vliegtuig een kostbare aangelegenheid is. En onze vrienden op de Maagdeneilanden houden er een uiterst luxueuze levensstandaard op na. Die nemen heus geen genoegen met een paar dollars om een oogje dicht te doen bij wat in feite neerkomt op een ontvoering.'

Zelf had ze erover gedacht het anders aan te pakken, en hem de keus te laten tussen een vast tarief en een percentage van wat ze binnenhaalde. Slaagde ze er niet in het geld los te krijgen, dan zou een afgesproken percentage de pijn voor haar en Oom enigszins verzachten. Maar dan kwam ze er niet onderuit om hem te vertellen om hoeveel geld het ging. En in dat geval zou ze hem ook de waarheid vertellen. Het was niet ondenkbaar dat hij daar zulke solide connecties had dat hij er anders zelf wel achter zou komen. En als ze succes had zou hem dat natuurlijk meer opleveren dan een vast bedrag. Het zou makkelijk verdiend geld zijn, maar het moest wel uit hun portemonnee komen. Het hing er helemaal van af hoeveel vertrouwen ze had in de kans van slagen bij Barrett's.

Bij het doorbladeren van Seto's bankpapieren had ze gezien dat Jeremy Bates kennelijk nog niet zo lang bij de bank werkte. Zijn naam dook pas sinds een jaar op in de stukken. Daarvóór had Seto met een zekere Mark Jones te maken gehad. Dat betekende dat Bates niet betrokken was geweest bij het vaststellen van de procedures voor kasopnamen. Hij kende die natuurlijk wel, maar misschien vond hij ze wel net zo ouderwets en gecompliceerd als zij. Misschien zou hij zich wat soepeler opstellen als ze voor de nodige basisvereisten zou zorgen. Het voelde als een goed idee, vond ze. Het zou vast wel werken.

'Noemt u het tarief maar,' zei ze.

'We hebben tweehonderdduizend dollar nodig.'

'Captain, dat wordt mijn dood.'

'Ms. Li, dit keer zijn we niet aan het onderhandelen. Dit is het bedrag. Betaal het of geniet van uw vakantie in Guyana met Mr. Seto, want ik kan u verzekeren dat hij onder geen enkele andere voorwaarde het land uit komt.'

Ze wist dat hij het meende; ze wist ook dat ze het geld zou overmaken, maar het lag niet in haar aard om zo snel te capituleren. Ze zuchtte. 'Ik moet het met mijn mensen bespreken. Zonder hun toestemming mag ik geen ja zeggen. Heeft u tien minuten?'

'Twintig mag ook.'

Ze pakte haar eigen mobiel, maar keek eerst naar de gekozen nummers op Patricks mobiel. Ze nam aan dat het nummer op het scherm het rechtstreekse nummer van de Captain was en schreef dat in haar notitieboek.

Oom nam direct op.

'We moeten nog tweehonderdduizend sturen.'

'Dezelfde bankgegevens?'

'Precies dezelfde.'

'Wordt binnen een halfuur geregeld,' zei hij zonder te aarzelen.

'Wilt u alstublieft de bevestiging van de overboeking laten scannen en naar me e-mailen?'

'Dat gaat in één moeite door.'

Ze wist hoe moeilijk het voor hem was. 'Oom, dit gaat lukken.'

'Hoeveel meer geld verwacht je dat er is?' Met die vraag bevestigde hij zijn vertrouwen in haar en maakte hij tegelijk duidelijk dat zijn besluit om tweehonderdduizend over te maken niet was gebaseerd op een toevallig extraatje.

'Ongeveer twee miljoen.'

'Heb je enig idee hoe lang het duurt?'

'Derek doet er zeker vierentwintig uur over om naar de Maagdeneilanden te komen. Zonder hem lukt het niet, dus het heeft geen zin om hier vóór overmorgen te vertrekken. Ze willen dat we 's avonds aankomen, dus ik kan op zijn vroegst over drie dagen naar de bank.'

'Hou me op de hoogte.'

'Dagelijks.'

In het halfuur daarna checkte Ava e-mails en praatte ze bij met familie en vrienden. Het weer in Toronto was grimmig, haar moeder had haar vaste winterse dreigement om naar Hongkong terug te verhuizen weer tevoorschijn gehaald. Ava las haar zusters verwoede pogingen om mam tegen te houden en verbaasde zich erover dat Marian dat soort dreigementen nog serieus nam; mam had immers geen vrienden meer in Hongkong en zou door haar vader financieel kort worden gehouden als ze daar zou opduiken. Terwijl ze de mail van haar zus aan het lezen was kwam er een bericht van Derek binnen. Hij had een vlucht via San Juan geboekt, waarmee hij de volgende dag om zes uur in Tortola zou aankomen, eerder dan hij had verwacht. Het was hem niet gelukt een hotelsuite te vinden, maar hij had een appartement met drie kamers en hotelservice gevonden, met een mini-mumreservering van een week, en dat gereserveerd.

Een appartement is perfect, dacht ze. Misschien werd Derek haar mascotte. Ze rekende uit dat hij na haar telefoontje direct van karaoke naar huis was gegaan. Het leek erop dat zij het enige in zijn bestaan was wat hij serieus nam. Ze belde hem thuis. Hij was kennelijk niet verbaasd nu al van haar te horen.

'Dat appartement klinkt geweldig.'

'Het was niet makkelijk te vinden.'

'Derek, misschien probeer ik ook wel om morgenavond naar de Maagdeneilanden te vliegen. Ik wil het zo zien te regelen dat ik rond tienen land. Dan heb jij tijd om alles in orde te maken.'

'Wat moet er gebeuren?'

'Ik kom met een privévliegtuig. Ik wil dat je onder aan het vliegtuig klaarstaat met een rolstoel.'

'Een rolstoel vind ik wel ergens.'

'Die hebben ze op het vliegveld.'

'Maar hoe kom ik bij het vliegtuig? Je weet hoe die controle tegen-woordig is.'

'Dat wordt geregeld. Douane en Immigratie daar hebben je naam. Je krijgt van hen toestemming om me te tegemoet te lopen. Ik heb nog niet alle details, die krijg je nog, plus de naam van een contactpersoon ingeval van problemen.'

'Klinkt simpel.'

'Ja, dat doet het altijd, totdat de zaak in de soep loopt.'

'Ava, zijn die lui te vertrouwen?'

'Ik betaal ze anders genoeg.'

'Maar toch…'

'Bovendien denken ze dat ik van de Triade ben.'

'Ben je dat dan niet?' vroeg hij plagerig. Al was ze geen Triade, bij het idee dat ze mogelijk connecties met hen had dachten mensen wel twee keer na voordat ze haar te grazen namen. Derek en zij waren di-verse malen met geweld bedreigd, en Ava had dan korte metten moe-ten maken met de situatie met de mededeling: 'Wij zijn van de vrien-delijke tak. U wilt vast niet met onze vrienden kennismaken.'

'Niet dat ik weet,' antwoordde ze. Ze vroeg details over zijn vertrek de volgende dag en zei dat ze hem voor die tijd nog haar definitieve reisschema en verdere informatie zou doorbellen.

Nu was het tijd om de Captain te bellen. Ze toetste zijn nummer in op haar mobiel. Het kon geen kwaad dat hij wist dat ze hem rechtstreeks kon bereiken.

Pas bij de vijfde keer nam hij op, en Ava vroeg zich af of hij een spelletje met haar speelde. 'Ms. Li, ik zie dat u mijn nummer heeft. Ik ga ervan uit dat u ook hartverwarmende informatie hebt.'

'Het geld is onderweg. Over een paar uur heb ik een kopie van de overboeking. Met een beetje geluk staat het geld morgen bij u op de rekening,' zei ze.

'Bedoelt u vandaag? Het is al ver na middernacht.'

'Vandaag. En ik zou ook graag vandaag vertrekken. Denkt u dat dat mogelijk is?'

'Ik had er niet op gerekend dat u zo efficiënt zou zijn. Vandaag heeft de minister van Landbouw het vliegtuig nodig voor een korte trip naar Port of Spain.'

'Hij kan met een commerciële maatschappij. Ik niet.'

'Weet u, ik sta niet bepaald bekend om mijn toegeeflijkheid,' zei hij, 'maar om een of andere reden kan ik gewoon geen nee tegen u zeggen.'

Driehonderdduizend dollar lijkt me anders een aardig goeie reden, dacht ze. 'Mijn mensen in Hongkong stellen uw medewerking zeer op prijs. Mocht u ooit hun hulp nodig hebben, dan hoeft u maar even te bellen.'

'Ik kan me niet voorstellen waarom ik ze ooit nodig zou kunnen hebben.'

'Je weet maar nooit.'

Er viel een stilte. Op de achtergrond hoorde ze getinkel van ijs tegen glas. Hij was vriendelijker dan normaal, bijna joviaal, en ze vroeg zich af of dat de drank was. 'Captain, kan ik hier vanavond weg?'

'Waarom niet?'

'Dank u.'

'Zullen we het in de loop van de ochtend verder bespreken? Bel rond tienen mijn kantoor, dan werken we de details uit.'

Ze dacht aan Derek en zei: 'Ik zou graag nu al de naam van de contactpersoon op de Maagdeneilanden weten. Mijn associé is tegen tienen al onderweg en we kunnen elkaar pas weer bereiken als ik ben geland. Ik wil niet op het vliegveld aankomen en moeten constateren dat ik alleen met Seto ben.'

'Het zijn er twee, om precies te zijn. Op het vliegveld is ene Morris Thomas aanwezig. De beste man is senior medewerker bij Douane en Immigratie. We zullen Morris van uw reisschema op de hoogte stellen zodra het definitief is, en hij zal beschikbaar zijn voor u en die Mr. Liang. Ik verwacht geen problemen, maar zijn die er, bel dan Jack Robbins.'

Ze schreef het nummer op.

'En voor het geval u het zich afvraagt: Jack is mijn jongere broer. U bent dus in heel goede handen.'

Na het gesprek zat Ava een tijdje doodstil voor zich uit te staren naar Seto's screensaver: een foto van een bedrijvige zeehaven. In haar hoofd echode Dereks vraag of die lui wel te vertrouwen waren. Het probleem was dat ze al te diep in de zaak was verwikkeld om er zonder nog grotere kleerscheuren uit te stappen. In elke zaak kwam er een moment waarop ze op haar eigen oordeel moest vertrouwen. Dat moment was nu. Het was zo gemakkelijk om te bedenken wat er allemaal fout kon gaan, maar daar wilde ze zich niet door laten meeslepen. In plaats daarvan zei ze hardop: 'De driehonderdduizend is geregeld. Het vliegtuig staat er. Seto en ik komen op de Maagdeneilanden aan. Op het vliegveld doen zich geen complicaties voor. Jeremy Bates werkt mee. Andrew Tam is straks een gelukkig mens.'

Even later belde ze Derek en gaf ze hem de namen van Morris Thomas en Jack Robbins door.

'Tot morgenavond,' zei hij opgewekt.

'Tot morgen,' zei ze.

29

'Zwijn dat je bent, smerig zwijn!'

Ava kwam de keuken binnen en zag dat een van de mannen van de Captain papieren handdoeken naar Seto's voeten smeet, waar zich een indrukwekkende plas urine had gevormd.

'Had je hem niet mee naar de wc kunnen nemen?'

'Hij vroeg het niet.'

Patrick kwam uit zijn kamertje binnenschuifelen, de slaap uit zijn ogen wrijvend. 'We kunnen hem hier zo niet achterlaten. Het gaat overal stinken.'

'Ik ga die vrouw halen,' zei Ava. 'Geef me even de sleuteltjes van de handboeien.'

Toen ze de slaapkamer binnenkwam lag Anna te slapen. Aan de zijkant van haar hoofd zat opgedroogd bloed van de klap van Patrick. Daaronder zag Ava een enorme blauwe plek opkomen. Ze raakte Anna's arm aan om haar niet te laten schrikken. Toch werd de vrouw met een schok wakker, en er kwam een angstige blik in haar ogen.

'Anna, ik doe je niks. Ik heb beneden je hulp nodig met Jackson. Wacht hier even.'

Ava ging naar de badkamer en maakte een washandje nat.

De vrouw wilde zich overeind worstelen, maar dat ging moeilijk door de tape waarmee haar benen waren vastgebonden. Ava trok die van haar enkels los en zei dat ze zich moest omdraaien. 'En nu alsjeblieft niet iets doms doen,' zei ze terwijl ze de handboeien afdeed. Ze gaf haar het washandje. 'Hier, veeg je gezicht maar schoon. Er zit opgedroogd bloed op je rechterwang en -oor.'

Anna vertrok haar gezicht terwijl ze haar gezicht bette.

'Moet je plassen?'

'Heel nodig.'

'Ga maar even naar de badkamer. En laat de deur open.'

Anna wankelde even toen ze ging staan. Ava zag dat ze totaal murw was en niet zou tegenwerken. 'Maak tegelijk je gezicht wat beter schoon,' zei ze.

Het duurde vijf minuten voordat Anna zich weer wat had opgeknapt, en in de tussentijd had Ava een mentaal boodschappenlijstje gemaakt van wat ze haar wilde laten doen. 'We gaan naar beneden,' zei ze. 'Je vriend heeft in zijn broek geplast. Ik wil dat je hem mee naar boven neemt en hem wast en verkleedt. Een van de jongens beneden kan wel toezicht houden.'

Patrick en de agenten zaten met een van walging vertrokken gezicht aan de keukentafel. 'Haal de tape van zijn enkels,' zei Ava tegen de vrouw. Ze had hem ook de handboeien kunnen afdoen, maar ze wilde niet dat zijn gevoel van hulpeloosheid afnam. Hij moest geen seconde denken dat er ook maar enige kans op gratie was.

'Patrick, de vrouw neemt hem mee naar boven om te wassen en verkleden. Ga met ze mee, wil je?'

Hij keek alsof hij wilde tegensputteren. Ava draaide zich om en zei tegen Anna: 'Heb je een paspoort?'

'Ja.'

'Waar ligt het?'

'Boven in mijn ladekast.'

'Waar is Ng's paspoort?'

'Dat heeft hij op zijn kamer. Waar precies weet ik niet.'

'Luister goed. Als je klaar bent met je vriend wil ik dat je een kleine koffer voor hem pakt. Zijn toiletspullen, schoon ondergoed, overhemd, en zijn nachtgoed.'

'Je hoeft niet mee de badkamer in,' zei ze tegen Patrick, toen ze de trap opgingen.

'Dank u wel, baas,' zei hij.

Ze vond Anna's paspoort in de bovenste la van de ladekast. Het duurde iets langer voordat ze het paspoort van Ng had, dat onder zijn matras verstopt lag. Ze trok uit beide paspoorten alle bladzijden, verscheurde ze en gooide de snippers in een prullenbak in Seto's kantoortje. Die twee kwamen Guayana voorlopig niet uit.

Vervolgens checkte ze haar e-mail. Derek had zijn reisschema gestuurd. Ze logde in als Seto, voor het geval Bates had gereageerd. Niets. Seto had ongeveer dertig ongelezen berichten. Ze zag het bericht dat ze vanuit het Phoenix had gestuurd. Er waren ook twee berichten van George Antonelli. Ze opende ze; ze bevatten details over een offerte voor tilapia.

Seto stond midden in de slaapkamer. Patrick had een van de handboeien verwijderd en Seto hield zijn handen omhoog zodat Anna hem een schoon overhemd kon aanschieten. Hij was ongelooflijk mager, zijn botten staken door zijn huid. Toen hij aangekleed was deed Patrick hem de boeien weer om.

'Moet ik je weer vastbinden?' vroeg ze Anna.

'Nee, alsjeblieft niet!'

'We laten hem hier bij je achter. Als we weg zijn mag je de tape van zijn ogen halen. Er staat iemand voor de deur en iemand beneden, dus niet creatief worden. Ik wil niet dat je weer gewond raakt, en je kunt niets, echt helemaal niets voor hem doen. Is dat duidelijk?'

'Ja.'

'Dat moet zo wel gaan tot morgenochtend met die twee,' zei ze tegen Patrick. 'Kun je me nu naar het hotel brengen?'

Terwijl Patrick zijn mannen bijpraatte pakte Ava haar notitieboek en sporttas. Bij een blikseminspectie van de tas zag ze dat Seto's paspoorten, rijbewijs en Hongkongse identiteitsbewijs er nog in zaten.

'Ik begrijp uit het gesprek dat je net voerde dat je ons morgen gaat verlaten?' zei hij, toen ze op weg gingen naar het Phoenix.

'Dat is wel het plan.'

'En je neemt hem mee?'

'Inderdaad.'

'Heb je daar nog hulp nodig?'

'Dat vroeg de Captain ook al, en het antwoord is nee.'

'Wat jammer. Ik reis zo weinig in deze baan.'

'Reizen wordt vreselijk overschat. Na een tijdje zijn alle vliegtuigen, hotels en restaurants hetzelfde.'

'Maar dit was vast anders.'

Ze moest even glimlachen. 'Anders is mooi geformuleerd.'

Patricks mobiel ging. Hij keek naar het nummer. 'Komt uit het huis,' zei hij.

'Ik hoop niet dat er iets is gebeurd,' zei ze. Ze kon zichzelf wel voor het hoofd slaan dat ze de vrouw bij Seto had achtergelaten.

Ze kon de stem van de agent horen, maar niet wat hij zei. Rampzalige visioenen kwamen boven.

'Nee, laat ze maar. Wat gebeurd is, is gebeurd,' zei Patrick ten slotte, en hij beëindigde het gesprek.

'Alles in orde?'

'Die man van me hoort lawaai in de slaapkamer, dus hij doet de deur open. Is die vrouw Seto aan het pijpen. Het was zeker opwindend, met die handboeien.'

30

Terug op haar kamer maakte Ava de fles wijn leeg. Daarna zette ze zich aan *Tai Pan*, in de hoop dat ze bij die bombastische taal snel in slaap zou vallen. Maar helaas. Pas over vieren dommelde ze in en om halfacht werd ze alweer gewekt door het geratel van machines buiten. Vanuit haar raam zag ze een groepje mannen voor het hotel gaten in het wegdek repareren. *Als ze de rest van Georgetown onderhanden willen nemen kunnen ze de rest van hun leven vooruit,* dacht ze.

Tom Benson zat in het café, en dit keer vermeed ze hem niet. Ze had een lange dag voor zich, en die moest ze zien door te komen. Ze kon elk beetje afleiding gebruiken.

'Ik vertrek vanavond,' zei ze terwijl ze ging zitten.

'Bofkont. Geslaagd tripje, hè?'

'Tot nu toe wel.'

'Misschien ben ik zelf binnenkort ook pleite. Ze zeiden gisteren dat mijn onderdelen misschien onderweg zijn. Even gesteld dat de boot niet zinkt en die klojo's bij de douane de spullen het land binnenlaten. Het duurt nog een week of twee voordat ik ze binnen heb. Dan nog een weekje voor de installatie en presto, dit klotegat heeft zeventig procent van de nodige energie in plaats van vijftig.'

'Geweldig.'

'Nou hè, en dat vandaag de dag.'

'Als je nou ook nog iets aan het water kon doen.'

'Vertel mij wat. Hoe lang zit ik hier verdomme al, en ik ben er nog steeds niet aan gewend.'

'De enige plaats die bijna net zo erg is ligt in de Filippijnen, een stadje op Negros Island. In het hotel waar ik logeerde zat er zoveel zwavel in het water dat het hele gebouw constant naar rotte eieren stonk.'

'Maar het was er niet zo gevaarlijk als hier, toch?'

'Om tien uur 's avonds ging de balie dicht en bijna al het licht uit. Er stond een frisdrankautomaat in de lobby, en ik weet nog dat ik op een avond naar beneden ging voor een colaatje en oog in oog stond met een vent met een geweer. Zijn maat was een vent die met een uzi bij de ingang stond. Dat was dus het bewakingssysteem van het hotel. Het hotel was een bouwval, dus kun je nagaan hoe veilig het in de stad was.'

'Heb je daar nog een paar inboorlingen verrot geslagen?'

'Pardon?'

'Het hele hotel heeft het erover dat je twee criminelen in elkaar hebt geslagen die op je afkwamen. Je bent de heldin. Ben ik blij dat ik niet bij jou heb zitten drammen.' Hij stond op en stak zijn hand uit. 'Goeie reis.'

'Jij ook, Tom.'

'Jou vergeet ik niet gauw. Kan ik niet zeggen van een hoop anderen die ik niet heb geneukt.'

'Ik vergeet jou ook niet.'

Ava bleef een halfuurtje in haar eentje de plaatselijke kranten lezen. De Indiase politici maakten de zwarte politici uit voor bedriegers, de zwarten noemden de Indiërs dieven. *En al die marionetten dansen aan de touwtjes van Captain Robbins,* dacht ze. Er hadden de afgelopen nacht vier roofovervallen, zeven inbraken en twee pogingen tot moord plaatsgevonden. Als zij vertrok kwam daar nog één ontvoering bij.

Jeff stond in de lobby met de receptioniste te flirten toen Ava het café uit kwam. Ze zwaaide naar hem. 'Blijf je nog even?' vroeg ze.

'Ik moet om twaalf uur iemand ophalen.'

'Ik zie je voor die tijd nog wel.'

Ze trok haar hardloopspullen aan voor een laatste rondje langs de dijk. Daar zou ze echt met veel plezier aan terugdenken. Het was drukkend, maar de lucht was helder en de zilte geur had een bijna zuiverende werking. Er valt wel iets te zeggen voor een niet-industriële maatschappij, dacht ze. Meestal liep ze ongeveer vijf kilometer. Ze besloot verder te gaan en kocht in de lobby een flesje water voor onderweg.

Toen ze de deur uit ging knikte de portier haar toe. 'Ik zal even doorgeven dat u gaat hardlopen, kunnen de boeven zich uit de voeten maken.'

Toen ze terugkwam van haar zestien kilometer voelde ze zich vies en bezweet. Op haar kamer was voor de verandering de airconditioning aan, net als het berichtensignaal van haar mobieltje. Ze sloeg een handdoek om haar nek en checkte de berichten. Oom, Captain en Marc Lafontaine: een driemanschap.

De Captain was op kantoor, ze werd onmiddellijk doorverbonden. Het geld is binnen, dacht ze. 'De betaling staat op onze rekening,' bevestigde hij. 'Ik bewonder uw efficiency. Patrick komt om zes uur naar het hotel. Onderweg naar Cheddi Jagan pikt u uw bagage op. Ik heb uw vertrek op acht uur gezet. Succes.'

'Ik zal de groeten doen aan uw broer,' zei ze, maar de verbinding was al verbroken.

In Hongkong was het al laat. Oom zou al hebben gegeten, zijn massage hebben gehad en zich al hebben gesetteld om naar herhalingen van de paardenrennen op de Happy Valley Racetrack te kijken. De telefoon ging vier keer over en ze wilde net ophangen toen hij opnam met zijn vertrouwde, geruststellende 'Wei'.

'Met Ava. Het geld staat al op hun rekening. Dank u wel. Ik vertrek vanavond en ga morgenochtend naar de bank.'

'Daar ben ik blij om. Laten we dit project maar zo snel mogelijk afronden. Mijn vriend heeft vanavond twee keer gebeld, maar ik heb niet opgenomen. Tommy Ordonez heeft ook gebeld. Ik heb tegen hem gezegd dat het een paar dagen kan duren voordat we iets kunnen doen. Bij onbekenden gaat zoiets je gemakkelijker af.'

'U kende Tommy Ordonez al?'

Hij realiseerde zich dat hij zich had versproken. 'Hij is de vriend van een goede vriend. Ze komen uit hetzelfde dorp. Ik heb hem zo'n tien jaar geleden bij een congres in Jakarta ontmoet. Meer niet.'

Zal best, dacht ze. 'Ik wil het morgen afronden,' zei ze.

'Bel me als het niet lukt, voordat we nog verder in deze zaak verstrikt raken.'

'Oom, kunnen we hier nog verder in verstrikt raken?'

'Niet nog meer geld.'

'Ik begrijp het.'

'En stel jezelf niet bloot aan risico's.'

Ze kon een paar antwoorden bedenken, stuk voor stuk niet erg respectvol. 'Beloof ik.'

Het douchewater was niet alleen bruin maar ook koud, en na vijf minuten wachten of het nog warm werd gaf ze het op en droogde ze zich af. Het was nog te vroeg om zich aan te kleden voor de reis, dus trok ze haar Adidas-trainingsbroek en Giordano-T-shirt aan. Ze wilde haar zakelijke setje goed houden voor de reis.

Ze ging op het bed zitten en draaide Marc Lafontaines nummer.

'Hoe gaat het?' vroeg hij.

'Ik ben klaar voor vertrek. Vanavond vertrekt mijn vliegtuig.'

'Heb je wat je wilde hebben?'

'Voor een deel. Morgen weet ik meer.'

'En je kansen?'

'Fiftyfifty. Maar dat zeggen de Chinezen altijd.'

'Hoe bedoel je?'

'Als mijn moeder een lot koopt, vraag ik hoe ze haar kansen inschat. Dan zegt ze steevast: "Fiftyfifty: ik win of ik verlies."'

'Daar zit wat in.'

'Alleen als je geen vertrouwen hebt in wiskunde.'

'En nou je reële kansen?'

'Negentig-tien, in mijn voordeel.'

'Mooi. Ik ben blij dat ik je heb kunnen helpen.'

'Zonder jou was ik zelfs niet in de buurt gekomen. Dank je wel.'

'Wat vond je van de Captain?'

Ze was op haar hoede. 'Is dit vertrouwelijk?'

'Het blijft tussen ons.'

'Een gecompliceerd mens, maar in wezen is hij waarschijnlijk volslagen corrupt en immoreel. Hij denkt alleen maar aan zichzelf, daar is volgens mij alles mee gezegd.'

'Nog enige nuance?'

'Mocht hij je ooit uitnodigen bij Donald's voor een kop koffie en een donut: niet gaan. En als je gaat: mondje dicht. Ze nemen daar elk gesprek op.'

'Ik ben wel eens bij Donald's geweest. De High Commissioner ook. Hij vond het al heel apart.'

'Ze nemen daar elk gesprek op,' herhaalde ze.

'Jezus.'

''t Is maar dat je het weet. En apart is wel het laatste wat je van hem kunt zeggen. Hij is gevaarlijk.'

'En hoe is het je gelukt om…'

'Ik heb hem een hoop geld betaald voor iets wat eigenlijk niet onder zijn verantwoordelijkheid valt.'

'Jezus.'

'Hij heeft een paar zwakke plekken. Mocht het ooit nodig zijn dan kun je die uitbuiten.'

'Je bedoelt?'

'Hij bankiert bij Royal York en heeft een offshore-rekening op de Caymaneilanden. Maak het de bank moeilijk en de bank maakt het hem moeilijk. Als je een rekeningnummer nodig hebt kan ik het je geven.'

'Waarom vertel je me dit eigenlijk?'

'Ik stel het erg op prijs dat het hoofd beveiliging van de Canadese High Commission in Georgetown me assistentie heeft verleend. Sterker nog, als ik weer thuis ben schrijf ik Buitenlandse Zaken in Ottawa hoe goed die persoon me heeft geholpen.'

'Dat hoeft echt niet.'

'Jij hoefde me in principe ook niet te helpen.'

'Dat hoort bij mijn werk.'

'Ik heb maar weinig Canadese diplomaten ontmoet die er ook zo over denken. De meesten beschouwen je als een zeurpiet, iemand die hun dagelijkse routine verstoort.'

Het was bijna lunchtijd en ze bedacht dat ze hem kon voorstellen samen wat te eten. Ze zag ervan af, het was niet erg beleefd om hem als tijdverdrijf te gebruiken, en Ava was nu eenmaal beleefd opgevoed. 'Ik moet gaan, Marc. Ik heb nog wat werk te doen in het businesscentrum. Het was heel fijn om kennis met je te maken.'

Ava hing op, greep haar notitieboek en ging naar beneden. Het businesscentrum was, als gewoonlijk, leeg. En als gewoonlijk moest ze vier pogingen doen alvorens online te komen.

Ze opende Seto's mailaccount. Jeremy Bates had gereageerd op haar bericht van de vorige avond. Hij zou Mr. Seto en Ms. Li heel graag op zijn kantoor ontvangen. *Goed zo*, dacht ze, en ze antwoordde dat hij hen morgenochtend rond tien uur kon verwachten.

Daarna checkte Ava haar eigen mails. Ze had vijfentwintig nieuwe berichten, voor het grootste deel onbelangrijk. Mimi vroeg zich af wanneer ze weer terug was in de stad. Marian beklaagde zich over hun moeder, een bericht dat ze half las en verwijderde. Ze begon aan een mail aan Mimi, Marian en haar moeder, met de mededeling dat ze hen over een paar dagen weer zou zien, maar stopte en drukte op Verwijderen. Ze wilde zichzelf niet nog eens ongeluk bezorgen door op zaken vooruit te lopen. Eén ding tegelijk.

Ze checkte nogmaals Seto's binnengekomen mails. Bates had op haar boodschap gereageerd en de bespreking van tien uur bevestigd. *Die krijgt ook niet veel lui over de vloer,* dacht ze.

Ava wist niet veel van de Britse Maagdeneilanden, behalve dat het een populaire bestemming voor offshore-rekeningen was. Ze deed een bliksemonderzoekje op internet. Het was een groep eilandjes vlak bij Puerto Rico, met Tortola als grootste eiland, en zelfs dat was maar twintig kilometer lang en vijf kilometer breed. Het aantal inwoners van de hoofdstad, Road Town, bedroeg twintigduizend, en blijkbaar liepen er het hele jaar door net zoveel inwoners als toeristen rond. Het kwam niet over als een plek waar iemand erg lang kon rondlopen zonder op te vallen. Ava kon in bijna elke omgeving assimileren, zichzelf bijna onzichtbaar maken, maar bij Derek lag dat anders. Derek praatte, liep en zag eruit als iemand om wie je niet heen kon.

Het was bijna twaalf uur, en ineens drong het tot haar door dat ze nog niets van Patrick had gehoord. Ze belde zijn mobiele nummer.

'Hoi, ik zit in het huis,' zei hij.

'Alles in orde?'

'Prima. We hebben vanmorgen wisseling van de wacht gehad, en ik moest zeker weten dat die nieuwe lui de regels kennen.'

'En Seto?'

'Rustig.'

'En de vrouw?'

'Ze staat naast me de lunch klaar te maken.'

'Geef haar even.'

'Hallo.'

'Gaat het een beetje, Anna?'

'Beter, in elk geval.'

'Binnenkort is alles weer als vanouds. En, heb je Seto's koffer gepakt?'

'Dat heb ik, ja.'

'Mooi. Geef Patrick maar weer even.'

'Hoi,' zei Patrick.

'Wanneer vertrek je daar?' vroeg ze.

'Na de lunch. Ik moet op kantoor nog wat dingen doen.'

'Je haalt me om zes uur op?'

'Dat was de opdracht.'

'Ik sta bij de hoofdingang.'

'Tot straks dan.'

Er was nog één ding dat ze op internet moest nagaan. Ze ging naar de website van American Airlines. Dereks vlucht was op tijd uit Toronto vertrokken. Alles zat mee.

31

Om kwart voor zes was Ava met haar bagage in de lobby. Patrick was vroeg, hij zat in de lounge met een flesje Carib en een schaaltje pinda's voor zich.

Ze wilde een extra fooi voor Jeff achterlaten, maar die was nergens te bekennen. De portier had nog steeds dienst, en ze stond even te dubben of ze de fooi aan hem zou geven. Ze besloot dat niet te doen, vroeg de receptioniste een enveloppe en stopte daar heel onopvallend een honderddollarbiljet in. Ze plakte de enveloppe dicht, schreef Jeffs naam op de voorkant en gaf hem terug aan de receptioniste.

Het schemerde al toen ze met Patrick wegreed bij het Phoenix. 'Schemertijd, kuilentijd,' zei ze.

'Het geeft de stad wel cachet, vind je niet?' zei Patrick. 'Rome heeft zijn Vaticaan, Londen heeft Buckingham Palace, New York het Vrijheidsbeeld en wij hebben het wegdek met de grootste en rottigste gaten ter wereld.'

'Je vergeet ze niet gauw, nee.'

Toen ze het huis binnenkwamen zaten de mannen van de Captain met Anna en Seto aan de keukentafel.

'Waar staat de koffer?' vroeg Ava.

De vrouw wees naar een hoek van de keuken.

Ava pakte de tas en zette die op tafel. Ze maakte hem open en controleerde de inhoud. Alles wat ze had gevraagd zat erin, niet meer, niet minder.

'Ik neem aan dat je weet waar we naartoe gaan,' zei ze tegen Seto. 'Je mag afscheid nemen van je vriendin.'

Anna omhelsde Seto hartstochtelijk. Hij onderging het niet erg enthousiast. *Zij is wel het laatste waar hij zich druk om maakt. Maar wat is nou belangrijker: geld of overleven?* dacht Ava.

'Ik wil dat de mannen nog vierentwintig uur bij haar blijven,' zei ze tegen Patrick. 'Geen telefoongesprekken, geen internet, niets.'

'Je hebt het gehoord,' zei hij.

Ze frommelden Seto achter in de pick-up. 'Ik heb dit keer je ogen en mond niet getapet, maar één verkeerd woord en ik doe het alsnog,' zei Ava tegen hem.

Voor het eerst sinds ze hem bij Eckie's hadden opgepakt zag ze nog iets anders dan angst en volgzaamheid. Hij begon over de ergste schrik heen te komen. Hij begon te denken dat er misschien wel een uitweg was. Daar moest iets aan gedaan worden.

Ze deden er meer dan een uur over om bij Cheddi Jagan Airport te komen. Het enige licht kwam van de wassende maan, het was bijna pikdonker, zodat Patrick nauwelijks harder dan dertig kilometer kon rijden.

Ze keek voortdurend op haar horloge. Derek had om zes uur moeten landen. Ze belde hem ieder kwartier, totdat hij om halfacht eindelijk opnam.

'Alles oké daar?' vroeg ze.

'Niks aan de hand. Het vliegtuig was aan de late kant, maar ik zit al in een taxi op weg naar het appartement. Tegen tienen ben ik terug op het vliegveld.'

'Ik lig op schema.'

'Zie ik je daar.'

Vlak voor de terminal zwenkte Patrick af. Ava keek even snel naar hem; hij leek rustig. Ze wachtte af. Hij volgde de weg waarnaar het bord VRACHTVERVOER verwees, en ze ontspande enigszins. Op het tarmac, in het licht van schijnwerpers, stond een turboprop met op de zijkant de woorden GOVERNMENT OF GUYANA. Daarnaast stond een witte Cadillac Eldorado van zeker tien jaar oud geparkeerd. Ze kon maar één persoon bedenken die in zo'n auto reed.

Patrick bracht de pick-up recht voor het vliegtuig tot stilstand. Ondertussen ging het portier van de Cadillac open en stapte Captain Robbins uit. Ava kon in de auto kijken; hij was alleen. Ze nam snel de directe omgeving van het vliegtuig in zich op. Geen mens te zien.

'We kunnen uitstappen,' zei Patrick.

Ze sprong de cabine uit en deed een paar stappen in de richting van de Captain terwijl Patrick de wagen ontdeed van Seto en bagage.

Robbins kwam op hen afgestevend, en een Captain in beweging was nog imposanter dan een Captain die zat of stond. Hij maakte geen soepele of snelle indruk maar straalde een ongelooflijke kracht uit. Bij hem vergeleken was de lange en gespierde Patrick een knulletje.

'Ik kom afscheid nemen,' zei Robbins.

'Fijn.'

De Captain staarde omhoog naar de voorruit van het vliegtuig. De piloot keek naar hen en Robbins gebaarde naar hem. De piloot kwam bij hen staan op het tarmac.

'Dit is Ms. Li,' zei Robbins tegen hem. 'Jij brengt haar en dit stuk vreten naar de Britse Maagdeneilanden. Zij is de baas als het erom gaat wat er met hem moet gebeuren. Meng je niet in haar zaken. Zorg dat ze veilig landen, zet ze daar af en kom hier vanavond terug.'

'Yes, sir.'

'Wie is je copiloot?'

'Hughes.'

'Zorg dat hij het ook weet.'

Robbins keek Seto aan. 'En wat jou betreft: ik zou maar zo verstandig zijn om mee te werken.'

Hij keerde zich weer naar Ava. 'Je mag met hem doen wat je wilt als je klaar bent. Ik kan me niet voorstellen dat we hem zullen missen,' zei hij glimlachend.

Ze keek even naar Seto. Zijn blik was gefixeerd op de Captain. Ze zag er een vonkje woede in en wilde dat Robbins hem niet had geprovoceerd.

'Nogmaals bedankt voor al uw hulp,' zei ze.

Hij haalde zijn schouders op. 'Patrick, breng hem aan boord. Ik wil onder vier ogen met Ms. Li praten.'

Wat krijgen we nou, dacht ze. Dit voorspelde niets goeds.

Robbins wachtte tot het tarmac leeg was en stopte haar toen een papiertje in handen. 'Dit zijn de namen en mobiele nummers van mijn dochters in Toronto. Ze heten Ellie en Lizzie. Ik zou het prettig vinden als u contact met ze opneemt zodra u terug bent. Ik heb al tegen ze gezegd dat u een bevriende relatie bent en dat ze u kunnen bellen als ze ooit in de problemen komen. Ik denk dat ze dat ook graag even persoonlijk van u horen. We maken ons wel eens ongerust.'

Dat hij zoiets als vanzelfsprekend beschouwde en haar zo vertrouwde verbaasde haar. 'Dat zal ik graag doen. Meisjes van Havergal steunen elkaar door dik en dun.'

'Fijn om te horen. En nu wegwezen. Plezierige jacht en doe de groeten aan mijn broer.'

Het vliegtuig was er een uit een serie forensenvliegtuigen en bood destijds plaats aan zesendertig passagiers, in twaalf rijen van drie. Het was omgebouwd voor acht personen en zo ingericht dat er aan weerszijden van een tafel vier personen konden zitten. Patrick had Seto in een stoel bij het raam gezet. Ava ging aan het gangpad zitten, schuin tegenover hem, zo ver mogelijk van hem af.

'Succes,' zei Patrick toen hij wegging.

'Wie weet tot ziens.'

De piloot stak zijn hoofd om de deur van de cabine. 'De vlucht duurt ongeveer tweeënhalf uur. Tien minuten na de start schakel ik het signaal voor de veiligheidsriemen uit. Hier voorin is een pantry met drankjes en hapjes. Die mag u zelf pakken.'

Ze had voor alle zekerheid twee flessen water en twee cola's in haar tas gestopt. 'Ook sterkedrank?' vroeg ze.

'Van alles.'

'Dat is prima.'

Seto leunde met zijn ogen dicht tegen het raam. Het vliegtuig liet zijn motoren op snelheid komen en taxiede langzaam de startbaan op. Ava zette zich schrap en haalde nog eens diep adem toen ze opstegen en ze in de verte de zwakke lichtjes van Georgetown zag flonkeren. Na alle ellende die ze achter de rug had ervoer ze het vertrek bijna als een anticlimax.

Ze wachtte tot ze ongeveer een uur hadden gevlogen voordat ze Seto's rust verstoorde. Hij hing nog steeds als een zoutzak tegen het raam, met zijn ogen dicht. Ze kon niet uitmaken of hij sliep of wakker was, het interesseerde haar ook niet. Ze stak een been uit en gaf hem een schop.

Heel langzaam gingen zijn ogen open. Het zag er nogal onecht uit, hij was dus al wakker.

'Ik wil dat je naar me luistert,' zei ze. 'Ga overeind zitten en let goed op.'

'Jezus,' zei hij, en hij draaide met zijn nek en schudde met het been waartegen ze had geschopt.

'Als we straks landen doe ik je handboeien af voordat we uitstappen. We worden onder aan het vliegtuig door een vriend van me opgewacht. Hij is sterk, heel gemeen en kiest altijd partij voor mij. Eén ongepast woord van jou, de minste of geringste foute lichaamstaal, en hij slaat je buiten westen. We lopen straks rustig langs Douane en Immigratie. Ik wil dat je meeloopt, maar als we je moeten dragen, dan doen we dat. Is dat duidelijk?'

'Ik snap het.'

'Morgen komt er meer van hetzelfde. Jij en ik hebben een afspraak bij de bank, met Jeremy Bates. We gaan aan Andrew Tam het geld overmaken dat jij van hem hebt gestolen. Het enige wat je hoeft te doen is meewerken, en je zit morgenavond weer op het vliegtuig naar Guyana of naar wat voor plek ook.'

'Dat snap ik ook. Ik heb je ook al gezegd dat ik het sowieso zou teruggeven.'

'Ja, dat heb ik gehoord, en misschien geloof ik je ook wel.'

'Die handboeien, kan je die nu alvast afdoen? Wat kan ik hier in de lucht nou in godsnaam doen?'

'Rustig aan,' zei ze. 'Maar weet je wat, ik haal een drankje voor je. Wil je iets drinken?'

'Tuurlijk.'

'Wat wil je?'

'Kijk eens of ze whisky hebben.'

Ava liep de pantry in. De bar was beter voorzien dan de lounge van het Phoenix. Er waren drie soorten whisky: Johnnie Walker Red Label, Black Label en Blue Label, de premium.

'Ze hebben Johnnie Walker Blue Label,' zei ze.

'Die graag, puur.'

Ze liep terug naar de cabine. 'Ik pak hem straks, maar ik moet eerst even naar het toilet.' Ze pakte haar sporttas onder haar stoel vandaan en ging naar het toilet. Op de terugweg stopte ze in de pantry en legde ze terloops twee shampooflacons met elk 100 ml chloraalhydraat op het aanrecht.

Ze schonk zichzelf een bescheiden bel cognac in, een Remy Martin VSOP, en vulde voor Seto een glas voor een kwart met Blue Label.

Ze liep terug met de drankjes en hield de whisky tegen zijn lippen. Hij nipte niet maar slurpte. 'Doe die handboeien nou toch af,' vroeg hij.

'Te vroeg.'

'Kom op.'

'Hoor eens, sorry dat het zo moet, maar ik kan geen enkel risico nemen.'

Ze zette het glas weer tegen zijn mond. De whisky verdween. 'Nog één?' vroeg ze.

'Waarom ook niet?'

In de pantry tikte ze een shampooflesje halfleeg in het glas en lengde het aan met de whisky. Het had de kleur van pure whisky. Ze snoof eraan. Het had de geur van pure whisky.

Seto was rechtop gaan zitten. De drank had hem kennelijk opgekikkerd.

'Rustig aan,' zei ze. 'We moeten niet hebben dat je er dronken bij neervalt.'

'Ik weet wat ik kan hebben,' zei hij. Maar hij volgde haar advies en deed tien minuten over zijn drankje.

Ze ging de pantry in en vulde zijn glas opnieuw met chloraalhydraat en whisky. Toen ze terugkwam met zijn bijgevulde glas keek hij met een schaapachtige grijns naar haar op. Zijn ogen werden wazig, en ze besefte dat die tweede dosis misschien niet eens nodig was.

Wat maakt het uit, dacht ze. Zonde om het weg te gooien. Tot haar grote schrik werkte hij de hele inhoud in één keer naar binnen en klapte toen voorover. Ze duwde hem terug tegen de rugleuning. Ze schatte dat hij zeker vijf of zes uur bewusteloos zou zijn.

Het loopt gesmeerd tot nu toe, dacht Ava terwijl ze neerkeek op de comateuze Seto. Nog anderhalf uur en ze stonden op de grond en Derek zou klaarstaan om te helpen. Mogelijke zorgen over de vraag of ze Seto door Douane en Immigratie zou krijgen en hem onder de duim kon houden verdwenen en maakten plaats voor de angst of alles de volgende dag wel goed zou gaan bij de bank. Hoe dociel Seto ook was, ze wist dat alles afhing van Barrett's en dat het er nu om ging Jeremy Bates te manipuleren. Ze opende haar notitieboek en pakte de map met bankspullen uit haar tas. De mail die ze als Seto had gestuurd vormde het kader voor het gesprek: het kwam er nu op aan dat ze kalm, beheerst en geloofwaardig overkwam. Alleen wist ze maar al te goed dat dat niet voldoende was. Op een of andere manier moest ze Bates zover krijgen dat hij haar zonder meer vertrouwde. Geen blind vertrouwen, maar wel een vertrouwen dat, hoe je het ook bekeek, voor elke serieuze bankier een gevaarlijk kantje had.

Ava nam het verhaal dat ze wilde opdissen nog eens door en maakte wat aantekeningen. Waar zaten de zwakke plekken? Wat voor vragen zou Bates stellen? Het basisverhaal is in elk geval aannemelijk, dacht ze, en het kostte haar geen moeite om de vragen te beantwoorden die Bates mogelijk zou stellen. Even later begon Seto te snurken, en heel even dacht ze dat hij moeite had met ademhalen. Ze bleef naar hem kijken tot zijn lichaam weer ontspande en hij geen geluid meer maakte. Ze wist dat ze moe was, ze kon beter haar brein een tijdje rust gunnen dan steeds weer opnieuw alle mogelijke scenario's met Bates herhalen.

Ze deed haar ogen dicht en leunde achterover in de stoel. Nog één dag, dacht ze, dan is het achter de rug.

32

Het vliegtuig maakte een turbulente daling naar Beef Island Airport. Ava schrok wakker, ze had niet gemerkt dat ze was ingedommeld. Ze keek snel naar Seto. Die was totaal van de wereld.

De landing verliep vlot, het taxiën duurde langer dan ze had verwacht bij een vliegtuig van dat formaat. Toen de machines zwegen keek ze uit het raam en zag ze dat de terminal nog zo'n honderd meter weg was. Ze reikte naar Seto en maakte zijn handboeien los.

De piloot opende de deur van de cockpit en kwam de cabine binnen. 'Ik heb gebeld, ze verwachten ons. Maar u mag het vliegtuig pas uit als ze hier zijn en jullie hebben ingeklaard.' Hij keek naar Seto. 'Hoe gaat het met hem?'

'Hij heeft het grootste deel van de vlucht geslapen. Ik denk dat hij uitgeput is.'

De piloot liep naar de uitgang en trok aan de veiligheidshendel, zwaaide de deur open en liet de trap naar het tarmac zakken. Ava voelde de warme lucht binnenstromen en rook een raar luchtje dat van de taxibaan opsteeg, een vreemde mengeling van olie en gassen. Ze stopte haar notitieboek in haar tas, trok haar overhemdblouse goed, streek haar haar recht en schoof de ivoren knotspeld op zijn plaats.

De piloot tuurde het donker in. Ava wist niet wat ze van de douane moest verwachten, ze hoopte in elk geval dat Derek een rolstoel had geregeld en dat hij die mee naar het vliegtuig mocht nemen. Seto naar de terminal te moeten dragen leek haar geen aanlokkelijk idee. Ze keek op haar horloge. Ze stonden al een kwartier op de grond. Waar was het wachten op? De piloot dacht kennelijk hetzelfde, want hij keek in haar richting en haalde zijn schouders op.

Er gingen een paar minuten voorbij en Ava wilde net naast de piloot bij de deur gaan staan, toen hij zei: 'Ik zie ze. Ze komen eraan.'

Ze stond op en rekte zich uit. 'Is er een rolstoel bij?' vroeg ze.

'Ja.'

Ze moesten nog wel Seto van de vliegtuigtrap naar beneden dragen. Ava zei tegen de piloot: 'Mijn vriend heeft misschien wat hulp nodig om hem in de stoel te krijgen.' Ze greep in haar tas, zocht haar geheime geldvoorraad en telde vier honderddollarbiljetten uit. Ze gaf hem het geld en zei: 'Hier, dit is voor u en de copiloot. Verdeel het maar op een manier die u eerlijk vindt.'

De piloot liep weer naar de deuropening. Ava kwam achter hem staan en keek achter hem langs het donker in.

Er liepen drie mannen hun richting uit. Derek was er niet bij.

Twee mannen waren in uniform, een van hen duwde een rolstoel. De derde man bleef wat achter, hobbelde erachteraan, hij liep duidelijk moeilijk. Hij was fors, een hoofd groter dan de anderen en twee keer zo breed. Ava draaide zich van de deur af en leunde tegen de wand. Waar was Derek verdomme nou? *In de terminal, waarschijnlijk,* dacht ze, en ze probeerde heel wat negatievere gedachten uit te bannen.

'Hallo,' hoorde ze iemand met een onmiskenbaar Barbadaans accent zeggen.

'We hebben wat hulp nodig met een van de passagiers,' zei de piloot. 'Jullie zullen hem het vliegtuig uit moeten dragen.'

'Geen probleem,' bulderde dezelfde stem.

De piloot week achteruit en Ava stond oog in oog met een enorm gezicht dat haar maar al te bekend voorkwam. De man had de felblauwe ogen en grote vlezige lippen van Captain Robbins, maar niet diens bijna doorzichtige huid; zijn zonverbrande huid werd geaccentueerd door diepe rimpels die als witte groeven in zijn bruine huid geëtst leken. Zijn blauwe ogen schoten heen en weer door de cabine voordat ze op Ava bleven rusten. 'U moet Ava Li zijn,' zei hij. 'Ik ben Jack Robbins.'

'Hallo,' zei ze.

'U bent precies op tijd,' zei Robbins terwijl hij zichzelf de trap op hees. Zijn hoofd vulde de deuropening en toen hij binnen was liep hij rakelings met zijn hoofd langs het plafond. Zijn gestalte leek de hele voorkant van het vliegtuig in beslag te nemen. Misschien kwam het omdat hij zo dichtbij stond, maar hij maakte op Ava fysiek een nog imposantere indruk dan zijn broer. Misschien niet even fit, misschien niet even lenig, maar zeker even indrukwekkend. Zijn effen witte T-shirt met korte mouwen hing als een tent over zijn monsterlijk dikke buik en slobberige spijkerbroek, en zijn voeten staken in loszittende leren sandalen. Hij wierp een blik op Seto. 'Is dat de vracht?'

'Ja,' zei Ava, die haar ogen niet kon afhouden van Robbins' handen, gestoken in doorzichtige latex handschoenen die strak om zijn polsen sloten.

Robbins moest zijwaarts lopen om zich door het gangpad te kunnen bewegen. Ava deed een stap achteruit om hem niet in de weg te staan. Hij bukte, greep Seto onder zijn oksels en tilde hem op alsof het een klein kind was. Ava verwachtte half-en-half dat hij de man over zijn heup of zijn schouder zou slingeren. Maar hij hield hem op armlengte voor zich uit, zodat Seto's hoofd op gelijke hoogte met Robbins' borst was en zijn voeten vlak boven de grond bungelden. 'We gaan hem hier weghalen,' zei hij, en hij draaide zich om en liep naar de deur.

Ava pakte haar bagage en die van Seto. Ze wist even niet wat ze verder kon doen. Ze wist niet wat ze hiervan moest denken. Ze was duidelijk zo van slag dat de piloot vroeg: 'Gaat het, Ms. Li? Want anders…'

Want anders wat? dacht ze. *Anders neem me je mee terug naar Guyana?* 'Prima, hoor,' zei ze.

Terwijl ze de trap afliep zette Robbins Seto niet bepaald zachtzinnig in de rolstoel. De andere twee mannen, die in uniform waren en badges droegen van Douane en Immigratie, keken ongeïnteresseerd naar haar. 'Ik ben Ava Li,' zei ze. 'Is een van u Morris Thomas?'

'Thomas heeft ze gestuurd om te helpen. Hij is op zijn kantoor. Daar gaan we naartoe,' zei Robbins.

Ze liepen het tarmac over. Een van de mannen duwde de rolstoel terwijl de andere rustig met hem liep te babbelen. Ava liep naast Robbins. Zijn gezicht was uitdrukkingsloos en hij zei geen woord.

Toen ze de terminal naderden werd de rolstoel naar links gedraaid, van de hoofdingang af. Twintig meter verder stonden ze voor dubbele glazen deuren waarop DOUANE EN IMMIGRATIE – UITSLUITEND PERSONEEL stond. Ava kreeg weer een beetje moed.

Ze gingen een groot, open en verlaten kantoor binnen en liepen langs een rij bureaus verder naar achteren. Op een grijze metalen deur stond MORRIS THOMAS.

'Laat de rolstoel maar buiten. Een van jullie blijft erbij staan,' zei

Robbins tegen de mannen. Hij greep de deurknop, draaide die om en zwaaide de deur open. 'Na u,' zei hij tegen Ava.

Een magere zwarte man in een blauw overhemd zat achter een bureau waarachter hij nog kleiner leek. *Die is zeker zestig*, dacht Ava, kijkend naar zijn staalachtige grijze haar, een door zorgen getekend gezicht en bloeddoorlopen ogen waaronder wallen als theezakjes hingen. 'Dit is Ava Li,' zei Robbins tegen hem.

Thomas keek even met een medelijdende blik, of op zijn best een soort vermoeide gelatenheid, naar haar op. Ava begreep onmiddellijk dat de zaken niet volgens plan zouden verlopen. 'Aangenaam,' zei ze.

'Mag ik alstublieft uw paspoort?' vroeg Thomas.

Er stonden twee stoelen aan het bureau. Robbins liet zich langzaam in een van de stoelen zakken terwijl Ava in haar tas groef. 'Kijkt u eens,' zei ze.

Ze zette haar bagage op de grond, nam de stoel naast Robbins en keek toe hoe Thomas er een uitgebreide vertoning van maakte om haar paspoort bladzij voor bladzij door te nemen. Het waren er veertig, het grootste paspoort dat de Canadese regering uitgaf. Tweeëndertig van de veertig waren al vol, ze zou voordat de geldigheidsduur was verstreken een nieuw paspoort nodig hebben. 'Globetrotter,' zei hij, toen hij het eindelijk dichtdeed.

'Dat hoort bij mijn werk,' zei Ava.

Thomas keek naar Robbins, perste zijn lippen samen en reikte opzij om een bureaula te openen. Ava keek toe hoe hij het paspoort erin liet glijden en de la sloot. 'Eerder op de avond is hier een vriend van u aangekomen, een zekere Derek Liang,' zei hij.

'Dat klopt,' zei Ava, en ze deed haar uiterste best om een kalme indruk te maken. 'Volgens Captain Robbins had hij met u een regeling getroffen over de aankomst van Derek. Ik had hem hier ook verwacht,' vervolgde ze.

'Er waren wat problemen met zijn papieren,' zei Thomas langzaam. Hij vermeed haar blik en die van Robbins.

'Wat voor problemen?' vroeg ze.

Thomas draaide langzaam zijn hoofd van links naar rechts. 'Zijn papieren waren niet in orde. We konden hem hier niet laten blijven. We hebben hem opgehaald in het appartement dat hij had gehuurd en hem op het vliegtuig terug naar Puerto Rico gezet.' Hij keek op zijn horloge. 'Hij is ongeveer een kwartier geleden vertrokken. En voor de volledigheid: we hebben de Puerto Ricaanse autoriteiten ervan in kennis gesteld dat hij daar ook niet mag blijven. Ik meen dat ze van plan zijn om hem op de eerstvolgende vlucht naar Canada te zetten, die zou ergens rond middernacht vertrekken. Naar Montréal, als ik me goed herinner.'

Ava keek opzij naar Robbins. Hij had zijn ogen half dicht en om zijn mondhoeken speelde een lichte grijns. 'Dat hadden we niet afgesproken,' zei ze.

Thomas stak zijn rechterhand op in de richting van Robbins, om aan te geven dat zijn rol in het geheel was uitgespeeld.

De enorme man keek op zijn horloge, een Patek Philippe, die verzonken lag in de plooien rond zijn pols. Ava vroeg zich af of het echt was. Pas op dat moment zag ze het: zijn handen zaten aan de bovenkant vol rode vlekken, afgewisseld met groene en zwarte schilfers. Ze draaide snel haar hoofd af.

'De plannen zijn enigszins gewijzigd, Ms. Li. Mijn broer kan me elk moment bellen, dus ik zou het prettig vinden als u even zou willen wachten.'

'Heb ik een alternatief?' vroeg ze.

'Nee.'

'Jack, je hebt me denk ik niet meer nodig? Als je het niet erg vindt ga ik maar eens op huis aan,' zei Thomas.

'Doe de groeten aan Betty.'

'Zal ik doen,' zei Thomas terwijl hij uit zijn stoel opstond.

'Laat een van de mannen hier, wil je?'

'Ik laat ze allebei hier.'

'Eén is genoeg.'

'Oké. Wel de deur dichtdoen als je weggaat. Hij valt vanzelf in het slot.'

Toen Thomas was vertrokken leek de kamer plotseling leeg. Ava schoof wat heen en weer op haar stoel, en ze schrok enorm toen Robbins' gehandschoende rechterhand plotseling uitschoot en haar bovenarm greep. Hij kneep erin, zijn vingers groeven tot aan het bot in haar vlees. Ze kromp ineen, meer van schrik dan van pijn. 'Mijn broer heeft me al voor je gewaarschuwd,' zei hij. 'Als je maar weet dat het dom zou zijn om iets bij me te proberen.'

'Ik was niet van…' begon ze, maar ze werd onderbroken door een beltoon op de melodie van de ouverture van *Wilhelm Tell*.

'Met mij,' zei Robbins. Hij bleef een paar seconden luisteren. 'Nee, het is goed gegaan. Ze zit naast me.' Hij zweeg en gaf het mobieltje aan Ava.

Ava veegde de telefoon aan haar shirt af. 'Met Ava Li.'

'Voordat we over iets anders beginnen wil ik eerst mijn excuses aanbieden voor het feit dat we voortijdig van de plannen hebben moeten afwijken.'

Ze hoorde getinkel van ijs tegen glas. Hij zat thuis. Te drinken. 'Captain, wat is er precies aan de hand?'

Hij lachte of hoestte, dat kon ze niet precies uitmaken. 'Ik achtte het noodzakelijk om een paar wijzigingen in onze regeling aan te brengen.'

'Dat hoorde ik van uw broer, maar hij was nogal spaarzaam met details.'

'Het punt is, Ms. Li, dat u geen eerlijk spel met me heeft gespeeld.'

Ze voelde onmiddellijk waar dit heen ging, maar was niet van plan de eerste stap te doen. 'Als ik me goed herinner, Captain, heb ik u honderdduizend dollar betaald voor verleende diensten, en daarna nog eens tweehonderdduizend dollar voor diensten die tot nu toe nog niet zijn verleend. Dus als we het over eerlijk hebben ben ik volgens mij degene die reden tot klagen heeft.'

'Interesseert het u dan totaal niet waarom ik nogal gegriefd ben?'

'We hebben een afspraak, en die ben ik volledig nagekomen. Meer dan dat hoef ik niet te weten.'

'Het punt is,' zei hij slissend, 'dat ik heb ontdekt dat u geen open kaart met me hebt gespeeld.'

Ava sloot haar ogen. Was hij dit al die tijd al van plan geweest? Had hij het zo gearrangeerd dat hij haar en Seto naar de Maagdeneilanden kon sturen om haar nog eens extra te kunnen uitknijpen? Was dat briefje met de namen en telefoonnummers van zijn dochters puur theater geweest? 'Captain, ik heb geen idee waar u het over heeft.'

IJsblokjes tinkelden. 'Ik ben op de terugweg van het vliegveld bij die vrouw van Seto langsgegaan en heb even een babbeltje gemaakt,' zei hij langzaam. 'Waarom weet ik eigenlijk niet, het kwam zomaar bij me op dat ik dat maar eens moest doen. Hoe dan ook, ze was na enig aandringen erg openhartig tegen me. Het schijnt dat onze vriend Seto een mooi voordeeltje heeft behaald. Volgens haar heeft hij onlangs zo'n vijf miljoen Amerikaanse dollars winst gemaakt.'

Ze wist niet of ze het moest geloven of niet, maar dat zou aan haar positie niets veranderen. 'Dat was geen winst,' zei ze. 'Dat was pure diefstal.'

'Dus u bevestigt dat bedrag?'

'Captain, ik heb u nooit om de tuin geleid over het bedrag dat ik aan het opsporen was. Ik kan me zelfs niet herinneren dat ik ooit een bedrag heb genoemd.'

'Weet u, volgens mij heeft u dat inderdaad niet, dus in zoverre heeft u gelijk. Mijn fout, natuurlijk. Ik kon me niet voorstellen dat Seto zo succesvol zou zijn. Maar ik ontdek, enigszins laat geef ik toe, dat hij duidelijk slimmer is dan ik dacht. Daar zitten we dan, Ms. Li... Mag ik u eens vragen, vindt u het gelet op deze informatie nu werkelijk fair dat ik genoegen neem met driehonderdduizend?'

'Ja, dat vind ik,' zei Ava.

'U stelt me teleur, Ms. Li. Ik wil maar zeggen, waar was u zonder onze uiterst actieve en unieke ondersteuning geweest? Dat zal ik u vertellen: nog in het Phoenix Hotel, zonder de minste of geringste hoop dat u bij Seto of zijn geld kon komen. Inderdaad, daar en nergens anders zou u zitten.'

'Misschien.'

'En zelfs al was het u gelukt hem te pakken te krijgen, waar had u dan met hem naartoe gemoeten? Nergens, zeg ik u, hoewel u misschien wegens ontvoering, of erger nog, in Camp Street Prison was geëindigd.'

Robbins' stem was een octaaf gestegen en hij ging steeds sneller praten. Ava wachtte een paar tellen, ze wilde niet onmiddellijk reageren. Toen ze dat eindelijk deed zei ze zo zacht en weloverwogen als ze maar kon: 'Ik neem aan dat u me een voorstel wilt doen.'

'Natuurlijk wil ik dat. Ik denk dat we nog maar eens goed naar die regeling moeten kijken en die wat minder eenzijdig moeten maken.'

'U wilt meer geld?'

'Dat is niet meer dan redelijk.'

'Het is niet míjn geld dat ik uitgeef. Het is geld van mijn cliënt.'

'Dat is een smoesje. Het enige wat ik zeker weet is dat het geld op een bankrekening van Seto staat. Hoe het daar is terechtgekomen is uw woord tegen het zijne. We zouden zelfs hard kunnen maken dat u een Guyanese overheidsfunctionaris heeft omgekocht om u te helpen een inwoner van Guyana diens zuurverdiende spaargeld te ontnemen.'

Ava hield de woede in die ze voelde opwellen. Wat een stommeling was die Seto, dat hij het die vrouw had verteld. Die had natuurlijk bij de eerste de beste vraag van de Captain alles opgebiecht. En wat de Captain betreft, ze zag haar bange vermoedens over zijn ware aard volledig bevestigd. Had hij zich nog maar een dag of wat ingehouden. Maar met kwaad worden over dit soort dingen schoot ze niets op. Ze probeerde het gesprek in een andere richting te sturen. 'Weet u, Captain, al dat gepraat over geld is volstrekt hypothetisch. Er is geen enkele garantie dat de bank wat voor bedrag dan ook aan mij overmaakt.'

Hij lachte, daarbij kwam slijm los, zodat hij moest hoesten. 'Ik heb volledig vertrouwen in de aanpak die u hebt beschreven,' zei hij, toen hij weer op adem was gekomen. 'Ik vond die bijzonder verstandig. Voeg daarbij uw overtuigingskracht en uw aantrekkelijke uiterlijk, en de kwalificatie springt van "verstandig" naar "onweerstaanbaar". Dus doet u me een plezier en laten we het over geld hebben, al of niet hypothetisch.'

'Wat had u in gedachten?'

'De helft,' zei hij botweg.

Ze was totaal verbluft. Hij was nog gretiger en nog agressiever dan ze had gedacht. 'Captain.'

'Ik wil tweeënhalf miljoen.'

Ava hield de telefoon tegen haar hals en maakte snel twee berekeningen. De eerste was een inschatting van haar onderhandelingsruimte. Het antwoord was kort en krachtig: op dit moment nul komma nul, en om dit moment ging het. Ze hadden haar paspoort en, erger nog, ze was op een plek waar ze geen connecties, geen ondersteuning, geen maatje had. Er hoefde hier op de Maagdeneilanden maar een vriendje van Robbins naar de bank te bellen en de hele zaak ontplofte.

Bij de tweede rekensom rekende ze uit hoeveel geld ze overhield als ze Seto's bankrekening leeghaalde en Robbins zijn zin gaf. Niet genoeg om Tam alles te kunnen teruggeven, maar een behoorlijke pleister op de wond. 'Captain, dat bedrag is veel en veel te hoog,' zei ze.

'Doe niet zo dom. De helft is een heel redelijk bedrag voor alle moeite die ik heb gedaan. Als ik er goed over nadenk stel ik me met de helft zelfs nog bescheiden op.'

Hij had zich tot nu toe beheerst opgesteld, niet prettig maar ook niet grimmig, alleen maar zelfverzekerd en vasthoudend. Nu hoorde ze voor het eerst iets dreigends in zijn toon. Hij zat te drinken en er dansten dollartekens voor zijn ogen. Dit is niet het moment om hem te ergeren, dacht Ava. Tijd om gas terug te nemen. 'Ik heb u al 300.000 dollar gegeven.'

'Wat?'

'Ik heb u 300.000 betaald en ik vind dat die moeten worden meegenomen in een eventuele overeenkomst.'

Opnieuw lachte hij, en toen hij weer sprak klonk hij weer beheerst. 'Altijd aan het onderhandelen, nietwaar? Maar u hebt natuurlijk gelijk. Dus waar staan we dan?'

Ze zwegen allebei. Ava had geen idee wat hij dacht. Ze wist alleen maar dat ze een of andere deal moest maken, anders kwam ze niet van dit vliegveld af. En er lag maar één deal op tafel. Ze moest Road Town in, ze moest naar de bank, ze moest tijd zien te winnen. 'Met aftrek van de 300.000 zou dat betekenen dat we u 2,2 miljoen betalen,' zei ze.

'Zegt u nu dat u gaat betalen of dat u dat bedrag eventueel gaat betalen?'

'Dat ik ga betalen.'

'Ah, ik wist dat u zo slim zou zijn om niet voor iets anders te kiezen.'

'Ik moet nog wel naar Hongkong bellen.'

'Nee,' zei hij. 'Geen Hongkong. Geen telefoongesprek. U en ik hebben een deal gesloten en dat is het.'

'Ik weet niet of…'

'Ik weet het wél,' snibde hij. 'Geen Hongkong. Geen telefoongesprek. U gaat morgen naar de bank en zet daar uw charmeoffensief in. Laat ze 2,2 miljoen naar mijn rekening overmaken en dan mag u overzee sturen wat u maar wilt en later alles uitleggen aan uw mensen daar. Ze zullen vast wel begrijpen waarom het op deze manier moest. Ik wil maar zeggen, beter één vogel…'

'Weet u, het zal niet zo eenvoudig gaan als u denkt,' zei ze zo rustig en zacht mogelijk, en ze wachtte op de volgende uitbarsting. Ze hoorde hem ademhalen, en weer getinkel van ijs.

'Ik vind dat u maar eens precies moet uitleggen wat u daarmee bedoelt,' zei hij, met weer dat scherpe kantje aan zijn stem.

'Geld rechtstreeks van Seto's rekening naar uw rekening overmaken kan voor de nodige problemen zorgen,' zei ze.

'Waarom?'

'Ik heb de aanleiding voor mijn bezoek al tot in detail doorgegeven. De bankier heeft bericht gekregen – van Seto, naar hij veronderstelt – dat het geld wordt overgemaakt in verband met een investering in China. Hij denkt dat Seto en ik morgenochtend bij hem op kantoor verschijnen om de nodige paperassen in orde te maken. In plaats daarvan kom ik alleen naar de bespreking. Ik kan wel wat verzinnen om Seto's afwezigheid te verklaren, maar zelfs als de bankier me geloofwaardig genoeg vindt moet hij Seto's identiteitsbewijs zien en heeft hij Seto's handtekening op een stapel documenten nodig. Zal hij die handtekeningen accepteren zonder dat hij Seto persoonlijk ziet? Dat hoop ik van harte, Captain, maar ik ben er absoluut niet zeker van. Hij zal al behoorlijk achterdochtig zijn als ik zonder Seto kom opdagen, en nog achterdochtiger als ik hem ondertekende documenten overhandig, eveneens zonder Seto. Wat u van me wilt komt erop neer dat ik al die onzekerheid nog versterk door geld naar de Caymaneilanden over te maken en zo de afspraken die Seto met hem heeft gemaakt te veranderen.' Ava zweeg even om de informatie te laten doordringen.

Ze voelde dat Jack Robbins naar haar keek. Hij zat duidelijk mee te luisteren. 'Gezien deze omstandigheden kan ik u verzekeren, Captain, dat er een hoop alarmbellen bij hem gaan rinkelen als ik tegen hem zeg dat we maar de helft van het geld naar Azië willen overmaken en de andere helft naar een rekening op de Caymaneilanden. En, Captain, alarmbellen moeten we niet hebben, want geen enkele bankier die zijn vak verstaat mag alarmbellen negeren, en een kwaliteitsbank als Barrett's zorgt er wel voor dat er aan het hoofd van zo'n gevoelig filiaal een capabel iemand staat. Het gaat om de juiste invalshoek. Verander de invalshoek en je krijgt een andere reactie. Verander de reactie en het resultaat komt in gevaar. De invalshoek is nu goed, niet geweldig, maar goed genoeg. Als we nu een wijziging in het plan aanbrengen zou dat ons geen van beiden goed doen.'

Ava wist dat al die dingen totaal niet bij hem waren opgekomen. Ze hoopte nu maar dat hij niet te dronken was om alles goed te overdenken.

'Als dat inderdaad zo is…' zei hij eindelijk.

'Het is zo.'

'Oké, gesteld dat het zo is, en gesteld dat u uw plannen uitvoert, hoe kom ik dan aan mijn geld?'

'We zullen het elektronisch vanuit Hongkong aan u overmaken,' zei ze. 'Als ik morgen de bank zover krijg dat ze ons het geld sturen, hebben we het de dag daarna. Dan sturen we u onmiddellijk uw aandeel. En dan hebben we het, rekening houdend met het tijdsverschil, over... zeg drie dagen?'

'Drie dagen,' herhaalde hij.

'En ik ben hier, uiteraard. Ik ga nergens heen. Mijn paspoort ligt bij Morris Thomas in de la.'

'Ik weet waar uw paspoort ligt.'

Dit is het moment, dacht ze. 'Dus, Captain, ik vraag het niet graag, maar hebben we een deal?'

De Captain zweeg. Hij liet haar wachten. Ze wist dat hij ja zou zeggen, maar hij moest wel even laten merken wie de baas was. 'Ik wil dat u uw mobieltje aan mijn broer geeft,' zei hij.

'Waarom?'

'Doe het nou maar.'

Ze opende haar tas, nam haar mobiel eruit en overhandigde die aan Jack Robbins. 'Is gebeurd,' zei ze.

'Wat vindt u van mijn broer?'

'Je kunt wel zien dat jullie dezelfde moeder hebben.'

'Hij lijkt qua karakter meer op mijn moeder dan ik,' zei de Captain. 'In elk geval zult u hem beter leren kennen, want hij houdt u gezelschap de komende drie dagen, of hoe lang het ook mag duren tot onze zaken zijn geregeld.'

'Dat is absoluut niet nodig,' zei ze.

'Zo wil ik het.'

'Captain, u hebt mijn paspoort en u hebt mijn mobiel. Waar kan ik volgens u nou helemaal naartoe? En wat kan ik volgens u nou helemaal doen?'

'Ik weet niet wat u allemaal kunt verzinnen. Ik weet wel dat u heel vindingrijk bent, en ik voel er niets voor om me zorgen te moeten maken over u.'

'Als het moet...' begon ze.

Hij onderbrak haar. 'Mooi. En nu graag de telefoon op de luidspreker zetten.'

Ze drukte op de luidsprekertoets en gaf de mobiel aan zijn broer. Het toestel leek te worden opgeslokt door de gehandschoende hand. 'Zeg het maar,' zei hij.

'Jack, Ms. Li en ik hebben een regeling getroffen die volgens mij re-delijk is. In feite kun je ons als zakelijke partners beschouwen. Welnu, ze moet morgen ten minste één keer naar de bank. Jij bent haar chauf-feur en lijfwacht. Zorg dat haar niets overkomt. Zorg dat ze ook voor de rest in goede handen is.'

'Komt in orde.'

'We hebben al besproken dat jij al die tijd in dat appartement blijft dat ze hebben gehuurd. Geen telefoongesprekken. Geen computer. Niks. Ze communiceert uitsluitend met jou, mij en de bank. En nu, Ms. Li, graag de telefoon weer op de gewone stand zetten.'

'Oké, daar ben ik weer,' zei ze, terwijl ze het apparaat ver van haar hoofd af hield en zich afvroeg voor wat voor huidaandoening Jack Robbins latex handschoenen moest dragen.

'Het is heel simpel: we hebben uw paspoort en zonder dat komt u niet van het eiland af. En om heel eerlijk te zijn, ook al heeft u uw pas-poort, dan komt u er nog niet vanaf, omdat Thomas uw naam op een zwarte lijst heeft gezet. Als u probeert weg te komen wordt u tegenge-houden en gearresteerd. Ik had dat niet hoeven te zeggen, maar ik vond dat u moet weten dat we voorzichtig zijn.'

'Ik begrijp het,' zei ze, niet echt ingenomen met de grondigheid waarmee hij te werk was gegaan. 'Maar wat u tegen uw broer zei over die computer kan problemen geven. Hoe moet ik anders instructies over een overboeking naar uw rekening doorgeven?'

'U hebt via de computer instructies voor mijn driehonderdduizend dollar gegeven?'

'Inderdaad.'

'Zitten die nog in uw systeem?'

'Inderdaad.'

'Wel, als u aan nieuwe instructies toe bent, laat u dan de vorige aan Jack zien en volgt u dan precies dezelfde werkwijze. Hij kijkt uiteraard toe.'

'Uiteraard. Nog één ding, Captain, iets wat ik u echt moet vragen. Wat gebeurt er als ik morgen de bank niet kan overhalen om Seto's geld vrij te maken?'

'Een dergelijk resultaat verwacht ik niet.'

'U stelt te veel vertrouwen in me.'

'Het gaat u wel lukken.'

'Maar als het me niet lukt?' hield ze vol.

'Dat bespreken we als het zover is.'

Het werd stil. Ava vroeg zich af of hij ineens verdwenen was. 'Captain?'

'Ik wil dat u zich gedraagt tegenover mijn broer,' zei hij, alsof hij het tegen een kind had.

'Natuurlijk.'

'En, Ms. Li, ik vind dat u moet weten dat ik groot respect voor u heb. Het gaat hier niet om iets persoonlijks maar puur om iets zakelijks. We – ik bedoel u en ik – zijn professionals, dus ik weet zeker dat u de redelijkheid ervan inziet.'

'Ik begrijp het,' zei ze.

'En wat mijn dochters betreft,' ging hij door. 'Ik meende wat ik zei toen u uit Guyana vertrok. Als dit achter de rug is, als we allebei ons geld hebben en u weer veilig terug bent in Toronto zou ik het werkelijk prettig vinden als u ze opbelt.'

'Captain, maakt u zich over uw dochters vooral geen zorgen,' zei Ava.

33

De douanebeambte duwde Seto de terminal door, met Robbins erachteraan en Ava ernaast, met haar eigen bagage. Buiten stond een zwarte Crown Victoria met draaiende motor. Het raampje was open, achter het stuur zag Ava een man van middelbare leeftijd, die zijn getatoeëerde arm uit het raampje liet bungelen.

'Davey, help eens met deze vent en zet de rolstoel in de kofferbak,' zei Robbins.

Davey sprong met zijn één zeventig de auto uit. Hij was broodmager en had een warrig baardje. Hij droeg een kachelpijpjeans, basketbalschoenen en twee oorringetjes. Alleen het matje ontbrak. Hij opende het achterportier en keek toe terwijl Robbins Seto over de zitting schoof. 'Leg je bagage in de kofferbak en ga voorin naast Davey zitten,' zei Robbins tegen Ava.

Ze staken de Queen Elizabeth II-brug over die Beef Island verbindt met Tortola en namen de kronkelige weg naar Road Town. De tocht verliep traag. De wegen waren smal, de auto was groot en de route bergachtig. De auto was een Amerikaan, maar het stuur zat links en de verkeersregels waren Brits. Dat maakte het nemen van de scherpe bochten die zich om de honderd meter presenteerden, lastig. De eerste keer dat Davey voor een bocht claxonneerde schrok Ava omdat ze een botsing verwachtte, maar hij deed dat voor elke bocht als waarschuwing.

Verder was het stil in de auto. Davey concentreerde zich op de weg, Robbins zat als een zwijgende massa achter haar. Ava keek even in de achteruitkijkspiegel en zag dat hij naar haar achterhoofd zat te staren, en even later dacht ze zijn adem in haar nek te voelen. Ze probeerde haar hoofd leeg te maken, probeerde door de ellende die Guyana met zich had meegebracht heen te denken, maar Davey reed zo hotsebotserig en de weg was zo levensgevaarlijk dat ze zich totaal niet kon concentreren.

Ze deden er twintig minuten over om al slingerend naar de stad te komen. Road Town is onder aan een berg gebouwd, en tijdens de afdaling zag Ava dat de lichten een soort cirkel vormden. 'Wat mooi,' zei ze, om de stilte te doorbreken.

'Dat is Road Harbour. De stad is eromheen gebouwd, als een soort hoefijzer,' zei Davey.

Ava was verrast door zijn doordachte beschrijving. 'Hoeveel mensen wonen hier?'

'Tienduizend, schat ik.'

'Het lijkt groter, maar dat lijken de meeste steden bij donker.'

'Overdag ziet deze stad er ook prima uit. Ze hebben bij de ontwikkeling een knap stukje werk geleverd. Je vriend heeft een leuk plekje voor je uitgezocht, hier recht tegenover, naast Wickham's Cay,' zei hij, en hij wees ernaar.

Hij heeft Derek natuurlijk bij het appartement opgehaald, dacht Ava, terwijl ze even het tijdsverloop sinds haar vertrek uit Guyana naging. Er moesten wel douanebeambten bij geweest zijn, want ze kon zich niet voorstellen dat Derek zich door alleen Davey en Robbins van het eiland had laten verwijderen. Ze keek in de richting waar Davey wees, maar zag alleen een muur van licht. 'Zijn er een beetje behoorlijke restaurants in de buurt van het appartement?' vroeg ze, met in haar achterhoofd het idee dat vrienden maken geen kwaad kon.

'Genoeg gebabbeld, Davey. Je wordt niet betaald om voor gids te spelen,' zei Robbins.

Ze naderden Road Town vanuit het oosten, via een route die langs de haven naar het westen liep. Toen ze door een buurt met overheidsgebouwen, wooncomplexen en kantoorgebouwen reden, zag ze wegwijzers met Wickham's Cay II en de binnenhaven. De architectuur was typisch Caribisch, voornamelijk lage, witgepleisterde huizen, met een enkel accent in koraalrood of lichtblauw. De huizen stonden meer naar het noorden, iets verder van de haven af, terwijl de restaurants, markten en kantoorgebouwen, met lange lijsten huurders op de gevel, dichtbij en rond het water geconcentreerd waren. Davey sloeg links af Main Street in en volgde de pijlen naar Wickham's Cay I.

Guildford Apartments was een witgepleisterd gebouw van twee verdiepingen en stond direct aan het water. Ava kreeg de indruk dat het in één week uit de grond was gestampt.

Davey stopte recht voor het gebouw. Het had een dubbele glazen deur, die uitkwam in een hal met een onbemande balie. 'Hoe zit het met de bewaking?' vroeg Ava.

'Hoe bedoel je?' vroeg Robbins.

'Ik bedoel, is er hier bewaking? We zitten toch niet te wachten op vragen over Seto? Ik weet niet hoe u erover denkt, maar ik heb geen behoefte aan ongewenste belangstelling.'

Robbins haalde zijn schouders op. 'Er is hier geen bewaking. Ze hebben een kleine balie die van negen uur 's ochtends tot negen uur 's avonds open is. De rest van de tijd gaat de deur op slot en kom je met je kamersleutel binnen.'

'Camera's?'

'Wat doet dat ertoe?'

'Hoe vaak komen ze de appartementen schoonmaken?'

'Nogmaals, wat doet dat er verdomme toe?' snauwde Robbins.

'Seto zit in elk geval een deel van de tijd in de handboeien en met zijn enkels aan elkaar getapet. Personeel dat in en uit loopt kunnen we niet gebruiken.'

'Dat vragen we morgenochtend wel,' zei hij.

Davey opende zijn portier en liep naar de kofferbak. Ava liep met hem mee. Ze pakte haar bagage en die van Seto, terwijl Davey de rolstoel uit de kofferbak tilde en die openklapte. 'Naar type heb je daar achterin zitten. Als je hem zo ziet zou je zeggen dat hij drugs aan kinderen uitdeelt of met porno vent.'

'Hij zit in de visbranche, dus zó ver zit je er niet naast,' zei Ava, met het idee dat ook Davey misschien wat vrienden wilde maken.

Robbins zette eerst zijn voeten buiten en hees zichzelf met zijn armen aan de zijkanten van de portieropening op om de rest van zijn lichaam uit de auto te krijgen. Hij kwam naast hen staan bij de kofferbak en reikte naar een aktetas. 'Ik overnacht hier bij de vrouw,' zei hij tegen Davey. 'Kom ons hier morgenochtend ophalen.' Hij draaide zich naar Eva om. 'Hoe laat is die bespreking?'

'Tien uur,' zei Ava.

'Barrett's, hè?'

'Ja, Barrett's.'

'Kwart voor tien is goed,' instrueerde hij Davey. 'Nou even helpen om die vent naar boven te krijgen en dan kan je oprotten.'

Davey duwde de rolstoel naar de ingang. Robbins schoof de plastic kamersleutel in het slot en deed een stap achteruit om de deur open te trekken. Toen ze de hal binnenliepen ging er een zijdeur open en kwamen ze bijna in botsing met een jonge zwarte vrouw die een naamplaatje droeg met de woorden DOREEN, RECEPTIE. Ze keek naar Robbins, staarde naar zijn handschoenen, keek naar Ava, vervolgens naar Davey en ten slotte naar Seto, die kwijlend, met hangend hoofd, kin op zijn borst, in zijn rolstoel zat. 'Mijn vriend heeft een zware voedselvergiftiging opgelopen. We brengen hem naar zijn kamer en leggen hem in bed,' zei Ava.

'Welke kamer?'

'Drie-twaalf,' zei Robbins, die de sleutel als bewijs omhooghield. 'Liang.'

De vrouw aarzelde even en zei toen: 'Fijne avond verder,' en ging de voordeur uit.

Toen ze in de lift op weg waren naar de derde verdieping vroeg Robbins: 'Met wat voor spul heb je hem buiten westen geholpen?'

'Met iets dat nog zo'n acht uur moet werken. We zullen hem voor alle zekerheid handboeien omdoen en zijn mond dicht tapen. Ik moet er niet aan denken dat hij gaat rondspoken of er midden in de nacht vandoor gaat. Ik geef hem morgenochtend nog een dosis.'

'Heb je hem echt nodig?'

En zo niet, dacht Ava, *wat zou je dan met hem doen?* 'Heeft uw broer u verteld wat ik morgen ga doen bij de bank?'

'In grote lijnen.'

'Nou, tot die tijd weet ik niet of ik hem nodig heb. Als alles perfect loopt niet. In de tussentijd moeten we hem intact houden voor het geval hij ergens zijn gezicht moet laten zien.'

De deur van het appartement bood toegang tot een wit geplavuisde zitkamer met een bank en twee grenen stoelen. Een Panasonic Viera-tv-toestel met een 48 inch-scherm domineerde het geheel.

Rechts was een keuken, met een houten tafel, vier wankel ogende klapstoelen en een schuifdeur die uitkwam op een balkon. Links was een badkamer, waar door de open deur een wastafel te zien was. Tussen badkamer en keuken lagen drie slaapkamers. 'Laten we hem in de middelste kamer neerleggen. Dan kunnen we hem horen als hij lastig wordt,' zei Ava tegen Robbins.

Hij keek haar aan alsof ze een truc met hem wilde uithalen. 'Zet maar in het midden,' zei hij tegen Davey.

Davey rolde Seto de slaapkamer in en Ava ging erachteraan met haar Shanghai Tang-tas. 'Gooi hem maar op het bed en trek zijn broek en overhemd uit,' zei ze. Terwijl Davey Seto uitkleedde graaide ze in haar tas en pakte er een rol ducttape uit. Ze tapete zijn enkels bij elkaar en plakte een stuk tape over zijn mond. De handboeien gingen weer om. 'Zou je hem willen instoppen?' vroeg ze.

Robbins keek vanuit de deuropening toe. Toen ze klaar waren gebaarde hij naar Davey. 'Kwart voor tien. We zien elkaar buiten.'

Ava zag vanuit de woonkamer de tengere man vertrekken. Robbins liep de keuken in en opende de koelkast. 'Je vriendje heeft op weg hierheen wat spullen gekocht. Sneu voor hem dat hij geen tijd had iets naar binnen te werken.' Hij nam een Stella Artois en werkte zich langs haar heen naar de bank. Hij ging er languit op liggen en zette de tv aan.

Vanwaar ze stond zag Ava zakken chips en nootjes op het aanrecht liggen. Ze had nog geen avondeten gehad en was ook niet van plan om Robbins te vragen of ze naar buiten mocht. Ze ging naar de keuken en nam een zakje geroosterde amandelen. Ze dronk geen bier, dus ze hoopte dat Derek wat frisdrank had gekocht. Tot haar verrassing was er een fles Pinot Grigio. In stilte bedankte ze Derek.

'Ik wil de grote slaapkamer met het kingsize bed,' riep Robbins vanaf de bank.

Ava draaide zich om. Vanaf de andere kant van de kamer lag hij naar haar te staren en bekeek hij haar van top tot teen, op haar ogen na. Verstrooid bracht hij zijn hand naar zijn hoofd, stak hij zijn vingers in de diepe groeven in zijn schedel en schoof die heen en weer, waarbij de latex handschoenen het pad effenden. Walgend draaide Ava zich om. Ze zette de wijn terug in de koelkast en ging met haar zak nootjes de keuken uit. Ze pakte haar andere tas en ging naar de slaapkamer die het dichtst bij de badkamer lag. Twee tweepersoonsbedden. Toen ze de deur achter zich wilde dichtdoen schreeuwde Robbins: 'Openlaten. Ik moet je kunnen zien.'

Ze liet de tas op de grond vallen en liep de woonkamer in. *Ik ben dit gezeik zat,* dacht ze. 'Knoop dit even in je oren, klootzak. Als je goed naar je broer hebt geluisterd weet je dat we in feite zakelijke partners zijn. Ik heb morgen een zware dag voor de boeg en ik moet mijn zaakjes paraat hebben. Ik moet mijn hersens bij elkaar kunnen houden. Dus ik doe nu mijn slaapkamerdeur dicht en die gaat pas weer open als ik hem open wil hebben. En als je daar problemen mee hebt, dan bel je de Captain maar en dan leg je maar precies uit waarom die deur open moet blijven, en dan mag de Captain mij precies uitleggen hoe dat gaat helpen om morgen wat geld binnen te halen.'

Hij keek haar nauwelijks aan. 'Wat je wilt,' zei hij.

Ava draaide zich weer om. Ze wist dat ze met hem opgescheept zat totdat het geld op weg was naar Hongkong. En daarna... ach, dan zou ze wel weer zien.

Toen de deur dicht was opende Ava haar Louis Vuitton-koffer. Ze deed haar horloge af, maakte haar manchetknopen los, haalde de ivoren knotspeld uit haar haar en stopte alles netjes in haar make-uptasje. Ze kleedde zich uit tot op haar bh en slip, vouwde zorgvuldig haar broek en shirt op en legde die samen met de sieraden in de koffer. Daarna trok ze haar Adidas-trainingsbroek en een zwart T-shirt aan. Ze zocht in haar Shanghai Tang-tas naar haar notitieboek en pen en zag haar laptop die haar aanstaarde. Ze keek snel de kamer door, maar zag nergens een computeraansluiting. Maar ook al zat die er, dan was dat het risico niet waard, in elk geval nog niet. Opzij van de tas, vlak bij de bodem, zat een ritssluiting. Ze deed die open en voelde. Het zat er nog: een Hongkongs paspoort op haar naam. Als het klopte wat de Captain over Thomas had gezegd, zou het haar zaak geen goed doen als ze per vliegtuig van het eiland af wilde. Niet dat ze al zover was. *Eerst die bankzaken, zorg dat je die bankzaken regelt*, zei ze tegen zichzelf.

Ava pakte notitieboek en pen en deed de deur open. Robbins was niet van de bank af geweest. Ze ging naar Seto's kamer en stak haar hoofd om de hoek. Hij lag nog ingestopt, zijn hoofd stak boven het beddengoed uit, hij maakte bijna een tevreden indruk.

Ze sloot de deur van Seto's kamer en draaide zich om. 'Er is een balkon bij de keuken,' zei ze tegen Robbins. 'Ik pak een fles wijn, mijn notitieboek en pen en ga daar zitten om me op morgen voor te bereiden.'

Robbins hees zich half overeind, waardoor zijn buik op zijn knieën kwam te hangen. Zijn gezicht vertoonde een gekwelde uitdrukking, hij wilde iets zeggen maar zweeg uiteindelijk.

Ava legde dat uit als 'je doet maar' en liep naar de koelkast. Ze pakte de fles wijn, vond in een kastje boven de gootsteen een glas en schoof de balkondeur open. Het balkon was krap, met net genoeg plaats voor twee canvas stoelen met daartussen een kunststof tafeltje.

Ze plofte in een stoel en strekte haar benen uit tegen de balustrade.

Het was een prachtige avond. Vanaf de haven kwam een zacht briesje aanzweven, dat een mengeling van zeelucht en bloemengeur meebracht. Het balkon keek uit over het water, en bij het licht van de schepen en de omringende gebouwen was goed te zien dat de haven vol zeeschepen in allerlei soorten en maten lag. Ava had totaal geen verstand van scheepvaart; ze kon nog geen catamaran van een jacht of een skiff van een zeilboot onderscheiden, en de grootte en waarde van boten was evenmin aan haar besteed. Toch was ze onder de indruk van Road Harbour; het leek wel of alles wat maar kon varen daar dobberde. Het kijken naar de boten had een rustgevend effect, en naarmate ze rustiger werd drong haar situatie beter tot haar door en verschoof haar stemming van schok naar acceptatie, en van acceptatie naar het besef dat ze op basis van prioriteiten met de situatie moest omgaan. Prioriteit nummer één was Jeremy Bates en Barrett's Bank. Had ze daar geen succes, dan waren de bedreigingen van Robbins holle frasen en was Andrew Tam geruïneerd. Ze moest zich concentreren op de bank.

Ze schonk zichzelf een glas wijn in en opende haar notitieboek. Gedurende tien minuten nam ze de strategie die ze wilde toepassen nog eens door, zocht ze opnieuw naar zwakke plekken, anticipeerde ze op mogelijke vragen. Het was niet volmaakt, en gezien de toestand van Seto kon dat ook niet, maar de aanpak die ze in grote lijnen had uitgedokterd klopte, ondanks de ingreep van Robbins. Ze moest naar de bank om het geld over te maken, en dat stuk lag volledig bij haar, daar had zij de controle over. Wat er daarna zou gebeuren, waar en hoe het geld in andere handen zou overgaan, tja, dat lag nog open voor nadere bestudering. Daar ging ze nu over nadenken.

Sinds ze op Beef Island was geland verkeerde ze in een toestand van uitgesteld ongeloof en handelde ze werktuiglijk, om de schok nog even op afstand te houden. Robbins had geen halve maatregelen genomen met deze overval, en ze moest zichzelf bekennen dat ze behoorlijk in de nesten zat. Geen Derek. Geen paspoort. Geen telefoon. Jack Robbins geparkeerd op de sofa. Maar hoeveel gevaar liep ze nou echt? Als het ging om Seto en de bank was er in feite niets veranderd, behalve dat Robbins een deel van het geld wilde. Als dat het enige was wat hij wilde, dan was het nog te overzien. En ze moest er maar van uitgaan dat dat het enige was wat hij wilde. Het ging er dus alleen om wat ze daarmee aan moest.

Ze kon natuurlijk precies doen wat ze Robbins beloofd had. Maar dat leverde de nodige problemen op, waaronder de niet onbelangrijke vraag of Robbins wel genoegen zou nemen met 2,2 miljoen dollar. Stel dat hij nog gretiger werd zodra hij wist dat ze het geld naar Hongkong had overgemaakt? Stel dat hij met haar paspoort zwaaide en nog meer geld eiste?

En dan was er het ethische aspect rondom Andrew Tam. Het was zijn geld. Hij had recht op het hele bedrag. Uit praktische overwegingen garandeerden Oom en zij nooit dat er geld terugkwam, laat staan dat al het geld terugkwam, maar Ava kon zichzelf niet voorliegen over het feit dat het hele bedrag onaangeroerd en binnen handbereik lag, en dat ze het met een beetje vindingrijkheid misschien volledig kon terugkrijgen. Waarom zou ze Robbins wat geven als ze iets kon bedenken om daar onderuit te komen?

Hoe coöperatief en welwillend zou Robbins zich opstellen als hij eenmaal wist dat ze de overboeking naar Hongkong had kunnen regelen? En stel dat hij genoegen nam met 2,2 miljoen, zou hij dan bereid zijn om direct na ontvangst van de bevestiging Thomas te instrueren haar haar paspoort terug te geven en te laten vertrekken, in plaats van te wachten tot het geld op zijn rekening stond? Hij was daar in Guyana wel toe bereid geweest. Maar dat was in Guyana, en toen stond er veel minder op het spel. In hoeverre vertrouwde hij haar eigenlijk?

Er kwam dus een plan A en een plan B, besloot ze, maar ze riep zichzelf direct tot de orde om niet te ver vooruit te lopen. *Focus je op de dag van morgen*, dacht ze, en ze opende weer haar notitieboek. Achterin had ze Seto's rijbewijs van de staat Washington geplakt. Ze haalde het eruit en legde het onder aan een lege bladzij; daarna schreef ze die van boven naar beneden vol met Seto's handtekening. Bijna onder aan de bladzij begon het er een beetje op te lijken.

Ze dronk haar glas leeg en schonk zichzelf nog een glas wijn in. Beneden op de kade liep een groepje van een man of tien naar een boot die een klein, drijvend hotel leek. Zo te zien waren het paren of oude vrienden; ze liepen innig gearmd of met de armen losjes over elkaars schouder. Ze liepen een beetje te zigzaggen, en hun stemmen klonken op naar haar balkon. Vrolijke stemmen van vrolijke mensen, die waarschijnlijk een gastronomisch diner achter de rug hadden en zes flessen wijn soldaat hadden gemaakt. *Nou, ík heb mijn wijn, en een mooie avond, en een geweldig uitzicht. Het kon slechter.* Had ze maar niet naar Tommy Ordonez gegoogeld.

34

Ava kroop met kleren aan in bed, en haar gedachten vlogen heen en weer tussen Jeremy Bates en Robbins. Ze begon langzaam en diep adem te halen en probeerde zich te concentreren op bak-mei-oefeningen. Het was moeilijk om dat soort concentratie vast te houden; pas na een halfuur, misschien nog wel langer, viel ze eindelijk in slaap. Ze droomde, en in haar droom verscheen haar vader. Ze waren in een hotel, klaar voor vertrek naar het vliegveld. Hij zei dat hij ging uitchecken en vroeg haar of ze de koffers van hun kamer wilde halen. Maar ze kon de kamer niet vinden. Ze zwierf van etage naar etage, en haar paniek en frustratie werden steeds groter. Ze wilde net naar de lobby rennen om hem om hulp te vragen toen er iemand anders haar droom binnenkwam.

Zo vaak droomde Ava niet, maar altijd kwam haar vader erin voor. De plaats, de situatie en de andere personages varieerden van droom tot droom. Maar dat was allemaal niet belangrijk. Het ging altijd om haar en haar vader, en altijd om een van de talloze varianten van dezelfde situatie: haar vader die wegging en Ava die hem wilde tegenhouden of hem smeekte om te blijven. Ze kon hem nooit tegenhouden. Hij bleef nooit.

Plotseling voelde ze een aanwezigheid, een subtiele verandering in het licht, die haar zintuigen direct op scherp stelde. Ze lag op haar rug, met haar armen langs haar zij en haar hoofd op twee kussens. Ze deed haar ogen open en zag hem in de deuropening staan, met het licht van de zitkamer als een aura om hem heen. Ze meende dat ze hem kon horen ademen. Haar eigen ademhaling was gestopt. Ze bleef doodstil liggen, haar ogen waren strak gefixeerd op de deuropening. Haar armen lagen op het dekbed, haar benen eronder. Ze schatte de afstand tussen haar bed en de deur en wist dat ze op tijd kon reageren als hij besloot om binnen te komen, zelfs als hij kwam binnenstormen.

Ze overwoog om iets te zeggen. *Nee, laat hem maar denken dat ik nog slaap. Laat hij maar proberen wat hij van plan was, dan doe ík wat ik van plan ben.* Hoe hard zou ze hem aanpakken? Ze had geen bepaalde grens voor ogen. Geld of geen geld, ze liet hem niet zover komen dat hij zelfs maar dacht een kans te maken. Dan mocht de Captain bepalen wat hij belangrijker vond: zijn broer of zijn geld.

Minuten gingen voorbij, of seconden; Ava was elk tijdsbesef kwijt. Robbins bleef onbeweeglijk in de deuropening staan, met zijn reusachtige, van achteren omstraalde hoofd uitgestoken in de richting van het bed. Ze kon zijn ogen niet zien en vroeg zich af of hij die van haar kon zien, of hij wist dat ze wakker was.

Even later kwam hij in beweging. Hij draaide zich half om en reikte met één hand naar de deurknop. Ava had kramp in haar benen, haar lichaam rolde zich op, haar geest werd helder. Hij deed een stap achteruit. Ze hoorde hem diep ademhalen, en toen de deur dichtging was ze met één klap terug in het donker.

Slapen lukte niet meer. Ze had geen idee hoe laat het was en het kon haar ook niet schelen. Ze dwong zichzelf om aan iets anders te denken dan aan de man in de kamer naast haar. De keus viel op Jeremy Bates en Barrett's Bank. Vraag na vraag riep ze tevoorschijn en antwoord na antwoord echode ze, totdat de zon tussen de lamellen door kierde. Geleidelijk vulde de kamer zich met zonlicht en even geleidelijk vervaagden de angsten van die nacht. Ze keek naar de deur. Het was geen droom geweest.

Ze gleed uit bed, zette haar voeten op de koude tegels, en moest toen nog nodiger plassen. Ze haalde haar toilettas uit haar bagage, liep naar de slaapkamerdeur en deed die nadrukkelijk open. Op de salontafel stonden zes lege Stella-flesjes. Robbins had wel de bank maar niet de kamer verlaten. Hij zat in een van de grenen stoelen, die hij tegen de deur van het appartement had geschoven. Zijn hoofd hing achterover, zijn mond stond open en hij ademde en snurkte met horten en stoten.

Ava ging naar de badkamer en deed de deur op slot. Ze deed er een halfuur over om te plassen, haar tanden te poetsen, te douchen, haar haar te wassen en te drogen en een heel lichte make-up aan te brengen. Nooit eerder had ze zo van haar ochtendritueel genoten. Toen ze bijna klaar was hoorde ze ergens geschuifel, en ze begreep dat Robbins uit zijn stoel was opgestaan. Ze luisterde intens en probeerde te bepalen waar hij was. Ze was niet van plan om de deur open te doen en hem tegen het lijf te lopen. Even later werden de geluiden die hij maakte wat vager, en ze kon maar twee mogelijkheden bedenken: of hij was op zijn slaapkamer, of hij stond voor de badkamerdeur op haar te wachten.

Ze deed voorzichtig de deur open en zag hem bijna onmiddellijk. Hij stond bij de deur van Seto's kamer.

'Je zult wat aan die vent moeten doen,' zei Robbins.

Ava was Seto bijna vergeten. Ze liep naar de deur van zijn kamer. Hij lag op bed en maakte woeste kronkelbewegingen, schopte het beddengoed los, waarbij een jockeyshort zichtbaar werd dat zijn stakerige benen niet erg flatteerde. Toen hij haar zag gebaarde hij met zijn hoofd dat ze dichterbij moest komen. Ze trok de tape van zijn mond. 'Ik moet pissen,' hijgde hij. Zijn ogen stonden nog wazig van de verdoving, maar de woede die ze de vorige avond had zien opflikkeren en dat plotseling opduikende flintertje zelfverzekerdheid, waren volledig verdwenen. Hij was weer helemaal het geslagen hondje, precies zoals ze het wilde.

'Neem jij hem mee,' zei ze tegen Robbins, die de kamer was binnengekomen en maar een paar passen achter haar stond. 'Gedraag je,' zei ze tegen Seto.

'Ik wil niks met hem van doen hebben,' zei Robbins.

'Ik kan het niet doen, en hij kan toch moeilijk onder de pis zitten als ik die bankier hier mee naartoe moet nemen.'

Ze zag hoe Robbins dit door zijn biernevel heen overpeinsde. 'Fuck,' zei hij ten slotte, liep langs haar heen en boog zich naar Seto. Hij pakte hem weer onder zijn oksels, hield hem weer op armlengte voor zich uit en droeg hem de kamer uit. Seto keek om naar Ava en liet zijn ogen in paniek heen en weer rollen.

Terwijl de mannen in de badkamer waren maakte ze nog een dosis chloraalhydraat in een glas water klaar. Ze had nog maar anderhalf flesje over. Ze hoopte dat ze niet alles nodig had.

Robbins droeg Seto op dezelfde manier terug als op de heenweg en gooide hem vanaf een meter afstand op het bed. Hij stuiterde en bleef op zijn zij overdwars op het bed liggen. Ava hielp hem om te gaan zitten en hield het glas tegen zijn mond. 'Drinken,' zei ze.

Hij schudde zijn hoofd.

'Opdrinken, of ik haal Mister Clean hier erbij om je mond open te houden en dan giet ik het in je keel. Je moet maar zo denken: je slaapt door een hoop akelige toestanden heen. Dit is geen straf maar een goede daad.'

Seto keek omhoog naar Robbins en daarna naar het glas dat Ava in haar handen had. Zijn lippen gingen van elkaar en hij dronk. De rol ducttape lag op het nachtkastje. Ze scheurde er een strook van af en tapete opnieuw zijn mond dicht. 'Nog even en het is achter de rug,' zei ze tegen hem.

Robbins liep zwaar ademend achter haar aan de kamer uit, met een walm van bier en lichaamsgeurtjes om zich heen.

Ava zei: 'Ik moet me voorbereiden op de bespreking van vanochtend. Ik pak mijn papieren en ga in de keuken zitten. Ik zou het op prijs stellen als je daar wegblijft tot ik klaar ben.'

'Heb je zo'n last van me?'

'Van je stank.'

Hij trok een arm op, snoof, en glimlachte. 'Ik laat je echt niet alleen.'

Ze ging haar slaapkamer binnen en deed de deur achter zich dicht. Ze knielde naast het bed en sprak een kort gebed uit, waarin ze Sint Judas Thaddeüs, de schutspatroon van verloren zaken, aanriep. Vanwege de houding van de rooms-katholieke kerk tegenover homoseksualiteit had Ava zonder veel ophef haar banden met het instituut verbroken. Maar met haar kindertijd had ze niet helemaal afgedaan. Ze zag het verband niet tussen gebed en kerk, of tussen Sint-Judas en de kerk. Tijdens haar werk bad ze vaak tot hem, niet omdat ze zo vaak met verloren zaken te maken had, maar omdat hij ook de beschermheilige van hopeloze situaties was, en daar was ze meer mee vertrouwd.

Ze eindigde haar gebed en legde haar kleren en accessoires voor die dag klaar. Ze koos voor de kokerrok, met de gedachte dat het geen kwaad kon een paar licht gebruinde, welgevormde benen te laten zien. De witte overhemdblouse van Brooks Brothers zat iets strakker dan de andere twee, daaronder zou haar zwarte bh vaag te zien zijn. De groene jaden manchetknopen en de ivoren knotspeld waren onontbeerlijk, evenals het Cartier-horloge en het gouden crucifix. Ze completeerden het imago dat ze wilde uitstralen: professioneel, succesvol en op een onopvallende, klassieke manier aantrekkelijk.

Ze opende de Chanel-tas die ze altijd meenam naar besprekingen en stopte daar de visitekaartjes van Fong Accounting en alle identiteitsbewijzen van Seto in. Ze greep snel twee zakjes VIA-instant, haar notitieboek en het dossier van Barrett's Bank dat ze uit Seto's kantoortje had meegenomen, ging de slaapkamer uit en liep de keuken in. Robbins zat weer in de stoel bij de deur. Ze dacht dat hij sliep, tot zijn ogen openschoten.

Ava zette de waterkoker aan, en terwijl ze wachtte tot het water kookte glipte ze het balkon op; ze liet de deur achter zich openstaan. De zon stond al hoog aan de hemel en scheen op Road Harbour; de Caribische Zee schitterde hemelsblauw, met vleugen groen; de scheepsrompen glansden in het zonlicht. Het was al warm, ten minste 25 graden, maar een lichte passaatwind bracht zachtjes de ochtendlucht in beweging. Ava besloot dat het balkon van haar was. Ze liet het notitieboek en het dossier op het tafeltje liggen en ging terug naar de keuken om voor zichzelf koffie klaar te maken.

Ze dronk staand bij het fornuis een halve kop, deed er nog wat koffie bij, vulde het aan met water en ging weer naar buiten. Ze nam eerst het bankdossier door, om het verloop van de rekening goed in haar hoofd te hebben. Goddank was Jeremy Bates geen echte nieuweling. Had ze een manager getroffen die niet eerder met Seto te maken had gehad, dan had ze voor een veel lastiger, zo niet onmogelijke klus gestaan. Bates wist in elk geval hoe Seto eruitzag.

Ze opende haar Moleskine-notitieboek en nam opnieuw de opnameprocedure voor bedragen hoger dan vijfentwintigduizend dollar door, zoals Seto die had beschreven. De papierwinkel die ze bij zich had zou op zichzelf wel overtuigend zijn, daar maakte ze zich geen zorgen over. Seto's handtekening op de overboekingsopdracht, in combinatie met het tonen van de juiste identiteitspapieren – zo nodig met ondertekende en van datum voorziene kopieën – moest toch alles zijn wat de bank wilde hebben. De belangrijkste, allesoverheersende vraag was: zouden ze bij de bank per se willen dat Seto de documenten in hun aanwezigheid ondertekende? *Maar waarom zouden ze?* dacht ze. Ze hadden zijn handtekening in hun bestand, zodat ze die konden vergelijken. En ze kon een aantal originele identiteitsbewijzen tonen, met van datum voorziene en ondertekende kopieën. Maar niet direct, niet al bij de eerste bespreking. Bates met documenten overladen was wel het allerlaatste wat ze moest doen.

Ze moest zich vooral niet haasten, en absoluut niet bezorgd overkomen. Rustig en onverstoord, rustig en onverstoord. Bates een overtuigend verhaal presenteren. Geloofwaardigheid creëren. Seto's identiteitspapieren laten zien. Een relatie opbouwen. Bates voorbereiden op een overboeking, maar niet al bij de eerste bespreking proberen die geregeld te krijgen. Daar waren twee, misschien zelfs drie besprekingen voor nodig. Zolang ze hem maar zachtjes in de goede richting kon duwen, voetje voor voetje, stapje voor stapje... Híj moest maar zeggen wat ze wilden en hoe ze het wilden. Hij moest het gevoel hebben dat híj de regie had over een overboeking van zeven miljoen dollar naar Hongkong.

Het enige probleem was dat Robbins dacht dat er vijf miljoen in het spel was. Als hij een beetje bijdehand was zou hij een bevestiging van de overboeking van Barrett's naar Hongkong eisen. En als hij ontdekte dat het om zeven miljoen ging, zou hij zijn prijs opdrijven. Ze moest de bank zover zien te krijgen dat die twee overboekingen stuurde; dat moest toch lukken. Als plan A werkte kon ze Tam bedienen en nog een extraatje in eigen zak steken. Als ze op plan B moest overstappen zag Tam nog altijd het grootste deel van zijn geld terug.

Ze sloot haar ogen en liet haar hoofd tegen de rugleuning rusten. De zon stond aan een onbewolkte hemel, de hitte nam langzaam toe. Ze genoot van de zon op haar huid, maar ze werd er suf en soezerig van. *Tijd om naar binnen te gaan, tijd om aan het werk te gaan*, dacht ze, en ze trok zichzelf overeind uit de stoel.

De zitkamer was leeg. Robbins' deur stond open, maar ze zag hem niet in zijn kamer. Hij stond bij de wastafel in de badkamer. Hij was naakt tot aan zijn middel, en zijn vetrollen golfden als ruches over een vlekkerige witte jurk. In zijn gehandschoende hand had hij een washandje, waarmee hij onder zijn linkeroksel wreef. Hij beantwoordde haar blik door haar met felle ogen vanaf de spiegel aan te staren. Ava vermeed zijn blik en liep door naar haar kamer. Misschien was hij toch niet zo'n zwijn als ze had gedacht. Of misschien kon hij gewoon niet tegen zijn eigen stank.

Ze nam de tijd om haar haar te borstelen, de haarspeld vast te zetten, een vleugje lipstick aan te brengen en zich in de kleren die ze op bed had klaargelegd te laten glijden. Het was bijna een ritueel. Toen ze klaar was deed ze een stap achteruit om zichzelf in de spiegel op de ladekast te bekijken. Ze had de bovenste drie knopen van haar overhemdblouse open gelaten. Ze draaide een kwartslag en boog zich voorover om te zien hoeveel boezem er te ontdekken viel. Te veel, veel te veel voor een accountant, te veel voor de bankier. Ze deed nog één knoopje dicht. Als laatste kwam het Cartier-horloge, en daarop zag ze dat het al halftien was. Ze inspecteerde nog één keer haar Chanel-tas om zeker te weten dat ze alles bij zich had, en toen was ze klaar voor vertrek.

Jack Robbins zat op de bank, met zijn blote voeten op de salontafel. Hij had zich zowel geschoren als gewassen en het slobberige witte tentshirt verwisseld voor een slobberig zwart tentshirt. Hij staarde naar Ava en deed geen moeite om te verbergen dat hij vooral in haar borsten was geïnteresseerd.

'Het is tijd,' zei ze.

Robbins ging bij de voordeur staan om zijn voeten in zijn sandalen te schuiven, met zijn hand tegen zijn buik gedrukt, zodat hij ze kon zien.

'We moeten voordat we vertrekken nog even met de receptie praten,' zei Ava.

'Waarover?'

'De schoonmaakservice. Die willen we niet.'

'Ik heb al naar beneden gebeld. Het is tot nader order afgezegd.'

Het verbaasde Ava dat hij eraan had gedacht.

Davey stond al te wachten bij de Crown Victoria, de grootste auto binnen haar blikveld. Hij glimlachte naar Ava toen hij het achterportier voor Robbins opende.

Ze lieten Wickham's Cay achter zich en reden de stad in. Die was bij daglicht minstens zo mooi als bij nacht; schoon en compact, met goed geplaveide smalle straatjes met echte trottoirs en houten hekjes. De stad vormde een mengeling van Brits-koloniale en Caribische architectuur, op een schaal die paste bij een gebied van een stuk of vijftig eilandjes en zandplaten met een totale bevolking van ongeveer twintigduizend inwoners. Davey voorzag hen onderweg voortdurend van ironisch commentaar. Hij wees naar een gebouw met één verdieping, de Legislative Council, dat op de begane grond vijf bogen langs de gevel had en op de eerste verdieping over de hele breedte een balkon. 'De rechtbank is daarboven,' wees hij.

Ava luisterde, maar iets in zich opnemen deed ze niet echt. Het was prettig om niet meer in Georgetown te zijn, maar daar had ze bij de bank niet veel aan.

Fyfe Street lag in het centrum, de bank was gehuisvest in Simon House, een fletsblauw gepleisterd kantoorgebouw van drie verdiepingen. Fyfe Street was, zoals te verwachten, een nauw straatje met een smalle stoep. Davey reed de auto de stoep op en parkeerde hem zo dicht tegen de muur dat Ava zich afvroeg of hij nog kon uitstappen. Maar hij hoefde natuurlijk de auto niet uit. Ze keek op haar horloge. Vijf minuten voor tien. 'Ik heb geen idee hoe lang het gaat duren,' zei ze tegen Robbins.

'We blijven hier,' antwoordde hij.

De bank was maar een van de vele huurders in het gebouw. Aan weerszijden van een witte dubbele deur met bewerkte koperen deurknoppen hing een reeks naambordjes van de instellingen die er zetelden. Twee ervan hadden een koperen bordje: de bank en een verzekeringsmaatschappij. De verzekeraar had de hele tweede verdieping tot zijn beschikking, Barrett's de derde. Alle andere instellingen, een stuk of twintig, hadden een witgeverfd houten bordje ter grootte van een A4'tje. Ze leken allemaal iets te doen op het gebied van offshore-registratie, om god weet hoeveel bedrijven aan een legaal adres en een brievenbus te helpen.

Ava ging de voordeur door en kwam terecht in een kleine hal, waarop aan twee kanten gangen uitkwamen. Er was een open lift die eruitzag alsof hij in de jaren vijftig was gebouwd. Ze stapte in, drukte op de knop voor de derde verdieping en wachtte tot de deur dichtging. Toen de lift krakend zijn weg omhoog zocht drong het tot haar door dat hij geen airconditioning had; ze voelde al zweetdruppels opkomen. Vloekend veegde ze haar voorhoofd af, ze moest vooral geen nerveuze indruk maken.

De liftdeur opende naar een receptie met langs de linkermuur twee roodleren banken en een tafeltje met een stapel tijdschriften. Aan de muur rechts hingen foto's van London: de Big Ben, Westminster Abbey, de Tower of London. Tussen linker- en rechtermuur strekte zich op zijn minst tien meter Perzisch tapijt uit. Recht vóór haar, ook zo'n tien meter verderop, zat een jonge vrouw achter een enorm mahoniehouten bureau dat, op een telefoontoestel en het tijdschrift dat ze zat door te bladeren na, helemaal leeg was. Achter haar was van vloer tot plafond een gelambriseerde wand. Het middenstuk daarvan werd in beslag genomen door het in brons gegoten logo van Barrett's, van ten minste één meter breed en twee meter hoog. Achter en aan weerszijden van het bureau werd verdere toegang tot de kantoren van de bank belemmerd door twee met staal versterkte deuren, in dezelfde beige tint als de muren.

Verder was er niemand. Het enige geluid kwam van de bladzijden van het tijdschrift die werden omgeslagen.

Precies de indruk die een *private bank* moest maken, vond Ava. Ruim, niet opschepperig, op een subtiele en solide manier elegant, absoluut rustig, geen schreeuwerige reclame voor het afsluiten van een consumptieve lening of het oversluiten van je hypotheek. Het soort bank waar je iemand moest kennen om er klant te mogen worden, het soort bank waar je geheimen kon deponeren.

De vrouw keek op van haar tijdschrift; Ava zag dat het *People* was. The Economist *was toepasselijker geweest*, dacht ze. 'Goedemorgen, mijn naam is Ava Li. Ik heb een afspraak met Mr. Bates.'

De vrouw glimlachte. 'Mr. Bates verwacht u al. Of eigenlijk u en een Mr. Seto.'

Er komt hier weinig volk binnenlopen, dacht Ava. 'Mr. Seto is verhinderd. Ik ben alleen.'

'Ik zal Mr. Bates op de hoogte stellen. Moment graag.'

De vrouw kwam achter haar bureau vandaan en liep naar de deur links van haar. Ze tikte een zescijferige code in, draaide zich om en verdween.

Ava keek de tijdschriften op het salontafeltje door en vond een *Economist* en een *Financial Times* van een week oud. Ze stond zich net af te vragen welke van de twee ze zou gaan lezen toen de beige deur openging en de vrouw weer verscheen. 'Wilt u me alstublieft volgen?' vroeg ze.

Ava liep achter haar aan naar een hal met links en rechts een aantal gesloten deuren. In een deuropening aan het andere eind stond een lange, slanke jongeman, die sprekend leek op acteur Jude Law. *Dat kan onmogelijk Bates zijn. De man die een bank in het grootste offshore-belastingparadijs ter wereld leidt moet toch zeker ouder en meer ervaren zijn?* Ze voelde haar pantser verdwijnen. Een golf van paniek schoot door haar heen.

'Hallo, ik ben Jeremy Bates. Fijn kennis met u te maken,' zei hij.

Ava nam zijn uitgestoken hand en registreerde zijn overhemd met monogram, zijn blauw met gele zijden Ferragamo-stropdas, zijn blauwgrijze maatpantalon van fijne wol, met kaarsrechte, messcherpe vouw, en zijn glimmende zwarte veterschoenen. *Dat zijn handge-maakte schoenen*, dacht Ava, *en Bates komt niet uit een arbeidersmilieu.*

Ze schatte hem op net één meter tachtig, en toen hij van bovenaf op haar neerkeek zag Ava dat hij haar even nauwlettend bekeek als zij hem. Ze liet haar meest verlegen glimlach zien en zei: 'Heel fijn dat u me wilt ontvangen.'

'Ik verwachtte Mr. Seto ook,' zei hij terwijl hij opzij stapte en haar gebaarde om binnen te komen.

'Hij is erg ziek,' zei ze.

'Zullen we aan deze tafel gaan zitten?' zei Bates. 'Niets ernstigs, hoop ik?'

'Voedselvergiftiging. We hebben gisteren voordat we in het vliegtuig stapten snel ergens een hapje gegeten, en kennelijk is er iets verkeerd gevallen. Sinds we hier zijn ligt hij op bed of zit hij op het toilet, en hij heeft afwisselend koorts en koude rillingen.'

'Dus hij is hier in Road Town?'

'Ja, maar hij moet in bed blijven.'

Ze ging zitten en keek het kantoor rond. Het was enorm groot, even groot als de receptie, en ingericht om te imponeren. Ook dit bureau was van mahoniehout, net als de lage kast langs de muur. Ook hier een Perzisch tapijt op de houten vloer. Achter het bureau stond een groene leren bureaustoel, dik bekleed en met een hoge rugleuning, vóór het bureau stonden twee kleinere uitgaven. Eén muur had drie erkerramen, en langs de zijmuren stonden boekenkasten vol bundels met zo te zien bedrijfsdocumenten. Vervolgens viel haar oog op een eigentijdser voorwerp. In de hoek rechts boven zich zag ze een minuscule camera. Ongetwijfeld werd elk gesprek in deze kamer opgenomen.

'Mijn visitekaartje,' zei hij, en overhandigde het haar.

'Dank u,' zei ze, en ze las zijn functienaam: Directeur private banking, Britse Maagdeneilanden.

'Ik heb thee, koffie, water. Heeft u voorkeur?'

'O, ik hoef niets, dank u,' zei ze, nog enigszins van slag door zijn leeftijd en knappe uiterlijk. Hij had kort, donkerblond haar, dat terugweek bij zijn slapen. Zijn schitterend blauwe ogen stonden iets uit elkaar, zijn neus was lang en smal.

'Prima,' zei hij terwijl hij zichzelf een glas water inschonk. 'En vertelt u eens, Ms. Li, in welke hoedanigheid hebt u met Mr. Seto te maken?'

Ze pakte haar visitekaartje uit haar Chanel-tas en hield het bij twee hoekjes vast toen ze het aan Bates liet zien. 'Onze firma is accountant van Dynamic Financial Services. Dynamic financiert aankooporders, verstrekt documentair krediet en faciliteert handelsbetrekkingen tussen Zuidoost-Azië en Noord-Amerika. Een van de bedrijven van Mr. Seto, Seafood Partners, heeft in het afgelopen halfjaar intensief gebruik gemaakt van de diensten van Dynamic, en tussen beide directeuren is inmiddels een nauw samenwerkingsverband ontstaan. Ongeveer twee maanden geleden besloot Mr. Seto om een aantal aandelen te kopen in een bedrijf dat oesters en sint-jakobsschelpen kweekt in Yantai, aan de noordkust van de Gele Zee. Hij heeft Dynamic ingeschakeld als bemiddelaar bij de transactie, en nu zijn we in de afrondingsfase.'

Bates keek van haar visitekaartje naar haar. Ze zat op zijn Havergals keurig rechtop, met haar borsten een heel klein beetje naar voren. 'Klinkt erg interessant,' zei hij, en ze wist dat het een nietszeggende reactie was.

'Wel, zakendoen met Chinezen is nooit gemakkelijk,' zei ze. 'Maar Dynamic heeft uitgebreide ervaring in die regio. Ze proberen bijvoorbeeld altijd zodanige voorwaarden te creëren dat de investeerders zich kunnen terugtrekken zodra zich problemen voordoen. Het spreekt vanzelf dat ze contacten in China hebben die dat mogelijk maken, contacten die ze al jarenlang koesteren. Gelet op de mate van bescherming die ze bieden en het feit dat ze een stabiele brug vormen tussen beide partijen zijn hun bemiddelingstarieven voor dit soort transacties uiterst redelijk.'

Hij had een pen, een schrijfblok en een dichte map voor zich liggen. Hij schreef niets op terwijl ze praatte. 'Onze bank is natuurlijk ook in Azië aanwezig, en ik weet hoe lastig het is om daar zaken te doen,' zei hij.

'Het kan ongelooflijk frustrerend zijn,' zei Ava. 'We hebben ooit een Amerikaans bedrijf vertegenwoordigd dat contractbesprekingen voerde in Shanghai. Maandenlang sleepten de onderhandelingen zich voort, en elke keer als ze dachten dat de deal rond was kwam de andere partij weer met iets nieuws aanzetten. Eindelijk dachten ze dat alles in kannen en kruiken was en kregen ze van de Chinezen te horen dat ze hun seniors naar Shanghai moesten sturen voor de ondertekeningsceremonie. Een week later vloog hun CEO van New York naar

Hongkong om daarvandaan door te vliegen naar Shanghai. Bij de landing in Hongkong werd hij door zijn plaatselijke mensen opgewacht. Ze hadden net een fax binnen van het Chinese bedrijf, ondertekend door iemand die ze nog nooit hadden ontmoet en van wie ze nog nooit hadden gehoord. In de fax werd hun aangeraden niet de moeite te doen om naar Shanghai te komen, want de deal ging niet door. De Amerikanen probeerden iedereen met wie ze de afgelopen maanden te maken hadden gehad te bellen, te faxen, te mailen. Op al hun pogingen om contact te krijgen werd niet gereageerd, en niemand wilde hen telefonisch te woord staan.

Dynamic heeft toen een paar telefoontjes gepleegd en kwam erachter dat de neef van de burgemeester van Shanghai de week ervoor een Duits bedrijf aan de onderhandelingstafel had uitgenodigd. Al het werk van maanden, al die ingewikkelde onderhandelingen, alle gemaakte kosten: allemaal naar de knoppen vanwege een handdruk tussen de neef en een Duitser.'

'Wat een verhaal,' zei Bates. 'Weet u, sorry dat ik het zeg, maar als ik u zo zie lijkt u me erg jong voor zo'n brede ervaring en zo'n grote verantwoordelijkheid.'

'Ik dacht precies hetzelfde over u,' zei ze. 'Ik had een of andere bejaarde bankier in tweedkostuum verwacht.'

'Een tweedkostuum is niet geschikt voor dit klimaat, en eerlijk gezegd draag ik nooit een jasje, van wat voor stof dan ook,' zei hij glimlachend. 'En wat mijn leeftijd betreft, Barrett's voert een actief wervingsbeleid en is erg vooruitstrevend door jonge mensen op een positie te zetten die goed is voor hun leercurve. Ik ben net achtendertig geworden en dit is mijn tweede buitenlandse post. Hiervóór was ik tweede man op ons kantoor in Parijs.'

'Ik had u zelfs nog jonger geschat.'

'Dat beschouw ik maar als een compliment, hoewel het in onze branche niet altijd gunstig is. Er komen hier nog steeds klanten die per se mijn baas willen spreken.'

'Dat overkomt mij ook vaak,' knikte Ava. 'Ik ben voor in de dertig en word nog steeds behandeld alsof ik net van de universiteit kom.'

'Dat verbaast me eerlijk gezegd niet. U ziet er veel jonger uit dan dertig.'

'Chinese genen.'

'Voor een Chinese spreekt u opvallend goed Engels,' zei hij, maar hij herstelde zich snel. 'Dat was absoluut niet neerbuigend bedoeld.'

'Ik ben opgegroeid in Canada en heb er gestudeerd.'

'Ik hou van Canada,' zei hij, en hij boog zich naar haar over. 'Ik heb een broer in Montréal en een zus in Vancouver.'

'Ik hou ook van Canada, maar vanwege mijn werk moest ik wel terug naar Hongkong.'

'En Mr. Seto, waar woont hij nu eigenlijk?'

'Hij heeft een vast adres in Seattle en een in Hongkong, en natuurlijk een huisadres in Brits Guyana.'

'Ja, hij heeft meestal vanuit Guyana zaken met ons gedaan.'

Ava wilde van het onderwerp af. Ze opende haar Chanel-tas. Het werd tijd om ter zake te komen. 'Dit zijn de bankgegevens van Dynamic,' zei ze, en ze schoof een papier naar Bates. 'Hun naam en adres heeft u al. Dit zijn de verdere details, waaronder het adres van het filiaal en de IBAN- en SWIFT-codes. Het rekeningnummer staat onderaan.'

'Mr. Seto mailde me dat hij een overboeking wilde doen.'

'Inderdaad.'

'Van hoeveel?'

'Een van vijf miljoen en een tweede overboeking van twee miljoen.'

'Twee overboekingen?'

'Ja, die twee miljoen moet als aanbetaling worden gestuurd naar de holding van die oesterkwekerij. Ik heb hier hun gegevens,' zei Ava, en ze overhandigde Ooms bankgegevens. 'De vijf miljoen gaat naar Dynamics. Die houden het in bewaring totdat de deal rond is, en dat is hopelijk binnen vierentwintig uur het geval.'

'Dus in totaal zeven miljoen?'

Zou dat echt zijn enige vraag zijn? Vond hij het niet vreemd dat er twee afzonderlijke overboekingen waren? 'Ja, zeven miljoen.'

Hij deed zijn map open. Ze zag bovenop kopieën liggen van de e-mails die ze vanaf Seto's mailadres had gestuurd. Ze maakten zelfs op haar een bonafide indruk. 'Er staat voldoende geld op de rekening,' zei hij.

'Ik neem aan dat u twee formulieren gaat opstellen ter ondertekening door Jackson?'

Hij pakte de twee stukken die ze hem had gegeven en legde ze in de map. 'Een paar minuten alstublieft. Ik maak ze direct in orde.'

Ava aarzelde. Hij was nog niet begonnen over een paspoort of over de noodzaak om nog een legitimatiebewijs te laten zien. Ze dacht erover om dat zo te laten, maar besloot op hetzelfde moment om dat niet te doen. Bates was misschien niet volledig op de hoogte van de opnamelimiet die aan de rekening was verbonden, maar ze kon er donder op zeggen dat iemand anders ermee zou gaan zwaaien. Ze kon maar beter proactief handelen en zo transparant mogelijk overkomen. Elk beetje vertrouwen dat ze kon wekken had ze nodig.

'Neemt u me niet kwalijk, Mr. Bates, ik wil de zaken niet ophouden, maar Jackson had het erover dat de bank hem normaal gesproken vraagt zijn paspoort en andere identiteitspapieren te laten zien, en om kopieën daarvan te tekenen en te dateren. Ik heb ze bij me voor het geval u ze nodig hebt.' Ze pakte Seto's Amerikaanse paspoort, zijn Hongkongse identiteitsbewijs en zijn creditcards uit haar handtas. Ze legde ze naast elkaar voor Bates op tafel. 'Neemt u maar wat u nodig hebt.'

Hij knikte. 'Ja, goed dat u me eraan herinnert. Meestal regelt Marilyn dit soort details. Ik neem alles mee, dan kan ze kopiëren wat ze nodig heeft. Dan kan ze ook gelijk die overboekingsformulieren in orde maken.'

'Hoe lang gaat het duren, denkt u?' vroeg ze.

'Heeft u haast?'

'Nee, nee, maar ik moet nu echt een paar telefoontjes plegen, en ik heb mijn mobieltje in het appartement laten liggen.'

'U kunt als u wilt hier de telefoon gebruiken,' zei hij, en wees naar een toestel dat op tafel stond.

'Het zijn langeafstandsgesprekken.'

'Ms. Li, ik denk dat er nog wel een paar langeafstandsgesprekken af kunnen bij de bank. U kunt elk toestel gebruiken. U draait eerst een negen voor een buitenlijn, dan 011, en dan het nummer van het land.'

'Dank u, erg aardig van u.'

'Ik doe de deur van het kantoor wel dicht. Als u klaar bent doet u hem maar weer open, dan weet ik dat u klaar bent.'

Bates stopte Seto's paspoort en het andere identiteitsbewijs in zijn dossier. Hij stond op en keek Ava aan. 'Ik moet zeggen dat dit een aangename onderbreking is van mijn dagelijkse routine,' zei hij.

Ze keek hem na toen hij de kamer uit ging, blij dat ze niet had hoeven te vragen of ze de telefoon mocht gebruiken. Ze was zich sterker dan daarvoor bewust van de camera die in de hoek van het plafond aan het werk was, en probeerde er zo natuurlijk en beheerst mogelijk uit te zien. *Doe maar alsof je Mimi belt*, zei ze tegen zichzelf, terwijl ze Ooms mobiele nummer in Hongkong intoetste, in de vurige hoop dat hij zou opnemen.

'Wei?'

'Oom, met Ava,' zei ze.

'Ik herken dit nummer niet. Waar zit je?'

'Het is me gelukt. Ik zit op de Britse Maagdeneilanden,' zei ze, overschakelend op Kantonees.

'Ava, ik heb je op je mobiel gebeld. Waarom neem je niet op?' zei hij, eveneens overschakelend.

'Het is me gelukt, maar ik heb wat probleempjes.'

'Ik dacht dat Derek daar was,' zei hij.

'Hij is er niet, en dat is een deel van het probleem. Maar ik heb geen tijd om het allemaal uit te leggen, dus luistert u alstublieft heel goed.'

'Dit bevalt me niet.'

'Luistert u alstublieft.'

'Loop je gevaar?'

'Geen dingen die ik niet aankan, dus alstublieft niet ongerust worden.'

'Oké, ik luister,' zei hij langzaam.

'Ik zit nu bij de bank en ben bijna zover dat ik Tam zijn geld kan teruggeven, met een extra zakcentje voor ons. Als alles vandaag goed gaat, kan ik 5 miljoen overmaken naar hem en 2 miljoen naar uw rekening in Kowloon. Zodra de overboekingen hier weg zijn, en dat moet ergens in de komende vierentwintig uur gebeuren, stuur ik u een e-mail met het verzoek om 2,2 miljoen dollar elektronisch over te maken naar die rekening op de Caymaneilanden waar we al 300.000 naar hebben overgemaakt, maar ik wil dat u die overboeking niet echt laat doen. Ik wil dat u uw vrienden bij de bank daar een dummy van laat maken. Als onze accountant die krijgt, wil ik dat hij hem scant en naar mij stuurt en naar nog een ander e-mailadres dat ik nog aan u doorgeef.'

'Ava, het is allemaal wel een stuk ingewikkelder dan je had gedacht, of niet?'

'Oom, denkt u dat het een probleem wordt om de bank die dummy te laten maken?'

'Nee, ik ben bevriend met de eigenaren. Maar waarom sturen we eigenlijk nog meer geld, of doen we alsof, naar de Caymaneilanden?'

'Het gaat om afpersing. Ik ga nu niet op de details in. Gelooft u nou maar dat het echt moet gebeuren.'

'Ik krijg de bank wel zover dat ze het doen, dat zal geen probleem zijn,' zei hij.

'Geweldig. Als ik u de e-mail stuur met het verzoek om die overboeking te doen, zet ik er het mailadres en het faxnummer van die man bij, zodat u hem kunt cc'en als u het verzoek mailt.'

'En waarom zou hij die kopie zonder meer als bewijs accepteren?'

'Omdat hij dat al eerder heeft gedaan. En het is geen Chinees, dus ik ga ervan uit dat hij banken nog een beetje vertrouwt.'

'Dat klinkt nogal magertjes.'

'Oom, ik heb geen tijd om alles uit te leggen. Ik gebruik de telefoon van iemand anders omdat ik mijn mobieltje niet bij me heb, dus laat u me alstublieft even mijn verhaal afmaken.'

'Ik luister, ik luister.'

'Het enige wat ik met die dummy hoop te bereiken is dat ik genoeg tijd win om hier weg te kunnen. Zoals ik al zei, ik vraag u pas om die dummy te versturen als ik zeker weet dat we ons geld binnen hebben. Dus als die vent er om de een of andere reden niet in trapt, kan het zijn dat we hem zijn aandeel moeten sturen. Die extra twee miljoen die ik krijg dekt het meeste, en Tam mag de rest hebben.'

'En stel dat ik je niet kan bereiken, hoe weet ik dan wat ik moet doen?'

'Als ik het eerste verzoek stuur – die dummy – teken ik gewoon met "Ava". Als ik echt wil dat u het geld stuurt, stuur ik er een e-mail achteraan waarin ik bevestiging vraag dat het geld is verstuurd en onderteken ik met Ava Li. Dus niets sturen als u niet mijn volledige naam ziet.'

'Dit bevalt me niks.'

'Oom,' zei ze rustig, zich nog bewust van de opnameapparatuur, 'deze vent wil ons te grazen nemen. Dat bevalt me niet, en ik heb geen zin om met hangende pootjes te vertrekken. Ik wil dat Tam zijn geld krijgt, al zijn geld. En ik wil dat wij ons aandeel en dat extraatje krijgen. Ik weet dat u in de zaak van Tam geen aandeel wilt, maar ik zie niet in waarom u niet de helft van dat extraatje zou mogen hebben. U hebt er nota bene al driehonderdduizend in gestoken.'

'En als die vent het doorheeft?'

'Dan zeg ik dat er een technische storing is opgetreden en dan stuur ik u de tweede mail. Dat betekent alleen maar dat ik hier nog een paar dagen extra vastzit.'

'Heb je genoeg vertrouwen in dit plan?'

'Genoeg om het uit te proberen.'

'En ik kan je nog steeds niet bereiken?'

'Nee, en doet u ook geen moeite. Ik kan mijn mobiel of mijn laptop niet in mijn eentje gebruiken. Ik zit op dit moment bij de bank. Ik verwacht dat ik het verzoek om overboeking al heel snel kan mailen. Heeft u het binnen vierentwintig uur niet ontvangen en heeft u ook verder niets van me gehoord, stuur dan wat hulptroepen. Ik logeer in Guildford Apartments in Road Town. Het appartement is geboekt op naam van Derek.'

'Zal ik je eens wat zeggen,' zei hij zachtjes, 'ik wou dat ik nooit met Tams oom over deze klus had gepraat.'

Beetje laat, dacht ze. 'Momentai – geen probleem, Oom. Ik moet nu stoppen. Ik mail u zo snel mogelijk, en hopelijk spreek ik u in de loop van morgen weer.'

Toen ze ophing voelde ze zich plotseling ontzettend alleen. Hoe lang was het niet geleden dat Oom en zij een tijdlang noodgedwongen niets van elkaar hadden gehoord?

Wat had ze anders gemoeten, vroeg ze zich af terwijl ze Derek belde.

Zijn mobiel ging vier keer over, en ze wilde net een bericht inspreken toen hij opnam, en net als Oom klonk hij erg op zijn hoede. 'Met wie spreek ik?'

'Derek, met mij, Ava. Ik zit op de Maagdeneilanden. Waar zit jij?' vroeg ze, in het Kantonees.

'Ik ben in Montréal. Ik pak over een paar minuten het vliegtuig naar Toronto. Heb je al gehoord wat er gebeurd is?'

'Ze zeiden dat je papieren niet in orde waren.'

'Bullshit,' riep hij.

'Ik weet het.'

'Ik liep zonder problemen langs de douane, pakte een taxi, stopte even bij een markt vlak bij het appartement om wat voorraad in te slaan. Ik was nauwelijks tien minuten binnen of er werd geklopt, twee lui van de douane en een soort wandelende berg. Ik wilde nog in discussie gaan, maar ze luisterden niet. Als het geen douanelui waren geweest had ik me verzet. Sorry Ava, maar dat leek me niet zo zinvol.'

'Nee Derek, heel goed van je, echt heel goed. Het heeft geen zin om het erger te maken dan het al is. Ze zeiden dat ze je hebben teruggestuurd naar Puerto Rico en vervolgens op een vliegtuig naar Montréal. Ik ben blij dat je daar veilig zit.'

'Hé, en jij dan? Hoe is het met jou?'

'Gaat wel.'

'Heb je hulp nodig?'

'Daar bel ik voor.'

Ze hoorde stemmen op de achtergrond. 'Ze roepen mijn vlucht om,' zei hij.

'Het duurt maar heel even. Heb je pen en papier bij de hand?'

'Nee, even kijken of ik iets kan vinden.'

'Wacht, laat maar zitten,' zei ze snel. 'Zet je mobiel uit als we klaar zijn. Ik bel je nog een keer en laat een paar namen en telefoonnummers op je voicemail achter. Derek, luister goed, ik wil dat je de komende vierentwintig uur volledig beschikbaar bent. Het kan zijn dat je iets voor me moet doen, dus hou je mobiel aan en zorg dat die geladen is. Als ik midden in de nacht moet bellen wil ik zeker weten dat ik je kan bereiken. Je bent op dit moment mijn reddingslijn.'

'Ik hou niet van dat woord,' zei hij.

'Beetje theatrale bui,' zei Ava met een lachje.

'Maar je meent het, van die beschikbaarheid?'

'Nou en of.'

'Shit, Ava…'

'Oké Derek, dat was het. Ga je vliegtuig halen en zet je mobieltje uit, en hoor je niets van me, maak je geen zorgen en wees niet teleurgesteld.'

Ze hing op en wachtte even, gaf hem twee minuten. Toen ze hem opnieuw belde kwam ze direct op de voicemail. Heel langzaam en heel precies legde Ava hem uit wat hij voor haar moest doen.

35

Ava bleef even rustig zitten om haar zenuwen de baas te worden, ze was zich ervan bewust dat elke beweging door de camera werd vastgelegd. Ze moest zich nu weer volledig op Jeremy Bates concentreren. De bespreking was goed verlopen, maar ze wist dat dat het makkelijke stuk was. Er kon nog van alles misgaan. De minste of geringste twijfel aan zijn kant, het zinnetje 'ik moet echt Mr. Seto zelf spreken', en alle fraai uitgedokterde plannen vielen in het water. *Waarom dacht ik dat dit zou werken?* vroeg ze zich af. Ze schudde haar hoofd, vermande zich en wreef in haar ogen. Het kostte haar steeds meer moeite om in het hier en nu te blijven. Ze dacht aan alles wat er bij Bates verkeerd kon gaan, en dan was Robbins er natuurlijk nog. Had ze haar hand overspeeld door Oom te bellen? Nee, zei ze tegen zichzelf, ze had nu tenminste een noodscenario achter de hand, en Oom had haar nog nooit teleurgesteld. Doordat ze aan Oom dacht schoot Tommy Ordonez haar te binnen. Oom had tijdens hun telefoongesprek goddank niet de kans gehad om over hem te beginnen, maar nu kwam hij zelf ineens haar brein binnenvallen, de vloek die op haar was blijven rusten. Ze verdrong de gedachte aan hem.

Eén ding tegelijk, dacht ze. *Kom van die stoel af. Loop naar de deur. Doe hem open.*

In de hal was niemand te bekennen, maar halverwege zag ze een deur openstaan en ze hoorde Bates zeggen: 'Dat ziet er echt prima uit.' Ze draaide zich om en liep enigszins opgemonterd terug naar haar stoel.

Bates kwam vlak achter haar aan binnen, het dossier in zijn ene hand, een stapel papieren in de andere. 'Zo,' zei hij terwijl hij de papieren voor zich op tafel legde. 'Ik heb alles in drievoud laten maken. Eén setje voor u en Mr. Seto, twee setjes voor mij.'

Ava bladerde de documenten door. De twee conceptaanvragen voor een elektronische overboeking zagen er perfect uit. Het enige wat ontbrak was de handtekening van Seto. Ze hadden zijn paspoort, zijn Hongkongse identiteitsbewijs en zijn Washingtonse rijbewijs gekopieerd. Dat betekende vijftien handtekeningen. Ze probeerde er even niet aan te denken hoe lastig dat zou worden.

'Ik hoop echt dat ik ze binnen een paar uur aan u kan teruggeven,' zei ze.

'Ms. Li…'

'Zeg maar Ava.'

'En ik ben Jeremy,' zei hij, met een lichte glimlach. 'Wat ik wou zeggen, Ava, is dat het helemaal ideaal zou zijn als Mr. Seto zou kunnen meekomen.'

Dat ze op het verzoek was voorbereid maakte het aanhoren ervan niet makkelijker. 'Daar zal ik natuurlijk mijn uiterste best voor doen, Jeremy. Ik kan alleen niet voorspellen hoe hij er straks aan toe is.'

'Nou ja, we kunnen wel even wachten,' zei hij. 'Het hoeft niet per se vandaag.'

'Dat moet het wel,' zei Ava zakelijk. 'We kunnen niet tot sluitingstijd wachten. Als we de deadline missen zien de Chinezen dat als een zwaktebod. Dan kunnen we weer aan een nieuwe onderhandelingsronde beginnen, en de kosten worden dan waarschijnlijk ook hoger.'

'Dit wordt erg lastig. Voor mij, bedoel ik,' zei hij.

Het klonk niet dreigend, eerder enigszins gelaten, maar de boodschap was luid en duidelijk. Jeremy Bates had als bankier een streep in het zand gezet. Geen Seto: geen geld. Vanuit zijn standpunt gezien wist ze dat Bates correct handelde, en het enige waar ze nog wat troost uit putte was de subtiele manier waarop hij de boodschap had gebracht. Ze had respect voor zijn tact, en diep in haar hart had ze ook respect voor het feit dat hij zelfs voor haar zijn plichtsgevoel niet opzij had geschoven. 'Ik haal Jackson uit bed en sleep hem hierheen, ook al moet ik hem zelf dragen,' zei ze.

'Dat zou nog het beste zijn, Ava,' zei hij.

Ze verzamelde de papieren en stopte ze in haar Chanel-tas. 'Nou, dan ga ik maar eens.'

'Ik loop even mee naar de lift,' zei hij terwijl hij opstond.

'Dat is echt niet nodig.'

'Ja, ja, natuurlijk.'

Ze liepen naast elkaar naar de lift, Bates duidelijk meer verlegen met de situatie dan zij. 'Waar logeer je trouwens?'

'Guildford Apartments.'

'Leuk.'

'Ja, best leuk.'

'En wanneer vertrek je weer?'

'Morgen, als het vandaag nog kan worden afgewikkeld.'

Hij drukte voor haar op de liftknop. 'Hoe zou je het vinden als de bank jou en Mr. Seto vanavond een etentje aanbiedt?'

'Ik kan me niet voorstellen dat Seto daar dan al aan toe is.'

'Jij en ik dan, met zijn tweeën?' zei hij. Hij liet er geen gras over groeien.

'O, dat lijkt me erg leuk.'

Hij zweeg en keek even weg. 'Ik neem aan dat je me belt als Mr. Seto de papieren heeft getekend. Dan kunnen we een nieuwe afspraak maken. Ik heb geen afspraken vanmiddag, dus van mijn kant hoeft er geen vertraging op te treden.'

'Ik bel je,' zei ze.

'Uitstekend, en als je belt kunnen we gelijk afspreken waar en hoe laat we gaan eten.'

'Natuurlijk,' zei Ava, enthousiaster dan ze was.

De lift was nog steeds een broeikas en liep nog steeds langzaam, maar haar gedachten werden volledig in beslag genomen door een stel handtekeningen en een erg bewusteloze Jackson Seto.

De Crown Victoria stond nog op de plek waar ze was uitgestapt, met voorin Davey, zijn raampje open, zijn hoofd meedeinend op 'Cracklin' Rosie' van Neil Diamond. Het deed Ava denken aan Bangkok en Arthon. Hoe lang was dat geleden? En wat hadden ze toch met die Neil Diamond? Robbins sliep, met zijn hoofd achterover en zijn mond wijd open. Toen ze op de stoep stond drong de geur van vers brood haar neus binnen. Ze had ineens trek en bedacht dat ze sinds de vorige middag alleen maar een zakje amandelen had gegeten. Ze keek links en rechts de straat af en zag een paar deuren voorbij de bakkerij een fish-and-chipstent.

Ze liep naar de passagiersplaats, stak haar hoofd door het raampje en zei tegen Davey: 'Ik ga even wat eten bij die fish-and-chipstent. Zeg maar waar ik ben als hij wakker wordt.' Voordat hij iets kon terugzeggen draaide ze zich om en liep weg.

Het restaurant was de lelijkheid zelf: linoleumvloer, plastic tafels en stoelen; maar het was er schoon, en de lucht van bakolie werd afgezogen. 'Het verbaast me dat u open bent,' zei Ava tegen een lange, brood-magere, compleet in het wit gestoken man.

'Over een halfuur loopt er een cruiseschip binnen. Stroomt het hier in de kortste keren vol,' zei hij.

Ze speurde het menu af, want haar ervaring met fish-and-chips be-perkte zich tot de incidentele strooptocht met Mimi na het uitgaan, en de Goede Vrijdagen met haar moeder en Marian toen ze nog klein waren. Ze wist niet meer wat de beste keus was: schelvis of heilbot, dus vroeg ze het.

'Ik zou de heilbot nemen,' zei hij.

'Met chips en jus graag,' zei Ava.

'Erwtenpuree?'

'Ach ja, waarom niet?'

Ze voelde zich een beetje schuldig toen het bord voor haar werd neergezet. Afgezien van de KFC in Guyana was zich volproppen met een vette hap iets wat ze maar zelden vrijwillig deed. Maar nu deed ze moutazijn en zout en peper over de fish-and-chips. Op de ene kant van het bord deponeerde ze een kwak tartaarsaus, op de andere kant een klodder ketchup. Ze sneed de vis aan en zag dat het beslag goud-bruin en verrassend licht was, bedolf een stukje vis onder de tartaar-saus en stak het in haar mond. Het smolt op haar tong.

Ava at snel, maar was nog maar halverwege haar maaltje toen de deur openging en Robbins kwam binnenstrompelen. Zijn ogen scho-ten het restaurant door alsof hij nog iets anders verwachtte dan Ava aan een tafeltje. 'Wat doe je?' vroeg hij, met een stem die hees was van de slaap.

'Wat dacht je?'

'Je had toestemming moeten vragen.'

'Je sliep.'

Hij ging met zijn hand naar zijn hoofd. Ava verschoof direct haar aandacht naar haar bord. Ze wilde zelfs geen glimp opvangen van vin-gers die door groeven trokken. Maar het beeld had zich al in haar hoofd vastgezet. Ze nam nog een paar chips, een snippertje vis en een vork erwtenpuree en legde haar bestek neer. 'Dat was echt uitstekend,' zei ze tegen de man achter de toonbank.

Hij knikte alsof hij niet anders gewend was.

Bij het verlaten van het restaurant zei ze tegen Robbins: 'Ik moet naar een zaak waar ik wat documenten kan kopiëren.'

Davey had de auto voor de fish-and-chipstent gezet. Ava stapte in. 'Ik moet een paar fotokopieën maken,' herhaalde ze.

Davey keek naar Robbins. 'Rij maar naar Quickie Copy,' zei hij.

Ze reden terug, de stad door, langs de afslag naar Wickham's Cay II, en verder via de zuidwesthoek van de haven. De copyshop lag aan Main Street, in de laatste unit van een rijtje winkels. Ze maakte twee kopieën van elk document dat Bates haar had gegeven. Ze vond dat haar handtekening van Jackson ermee door kon, maar met die extra kopieën had ze wat reserve.

Terug in de auto zei ze: 'En ik zou op weg naar het appartement nog even langs een kruidenierszaak willen.'

'Jezus christus, dit is toch stompzinnig,' zei Robbins.

'Ik kan niet leven op nootjes en potatochips.'

'Er is een markt om de hoek van het appartement. Dat zag ik toen we vanochtend vertrokken. Hij ligt op de route,' zei Davey.

'Oké, oké, maar dat is het dan,' zei Robbins.

Op het moment dat Davey voor de winkel stopte ging Robbins' mobieltje. 'Wacht,' zei hij tegen Ava. Hij luisterde een paar seconden. 'Hier, mijn broer voor jou,' zei hij, en reikte haar het toestel aan.

Ze hield het toestel ver van haar oor. 'Ik ben een halfuur geleden bij de bank vertrokken,' zei ze, want ze wist dat hij daarvoor belde. 'Er is nog niets afgerond en nog niets afgesproken. Dit was stap één, meer niet.'

'Ik wilde vragen of u goed heeft geslapen,' zei de Captain.

'En daarna wilde u vragen naar de bank.'

'Dat is niet correct. Ik wilde u ook vragen of mijn broer een beetje prettig gezelschap is.'

'En daarna wilde u vragen naar de bank.'

'Dat is zo.' Hij lachte. 'Maar als u alleen over zaken wilt praten, vertel me dan maar hoe het is gegaan.'

'Ik werd niet het pand uit gesmeten, als u dat soms bedoelt.'

'Dat is het laatste wat ik me kan voorstellen.'

'Misschien hebt u te hoge verwachtingen van me, en het is nog veel te vroeg om te kunnen zeggen hoe dit afloopt. De bankier, Bates, is heel scherpzinnig en heel consciëntieus. Hij wil Seto per se zelf spreken,' zei Ava.

'En u wilt me vertellen dat dat problematisch kan worden?'

'Wat zou u denken?'

'Ik zie potentiële risico's.'

'Dat is een understatement.'

'Oh, u weet er vast wel iets op te vinden, Ms. Li. Ik heb het volste vertrouwen in u.'

Ava zag geen reden om door te gaan met dit zinloze gesprek. 'Captain, ik moet nu weg. Ik moet nog wat papieren tekenen en een aantal dingen regelen.'

'Wat zijn uw verdere plannen?'

'Ik spreek Bates vanmiddag weer. Als hij de documenten met mijn versie van Seto's handtekening zonder meer accepteert, probeer ik vandaag nog het geld naar Hongkong te laten overmaken. Als dat lukt en als ik de bevestiging binnen heb, moet ik zelf nog een mail sturen om de overboeking naar u in gang te zetten. Uiteraard heb ik daarbij mijn computer nodig, dus u zult uw broer moeten instrueren.'

'Dat zal geen probleem zijn.'

'Landen op de Maagdeneilanden zou ook geen probleem zijn.'

'Ms. Li, niet zo bot.'

'Gesteld dat we zover zijn dat we een overboeking vanuit Hongkong kunnen sturen – en dat kan ik niet garanderen – vraag ik mijn mensen of ze u een scan van de overboeking sturen, zoals ik dat vorige keer ook heb gedaan. En voor alle zekerheid wil ik u per fax een kopie sturen. Hebt u een betrouwbaar faxnummer?'

'Dat nummer heeft mijn broer.'

'Zelfs dát zou ik hem nog niet willen vragen,' zei Ava.

'Ah. Ik geef toe dat het hem aan charme ontbreekt. Goed, ik zal het u wel mailen.'

Ava zag Jack Robbins verstrakken en besefte dat hij zijn broer kon verstaan. Dat bracht haar een seconde aan het twijfelen. Ze had de Captain willen overhalen haar Canadese paspoort terug te geven en Morris Thomas zijn maatregelen te laten opheffen, zodra hij de bevestiging van de overboeking had ontvangen. Het werd haar als bij toverslag duidelijk dat zoiets stoms nog niet bij haar was opgekomen sinds haar vertrek uit Toronto. *Goeie god, ik moet absoluut niet gretig overkomen. Geef hem vooral geen tijd om erover na te denken. Overval hem als hij net te horen heeft gekregen dat er twee miljoen dollar in aantocht is.*

'Dank u,' zei ze. 'U begrijpt dat ik dan mijn computer moet gebruiken?'

'Zolang het met de zaak te maken heeft en Jack toekijkt heb ik geen bezwaar.'

'Bent ú even edelmoedig.'

'Ms. Li, u houdt zich aan uw afspraken, ik hou me aan de mijne.'

Ze gaf het mobieltje terug aan Jack Robbins. 'Ik ga wat eten kopen. Hier, praat jij maar met je broer.'

Ze legde net twee flessen mineraalwater in haar winkelmandje toen Robbins haar achterna kwam. 'Loop toch niet iedere keer weg!'

'Ik probeer alleen wat tijd te winnen.'

'Mijn broer was nog niet klaar met jou.'

'Da's dan jammer,' zei Ava, en ze hield hem het winkelmandje voor. 'Als je toch achter me aan blijft lopen kun je net zo goed dit mandje dragen.'

Robbins stond haar aan te staren, en voor het eerst keek hij haar echt aan. Zijn blik was niet doods, eerder ongeïnteresseerd, alsof ze totaal onbelangrijk was. Ze realiseerde zich dat provoceren niet de beste aanpak was, maar ze kon zich er niet toe zetten om aardig te doen.

'We gaan,' zei hij, het mandje negerend.

Ze liep nog twee gangpaden door en pakte rijstcrackers, kaas, een potje olijven en een bakje hummus. Robbins bleef vlak achter haar lopen, zwijgend, zijn gehandschoende handen in de zakken van zijn jeans gepropt.

Toen ze buiten stond zag ze dat het appartement maar een paar minuten verderop was, en ze vroeg Robbins of ze niet konden lopen. Hij opende het autoportier en zei: 'Stap in.'

Davey zette hen voor het gebouw af. 'Heeft u me straks nog nodig?' vroeg hij.

'Dan bel ik wel,' zei Robbins.

Achter de balie zat Doreen, de jonge vrouw die ze de vorige avond in de hal waren tegengekomen. Ava vond dat ze haar en Robbins nogal onbeschoft aanstaarde toen ze binnenkwamen en naar de lift liepen. Wat voor obscene beelden zag ze allemaal voor zich?

Het appartement lag er nog bij zoals ze het hadden achtergelaten. Ava ging even bij Seto kijken. Hij had zich op zijn zij gerold en het beddengoed van zich af geschopt. Zijn haar zat in de war en begon vettig te worden. Bij één mondhoek zat opgedroogd speeksel. Ze dekte hem weer toe en hoopte maar dat hij niet verschoond hoefde te worden.

Ze hoorde glasgerinkel in de zitkamer en keek naar binnen. Robbins was de lege Stella-flesjes aan het opruimen. Ze liep naar hem toe terwijl hij de flesjes in de afvalbak in de keuken gooide. 'Ik heb deze ruimte nodig,' zei ze. 'Ik moet een hoop papieren tekenen en ik moet me kunnen concentreren, dus ik zou het op prijs stellen als je me met rust laat. Ik wil geen tv aan. Sterker nog, ik wil helemaal geen afleiding, dus het zou mooi zijn als je in je kamer blijft rondhangen tot ik klaar ben.'

Ze zag zijn lichaam verstrakken. Dit keer wilde hij ruzie. Voordat hij kon reageren schoof ze langs hem heen en ging ze aan de keukentafel zitten. Hij ging voor de gootsteen staan en bleef op haar neerkijken. Ze probeerde hem te negeren, haalde de documenten die Bates haar had gegeven uit haar handtas, spreidde de extra kopieën uit die ze had gemaakt en legde Seto's paspoort, Hongkongse identiteitsbewijs en rijbewijs naast elkaar. 'Ik moet werken,' zei ze zonder op te kijken.

'Kutwijf,' mompelde hij.

Ava had het duidelijk verstaan maar deed alsof ze niets had gehoord. Ze zocht in haar tas naar nog een document, Seto's meest recente kasopnameformulier, en legde het naast de legitimatiebewijzen. Ze opende haar notitieboek. 'Ik moet werken,' zei ze.

Hij deed twee stappen in de richting van de woonkamer, bleef staan, keek nog eens achterom en schuifelde toen naar zijn slaapkamer.

Ava bleef een paar minuten roerloos aan de keukentafel zitten om haar zenuwen weer in bedwang te krijgen. Robbins begon een storende factor te worden, en ze nam het zichzelf kwalijk dat ze dat toeliet. Ze bladerde in haar notitieboek en bekeek de handtekeningen waar ze de vorige avond op had geoefend. Niet slecht, dacht ze, helemaal niet slecht.

Seto's handtekening had een aantal sympathieke trekjes. Allereerst was die kort, simpelweg *JSeto*. Ten tweede was ze niet op elk document identiek. Natuurlijk leken ze op elkaar en waren ze duidelijk herkenbaar, maar er waren steeds minimale verschillen. Dat bood een klein beetje speelruimte. Ondanks die pluspunten bleef ze een paar minuten doodstil zitten om zichzelf weer onder controle te krijgen. Ze had dit soort dingen vaak genoeg gedaan, en altijd met succes, maar met haar perfectionistische inslag ontdekte ze altijd wel foutjes. Normaal gesproken werkte elke redelijk lijkende vervalsing. Maar ze was bang dat ze met net zo'n neuroot als zijzelf te maken zou krijgen.

Ze begon boven aan een blanco pagina in haar notitieboek en sloeg aan het oefenen. Eigenlijk bestond de handtekening uit niet meer dan een grote J met lussen, waarbij de onderste lus in de bovenste haakte, en een relatief simpele S, gevolgd door een rechte lijn die uitliep in een punt. De J domineerde het geheel. Had ze die eenmaal goed, dan konden foutjes in de rest ermee door. Met de proporties moest ze oppassen, klopte de verhouding tussen bovenste en onderste lussen niet, dan leek de handtekening vervalst.

Ze begon J's, te schrijven, alleen maar J's. Ze had bijna de hele pagina gevuld voordat ze er drie achter elkaar kon maken die vrijwel identiek waren aan de J's in het document vóór haar. Ze deed haar ogen dicht en zag de letter voor zich. *Hebbes*, dacht ze.

Ze begon met de kopieën van zijn identiteitsbewijs. Met haar blik beurtelings op het door Seto ondertekende bankdocument en het papier vóór haar, schreef ze snel achter elkaar negen keer: *JSeto*. Toen ze klaar was keurde ze alleen de laatste twee af; de J viel uit de toon. *Even pauze*, dacht ze, *even een stapje terug*. Ze stond op en zette de waterkoker aan. Terwijl het water opstond keek ze uit over de haven, verbaasd over zoveel bedrijvigheid.

Ze dronk de helft van haar koffie op het balkon, maakte haar hoofd leeg en ging weer aan tafel zitten. Het kostte haar nog twee regels J voordat ze de juiste proporties weer te pakken had. Daarna deed ze snel de twee verdacht lijkende handtekeningen over en ging ze door met de aanvraagformulieren voor een overboeking. Dat liep gesmeerd, zelfs onder haar achterdochtige blik waren de handtekeningen niet te onderscheiden van de stukken die de bank in bezit had. *Zo, dat was het makkelijke stuk*, dacht ze, terwijl ze identieke setjes van de documenten maakte.

Het was nog te vroeg om Bates te bellen. Ze moest hem niet in de waan brengen dat Seto al zo snel in staat was geweest om zijn handtekeningen te zetten. Ze zou wachten. Het was bijna halftwaalf. Eén uur, nee, halftwee zou beter zijn. *Hij moet even rustig kunnen lunchen*, dacht ze.

Ze pakte de documenten bij elkaar en liet ze in de map glijden. Ergens vandaan kwam een geeuw, en Ava besefte dat ze moe was. Ze was al god weet hoe lang wakker en had een slopende ochtend achter de rug. Ze had nog wat tijd over, en een beetje rust kon geen kwaad.

Ze zei niets toen ze langs de kamer van Robbins liep, ze keek ook niet naar binnen. Als hij niet had gemerkt dat ze klaar was met haar werk was dat zijn probleem. Ze deed de deur van haar kamer achter zich dicht en ging met haar kleren aan op bed liggen. Het was een grotere warboel in haar hoofd dan haar lief was. Ze had haar handen al vol aan Bates, maar Robbins – de beide Robbinsen – konden haar maar niet met rust laten. Ze probeerde iedereen uit haar hoofd te zetten, dacht in bak mei, kraanvogelpositie: voet klaar om toe te slaan, handen sneller dan het licht.

Ze schrok wakker, haar blik vloog naar de deur. Die was dicht. Ze lag nog aangekleed op bed, alles lag er nog net zo bij. Ze tilde haar linkerarm op en keek op haar horloge. Kwart voor drie. Ze ging op de rand van het bed zitten om bij te komen.

Ze opende haar slaapkamerdeur en zag dat Robbins weer op de bank tv zat te kijken. Ze ging naar de badkamer, deed de deur achter zich op slot, maakte haar gezicht schoon met koud water en beklopte haar wangen. Daarna deed ze haar haar los, borstelde het, stak het weer op en schoof de ivoren speld weer op zijn plaats. Ze bracht opnieuw make-up op. Haar ogen waren een beetje pafferig van de slaap, maar daar viel niets aan te doen.

Robbins draaide zich naar haar om toen ze weer de zitkamer binnenkwam. 'Ik moet de bank bellen,' zei ze.

'Gebruik die maar,' zei hij, en hij wees naar het enige telefoontoestel in het appartement, dat vlak bij de keuken aan de muur hing.

Ze belde het nummer op Bates' visitekaartje, in de veronderstelling dat het zijn doorkiesnummer was. Maar ze kreeg de receptioniste van die ochtend aan de lijn, die opnam met een rollend 'Barrrrett's'.

'Met Ms. Li. Mr. Bates graag.'

Hij kwam al snel aan de lijn. Ze vermoedde dat hij op haar telefoontje zat te wachten, hij had immers gezegd dat ze een aangename afwisseling van zijn dagelijkse routine vormde? 'Wil het een beetje vlotten, Ava?'

'Hallo, Jeremy. Nou, het gaat niet slecht. Jackson heeft de aanvragen en alle andere documenten ondertekend.'

'Geweldig. En wanneer komen jullie langs?'

De nadruk op het woordje 'jullie', hoe licht en subtiel ook, ontging haar niet. Even hapte ze naar adem. Op dat moment stond het voor haar als een paal boven water dat wat ze ook opdiste en hoe ze het ook opdiste, Jeremy Bates geen overboeking regelde voordat hij Jackson Seto in hoogsteigen persoon had gezien. Elk ander voorstel, hoe vindingrijk ook, kon ze vergeten. Ze kon natuurlijk haar charmes in de strijd gooien, maar dat had zijn beperkingen. En als charme het moest opnemen tegen geld verloor die al snel haar glans.

'Jammer genoeg hebben we nog steeds een probleem met Jackson. Eerlijk gezegd heb ik er al een hele klus aan gehad om hem van de slaapkamer naar de badkamer te krijgen, laat staan dat ik hem aangekleed de deur uit krijg om naar de bank te komen. Misschien moet ik je zelfs de naam van een geschikte arts vragen.'

'Oh,' zei hij.

Ava hoorde in dat kleine woordje aarzeling, vraagtekens en twijfel doorklinken. Ze voelde lichte paniek opkomen, en om te voorkomen dat hij de deur voor haar neus zou dichtslaan zei ze zo nonchalant mogelijk: 'Maar er is een alternatief. Waarom kom je de stukken hier niet ophalen? Jackson vindt het vast leuk om je even gedag te zeggen.'

Hij reageerde niet direct, en heel even dacht ze dat ze de situatie verkeerd had beoordeeld. 'Dat is helemaal niet zo'n gek idee,' zei hij eindelijk.

'Hoe eerder, hoe beter,' zei ze. 'Hij is uitgeput en dommelt steeds weer in.'

'Over een uurtje?'

'Uitstekend. We zitten in appartement 312.'

'Zie ik jullie straks.'

36

Ava probeerde zichzelf in Bates' positie te verplaatsen. Elke transactie die hij verzorgde was kandidaat voor nauwkeurige inspectie, potentieel doelwit van de enige persoon die hem angst kon inboezemen: de auditor van de bank. Elke goede bankier die ze kende zorgde er met religieuze toewijding voor dat elke stap in het proces werd vastgelegd, ongeacht de aard of omvang van de transactie. Ze hadden het tot hun tweede natuur gemaakt om zich aan de regels van de bank te houden. Dus, uitnodiging voor een etentje of niet, Ava wist maar al te goed dat Bates niet van plan was haar anders te behandelen dan elke andere klant. En het was haar taak ervoor te zorgen dat hij alles had wat hij dacht nodig te hebben als er een auditor op bezoek kwam. En ze vond dat ze dat naar behoren had gedaan.

Hij had de e-mail waarin Seto Bates verzocht een elektronische overboeking te regelen en waarin hij Ava als betrouwbare associé in beeld bracht. Hij had Ava persoonlijk ontmoet, en zo te zien was zij ook de persoon die Seto had beschreven. Ze wist dat hij vanwege het tijdsverschil niet het accountantskantoor in Hongkong had kunnen bellen om haar gegevens na te gaan, en uit de manier waarop hij naar haar en haar visitekaartje had gekeken wist ze dat hij dat ook niet zou doen. Hij had alle originele legitimatiebewijzen van Seto gezien, en die correspondeerden met de huidige gegevens in zijn bestand. En nu zou hij de originele, ondertekende exemplaren krijgen van de overboekingsformulieren, en ondertekende en gedateerde kopieën van de legitimatiebewijzen. Al met al een papierwinkel waarmee elke auditor tevreden zou zijn, vond Ava.

Maar wat nog in de lucht hing was dat zo belangrijke punt van de ontmoeting van Bates met Seto, van Bates die erbij zat als Seto de nodige documenten ondertekende. Het was de zwakke plek in het controleproces, die Bates later in de problemen kon brengen als hij verantwoording moest afleggen. Maar dat zou pas later zijn, en achteraf was het altijd makkelijk om te zeggen dat hij had kunnen doorzien wat er in feite was gebeurd. Maar zelfs dan kon Bates nog met de hand op zijn hart verklaren dat hij Seto echt had gezien. Het feit dat Seto versuft was kon worden verklaard. Seto was tenslotte ziek, en Bates had consciëntieus gehandeld door naar zijn appartement te gaan om hem daar persoonlijk te ontmoeten. Dat Seto toen sliep kon men Bates moeilijk kwalijk nemen. De vereiste zorgvuldigheid was in acht genomen. Meer kon de bank redelijkerwijs gesproken niet van hem verwachten.

Het gaat lukken, dacht Ava terwijl ze met een tevreden gevoel opstond.

'We krijgen bezoek, ik heb je hulp nodig,' zei ze tegen Robbins.

'Huh?'

'De bankier komt Seto en mij opzoeken. We moeten alles in orde maken.'

'Hoe dan?'

'Kom mee,' zei ze, en ze liep naar Seto's kamer.

Hij was nog buiten westen, maar het was al meer dan zes uur geleden dat ze hem een dosis chloraalhydraat had toegediend. Ze wilde geen enkel risico lopen dat hij in aanwezigheid van Bates bijkwam. 'Zet hem overeind en kijk of je hem wakker genoeg krijgt om wat te drinken,' zei ze.

Terwijl Robbins Seto onder zijn armen beetpakte en hem overeind sjorde, graaide Ava in de toilettas die Anna Choudray voor hem had ingepakt. Ze vond een tandenborstel en een haarborstel. Ze gooide de haarborstel op het bed, pakte de tandenborstel en nam die mee.

In de badkamer maakte ze een dosis chloraalhydraat klaar en zette die apart. Ze maakte een washandje nat, deed tandpasta op Seto's tandenborstel en ging met een baddoek onder haar arm terug naar de twee mannen.

Robbins schudde Seto als een lappenpop heen en weer. Af en toe gingen zijn ogen open, maar na een paar seconden vielen ze weer dicht. Zijn blik was uitdrukkingsloos, wezenloos. Ava vroeg zich af of die extra dosis wel nodig was, maar die gedachte verdween als sneeuw voor de zon toen hij 'wattisserverd…' brabbelde.

'Hou zijn mond open,' commandeerde ze Robbins.

Seto's tanden poetsen was bijna onmogelijk omdat hij constant zijn hoofd bewoog, maar nu steeg er in elk geval een vage tandpasta-lucht uit zijn mond op als hij die opendeed. Toen ze klaar was pakte ze het washandje, veegde tandpastarestjes weg, poetste het opgedroogde speeksel van zijn mond en haalde voor de finishing touch nog even het opengevouwen washandje over zijn gezicht. 'Ben zo terug,' zei ze.

Toen ze terugkwam leek Seto weer te zijn ingedut. 'Hij moet dit opdrinken,' zei ze tegen Robbins.

Robbins wrikte Seto's mond weer open. Ava goot. Hij kokhalsde, en ze goot wat langzamer totdat hij kleine slokjes nam. Halverwege het glas kon hij niet meer slikken. Ze stopte; een verdronken Seto deed haar zaak geen goed.

'Hou hem nog één tel overeind,' zei ze. Vervolgens ging ze met de haarborstel aan de slag. Toen Seto er eindelijk presentabel uitzag reik-te ze achter zijn rug om de handboeien los te maken. 'Leg maar neer.'

Ze trok de tape van zijn enkels los. Gelukkig had het geen zichtbare striemen achtergelaten, ook niet op zijn polsen. Ze trok het bedden-goed tot halverwege zijn borst en liet zijn beide armen boven op de sprei liggen, comfortabel tegen zijn zij gedrukt. Ze deed een stap ach-teruit. Hij zag er mager, slapjes en bleek uit, als iemand die erg ziek is maar goed wordt verzorgd.

Zijn tas stond nog op de vloer, op de plek waar ze hem de vorige dag had laten vallen. Ava zette hem in de kast. Zo moet het maar, zei ze te-gen zichzelf.

Ze deed de deur van Seto's kamer dicht en ging de woonkamer in. 'Ik kan je hier niet hebben als de bankier komt,' zei ze tegen Robbins.

'Ik ga hier niet weg,' zei hij.

'Dan hebben we een probleem. Moeten we anders je broer bellen?'

'Ik ga naar mijn kamer. De deur blijft dicht. Maar ik ga het apparte-ment niet uit.'

Ava probeerde argumenten te bedenken die hem van de onrede-lijkheid van zijn gedrag zouden overtuigen, maar dat lukte niet. 'Als je dan maar stil bent.'

'Ik heb mijn drumstel niet meegenomen,' mompelde hij.

Ze nam haar dossier mee naar de keuken, sloeg het open en legde de twee voor Bates bestemde setjes op tafel. Ze vergeleek de handteke-ningen met die van het paspoort en het Hongkongse identiteitsbewijs. Alleen als degene die ze bekeek bij voorbaat had besloten dat ze ver-valst waren, kwamen ze de inspectie niet door. En als Bates, god verhoede, zijn vraagtekens had bij een document, kon ze altijd nog Seto's ziekte als excuus hanteren.

'Hallo, hallo,' klonk het uit de intercom bij de voordeur. 'Er is hier iemand voor ene Ms. Li.'

Ava keek op haar horloge. Bates was vroeg. Ze liep naar de intercom. 'Laat hem maar boven komen.'

Robbins kwam overeind van de bank en liep zwijgend naar zijn kamer.

Bates leek niet erg op zijn gemak toen Ava opendeed. Hopelijk vanwege het idee dat hij alleen – nou ja, bijna alleen – met haar in het appartement zou zijn.

'Ik ben nog nooit in deze appartementen geweest,' zei hij. 'Ik heb er veel goeds over gehoord.'

'Ach, je krijgt in elk geval waar voor je geld,' zei ze, terwijl ze hem meenam naar de keuken. 'Wil je iets drinken? Mineraalwater, koffie?'

'Nee hoor, prima zo.'

'Zullen we dan maar gaan zitten?'

Hij keek naar de stukken op tafel.

'Ze zijn allemaal ondertekend. Twee sets voor jou, een voor ons.'

Bates ging aan tafel zitten en begon de stukken te bestuderen. Hij nam beide sets door, wat haar verbaasde. Hij pakte een exemplaar van de overboekingsaanvragen, legde het naast de kopie van Seto's paspoort en vergeleek de handtekeningen. Hij deed het heel wat intensiever dan Ava lief was, en ze voelde heel even een lichte twijfel opkomen.

'Het lijkt allemaal in orde,' zei hij eindelijk.

'Ben je klaar om Jackson te ontmoeten?'

'Dat lijkt me uitstekend.'

Ze liep met hem naar de slaapkamerdeur, klopte zachtjes, luisterde. 'Misschien slaapt hij,' zei ze, en ze klopte harder. Ze telde tot tien. 'Ik denk dat hij slaapt. We gaan in elk geval naar binnen.'

Seto's sprei was iets verschoven. Ze liep op haar tenen naar het bed. Bates volgde haar, keek weer ongemakkelijk en deed zijn best om geen geluid te maken. Ava boog zich voorover. 'Jackson,' fluisterde ze, 'Jeremy Bates is hier. Wil je hem even gedag zeggen?'

'Hij ziet er erg bleek,' zei Bates.

Ava knikte terwijl ze Seto zachtjes aan zijn schouder schudde. 'Hij is vreselijk uitgedroogd. Ik heb hem net zoveel water laten drinken als hij kon hebben.'

'Voedselvergiftiging kan behoorlijk ontregeld werken,' zei Bates.

'Jackson, Jeremy Bates is hier. Hij wil je even gedag zeggen,' zei Ava luider.

'Oh, alsjeblieft, laat hem maar met rust. Laat hem maar met rust,' zei Bates. 'Ik heb alles wat ik nodig heb.'

Ava deed een stap terug van het bed, botste tegen Bates en struikelde. Hij stak zijn armen uit om haar tegen te houden en kwam daarbij met zijn rechterarm onder haar borsten terecht. Ze hoorde een zware bons. Het leek of er een zak bakstenen van drie meter hoog op een tegelvloer terechtkwam. Ze voelde zichzelf blozen.

'Neem me niet kwalijk,' zei Bates. 'Ik dacht dat je zou vallen.'

'Had gekund,' zei ze. Het was bijna onmogelijk dat hij de bons niet had gehoord. Ze nam hem mee de slaapkamer uit en deed de deur achter zich dicht.

'Je zei vanochtend dat je er misschien een arts bij wilde halen,' zei hij.

'Dat is denk ik niet meer nodig. Hij begint weer een beetje bij te komen. Ik heb ook wel eens voedselvergiftiging gehad, en meestal is het vierentwintig uur pure ellende en dan heb je nog een dag of twee nodig om helemaal te herstellen. Ik hoop alleen dat hij in staat is om te vliegen. We zouden morgenavond vertrekken, en als hij er dan nog niet aan toe is moet ik dat misschien uitstellen.'

'Er zijn slechtere plaatsen denkbaar om vast te zitten,' zei hij.

'Dat is zo,' zei ze met een zuinig glimlachje.

Ze liepen terug naar de keukentafel en de documenten. Bates pakte zijn setjes. 'Denk je dat het lukt om die overboekingen vandaag te versturen?' vroeg ze.

'Ik zou niet weten waarom niet,' zei hij losjesweg.

'Heel fijn. Dat zouden we echt heel fijn vinden.'

'Ik neem aan dat je een kopie van de overboeking zelf wilt, en de bevestiging dat ze de deur uit zijn?'

'Ja, graag. We moeten Hongkong zo snel mogelijk laten weten dat het hier geregeld is.'

'Zal ik ze anders vanavond meenemen als we gaan eten?' vroeg hij.

Dat ging gesmeerd, dacht ze. 'Jackson is dan nog niet zover.'

'Dan moeten we het maar zonder hem stellen, hè?'

'Ja, dat moet dan maar. Ik verheug me erop,' zei Ava er snel achteraan.

'Er is een Franse bistro, Les Deux Garçons, in de straat vóór die van de bank. Ken je de Franse keuken?'

'Ik lust alles.'

'Fantastisch. Zal ik je komen ophalen?'

'Nee, is niet nodig. Ik ga de rest van de dag sightseeën. Ik vind het wel.'

'Zeven uur dan maar?'

'Perfect. Zie ik je om zeven uur.'

Ze bleef bij de voordeur wachten tot ze de liftdeur hoorde dichtgaan. Ze was net op weg naar Robbins' kamer toen hij daaruit tevoorschijn kwam.

'Uit eten?' vroeg hij.

Ze liet hem niet uitpraten en vroeg: 'Wat was dat verdomme voor lawaai?'

''t Is je gelukt, hè?'

'Als hij ook maar een beetje achterdochtig was geweest…'

'Dat was hij niet, zo te horen niet in elk geval. Etentje om zeven uur, huh?'

'Ik had geen keus.'

'We rijden je erheen en we wachten buiten. En kom niet met het verhaal dat je bij hem thuis nog wat gaat drinken.'

'Gaat niet gebeuren,' zei Ava. 'Het is eten, en daarna over en uit. Ik wil deze zaak afgerond hebben en dan in het vliegtuig naar huis stappen.'

37

Om kwart voor zeven verlieten ze het appartement. Ava had de rest van de middag en de vroege avond afwisselend op het balkon, in de slaapkamer en in de keuken doorgebracht, en ze werd zenuwachtig van haar eigen rusteloosheid.

Davey kende het restaurant en zette haar nog geen honderd meter ervandaan af. Ava keek links en rechts de straat af, ze wilde niet dat Bates haar uit een auto zag stappen. Toen ze geen Bates zag, stapte ze uit en ging ze op weg. Robbins draaide het achterraampje naar beneden. 'We blijven hier staan,' zei hij.

Klokslag zeven uur arriveerde ze bij het restaurant. Geen Bates te bekennen bij de ingang. Ze stak haar hoofd om de hoek van de deur. Het was een klein restaurant, met ongeveer vijftien tafels, hij was dus niet komen opdagen, of naar het toilet. Een kleine, rondborstige, opgewekt kijkende vrouw met een menu onder haar arm geklemd zag Ava, zwaaide en liep naar haar toe. 'Ms. Li?'

'Ja?'

'Mr. Bates heeft gebeld. Hij vroeg of u hem op dit nummer wilt bellen.'

Ava's achterdocht sloeg toe. *Foute boel*, dacht ze.

'Ik zou graag uw telefoon gebruiken. Ik heb mijn mobieltje in mijn appartement laten liggen.'

'Natuurlijk,' zei de vrouw, en ze wees naar een telefoontoestel op het tafeltje van de gastvrouw.

Bates' telefoon ging zes keer over, en Ava wilde net afbreken toen hij opnam.

'Met Ava,' zei ze.

'Sorry, ik herkende het nummer niet. Ik had natuurlijk moeten weten dat je vanuit het restaurant belde.'

'Is er een probleem?'

'Ava, mijn excuses. Eerlijk gezegd wel, ja.'

Ze kon maar één voor de hand liggende vraag bedenken, maar die ging ze niet stellen, want ze wilde het antwoord niet horen.

'Een heel belangrijke klant uit New York kwam onverwacht binnenvallen, met een hele waslijst aan dingen die hij geregeld wil hebben, per direct, natuurlijk,' zei hij. 'Hij wilde per se dat ik vanavond met hem dineer, in zijn hotel, om acht uur. En ik kon onmogelijk weigeren.'

Ava voelde de spanning wegebben. 'Wat jammer nou.'

'Weet je, als je zin hebt kun je erbij komen zitten. Daar heeft hij vast geen bezwaar tegen, de meeste zaken hebben we al geregeld.'

'Ik kan Jackson niet al die tijd alleen laten.'

'Dat begrijp ik,' zei hij langzaam.

Ze zweeg even. 'Jeremy, zijn mijn overboekingen nog verstuurd, ondanks die onverwachte drukte?'

'Uiteraard. Ze zijn vanmiddag laat de deur uit gegaan.'

'Geweldig, dank je wel.'

'Graag gedaan.'

'En de kopieën voor ons archief?'

'Die heb ik hier voor me liggen. De bank is maar een paar minuten bij jou vandaan. Misschien kun je ze komen ophalen.'

'Natuurlijk.'

'Er is een nachtbel in de hal. Als je daarop drukt kom ik naar beneden om je binnen te laten.'

Ze verliet het restaurant en zette weer koers naar de Crown Victoria. Robbins stond buiten tegen de wagen te leunen. 'Wat nou? Heeftie je laten zitten?'

'Hij is verhinderd, er kwam iets zakelijks tussen, maar de overboeking is verstuurd en ik ga nu naar de bank om de bevestiging op te halen.'

'We rijden je erheen.'

'Ik loop. Je weet waar ik moet zijn. Je mag me volgen als je wilt.'

Ze nam de tijd, genoot van de frisse avondlucht, van het briesje dat vanaf de Caribische Zee landinwaarts stroomde. *Op een ander moment, onder andere omstandigheden zou ik echt van deze plek kunnen genieten*, dacht ze.

De Crown Victoria reed haar op Fyfe Street voorbij, passeerde de bank en parkeerde twintig meter voorbij de ingang van Simon House. Robbins staarde haar door de achterruit aan.

Ava liep de hal binnen. De gangen links en rechts waren afgesloten, voorzien van wat leek op branddeuren. Ze drukte op de nachtbel naast de lift, deed een stap achteruit en wachtte. Bates deed er een paar minuten over om beneden te komen. Ze had min of meer verwacht dat hij de stukken bij zich had, maar behalve het pasje waarmee buiten diensturen de lift werd bediend had hij niets in zijn handen. 'Laten we even naar boven gaan, dan regelen we het daar,' zei hij.

Regelen? Dat woord beviel haar niet erg. Ook zijn lichaamstaal was niet bepaald geruststellend, die leek strammer, schutteriger. *Er is iets gebeurd*, dacht ze. Ze kon alleen niet bedenken wat.

Bates liep met haar langs de receptie naar zijn kantoor. Het was uitgestorven op de bank.

Ze gingen op dezelfde stoelen als die ochtend zitten. Het leek haar eeuwen geleden. Op de tafel lag een bruine enveloppe. Bates legde er zijn hand op.

'Ava, ik moet iets met je bespreken,' zei hij, met afgewende blik. 'Normaal gesproken zou ik dit niet doen, maar ik vind dat we een zodanige vertrouwensrelatie hebben opgebouwd dat ik jou wel iets kan toevertrouwen wat me ter ore is gekomen.'

Ze zag dat hij gespannen was, zijn mond stond strak. Ze gaf hem een aanmoedigend glimlachje en vocht ondertussen tegen een akelig voorgevoel.

'Alsjeblieft, Jeremy, ga je gang.'

'Ik kreeg laat in de middag een telefoontje van een bank in Dallas, vlak nadat we jouw overboekingen hadden verstuurd. Het was van de bank die onlangs twee enorm grote overboekingen van Jackson Seto heeft gestuurd. Het was een vertrouwelijk telefoontje – een dienst van de ene collega aan de andere – en ik moet je verzoeken om de vertrouwelijke sfeer waarin dit gesprek heeft plaatsgevonden, te respecteren.'

'Natuurlijk, je kunt op mijn discretie rekenen,' zei Ava.

'De bank – de bankier – vertelde me dat ze ongeveer een week geleden waren benaderd door een onderzoeker van het Amerikaanse ministerie van Financiën. Volgens de ambtenaar stond Mr. Seto onder verdenking van witwassen.'

'Goeie god, ik kan me gewoon niet voorstellen...' begon ze.

'Ava, hoe lang ken je Jackson Seto eigenlijk?' vroeg Bates. Hij keek erg bezorgd.

'Een paar maanden hoogstens, en alleen via de wederzijdse introductie door Dynamic, die onze ondersteuning vroeg bij de financiële aspecten van de transactie.'

'Het lijkt me wel zo netjes je te vertellen dat ik na dat telefoongesprek even wat dingen heb opgezocht over Dynamics en over jouw accountantskantoor.'

'Begrijpelijk.'

'Beide bedrijven kwamen er natuurlijk goed uit; allebei een jarenlange, uitstekende reputatie, dus ik zou geen moment willen suggereren dat een van beide bij illegale activiteiten betrokken is.'

'Ik zou ook denken van niet,' antwoordde Ava.

'Seto is een ander verhaal,' zei Bates. Ava merkte dat zijn formele houding was verdwenen. 'Zijn rekening baart ons al een tijdlang enige zorg. Ik zeg nadrukkelijk "enige", want tot voor kort ging het om vrij kleine bedragen. Ik heb de dossiers van de bank doorgenomen. We hebben telefoontjes van advocaten en dat soort lui gekregen, die vragen over zijn rekening stelden. Verder waren er claims dat hij geld zou hebben verduisterd. Natuurlijk was er geen bewijs, en mijn voorganger heeft het er maar bij laten zitten. Maar al had hij dat niet, dan had de bank toch moeilijk zomaar dat geld kunnen teruggeven.'

Ava zuchtte. 'Ik wist hier helemaal niets van, en Dynamic ook niet, dat weet ik gewoon zeker. Voor zover ik weet werd Seto naar hen doorverwezen, en aanbevolen door een neef van de CEO.'

'Nou ja, je bent in ieder geval gewaarschuwd.'

'Heeft het ministerie nog stappen ondernomen?'

'Nee, volgens die bankier uit Dallas niet, en die zou het moeten weten.'

'Dus tot nu toe gaat het om veronderstellingen?'

'Precies.'

'Toch zal ik het met mijn baas bespreken en ik zal hem adviseren om met Dynamics contact op te nemen. Hem kennende en Dynamics kennende kan ik me voorstellen dat ze zich zo snel mogelijk van Seto willen distantiëren. We zitten voor deze transactie aan hem vast, maar ik verwacht niet dat ze hierna nog zaken met hem willen doen.'

'Precies mijn idee,' zei Bates, en Ava hoorde woede in zijn stem. 'Mijn bank hanteert een ethische code, en die wordt er bij nieuwelingen vanaf dag één ingestampt. We hebben meer dan tweehonderd jaar kunnen groeien en bloeien doordat we volledig binnen de wet opereren. Als de Amerikaanse overheid Seto ooit beschuldigt van witwassen, dan betekent dat het einde van iedereen hier die er iets mee te maken heeft gehad, dat kan ik je wel vertellen.'

Hij is ongerust, echt ongerust, besefte Ava. 'Jeremy, ik weet zeker dat het met een sisser afloopt,' zei ze zacht. 'Het is geen kunst om te roepen dat er sprake is van witwassen, maar bewijzen is nog iets anders. Heeft het ministerie al contact met je opgenomen?'

'Nee.'

'Zie je wel. Als ze echt werk van Seto wilden maken hadden ze allang contact met je opgenomen. De bank in Dallas heeft ze toch verteld waar het geld naartoe is gegaan?'

Bates knikte.

'We zijn inmiddels een week verder en ze hebben nog niet eens telefonisch contact met je opgenomen, dat zegt toch wel iets. Ik weet zeker dat je niets meer van ze hoort.'

'Zoiets had ik ook al bedacht.'

'Hoe dan ook, ministerie van Financiën of niet, hierna willen we niets meer met hem te maken hebben.'

'De bank ook niet. Ik ga zijn rekening sluiten zodra de overboekingen rond zijn. Als je hem ziet moet je maar zeggen dat ik hem persoonlijk wil spreken. Hij kan hier komen, anders kom ik wel naar het appartement.'

Ava leunde achterover. 'Jeremy, zou je misschien nog even kunnen wachten tot ik vertrek? Dit is voor mij een vrij pijnlijke situatie. Ik was van plan bij Seto te blijven totdat hij in staat was om te reizen, maar nu moet ik Hongkong bellen en waarschijnlijk mijn plannen omgooien. Ik zou het erg waarderen als je zou willen wachten totdat ik wat meer duidelijkheid heb.'

'Natuurlijk,' zei Bates, en hij reikte haar over de tafel heen de enveloppe aan.

Ava raakte even zijn vingers aan en trok toen haar hand terug. Ze keek naar de bruine enveloppe. 'Zijn dit mijn exemplaren?'

'Ja, natuurlijk. Sorry dat ik hierdoor werd afgeleid,' zei hij.

Ze opende de enveloppe en haalde de bevestigingen eruit. Beide documenten stonden geregistreerd op kwart over vier 's middags. 'Ontzettend bedankt.'

'Heel graag gedaan. Het spijt me van het etentje. Morgenavond misschien?'

'Graag, als ik hier dan nog ben, maar ik denk het wel.'

Hij liep met haar naar de lift, raakte met zijn hand even haar elleboog aan, en dat gebaar versterkte haar in haar conclusie: tijd om Tortola te verlaten.

Toen de deur van de lift dichtging verdween Jeremy Bates radicaal uit haar leven, alsof hij wat haar betreft nooit had bestaan. Op weg naar beneden en tot halverwege de hal was ze alweer volledig in beslag genomen door de gebroeders Robbins. Ze stond al bijna buiten toen het tot haar doordrong dat ze wat die twee betrof een paar dingen wel erg gemakkelijk als vanzelfsprekend beschouwde. Ze bleef staan, opende de enveloppe en haalde de bevestiging van de twee miljoen die naar Oom was gegaan, eruit. Ze vouwde hem tot een piepklein vierkantje en stopte hem in haar ondergoed.

De auto stond nog op dezelfde plaats. Davey zag haar als eerste en zei iets tegen Robbins. Bliksemsnel draaide de enorme man zijn hoofd in haar richting, zijn blik werd als door een magneet naar de enveloppe getrokken. Ava dankte in stilte de plotselinge inval die haar aan de tweede overboeking had herinnerd.

Ze stapte voor in de auto en zei: 'Ik ben uitgehongerd. Ik moet wat eten.'

'Is het geld overgemaakt?' vroeg Robbins.

'Ja, dat zei ik toch al.'

'Is dat de bevestiging?'

'Ja.'

'Die wil ik zien. Geef die enveloppe eens.'

'Heb je toestemming van je broer?'

'Jij moet eens ophouden met dat geklooi,' riep hij.

Ava draaide zich om zodat ze hem kon aankijken. 'Ik klooi niet met jou. Ik doe zaken met je broer. Ik laat dit pas aan iemand zien als hij het goedvindt.'

Robbins staarde haar aan. Hij was duidelijk voor zichzelf aan het uitmaken wat ze aan het doen was: zich lullig gedragen tegenover hem of zich netjes gedragen tegenover de Captain. 'Ik bel hem,' zei hij.

'Heel verstandig,' zei ze.

Hij klom de auto uit en liep over het trottoir naar een witgepleisterde muur. Daar leunde hij tegenaan en even later verscheen zijn mobieltje in de gehandschoende hand. Davey keek haar van opzij aan alsof hij wilde zeggen 'pas op'. Ava realiseerde zich dat ze voor het eerst alleen met de chauffeur in de auto zat. 'Waarom draagt Robbins die handschoenen eigenlijk?'

'Geen gezicht, hè?'

'Geen erg prettig gezicht.'

'Niks engs, als je dat soms bedoelt. Een paar weken geleden kreeg hij eczeem, dat dacht hij tenminste. Dat heeft-ie wel vaker, het gaat weer weg, alleen deze keer niet. Volgens de dokter heeft hij ringworm. Hij krijgt er medicijnen voor, maar hij moet wel een paar dagen handschoenen aan.'

'Zijn stemming is er niet beter op geworden.'

'Nou, met of zonder handschoenen, die Robbins is me een portret.'

'Hoe lang werk je al voor hem?'

'Wie zegt dat ik voor hem werk?'

'Dat dacht ik.'

'Hij heeft zijn eigen klusjes en ik de mijne. Dit is een eenmalig optreden. Ik werk op een boot, voor de kost. Dit is de drukste charterhaven van de Cariben. Over een paar dagen ben ik weer weg. We hebben een paar pasgetrouwde stelletjes die een weekje de eilanden langsgaan.'

'Wat doet hij dan?' vroeg Ava.

'Politieagent.'

'Had ik kunnen weten.'

'Hoezo? Je zou het niet zeggen als je hem zo ziet.'

'En hoe ziet jouw typische politieagent eruit?'

'Niet als een Michelin-mannetje.'

Robbins kwam weer op de auto afgestevend. Davey zei: 'Beter maar niet te veel kletsen. Hij is verdomd achterdochtig.'

'Mijn broer wil je spreken,' zei Robbins vanaf het portier, en hij hield zijn mobieltje boven de rugleuning van de voorste stoel.

'Captain,' zei Ava.

'Ik begrijp dat een felicitatie op zijn plaats is, Ms. Li.'

'Het geld is overgemaakt.'

'Goed gedaan, heel goed gedaan. En doet u me nu een plezier en geeft u de bevestiging aan mijn broer. En zijn mobieltje heeft hij ook weer nodig.'

Ava overhandigde ze allebei. De reus liep weer terug naar de muur. Ze wilde iets tegen Davey zeggen, maar die draaide zijn hoofd weg.

Ze keek toe terwijl Robbins de gegevens van de bevestiging voorlas aan zijn broer. Toen hij klaar was stapte hij met een vette, melige glimlach over zijn hele gezicht de auto in en gaf hij haar het mobieltje.

'Ja, Captain?' zei ze.

'Ik neem aan dat u zit te springen om Hongkong deelgenoot te maken van uw succes?'

'Dat weet u.'

'Ik heb tegen mijn broer gezegd dat u uw computer mag gebruiken. Laat u hem alstublieft het eerder gedane verzoek tot overmaking zien en volgt u dan dezelfde werkwijze.'

'Het enige verschil is uiteraard dat ik onze accountant vraag om u rechtstreeks een afschrift van de overmaking van onze bank naar uw rekening op de Caymaneilanden te mailen en te faxen.'

'Dat is duidelijk. Ik moet zeggen, Ms. Li, dat het plezierig zaken doen is met iemand die efficiency evenzeer op prijs stelt als ik.'

'Over efficiency gesproken,' zei Ava, 'als ik toch achter de computer zit zou ik graag een vlucht hiervandaan boeken voor morgenmiddag.'

'Dat kan denk ik geen kwaad,' zei Robbins langzaam. 'Maar u zult begrijpen dat onze bestaande afspraken van kracht blijven totdat de zaken volledig zijn afgerond.'

'Ik had niet anders verwacht.'

'Mooi. Nu wil ik graag mijn broer spreken.'

Jack Robbins luisterde even, klapte zijn mobiel dicht en zei tegen Davey: 'Breng ons weer naar het appartement.'

'Hé, ik moet wel wat eten,' zei Ava.

'We laten iets bezorgen.'

38

Ava moest echt wat eten. De fish-and-chips was zelfs al uit haar herinnering verdwenen, de rijstcrackers en de hummus waarvan ze 's middags af en toe had gesnoept hadden haar lege maag niet echt gevuld, en naarmate de spanning door de contacten met Jeremy Bates en de bank afnam was die leegte alleen maar groter geworden.

Ze wilde Chinees eten. Volgens Robbins was er geen Chinees in Road Town, en toen ze zei dat dat onmogelijk was, zei hij tegen Davey: 'Vertel jij het haar maar.'

'Die zijn er hier niet.'

'En Italiaans?' vroeg ze.

'Hou je van pizza?' vroeg Davey. 'De capriccio is goed,' zei hij tegen Robbins.

'Zet ons maar af bij het appartement en rij dan direct door. Drie grote, met worst, champignons en olijven. Oké wat jou betreft?' vroeg hij Ava.

'Dunne bodem?'

'Twee gewoon, één dunne bodem. Bel maar als je voor de deur staat, dan komen we ze beneden ophalen.'

Toen Ava en Robbins terugliepen naar het appartementencomplex merkte ze dat ook hij minder gespannen was. Ze vroeg zich af of zijn broer misschien een bepaalde opmerking had gemaakt. Toen ze in het appartement kwamen vroeg hij: 'Waar wil je de computer installeren?'

De WiFi-verbinding was in de keuken, naast de telefoon. Terwijl Ava naar haar kamer ging om haar laptop en notitieboek te pakken, haalde Robbins een Stella uit de koelkast. Toen ze terugkwam en haar computer wilde opstarten, zat hij aan de keukentafel, met zijn inmiddels halflege flesje voor zich.

De verbinding was goed en Ava was snel online. 'Ik ga nu mijn mailaccount openen,' zei ze.

Hij kwam naast haar staan en raakte met zijn hoofd bijna haar schouder. 'Een beetje afstand graag,' zei ze. Hij week vijftien centimeter achteruit.

Haar inbox bevatte meer dan dertig mails. 'Ik moet dat bericht van je broer openen, daar staat zijn faxnummer in,' zei ze, de rest van de berichten negerend. In het Guyana-gedeelte van haar notitieboek sloeg ze de bladzij open waarop ze de bankgegevens van de Captain had genoteerd en noteerde ze het faxnummer eronder. Daarna klikte ze op Verzonden items, ging in sneltreinvaart de berichten langs en vond haar eerste mail aan Oom met Robbins' bankgegevens.

'Kijk, dit is de mail die ik eerder heb verstuurd,' zei ze tegen Robbins, hoewel ze niet meer precies wist wat ze behalve die gegevens verder nog aan Oom had geschreven. Dat bleek niet veel te zijn. Ze had in elk geval haar mening voor zich gehouden en geen negatieve dingen over de Captain geschreven.

'Oké,' zei Robbins.

Ava klikte op Nieuw bericht, typte Ooms mailadres in, kopieerde de mail die ze aan Robbins had laten zien, veranderde alleen het over te maken bedrag en zette er nog een regeltje bij waarin ze met vermelding van adres en faxnummer verzocht om de bevestiging in kopie aan Captain Robbins te mailen en te faxen. Toen ze klaar was, zei ze: 'Hier, lees maar en kijk maar of het klopt. Of, nog beter, waarom bel je je broer niet en lees je het bericht aan hem voor? Dan hoeven jij en ik er niet over in te zitten dat we de boel verknallen.'

'Geen gek idee,' zei hij.

'Mooi. Als jij dat doet ga ik ondertussen even naar de wc,' zei ze terwijl ze opstond. Hij stapte achteruit om haar te laten passeren. Ze wist niet wat harder nodig was: plassen of weg bij de over haar heen hangende Robbins. Zelfs met het geluid uit was hij nog een storende factor.

Ava wilde net op de wc gaan zitten, rok opgetrokken, slip op de knieën, toen de kopie van de tweede bevestiging op de grond viel. Wat een godswonder dat ze daar bij de bank aan had gedacht. Het zou nog een hele klus zijn geweest om zich daaruit te kletsen. Het zou haar op zijn minst geld hebben gekost, maar, erger nog, het vertrouwen van de Captain zou in één keer verdwenen zijn. Ze raapte het papiertje op en stopte het weer in haar slip.

Toen ze de badkamer uitkwam zat Robbins weer aan tafel, met een nieuw flesje bier voor zich. 'Heb je je broer kunnen bereiken?' vroeg ze.

Hij knikte. 'Je mag de e-mail versturen.'

'Ik wil me eerst verkleden. Ik heb geen zin om in deze kleren pizza te eten.'

'Je doet maar.'

Ze deed eerst haar sieraden af en borg alles netjes op. Daarna liet ze haar rok afglijden, pakte het opgevouwen papiertje uit haar slip en stopte dat in het vakje van de Shanghai Tang-tas waarin ook haar Hongkongse paspoort zat. Ze maakte de knoopjes van haar overhemd los en bedacht dat ze met een beetje geluk voorlopig geen nette blouses meer aan hoefde, en pakte haar laatste schone T-shirt.

'Je broer heeft toch wel gezegd dat ik na het versturen van de mail online mag blijven om een vlucht te boeken?' vroeg Ava, toen ze weer de kamer binnenkwam en doorliep naar de keuken.

Robbins knikte en kwam overeind om zich opnieuw achter haar stoel te posteren. Ava ging weer achter de computer zitten. Aan de tekst van het e-mailbericht dat ze had opgesteld was niets veranderd. Ze klikte op Versturen. 'Daar gaat-ie dan, de makkelijkste twee miljoen die Captain Robbins ooit heeft verdiend.'

De intercom ging over. 'Pizzaboy,' klonk de vertrouwde stem van Davey.

Robbins liep naar de voordeur en drukte op de knop. 'Kun je binnenkomen?'

'Niet zonder sleutel.'

'Oké, ik kom naar beneden,' zei hij, en hij keek naar Ava.

'Ik loop heus niet weg, ik ben een vlucht aan het zoeken,' zei ze.

Hij stond te aarzelen.

'Wat kan ik in godsnaam nou doen? Van het balkon springen?'

'Ben zo terug.'

Ava vond een vlucht van American Airlines naar San Juan. Van daaruit kon ze kiezen uit een vlucht om middernacht naar Montréal of een aantal vluchten naar Toronto via Miami, Chicago of Newark. Ze maakte snel een rekensommetje. Als ze in Hongkong een beetje opschoten had Robbins tegen de ochtend, eigenlijk al 's nachts, de kopie van de bevestiging binnen. Dan kon ze 's ochtends naar San Juan vliegen, vroeg in de middag door naar de VS en daarvandaan verder vliegen, zodat ze 's avonds in Toronto kon zijn. *Waarom ook niet*, dacht ze, en ze boekte volgens dat scenario.

Ze was net aan het afsluiten toen Robbins met drie grote pizzadozen binnenkwam. Hij zette ze op het aanrecht, en het hele keukentje vulde zich met de geur van de pizza's. Hij opende de bovenste doos en legde die apart. 'Die is voor jou,' zei hij.

Het water liep Ava in de mond toen ze een bord uit de kast pakte. Robbins nam ondertussen haar plaats achter de computer in. Hij klikte op Verzonden items. Boven aan de lijst stond de mail aan Oom. Hij klikte door naar Verwijderde items. Niets. Ava liet het idee dat hij haar geleidelijk aan een klein beetje begon te vertrouwen, onmiddellijk schieten.

Ze keek toe totdat hij klaar was. Toen hij opstond boog ze zich voorover om de computer af te sluiten. *Het is bijna voorbij*, dacht ze. Ze legde drie pizzapunten op haar bord, schonk een glas mineraalwater in, klemde haar notitieboek onder haar arm en stevende op het balkon af.

39

Ava sliep slecht. Ze was vroeg naar bed gegaan, veel en veel te vroeg. Ze was niet moe geweest, ze had zich gewoon stierlijk verveeld. Nu Jeremy Bates was weggewerkt, het geld op weg was naar Hongkong en de Captain in elk geval voor de helft afgehandeld, was haar brein in een lager toerental terechtgekomen. Robbins had zich voor de tv geïnstalleerd en ze was niet van plan bij hem te komen zitten. Ze had geen telefoon en ze had ook geen zin om te vragen of ze de computer weer mocht aanzetten. Restte het uitzicht vanaf het balkon op de haven, maar zelfs dobberende bootjes hebben hun beperkingen, vooral als het donker is. Rond negen uur ging ze even bij Seto kijken. Hij sliep nog, maar ze verwachtte dat het chloraalhydraat vrij snel zou zijn uitgewerkt, dus ze tapete opnieuw zijn mond dicht en zijn enkels aan elkaar en deed de handboeien weer om. Daarna ging ze naar haar slaapkamer en sloeg het boek van James Clavell open.

Ze had nauwelijks een kwartier gelezen of haar ogen vielen dicht. De eerste keer dat ze wakker werd was het even over twaalven en lag ze op bed, met het licht aan. Ze deed de slaapkamerdeur open en zag dat Robbins op de bank in slaap was gevallen; met de tv nog aan en vier lege bierflesjes op de salontafel. Ze ging snel naar de badkamer, deed het licht uit en kroop onder de sprei.

In slaap komen ging nu nog moeilijker, ze werd voortdurend bestookt met gedachten over de dag die voor haar lag. Ze duwde ze weg, maar steeds weer kwam Tommy Ordonez door de kieren binnenglippen. Ze hoopte maar dat ze niet naar de Filippijnen hoefde. Met de ontberingen die ze in Guyana had doorstaan kon ze voorlopig wel vooruit. Even later kwam Captain Robbins haar brein binnenvallen. Had ze bij hem haar hand overspeeld? Nee, dacht ze, afgezien van zijn inhaligheid had het met hem op een bepaald niveau wel geklikt. Hij was iemand die doorhad hoe het er in het echte leven aan toeging, wat mensen motiveerde om dingen te doen die anders niet bij hen waren opgekomen, de juiste dingen om de verkeerde reden, hoewel zijn definitie van wat juist was waarschijnlijk sterk afweek van wat zij daaronder verstond. Toch had het geklikt. Er bestond tussen hen een zeker wederzijds respect, ongeacht of de een goedkeurde wat de ander deed. Kwestie van stijl, dacht Ava, als het ging om stijl konden ze elkaar wel waarderen.

Toen ze weer wakker werd was het halfdrie. Tien minuten lang deed ze nog erg haar best om weer in slaap te komen, maar toen gaf ze het op. Ze deed het licht aan en pakte James Clavell weer op. Ze had een uur liggen lezen toen ze zich slaperig genoeg voelde om het licht uit te doen en nog een poging te wagen.

Het schemerde buiten toen ze haar ogen opendeed. Ze keek op haar horloge: tien over zes. Ze deed haar ogen dicht en begon tot Sint Judas te bidden. Ze was nauwelijks begonnen of ze werd onderbroken door de ouverture van *Wilhelm Tell*. Het bleef maar doorgaan, maar na een tijdje hield het op. Ze liep naar de deur en opende die op een kier. Robbins sliep nog. Het volume van zijn mobiel stond harder dan ze zich herinnerde, maar kennelijk niet hard genoeg om hem wakker te maken.

Ze begon van voren af aan met haar gebed, maar weer ging *Wilhelm Tell* van start. 'Neem die telefoon op,' zei ze binnensmonds. Als op commando stopte het deuntje en hoorde ze hem zeggen: 'Wat is er?'

Ze was bijna klaar toen hij op haar deur klopte.

'Ja?' zei ze.

'Mijn broer wil je spreken.'

Ava bedacht hoe vroeg het nog was en onmiddellijk bekroop haar een onrustig gevoel. Waarom zou hij zo vroeg bellen? Was er in Hongkong iets misgegaan? Nee, Oom had het bij haar nog nooit laten afweten. 'Ik kom eraan,' zei ze.

Een paar laatste woorden tot Sint Judas, woorden waarin voor het eerst de naam Robbins voorkwam, en ze liep naar de deur.

'Hier,' zei Robbins. Hij overhandigde haar het mobieltje, draaide zich om en liep naar zijn slaapkamer.

Ava liep naar de keuken en ging bij het balkon zitten, vanwaar ze de haven in de ochtendzon zag glinsteren. 'Goedemorgen, Captain.'

'Goedemorgen, Ms. Li.'

'Het is nogal vroeg voor een telefoongesprek.'

'Ik ben te veel van slag om te kunnen slapen.'

Ava werd door een golf van paniek overvallen. 'Hoezo?'

'De overboeking uit Hongkong.'

'Die heeft u niet ontvangen?' vroeg ze, en het onrustige gevoel werd nog sterker.

Hij zweeg even. 'Ik heb een kopie van een kopie. Die heb ik per mail en per fax ontvangen.'

'Klopte het bedrag niet? De datum? Hebben ze een foutje gemaakt met de gegevens van de rekening?'

Langzaam en nadrukkelijk zei hij: 'Weet u, Ms. Li, ik weet niet wat ik erger vind: het feit dat u me voor de gek wilde houden of het feit dat u, ook al bent u betrapt, me nog steeds voor de gek probeert te houden. Op dit moment het laatste, denk ik, en ik waarschuw u om niet in dat gedrag te volharden.'

Ava sloot haar ogen. *Waarom heb ik het ooit geprobeerd? Hoe kan hij het verdorie nu al in de gaten hebben?* Ze wenste hem van de aardbodem, verwenste haar poging om het geld zelf te houden, maar ze was er nog niet aan toe om ook maar iets toe te geven. 'Het wordt wel erg moeilijk om antwoord te geven zolang u me niet vertelt wat het probleem is.'

'Er is geen geld.'

'Pardon?'

'Daar gaan we weer met dat gekloot van u,' zei hij, en hij klonk steeds grimmiger.

'Ik begrijp niet wat u bedoelt,' hield ze vol, blij dat hij haar niet kon zien, want de zweetdruppels stonden op haar bovenlip.

'U hebt geen geld overgemaakt.'

'Captain...'

'Mijn relatie met mijn bank is even solide als, naar ik veronderstel, uw relatie met uw bank in Hongkong. Ze bieden me vierentwintig-uursservice, iets wat ik niet dacht ooit nodig te hebben, totdat ik met u zaken ging doen. Wel, toen ik vanochtend vroeg niet kon slapen heb ik ze gebeld, het nummer van de elektronische overboeking gegeven en gevraagd hoe het ermee stond. Ms. Li, ze hadden de overboeking niet ontvangen en hij was ook nergens in hun systeem te vinden. Niets, absoluut niets.'

Ava haalde diep adem en probeerde haar stem gelijkmatig te houden. 'Ik begrijp niet hoe dat mogelijk is, of er moet met de verbinding iets zijn misgegaan. Ik zal met Hongkong contact opnemen en het bij hun nagaan,' zei ze. 'Ik verzeker u...'

'Nonsens. Het enige wat u me kunt verzekeren is dat elk woord van u klinkklare onzin is.'

'Captain...'

'Mijn bank heeft uw bank gebeld,' zei hij op een toon die geen tegenspraak duldde.

Mijn god, dacht ze, *er zal toch niemand iets over die dummy hebben gezegd?*

'Een erg vriendelijke jongedame van internationale zaken bij uw bank heeft de vriendelijke jongedame van mijn bank verteld dat er in hun systeem geen overboeking geregistreerd stond. Geen registratie, geen overboeking. Simpel genoeg, zou ik denken.'

Dat was niet eens het ergste wat ze hadden kunnen zeggen, dacht ze, en ze zocht koortsachtig naar een verklaring, naar een willekeurige verklaring, waarmee ze in elk geval wat tijd zou winnen. 'Gezien het karakter van de transactie hebben mijn mensen misschien niet de standaardprocedure gevolgd,' zei ze. 'U zult me toch met Hongkong moeten laten bellen of mailen.'

Robbins zweeg. *Hij zit na te denken*, dacht ze met een sprankje hoop. 'Ja, ik denk dat we allebei weten dat u Hongkong moet bellen, en dit keer om ze te vertellen dat ze het geld echt moeten sturen,' zei hij langzaam. 'Het enige wat ik u moet nageven is dat u weet vast te houden aan uw verhaal. Maar hoe langer ik naar u luister, hoe bozer ik word.'

'Captain, alstublieft...'

'Wat? Dacht u nou echt dat dit zou werken? Had u zo'n lage dunk van me dat u zoiets stoms met me wilde uithalen?'

'*Oh god*, dacht Ava. Wanneer had ze voor het laatst een situatie zo totaal verkeerd beoordeeld? Wanneer had ze voor het laatst iemand zo totaal verkeerd beoordeeld? 'Ik kan het wel regelen,' zei ze, want schuld bekennen en plan B in werking stellen wilde ze nog niet.

Hij negeerde haar opmerking, en Ava voelde dat hij haar ontglipte. 'Weet u, dit had u niet moeten doen. We hadden een regeling getroffen en ik was volledig bereid om die van mijn kant na te komen. U hebt daar verandering in gebracht, en ik moet nu voor mezelf besluiten wat ik ga doen.'

'Ik kan het regelen,' zei ze.

'Ja, ik twijfel er niet aan dat u het kunt regelen, maar misschien ga ik de voorwaarden wel veranderen. Ik ga met u niet overhaast te werk, dus u kunt ervan op aan dat ik hier de tijd voor neem. Ik ga hier eens rustig over nadenken. Ondertussen moet u maar eens nadenken over wat u hebt gedaan. Ik vind dat u moet boeten voor uw gedrag. U verdient straf, Ms. Li. U moet een lesje leren.'

'Captain, u kunt zich niet voorstellen hoe vreselijk vervelend ik het vind dat er van alles is misgegaan bij deze transactie. Geeft u me de kans om het in orde te maken.'

'Met dat soort halfhartige excuses praat u uw wanprestatie niet goed.'

Ze wist waar hij op uit was, maar kon er niet toe komen het hem te geven. Dat hij met vijfennegentig procent zekerheid wist wat er was gebeurd was één ding, maar honderd procent zekerheid was een tweede. Ze moest een klein korreltje twijfel zaaien. Door het stof gaan vond ze geen optie. 'Ik weet zeker dat als we dit rustig be...'

'Nee, we hebben voorlopig genoeg gepraat. Ik moet eens rustig nadenken en u moet zich bezinnen op uw positie en uw houding tegenover mij. Ik heb zojuist mijn broer gesproken en hem gevraagd u daarbij te helpen. Hij is misschien een beetje onbehouwen, maar ik verwacht dat u daar als een grote meid mee omgaat, en als hij klaar is kunnen we misschien weer met een frisse blik naar de zaken kijken.'

'Dat is...' begon ze, maar hij was verdwenen, de verbinding was verbroken. Ze legde Robbins' mobieltje op tafel. Het was één grote warboel in haar hoofd. *Waar had hij het in godsnaam over?* dacht ze. Plotseling voelde ze een vlammende pijn in haar hals en rechterschouder. Ze schreeuwde het uit van de pijn en sprong overeind, maar voordat ze zich kon omdraaien begaf haar linkerbeen het en viel ze voorover tegen de keukenmuur.

Hij stond achter haar, met in zijn ene hand een dikke leren riem en in de andere een knuppel. Hoe had hij zich in godsnaam zo geruisloos kunnen verplaatsen? Ze wist zich zo te draaien dat ze met haar rug tegen de muur kwam te staan. Ze begreep dat ze met de riem op haar schouders was geslagen en met de knuppel in het zachte vlees achter haar knie was gestompt. Gek genoeg werden die details ineens belangrijk. Hij hield de riem bij de gesp vast, zodat hij haar zonder littekens achter te laten kon aanpakken. De knuppel was bijna een meter lang, langer dan ze ooit had gezien, en van glasvezel, een technisch snufje dat nauwelijks van nut kon zijn bij het doel dat hij diende.

'Het is nooit een goed idee om mijn broer te belazeren. Hij is niet het type dat de andere wang toekeert,' zei Robbins.

'Niemand heeft je broer belazerd.'

'Hij denkt er anders over, en alleen wat hij zegt telt voor mij. Ik moest je een pak rammel geven, dus dat ga ik nou doen. Een klein beetje meewerken en het is voorbij voordat je er erg in hebt.'

Ze schudde haar hoofd.

Hij hield de knuppel omhoog. 'Ik kan deze gebruiken, maar ik doe het liever niet. Met de riem breek ik niks, met dit ding kan dat wel, dus ik zou je aanraden om bij de riem stil te blijven liggen. Maar aan jou de keus, natuurlijk.'

Ze probeerde haar been te buigen. Het deed pijn, maar ze kon het bewegen.

Hij stond ten minste twee meter van haar af, om direct te kunnen reageren als ze iets wilde proberen. De knuppel zweefde boven zijn hoofd, de riem slingerde van voor naar achter langs zijn zij. 'Je moet de grote lijnen zien,' zei hij, en hij genoot duidelijk van zijn eigen stemgeluid. 'Ik geef jou een pak slaag en mijn broer doet weer aardig tegen je. Toch niet zo'n slechte deal, zou ik zeggen.'

Weer schudde ze haar hoofd.

De riem zwiepte, greep de bovenkant van haar dij. Ze verschoof haar voeten.

Robbins deed een stap achteruit, op zijn hoede. 'Laat je niet misleiden door mijn omvang. Ik ben nog heel snel.'

Langzaam liet Ava zich op de grond glijden. Robbins keek op haar neer, en voor het eerst sinds ze hem had ontmoet had hij zijn blik strak op haar gevestigd. Ze liet haar hoofd hangen. Haar armen vielen langs haar zij. Langzaam drukte ze haar onderrug stevig tegen de muur, spande haar bilspieren en drukte haar handen tegen de vloer. 'Dit is toch niet nodig,' fluisterde ze.

'Mijn broer vindt van wel, en ik ben het helemaal met hem eens. Je bent een stiekem krengetje, een valse trut die betrapt is,' zei hij, en hij tilde de riem hoger.

'Niet doen,' zei ze.

'Ik ben bezig mijn geduld te verliezen,' zei hij, en hij bracht de riem zo ver mogelijk naar achteren.

Ze voelde het meer aankomen dan ze het zag. Op het moment dat hij een stap naar voren wilde doen om haar te slaan, ontrolde ze zich.

De riem vloog rakelings langs Ava's gezicht toen ze zich van de muur losmaakte en hem met haar rechterhak in zijn lies trapte. Hij kreunde en wankelde even, maar bleef staan en zwaaide de knuppel in haar richting.

In het krappe keukentje stond Ava nog steeds ingeklemd tegen de muur en was ze opgejaagd wild voor elke woeste slinger van de knuppel. Ze maakte een sprong naar rechts; de knuppel schampte langs haar linkerarm. Hij stond met zijn hoofd van haar afgewend, ze kon alleen zijn rechteroog zien. Ze sloeg toe. Pas op het laatste moment, te laat, kwam hij in beweging. Ze drong haar vingernagel in zijn oog, dat bijna onmiddellijk begon te bloeden. Hij schreeuwde het uit, de hand met de riem ging naar zijn oog, en dat gaf haar wat tijd en bewegingsvrijheid.

Ze ging nog verder naar rechts, weg van de nog steeds rondzwaaiende knuppel. Met haar rechterhand vormde ze een vuist, de knokkel van haar middelvinger uitgestoken als het uiteinde van een heimachine. Ze sprong en duwde de knokkel in zijn oor. Hij zwaaide heen en weer op zijn hakken en deed nog een stap achteruit.

Ava kon bijna niet geloven dat hij niet was gevallen, hoewel hij nu op zijn hakken stond te wiebelen en kennelijk zijn oriëntatie kwijt was. Met de laatste klap was hij vanuit de keuken de woonkamer binnengestrompeld. Ze maakte grotere rondjes, naar de kant waar zijn gezicht was aangetast. Hij had de knuppel en de riem nog vast, maar de hand met de riem hield hij nog over het beschadigde oog, het bloed sijpelde tussen zijn vingers door. Ze kwam van achteren op hem af en sprong op zijn rug, groef haar vingers in zijn nek, op zoek naar een halsslagader.

Robbins slaakte een kreet en schudde met zijn bovenlichaam. Hij was ongelooflijk groot en sterk; ze had moeite om te blijven hangen. Hij zwaaide met de knuppel over zijn schouder en probeerde haar hoofd te raken, maar dat hield ze tegen de zijkant van zijn hals gedrukt. Daarna zwaaide hij met de knuppel achter zijn rug. Daar vond hij haar, en hij sloeg een aantal keren tegen haar kuit. Ava probeerde haar been weg te trekken maar begon langzaam van zijn rug af te glijden. Ze had geen andere keus dan haar greep te verstevigen, de pijn te negeren en zich nog harder vast te klemmen. 'Waar zit die verdomde slagader?' schreeuwde ze terwijl haar vingers verdwaalden in de bergen vet die zijn nek beschermden.

Robbins draaide zich opzij en begon achteruit te lopen. Ava begreep dat hij haar in de richting van de muur probeerde te drijven. Ze drukte haar vingers nog harder en dieper in zijn vlees. Ze sloeg tegen de muur en voelde dat die meegaf, maar de klap had niet genoeg kracht om haar los te laten komen. Hij deed een ruk naar voren. Ava voelde dat zijn benen eindelijk begonnen te wankelen. Met elk grammetje kracht dat ze in haar vingers kon samenballen klemde ze zich aan hem vast.

Toen ze op de grond vielen en Robbins' hoofd stuiterde door de klap, gleed Ava opzij en rolde ze helemaal om, zodat ze een meter bij hem vandaan op haar rug terechtkwam. Haar been was pijnlijk op de plek waar hij met de knuppel had geslagen. Haar nek en schouders deden pijn van de zweepslag met de riem, ze wist dat daar een striem zou opkomen. Haar vingers waren stijf.

Ze draaide zich om, zodat ze hem kon bekijken. Een groter en sterker iemand had ze nooit eerder tegenover zich gehad. Hij bewoog. *Nee*, dacht ze, *liggen blijven*. Weer bewoog hij. *Hoever moet je gaan*, dacht ze. Zijn ogen gingen open, het bloederige oog, dat het dichtst bij was, staarde blind voor zich uit. Hij tilde zijn hoofd op, schudde met zijn schouders en wilde opstaan.

Ava krabbelde overeind en greep de knuppel, die door de schok was losgeraakt uit Robbins' greep.

Robbins zat al half overeind en verplaatste zijn aandacht van haar naar de knuppel.

'Laat ik hem niet hoeven gebruiken,' zei ze.

'Kutwijf,' zei hij terwijl hij met moeite overeind kwam.

Ze trok aan zijn linkerbeen en sloeg met een misselijkmakend gekraak met de knuppel tegen zijn knieschijf. Hij viel alsof hij was neergeschoten en liet een bloedstollend gekrijs horen.

Ava's ducttape lag in Seto's kamer. Toen ze binnenkwam was hij wakker; hij zat recht overeind, met uitpuilende ogen als een konijn in de koplampen, het zweet droop van zijn gezicht. 'Liggen blijven en niet bewegen,' zei ze tegen hem.

Robbins lag nog op de grond toen ze terugkwam, maar hij kon zich nog bewegen en probeerde naar zijn kamer te kruipen. Ava ging achter hem staan, en het geschop van zijn goede been ondertussen ontwijkend greep ze hem bij zijn enkels en tapete ze die aan elkaar. Zo kwam hij in elk geval minder snel vooruit. Even dacht ze erover om zijn polsen vast te binden, maar ze wist niet of ze sterk genoeg was om die lang genoeg bij elkaar te houden, en of het hem dan niet zou lukken de tape los zou trekken.

Ze ging weer terug om naar Seto te kijken. Hij leek nog meer in paniek. 'Je mag overeind komen zitten en je omdraaien,' zei ze tegen hem.

Hij worstelde zich in zithouding en mompelde wat onder de tape. Ze dacht dat ze 'doe me geen pijn, doe me geen pijn' hoorde. Ze maakte zijn handboeien los en bond snel zijn polsen samen. Daarna duwde ze hem terug op bed. 'Zo blijven liggen en alles komt goed.'

Robbins bewoog zich nu minder, misschien was hij uitgeput door de pogingen om te kruipen. Toch was ze op haar hoede toen ze naar hem toe liep om te zien waar hij zijn handen had. Ze schoof een van de handboeien om zijn rechterpols. Die paste maar net. Daarna tilde ze zijn linkerarm op en legde die langs zijn rug. Hij vertrok zijn gezicht en ze voelde weerstand in de arm. Snel trok ze die bij de andere arm, liet de tweede handboei omglijden en deed die op slot. Daarna ging ze naar zijn nek. Hij probeerde weg te kronkelen, maar ze hield vol en kreeg hem ten slotte volledig bewusteloos.

Ze duwde zichzelf op haar knieën terug naar de slaapkamer. Ze bracht zichzelf in zithouding, met haar rug tegen de muur. Ze haalde een paar keer diep en langzaam adem en probeerde zichzelf te kalmeren. Maar terwijl de spanning in haar lichaam langzaam wegebde sloeg haar geest op hol, met een woede die vooral tegen zichzelf was gericht, woede omdat ze de twee broers had onderschat, omdat ze zich had laten overrompelen. *Rustig maar*, zei ze tegen zichzelf. *Je hebt het ergste gehad.*

Toen ging de bel.

Met veel moeite kwam ze overeind. Ze had geen idee wie het was, maar ze was niet van plan voor wie dan ook open te doen. Ze gluurde door het kijkgaatje. Voor de deur stond een bezorgd kijkende jongeman in een lichtblauwe pyjama,

'Hallo?' riep Ava door de deur, met een stem die nog schor was van de doorstane emoties.

'Ik kom van het appartement hiernaast. Is alles oké daar? Ik hoorde een vreselijk lawaai. Ik wilde net naar beneden gaan om er iemand bij te halen,' zei hij, en de verwarring was van zijn gezicht af te lezen.

'Nee, doet u dat alstublieft niet,' zei Ava. 'Mijn man is epilepticus.

Hij heeft een aanval gehad, vandaar. Het was een hele zware, zelfs voor zijn doen, maar nu gaat het wel weer. Hij zou het vreselijk vinden als hij wist dat er onbekenden een kijkje komen nemen.'

'Het was anders wel een klereherrie.'

'Hij is vrij groot, en hij viel tegen de muur. Maar het is voorbij. Geloof me, u hebt geen last meer van ons.'

Ze bestudeerde hem door het kijkgaatje. Hij leek in elk geval half overtuigd. 'Maar in elk geval bedankt voor uw betrokkenheid, dat waardeer ik heel erg,' zei ze.

Hij deed een paar passen achteruit en keek om zich heen, alsof hij wachtte of er nog iemand kwam klagen. 'Oké, geen zorgen dus. Zoals ik al zei, ik zit hiernaast, in 310, dus als u wat nodig hebt belt u maar.'

'Nogmaals bedankt,' zei Ava, en ze keek hem na terwijl hij terugliep en af en toe nog even omkeek naar haar voordeur.

Ze slaakte een diepe zucht en draaide zich om. Het appartement was één grote chaos. Overal lag bloed, in het prefabmuurtje waar ze tegenaan was geduwd zat een gat als een krater, en de salontafel was in de hitte van de strijd omgekiept en twee poten kwijtgeraakt. Een poging om de boel schoon te maken had geen zin. Robbins lag op de grond en Seto in bed, en geen van beiden ging voorlopig de deur uit. Ava wist dat ze wat beters te doen had, en ook dat ze niet veel tijd had om het te doen.

Ze moest over Robbins heen stappen om in zijn kamer te komen. Op zijn ladekast lagen een pistool en een politiebadge. Hij was nog werkzaam, als brigadier. Kennelijk had hij naar zijn pistool willen kruipen. Haar mobieltje lag in de onderste la, op een stapeltje erg groot herenondergoed. Ze haalde het eruit, zette het aan en liep naar haar kamer. Ze pakte haar notitieboek en pen en haalde drie zakjes VIA-instant uit haar tas. De klok wees zes uur veertig aan. Tijd voor koffie. Tijd om na te denken. De ochtend was nog maar net begonnen en voor vandaag had Ava haar portie drama wel gehad.

40

Ava stond bij het fornuis te wachten tot het water kookte; een heerlijk dom karweitje dat wat afleiding gaf. Ze maakte een kop koffie en ging naar het balkon. Het zonlicht kroop langzaam tegen de zijkant van het gebouw op en het zou niet lang duren of ze zat in de volle zon. Ze bedacht net hoe plezierig de buitenwereld eruitzag toen vanuit de keuken de *Wilhelm Tell*-ouverture inzette. Ze stak haar hoofd om de deur en keek naar Robbins' mobieltje totdat het zweeg. Het was maar een kort uitstel, dat wist ze. De Captain zou al gauw opnieuw bellen, en ze kon zich maar beter op het gesprek voorbereiden.

Ze ging op een van de stoelen zitten en strekte haar benen uit tegen de balustrade. Ze wist dat als ze haar lange broek optrok de blauwe plek al te zien zou zijn. *Wat een toestand,* dacht ze. *Wat een afgrijselijke klotetoestand.* Wanneer had ze voor het laatst een situatie zo totaal verkeerd beoordeeld? Wanneer had ze voor het laatst een man zo totaal verkeerd beoordeeld? Waarom had ze hem niet gewoon het geld gestuurd, zodat ze niet in deze chaos was terechtgekomen? Omdat het niet in haar aard lag om zo snel op te geven. Bovendien was ze er niet gerust op geweest dat hij zijn verplichtingen zou nakomen. En waarom had hij haar de kans niet gegeven alsnog het geld te sturen, zonder al dat onnodige geweld? Omdat dat niet in zijn aard lag, zei ze weer tegen zichzelf. Hij moest haar gewoon iets aandoen. Hij moest gewoon de baas zijn.

Ava dronk haar koffie op en ging naar de keuken om nog een kop klaar te maken. Om op te peppen deed ze twee zakjes in haar tweede kop. Ze pakte Robbins' mobieltje en haar eigen mobieltje en nam ze allebei mee naar het balkon. Ze legde Robbins' mobieltje op het tafeltje en drukte haar eigen berichtentoets in. Er waren meer dan twintig voicemailberichten, de meeste al oud. Oom. Oom. Oom. Derek. Derek. Haar moeder. Mimi. Haar moeder. Oom. Oom. *Hij is ongerust,* dacht ze.

Toen kwam Andrew Tam. 'Ik móet iets van je horen,' zei hij, met een stem waarin angst en bange voorgevoelens doorklonken. 'Ik heb morgenochtend een afspraak bij de bank, en ik weet echt niet wat ik tegen ze moet zeggen. Ik moet iets van je hebben, maakt niet uit wat, iets waarmee ik ze nog even zoet kan houden. Alsjeblieft, Ava, bel me. Bel me.' Ze keek naar het tijdstip van het bericht. Midden in de nacht Hongkongse tijd, ongeveer op het moment dat ze Seto aan Bates toonde, een paar uur voordat Bates de opdracht had verstuurd.

Ze luisterde snel de rest van de berichten af. Meer van hetzelfde, totdat ze Tam weer had. Hij klonk alsof hij een gat in de lucht sprong. Twee uur vóór zijn afspraak met de bank was de vijf miljoen op zijn rekening verschenen. Tijdens het bericht werd hij overmand door emoties en begon hij te huilen. *Nou, dan heeft dit in elk geval nog iets goeds opgeleverd,* dacht Ava terwijl ze zijn eindeloos herhaalde 'dank je wel' aanhoorde. Precies zoals Oom altijd zei: ze bezorgden hun klanten niet alleen hun geld maar ook hun leven terug. Nu moest ze alleen haar eigen leven nog onder handen nemen.

Het laatste voicemailbericht was van Derek. 'Ik weet niet of je je mobieltje al kunt gebruiken. Even ter info. Ik heb alle gegevens die je wilde hebben. Bel me, maakt niet uit wanneer.' *Wat ben je toch een schat,* dacht ze, en ze wilde net haar notitieboek pakken alvorens hem terug te bellen toen Robbins' mobiel weer tot leven kwam.

Die *Wilhelm Tell*-ouverture begon al snel het irritantste stukje muziek te worden dat ze ooit had gehoord. Ze dacht erover om niet op te nemen en zelfs om het mobieltje af te zetten, maar begreep intuïtief dat elk van die opties verkeerd was. Hem op afstand houden werkte alleen maar averechts. Het laatste wat ze kon gebruiken was een Robbins die woedend werd en onvoorspelbare dingen ging doen, zoals de politie erbij halen, of Morris Thomas en zijn mannen. Ze moest het tempo in de zaak zien te vertragen, zorgen dat ze hem niet tot maatregelen dwong en daarmee het proces versnelde. Dus moest ze met hem aan de slag. Ze stapte van het balkon, liep de keuken in en ging zitten, met haar blik gericht op de haven.

'Met Ava Li.'

'Ms. Li?'

'Ja, ik ben het.'

'Ik zou graag mijn broer spreken.'

Koele kikker, dat moest ze hem nageven. 'Uw broer is verhinderd.'

'Ik wacht wel. Zegt u maar dat hij aan de telefoon moet komen.'

'Ik bedoel een ander soort verhinderd.'

'Toch wil ik hem graag spreken. Zegt u tegen hem dat hij aan de telefoon moet komen.'

'Hij is niet in staat om te lopen.'

Hij zweeg even. 'Dan brengt u de telefoon naar hem.'

'Dat heeft ook niet veel zin, want ik denk niet dat hij kan praten.'

Hij zweeg nog langer. 'U bent wel een vals krengetje, hè?'

Ava zei: 'Op mijn situatie is een Frans gezegde van toepassing: "Kijk uit voor dat beest, het is vals. Het verdedigt zich als het wordt aangevallen."'

'We kunnen een heel debat opzetten over wie wie heeft aangevallen, maar dat verandert denk ik niet veel aan de situatie,' zei Robbins. Even later vroeg hij terloops: 'Leeft hij nog?' alsof hij informeerde of ze al had ontbeten.

'Ik denk het wel. Ik heb tien minuten geleden voor het laatst gecheckt.'

Ze hoorde hem door de telefoon diep ademen, maar erg gespannen klonk hij niet. Ook dat moest ze hem nageven. 'Ms. Li, u denkt toch hopelijk niet dat het mishandelen van mijn broer enige wezenlijke verandering brengt in uw positie?'

'Zo ver dacht ik niet vooruit toen hij met een riem stond te zwaaien en dreigde mijn botten met een knuppel te breken.'

'Dat was misschien niet erg verstandig van hem.'

'Hij deed gewoon wat hem was opgedragen.'

De Captain haalde nog dieper adem. 'U had niet tegen me moeten liegen.'

Tot zover de zorgen om zijn broer, dacht Ava. 'Ik beschouw dat als redelijke kritiek, en ik bied u daarvoor mijn excuses aan. U herinnert zich misschien ook dat ik u heb aangeboden om de kwestie alsnog te regelen,' zei ze, als openingszet tot vredesonderhandelingen.

'Het was misschien dom van me om uw aanbod niet te accepteren, maar ik heb zo mijn trots, en u hebt mijn vertrouwen geschonden.'

'En dat was heel dom van mij.'

'Is dit het startsein voor nieuwe onderhandelingen?' vroeg hij, duidelijk op zijn hoede.

'Dat is aan u.'

'Nou, wat mij betreft wel. Vergeven en vergeten, Ms. Li. Laten we allebei maar vergeven en vergeten.'

'Dat lijkt me het beste.'

Hij zweeg even en zei toen langzaam: 'Uitstekend, en nu wil ik natuurlijk wel mijn geld.'

'Dat spreekt voor zich, daar zal ik de nodige voorbereidingen voor treffen. Ik heb alleen wat tijd nodig om mijn mensen in Hongkong te bereiken en de zaak in gang te zetten, in de juiste gang dan.'

'Het volledige bedrag dat we hebben afgesproken?'

'Uiteraard.'

'En verder zal ik mijn broer moeten verzorgen…'

'En verder niets,' zei ze kortaf, want ze wilde de schijn hooghouden dat ook zij nog wat te zeggen had.

Hij ging niet in discussie, maar Ava wist dat het laatste woord hierover nog niet was gesproken. 'Volgens mijn berekening is het in Hongkong nu ergens in de avond. Wanneer precies zou die overboeking volgens u geregeld kunnen worden?'

'U bent niet de enige persoon met een bank die buiten kantoortijd diensten aanbiedt. Als ik u eerlijk moet antwoorden: dat weet ik pas als ik mijn mensen daar heb gesproken. Ik moet ze eerst zien te bereiken en dan moeten ze nog naar de bank.'

'Geeft u me dan een ruwe tijdschatting.'

'Dat kan ik misschien pas over een paar uur.'

'Ik geef u een uur om uw mensen te bereiken en terug te komen met een tijdschema. Als we zover zijn gaan we onze positie opnieuw evalueren.'

'Ik weet niet wat ik in een uur voor elkaar krijg, maar ik ga akkoord, als u tenminste niet de deur voor mijn neus dichtslaat zodra de tijd om is.'

'Ik zei dat we alles dan opnieuw gaan evalueren.'

Veel meer zat er niet in, besefte Ava. 'Dat is goed, dank u.'

'Het is in elk geval een goed begin. Het zet ons zogezegd weer terug op de rails,' zei Robbins. 'Maar dit keer, Ms. Li, zeg ik er nadrukkelijk bij dat we geen herhaling van die schijnvertoning van gisteren kunnen hebben.'

'Dat begrijp ik heel goed.'

'Ik wil ook niet bazig of zeurderig of nodeloos bedreigend overkomen, maar u hebt geen paspoort, en zonder paspoort komt u niet van de Maagdeneilanden af. Sterker nog, u vertrekt pas als Morris Thomas zegt dat u mag vertrekken, en u kunt ervan verzekerd zijn dat hij uitsluitend op mijn instructie handelt. Verder bevinden zich in uw appartement twee mannen, van wie de één is ontvoerd en de ander – nota bene een plaatselijk politieagent – zich naar ik aanneem in een fysiek gebrekkige toestand bevindt, die door u is veroorzaakt. Bij al die wandaden komt nog het feit dat u een poging tot bedrog hebt gedaan bij een van de belangrijkste banken van het eiland. Road Town is een dorp. Eén telefoontje en binnen de kortst mogelijke tijd staan u een hoop vervelende dingen te wachten.'

'Ik ben me bewust van mijn situatie,' zei Ava.

'Toch kan het geen kwaad het er nog even in te prenten. Ik mag aannemen dat u van uw kant zich niet persoonlijk beledigd voelt?'

'Absoluut niet.'

'Dus waar staan we op dit moment?'

'Ik bel Hongkong en dring er bij ze op aan om zo snel mogelijk die overboeking naar u te regelen.'

'Precies. En zodra u meer weet belt u natuurlijk, en ook als u niet meer weet belt u over een uur.'

'In beide gevallen hoort u van me.'

'Ms. Li, ik wacht uw telefoontje af.'

Geen enkel teken van zorg om zijn broer toen ze eenmaal op het onderwerp 'geld' waren overgestapt, dacht Ava toen ze ophing. *Van je familie moet je het maar hebben in Barbados*, dacht ze.

Ze bleef een minuut lang zitten. Meer dan dit had ze niet hoeven te verwachten. Er dansten nog altijd dollartekens voor zijn ogen, en zolang hij zijn geld niet had hield hij de touwtjes stevig in handen. Hij dacht in een machtspositie te zitten, en in zeker opzicht was dat ook zo, maar alleen als ze de tijd in zijn voordeel liet werken. En zou hij het lef hebben om zich niet aan zijn afspraak te houden zodra hij het geld had? Die mogelijkheid huisde op zijn minst ergens in zijn achterhoofd. Alleen was ze niet van plan te wachten tot ze wist of ze gelijk had.

Ze ging naar haar kamer om haar toilettas te pakken. Ze wilde snel douchen, haar tanden poetsen en haar haar borstelen; ze wilde schoon zijn. Aan zaken doen met de broertjes Robbins hield ze een vies gevoel over.

Bij het uitkleden zag ze dat de striem op haar nek en schouder langer en breder was dan ze had gedacht. Op den duur zou hij blauwzwart worden. De zijkant van haar onderbeen klopte en was al verkleurd. Goddank heeft hij geen bot geraakt, dacht ze, anders had ik hier nog langer moeten blijven. Ze stapte onder de douche, hield haar gezicht onder de straal en probeerde aan prettiger dingen te denken.

Tien minuten later was ze terug in de slaapkamer. Ze stopte haar toilettas in haar sporttas, controleerde haar geheime geldvoorraad, greep twee zakjes via en ging op weg naar de keuken. Ze maakte een kop koffie, ging achter de computer zitten en begon te surfen naar de Britse Maagdeneilanden en hun Caribische buren. Ze hoefde niet lang te zoeken.

Het was nog net geen halfacht toen ze op het balkon ging zitten om Derek te bellen, met haar notitieboek open op een blanco pagina.

'Hi, Ava,' zei hij slaperig.

'Ik heb je voicemailbericht gehoord, bedankt.'

'Je belt weer met je eigen mobieltje! Alles oké?'

'De goeie kant op, in elk geval.'

'Joh, ik was zo ongerust. Oom ook. Hij belde me om erachter te komen wat er met mij was gebeurd. Hij had in New York een paar lui op afroep zitten, maar hij wilde eerst wachten tot hij iets van jou hoorde.'

'Ik bel hem zodra we klaar zijn.'

'Ik heb de meisjes gevonden.'

'Dacht ik al. Vertel eens wat je hebt ontdekt.'

Derek was grondig te werk gegaan. Toen ze klaar waren en Ava haar aantekeningen nog eens doornam, kreeg ze het gevoel dat ze de zaak eindelijk weer enigszins onder controle had.

De kade onder haar raam kwam tot leven. Rond de pieren stonden rij aan rij kantoortjes die voornamelijk met boottochtjes en cruises adverteerden. Ze gingen net open. *Eerst Hongkong*, dacht Ava.

'Wei, Ava,' zei Oom ademloos. 'Waar zit je?'

'Nog steeds op de Maagdeneilanden.'

'Je belt met je eigen mobieltje.'

'De situatie is verbeterd.'

'Ik was toch zo ongerust,' zuchtte hij.

'Dat wist ik. Sorry daarvoor, Oom. En heeft u de twee miljoen al die ik heb overgemaakt?'

'Ja, die is gisterochtend binnengekomen, en Tam heeft zijn geld ook. Mijn vriend is dankbaar, hoewel niet zo dankbaar als Tam... Maar hoe is het met jou? Heeft die nepoverboeking gewerkt?'

'Nee.'

'Ava, ik zei al dat het riskant was. En wat nu, je plan B?'

'Er is nu een plan C.'

'Sturen we nog geld naar de Caymaneilanden?'

'Nee. We sturen nergens geld heen.'

'Heb je verder nog hulp nodig?'

'Nee, ik red het wel, denk ik.'

'Wees voorzichtig.'

'Als altijd.'

'Ik heb lui in New York, op nog geen acht uur bij je vandaan.'

Ze zag ze voor zich. Twee of drie schriele Chinezen, tatoeages die onder hun boord uit piepten, gebrekkig Engels, en een Amerikaans paspoort dat grondige bestudering al of niet kon doorstaan. 'Ik heb ze niet nodig, maar in elk geval bedankt.'

'Nodig of niet, hou wel contact, anders stuur ik ze alsnog als je weer meer dan vierentwintig uur zoek bent.'

'Maakt u zich geen zorgen, Oom. Ik hou contact.'

'Wanneer denk je daar te vertrekken?'

'Vandaag, al gauw. Ik bel zodra ik het geregeld heb.'

'Wanneer je maar wilt. Ik laat mijn mobieltje aan.'

41

Alle verhuurkantoortjes leken op elkaar, en allemaal leken ze dezelfde diensten aan te bieden. Ava koos het grootste, in de veronderstelling dat ze daar meer kans had een boot te regelen.

'Ik ben hier op vakantie en ga een weekje naar Saint-Thomas, en het leek me leuk om daar over zee heen te gaan,' zei ze tegen de kleine, verweerd uitziende man achter de balie.

'U kunt mee op een cruise,' zei hij.

'Ik ga liever alleen.'

'Dat is duurder.'

'Maakt niet uit.'

'Wilt u een onbemande boot?'

'Hoe bedoelt u?'

'Vaart u zelf? Bent u zelf de schipper?'

'Natuurlijk niet.'

'Dus u hebt bemanning nodig.'

'Ik heb iemand nodig die vaart.'

'Enkele reis?'

'Ja.'

'Dan moeten we wel heen en terug berekenen.'

'Dat is goed.'

'Nog voorkeur voor een boot?'

'Wat bedoelt u?'

'Wilt u een zeilboot, een met hulpmotor?'

'Ik wil er zo snel mogelijk zijn.'

'Dan wordt het een motorjacht.'

'Dat zal wel,' zei Ava.

'Wanneer wilt u vertrekken?'

'Hangt ervan af, hoe lang duurt de overtocht?'

'We gaan niet harder dan vijftig, dus een paar uur.'

'Dan vertrek ik het liefst vanochtend.'

'U moet wel wat preciezer zijn.'

'Tien uur?'

Hij sloeg een register open dat op de balie lag. 'Prima, maar het enige wat ik beschikbaar heb is een Bavaria 35, en die is duur.'

'Hoeveel?'

'Reken op zeshonderd dollar voor heen en terug, plus een fooi voor de schipper.'

'Kan het contant?'

'Contant is prima.'

'Perfect. Om tien uur ben ik hier terug.'

'De naam graag.'

'Li.'

'En contactgegevens.'

Ze gaf hem haar mobiele nummer.

'U hebt wel uw paspoort nodig om aan de VS-kant van boord te gaan.'

'Geen probleem,' zei ze terwijl ze in haar Chanel-tas zocht. 'Hier heeft u tweehonderd dollar als aanbetaling.'

Het uur dat ze met Robbins had afgesproken was bijna voorbij, en ze wilde hem niet buiten het appartement bellen. Ze liep snel terug, nam bij de hoofdingang even de tijd om te kijken of er bemande auto's in de buurt stonden en of er iemand rondhing. De kust leek veilig.

Het uur was nog net niet verstreken toen ze zich in de keuken installeerde. Ze belde met Robbins' mobieltje. De telefoon ging twee keer over voordat hij opnam. 'U weet niet hoe prettig ik het vind dat u zo stipt bent,' zei hij.

'Ik heb een paar keer contact gehad met Hongkong en het geld wordt op ditzelfde moment geregeld. Ze hebben gezegd dat ze het als urgent behandelen.'

'Wat betekent "urgent"?'

'Volgens hen moet het om vijf uur vanmiddag op uw rekening staan. Let wel, niet dat het dan wordt overgeboekt, maar dat het daadwerkelijk op uw rekening op de Caymaneilanden staat. Maar Captain, pint u me daar niet op vast, ik herhaal alleen wat me is verteld. Maar ik kan u wel zeggen dat ik er steeds weer op heb gehamerd hoe belangrijk het is dat het gebeurt.'

'Klinkt erg zakelijk allemaal.'

'Ik heb op een strak schema aangedrongen, zodat ik u geen vage informatie hoefde voor te schotelen.'

'Ik denk, Ms. Li, dat we elkaar weer enigszins gevonden hebben.'

'Dat hoop ik van harte.'

Ze had verwacht dat hij een kopie van de nieuwe overboeking zou vragen en had haar antwoord al klaar. Maar hij veranderde van onderwerp. 'En hoe is het met mijn broer?'

Ava keek naar het reusachtige, bewegingloze lijf dat uitgestrekt op de vloer lag. 'Hij rust.'

'Heeft hij medische zorg nodig?'

'Misschien, maar pas als het geld op uw rekening staat en u me het groene licht heeft gegeven om Road Town te verlaten.'

'U hebt uw zaakjes goed op orde, dat doet me deugd.'

Tot zover Jack Robbins, dacht Ava nogmaals. 'Ik moet nog wel wat dingen plannen,' zei ze. 'De vluchten hiervandaan zitten als ik het zo bekijk behoorlijk vol. Er zijn nog een paar stoelen op een vlucht van San Juan van negen uur vanavond. Als u het niet erg vindt zou ik graag een plaats reserveren.'

'Dat kan geen kwaad, dunkt me. Wat is het vluchtnummer?'

'American Airlines 4866, vertrek acht uur vijfenvijftig.'

'Mooi.'

'En ik zou het op prijs stellen als u Mr. Thomas over mijn plannen informeert en hem vraagt of hij mijn paspoort in de loop van de dag bij het appartement laat afgeven.'

'Zodra het geld op mijn rekening staat praat ik met Thomas.'

'Dat begrijp ik.'

'En houdt u er rekening mee dat u uw paspoort op het vliegveld moet ophalen. Hij heeft geen koeriersdienst, begrijpt u.'

'Geen probleem.'

'Wel, ik moet zeggen dat dit een heel wat plezieriger gesprek was.'

'Wat mij betreft ook.'

'Dus nu moet u de rest van de dag zien door te komen. Was u nog iets van plan?'

'Ik moet gewoon even het appartement uit. Ik merk dat urenlang naar uw broer en Seto kijken iets te veel van het goede is. Ik ga een eindje wandelen en ergens lunchen. Ik neem uw broers mobieltje mee voor het geval u me wilt bellen.'

'Niet te ver afdwalen.'

'Maakt u zich geen zorgen.'

Nadat ze had opgehangen boekte ze via internet de vlucht van American Airlines naar San Juan. Vervolgens boekte ze met een andere creditcard en een ander adres een plaats op vlucht 672 van American Airlines, die om 14.30 uur van Saint-Thomas vertrok en om 17.20 uur in Miami aankwam. Dan kon ze om 20.05 uur met vlucht 646 van American Airlines van Miami naar Toronto vliegen. Ze rekende uit dat ze iets na middernacht thuis kon zijn.

42

Ava besloot om gemakkelijk te reizen, in haar hardloopschoenen, trainingsbroek en het zwarte T-shirt waarin ze had geslapen. Ze pakte met zorg, stopte haar sieraden en contante geld in de Chanel-tas en legde die vervolgens op de bodem van de Louis Vuitton-koffer, tussen keurige stapeltjes vuile was. Het enige dure accessoire dat ze droeg was de ivoren haarspeld.

Toen ze de Shanghai Tang-tas inpakte schoot haar te binnen dat ze de stiletto nog had, en nog wat chloraalhydraat. Ze leegde de shampooflacons in de gootsteen. De kans dat iemand ze zou controleren was klein, maar het zou dom zijn om risico's te nemen. De stiletto liet ze onder het matras van haar bed glijden.

Haar Hongkongse paspoort en andere losse identiteitsbewijzen gingen in de achterzak van haar Adidas-trainingsbroek, die ze afsloot met de klittenbandsluiting; het geld dat ze nodig had voor boot, taxi's en maaltijden onderweg zat in de zijzak van haar broek gepropt.

Tegen halftien was Ava klaar voor vertrek, en ze vond dat het geen zin had om nog langer in het appartement rond te hangen. Ze zette haar bagage bij de voordeur en legde nog een bezoekje bij Seto af.

Hij was wakker, af en toe gingen zijn ogen open en weer dicht, door de nawerking van het verdovende middel. Ze zette hem overeind. Hij gebaarde dat ze de tape van zijn mond moest halen. 'Nee, dat moet blijven zitten,' zei ze. Hij keek weer paniekerig.

'Je moet even goed luisteren,' zei ze. 'Ik moet heel even weg. Die grote kerel die je hebt gezien, Mister Clean, zit in de kamer hiernaast, dus als ik jou was zou ik maar niet te veel herrie maken. Knik als je me hebt begrepen.'

Hij knikte.

'Morgen is dit allemaal voorbij. Dan ben ik weg, en Mister Clean ook. Als we weg zijn bellen we het personeel en dan vertellen we waar ze je kunnen vinden. Dus tot die tijd je netjes gedragen.'

Hij knikte.

'En nog één ding, misschien wel het belangrijkste: je moet mij, Andrew Tam en deze hele affaire vergeten. Het is nooit gebeurd. Eén woord, en we weten je te vinden en nemen je te grazen. Geloof je dat?'

Hij knikte.

Ava gaf hem een tikje op zijn wang. 'En als ik jou was zou ik het in een andere branche zoeken. Zonder jou en dat vieze dikke maatje van je lopen er al genoeg griezels rond die met vis leuren.'

Voordat ze de deur achter zich dichttrok keek Ava nog één keer naar Robbins. Hij bewoog nog steeds niet. Ze dacht er even over hem naar zijn kamer te slepen maar wist niet of ze daar sterk genoeg voor was. En bovendien, wat maakte het uit waar ze hem aantroffen? Ze kon vanuit de deuropening niet zien of hij ademde. Leefde hij nog? Ze liep op haar tenen naar hem toe en boog zich voorover om zijn pols te voelen. Die was heel snel, misschien wel te snel. Nou ja, haar probleem was het niet meer.

In de hal zat Doreen achter de balie. 'Ik vertrek vandaag naar San Juan,' zei Ava. 'Mijn vrienden zitten nog in het appartement, maar ze hoeven tot morgen geen schoonmaakservice. Zou u daar een notitie van willen maken?'

'Dat is al de derde dag.'

'Ze zijn heel begaan met het milieu.'

Ze liep naar het verhuurkantoor en betaalde contant, liet de verhuurder haar paspoort zien, en zat om vijf minuten voor tien aan boord van een Bavaria 35 die de haven uit koerste. Terwijl de boot op volle kracht buitengaats ging keek Ava nog eens om naar Guildford Apartments. Ze voelde zich schuldig tegenover de schoonmaakster die de volgende ochtend op Robbins en Seto zou stuiten. Hopelijk zou ze niet al te erg schrikken.

Road Town werd kleiner en kleiner. Het was een mooi stadje, met zijn witgepleisterde gebouwen, genesteld in het groen van de bergen die de blauwe haven omzoomden. Ze betwijfelde of ze er ooit nog zou komen. Oude werkplekken bezoeken was nooit zo'n goed idee.

Toen Road Town niet meer dan een stipje was daalde ze af naar de kajuit. Anderhalf uur later kwamen de motoren tot rust en klom Ava weer aan dek om toe te kijken hoe de bemanning op Saint-Thomas aanlegde.

De douanebeambte van de VS keek nauwelijks naar haar paspoort. Ze nam een taxi van de pier naar Charlotte Amalie en stapte om kwart over twee aan boord van vlucht 672, American Airlines. Om zes uur zat ze in het TGIF-restaurant van Miami International Airport achter een kom gumbo.

Ze wachtte tot zeven uur alvorens Oom te bellen. Hij was al op. Ze hoorde op de achtergrond Lourdes, zijn al dertig jaar gedienstige Filippijnse huishoudster, vragen of hij nog een kopje thee wilde. 'Ik zit in Miami,' zei ze. 'Ik ben tegen middernacht in Toronto.'

'God zij gedankt dat je weg bent uit die plaats. Ik heb slecht geslapen.'

'Ik zei toch dat u niet ongerust moest zijn.'

'Je zult een paar zware dagen hebben gehad met Tommy Ordonez.'

'Niet over Tommy Ordonez praten,' zei Ava. 'Ik ben nog niet thuis. Ik wil eerst naar huis en dan een paar dagen uitrusten. Dus Oom, alstublieft, geen woord over Tommy Ordonez totdat ik het gevoel heb dat ik er klaar voor ben.'

'Dat is goed,' zei hij met duidelijke tegenzin, maar hij wist hoe bijgelovig ze kon zijn.

'Eerst wil ik klaar zijn met die klus voor Tam, en die is pas klaar als ik weer in mijn eigen bed lig.'

'Over Tam gesproken, bel hem even op, wil je? Hij wil je graag persoonlijk bedanken.'

'Hij heeft mijn voicemail al ingesproken.'

'Ava, alsjeblieft. De man wil alleen maar even dank je wel zeggen. Je hebt zijn bedrijf en zijn familievermogen gered. Gun hem dat plezier.'

Ze bereikte Tam op zijn appartement. 'Met Ava. Ik heb je voicemail gehoord. Ik wou even zeggen dat ik blij ben dat het gelukt is.'

Het was even stil aan de Hongkongse kant van de lijn. 'Andrew, ben je daar nog?'

'Sorry, Ava. Ik zit na gisteren nog min of meer in een shocktoestand. Ik was een paar uur van een complete ramp verwijderd toen het geld binnenkwam. Ik bedoel, je had het niet tegen me gezegd.'

Was dat een klacht? 'Ik was niet in de gelegenheid om rechtstreeks contact met je op te nemen. Het enige wat ik kon doen was Oom een hint geven dat het geld onderweg was.'

'Dat heeft hij niet aan me doorgegeven.'

'Wat wil je van me horen? Je hebt je geld, wat wil je nog meer?'

'Niets. Sorry als ik ondankbaar overkom.'

'Over een paar dagen stuur ik je onze bankgegevens. Dan kun je de provisie overmaken.'

'Ja, ja,' mompelde hij.

Ze werd er een beetje kriegel van. Ze wisten niet hoe snel ze het honorarium moesten overmaken als het hun laatste kans was om hun geld binnen te krijgen. Maar hadden ze hun geld eenmaal terug, dan was elke dollar die ze moesten betalen er een te veel. 'Je betaalt maar de helft van ons standaardtarief, Oom heeft uit respect voor je oom van zijn aandeel afgezien.'

'We betalen het honorarium en als je wilt ook Ooms aandeel,' zei Tam snel.

Ava besefte dat ze te fel had gereageerd. De zenuwen speelden haar nog parten, het werd tijd om naar huis te gaan. 'Nee, alleen mijn aandeel, maar weet wel dat Oom niet alleen maar van zijn honorarium heeft afgezien vanwege de vriendschap. Op een gegeven moment heeft hij driehonderdduizend Amerikaanse dollars voorgeschoten zonder enige garantie dat hij die ooit zou terugzien,' zei ze. Ze wist dat Tam dat zou doorbrieven aan zijn oom, en ze wist dat zijn oom nu voorgoed in het krijt stond bij Oom.

'Ze zijn samen China uit gezwommen,' zei Tam, alsof dat alles verklaarde.

Misschien doet het dat ook, dacht ze.

43

Het was miserabel weer in Toronto toen het vliegtuig 's avonds vanuit het westen Pearson Airport naderde. Ava zag één grote witte vlakte, onderbroken door linten snelweg die hun best deden om zwart te blijven. Bij het inzetten van de daling raakten de raampjes bedekt met natte sneeuw, en onder de straatverlichting van Highway 401 zag ze sneeuwvlokken dwarrelen.

Bij Douane en Immigratie zwaaide ze een seconde met haar Hongkongse paspoort en mocht ze probleemloos door. Buiten nam ze direct een limousine. De snelwegen waren bedekt met prut; de chauffeur reed voorzichtig en praatte niet, hij concentreerde zich op de weg. Hij zei alleen iets toen ze bij de afslag naar Don Valley Parkway over een gat in de weg reden: 'Sorry.'

Ze dacht aan Guyana en moest even glimlachen. 'Geeft niet.'

Jack Robbins' mobieltje stond uit sinds ze die ochtend uit Road Town was vertrokken. Ze had overwogen om de Captain vanuit Miami te bellen maar liet dat idee snel schieten, het zou te overmoedig zijn. Ze moest eerst op vertrouwd terrein zijn, zo ver mogelijk van hem en zijn invloedssfeer vandaan. Toen de limo op Parkway naar het zuiden koerste zette ze het aan, en ze werd begroet door een spervuur aan boodschappen. Ze checkte de binnengekomen oproepen. Op één na waren ze allemaal van de Captain.

Ze opende haar Shanghai Tang Double Happiness-tas, pakte haar notitieboek eruit en drukte op Beantwoorden.

'Waar zit je,' schreeuwde hij.

'Ik zit in een auto, in een sneeuwstorm om precies te zijn.'

Het was even stil. 'Dat geloof ik niet.'

'Ik ben in Toronto, ik zit in een limo en probeer om vanaf het vliegveld naar huis te komen. Ik schat dat ik zo'n tien kilometer pal ten oosten van Olive Street zit.' Ze hoorde getinkel van ijs tegen glas. Hij zat te drinken, zijn avondritueel. Ze wachtte tot hij weer ging praten, wachtte tot hij zou ingaan op het noemen van Olive Street. Toen er geen reactie kwam begon ze uit haar notitieboek voor te lezen.

'Ellie en Lizzie wonen in appartement nummer 816 aan Olive Street 1415, twee blokken van Havergal. Ellie zit in groep twaalf, Lizzie in groep elf. Ellie rijdt in een blauwe Honda Accord met kenteken BDAC 685. Om acht uur 's ochtends gaan ze naar school, tegen halfvijf zijn ze meestal weer thuis. Derek, u weet wel, die vriend die me in Road Town niet opwachtte, heeft ze een tijdje in de gaten gehouden. Wilt u meer weten over hun sociale leven, vriendjes en zo, of misschien zelfs hun seksuele ervaringen, dan zoekt hij het voor u uit. Het lijken aardige meisjes, Captain. Het zou tragisch zijn als hun iets zou overkomen. Ik kan trouwens geen enkele reden bedenken waarom hun iets zou overkomen, of het moet zijn dat mijn dagelijkse leven op de een of andere manier wordt verstoord.'

Ze hoorde hem zwaar ademen toen hij deze nieuwe feiten tot zich liet doordringen. 'Waar zit je?' vroeg hij nadrukkelijk, toen zijn ergste woede was gekoeld.

'Zoals ik al zei zit ik in Toronto, en ik ben echt maar tien kilometer ten oosten van Olive Street.'

'Hoe bent u Road Town uitgekomen, en…'

'Maakt het iets uit?'

Ze hoorde het geluid van vloeistof die werd ingeschonken en de klank van in een glas wervelende ijsblokjes. Even later zuchtte hij, alsof hij zich bij iets onvermijdelijks moest neerleggen. 'Er is geen enkele reden om mijn dochters hierbij te betrekken,' zei hij.

Ava zei: 'Dat doe ik ook liever niet en, als ik er niet ben, Derek evenmin. We willen ook geen reden hebben om ze erbij te betrekken. Maar als het moet dan doen we het, en u moet maar van me aannemen dat ik het meen.'

'Laat mijn meisjes met rust en u heeft van mijn kant geen enkele actie te vrezen.'

'Die boodschap zult u ook aan uw broer moeten overbrengen.'

'Dat zal ik doen, als hij weer functioneert.'

'Hebben ze hem gevonden?'

'O zeker, dat hebben ze. Toen ik om negen uur nog niets had gehoord heb ik een paar van mijn mannen erop afgestuurd.'

'Hoe gaat het met hem?'

Het bleef lang stil. 'Hij blijft misschien aan één oog blind.'

'Ja, misschien wel,' zei Ava.

'En hij is aan één kant doof.'

'Dat gaat misschien over.'

'En hij zal een tijdje niet kunnen lopen.'

Ava zag het beeld van Jack Robbins die met riem en knuppel over haar heen gebogen stond en veranderde van onderwerp. 'En hoe was het met Seto?'

'Suf, verward. Hij kan zich niet herinneren hoe hij daar is terechtgekomen of wie hem daar heeft gebracht.'

'En wat is er volgens de politie gebeurd?'

'Ze weten geen zinnig woord uit hem te krijgen.'

'Captain, het lijkt me het beste dat uw broer net zo erg in de war is. Ik heb geen behoefte aan internationaal politieonderzoek.'

'Zonder mijn toestemming praat mijn broer met geen mens, en zodra hij die toestemming krijgt volgt hij mijn advies.'

'En wat voor advies mag dat dan wel zijn?'

'Ik vind dat hij aan Seto een prima voorbeeld kan nemen.'

Ava keek uit het raampje van de limousine toen ze vanaf Parkway Bloor Street in reden. Het was harder gaan sneeuwen, de wind joeg de sneeuwvlokken omhoog. 'Het lijkt erop dat we het met elkaar eens zijn, Captain.'

'Ja, dat geloof ik ook, Ms. Li... Maar doet u me een plezier en vertelt u me eens, waar is dat geld gebleven dat zogenaamd is verstuurd?'

'Er is niet meer geld, dat weet u best. U hebt driehonderdduizend dollar gekregen in ruil voor verleende diensten. Weest u daar maar tevreden mee.'

'Bent u ooit van plan geweest het over te maken?'

'Weet u, de kans dat het zou zijn verstuurd was niet denkbeeldig,' zei Ava langzaam. 'Totdat uw broer de balans deed doorslaan had ik echt nog niet besloten wat ik zou doen. Eigenlijk heeft hij – maar in werkelijkheid u – dat besluit voor me genomen.'

'U bent nooit van plan geweest het te sturen. Voor u ís het steeds een spel geweest.'

'Elkaar achteraf bekritiseren lijkt me niet zinvol, Captain. U bent driehonderdduizend dollar rijker en ik heb een tevreden klant. Zullen we het daarbij laten?'

'Ja, Ms. Li, misschien moesten we dat maar doen.'

'Nog één ding, Captain. Ik zou graag mijn Canadese paspoort weer terug hebben. Ik vind het geen prettig idee dat het in handen van iemand anders is en dat er misbruik van kan worden gemaakt.'

'Geef me uw adres, dan zal ik...'

Ava lachte. 'Ja hoor. Laat u het maar naar de bank in Kowloon sturen, dan houdt die het vast tot het wordt opgehaald. En aangezien ik u al driehonderdduizend heb betaald, zou ik u willen vragen de kosten van verzending voor uw rekening te nemen.'

Robbins aarzelde even en zei toen langzaam: 'Ms. Li, ik moet u zeggen dat ik graag onze zakelijke relatie in een iets aangenamer sfeer had afgesloten.'

'Dat was wat u betreft alleen mogelijk geweest als u uw twee miljoen dollar had gekregen. Ik van mijn kant ben volkomen tevreden met het huidige resultaat.'

'Wat het geld betreft hebt u niet helemaal ongelijk...' begon hij.

'Tot ziens, Captain.'

'Ms. Li, als u ooit nog eens in deze contreien komt...'

'Dat zit er niet in, Captain. Dat zit er echt niet in,' zei ze, en ze klapte de mobiel dicht.

Ava zag dat de chauffeur via de achteruitkijkspiegel naar haar keek, en ze realiseerde zich dat haar kant van het gesprek wel een erg vreemde indruk moest hebben gemaakt. 'Wat voor weer krijgen we?' vroeg ze.

'Meer van hetzelfde.'

Ze deed het raampje open en stak haar hand naar buiten. Het was kouder geworden, de sneeuw bleef liggen. Ze gooide het mobieltje het raampje uit, Bloor Street op. Het stuiterde twee keer voordat de achterkant losschoot. Het verkeer zou voor de rest zorgen.

Woord van dank

Ava Li en haar verhaal kwamen onverwacht binnenvallen. Toen het verhaal uit was had ik geen idee of Ava Li en haar leven ook anderen zou interesseren. Om daarachter te komen heb ik haar opgedrongen aan mijn kinderen en mijn vrienden, een voor een hartstochtelijke lezers. Hun commentaar en aanmoediging waren voor mij van onschatbare waarde, en ik wil hen graag bedanken.

Daarna vond Ava haar weg naar Westwood Creative Artists, waar ze steun ondervond van Bruce Westwood en Carolyn Forde. Vooral dankzij hun enthousiasme vond Ava een thuisbasis. Ik ben beiden heel veel dank verschuldigd.

'Thuis' betekent voor Ava: House of Anansi Press. Ik wil uitgever Sarah MacLachlan en de rest van haar team bedanken voor het feit dat ze in Ava geloofden en het besluit namen haar aan de buitenwereld te presenteren.

Ten slotte wil ik Janie Yoon, senior editor bij Anansi, bedanken voor haar bijdrage aan het eindproduct. Net als Ava is Janie slim, toegewijd, begaafd, volhardend en beleefd.

Er is één lijfspreuk die ik nog moet verantwoorden. 'Mensen doen altijd de goede dingen om de verkeerde redenen' wordt gebracht als één van Ooms lijfspreuken. In werkelijkheid heb ik die woorden jaren geleden horen uitspreken door Saul Alinsky, de grote opbouwwerker uit Chicago, en ze zijn me altijd bijgebleven.